KB021014

오만한 짝사랑

오만한 짝사랑

1판 1쇄 찍음 2019년 9월 19일
1판 1쇄 펴냄 2019년 9월 26일

지은이 | 령 후
펴낸이 | 고운숙
펴낸곳 | 봄 미디어

기획·편집 | 김민지, 김지우
표지 디자인 | 우물

출판등록 | 2014년 08월 25일 (제387-2014-000040호)
주소 | 경기도 부천시 길주로 64, 1303(굿모닝 오피스텔)
영업부 | 070-5015-0818 편집부 | 070-5015-0817 팩스 | 032-712-2815
E-mail | bommedia@naver.com
소식창 | http://blog.naver.com/bommedia

값 13,000원

ISBN 979-11-5810-778-9 03810

오만한 짝사랑

Arrogant Unrequited Love

령 / 후 / 장 / 편 / 소 / 설

Contents

프롤로그

5분 전까지만 해도 하늘은 구름 한 점 없이 화창했다. 하지만 역시 여름 날씨는 변덕스럽다. 해가 막 지기 시작하는 것처럼 어두워지더니 순간 번개가 내리쳐 번쩍였다.

문형은 좀처럼 본 적 없던 표정을 하고 있는 남자가 신경 쓰였다. 저 남자는 태생이 그래서인지, 아니면 직업상 그런 것인지 대개 무표정했다.

그녀의 부모님이 저 남자의 소중한 물건을 잃어버려 자신이 찾아왔을 때도 남자는 표정을 구기지 않았다. 그저 늘 그런 것처럼 무표정했다.

30분 전, 이 집을 한바탕 뒤집어엎고 나간 NS통신의 딸이라는 박서희 때문임이 분명했다.

그러나 따지고 보면 문이 열리자마자 아무 이유 없이 서희에게 위아래로 쭉 스캔을 받아야 했던 문형이 더 인상을 구겨야 함이 옳지 않을까?

"할머니는?"

"잠드셨습니다. 따뜻한 차 한 잔 가져다 드릴까요?"

그 말에 태진이 고개를 들었다. 소파에 앉은 채 머리가 지끈거리는지 턱을 괴고 검지로 관자놀이를 툭툭 치는 건 멈추지 않고 말이다.

"너 여기 뭐 하러 왔어."

"네?"

"내 차 타러 왔어?"

"아닙니다."

"그럼 신경 쓰지 마."

문형은 한 번씩 태진이 참 특이한 사람이라 생각했다. 보통 이럴 땐 고개를 끄덕이나, 거절을 한다. 그런데 태진은 그녀가 해야 할 일이 무엇인지 다시 한번 상기시킨다.

빚 10억.

계약 기간 10년.

그녀가 해야 할 일은 치매 노인을 보살피는 것. 거기다 오갈 곳 없는 그녀를 재워 주고 먹여 주기까지 하며, 대학원도 나갈 수 있게 배려해 준다.

소문만 들었을 때보다 그는 훨씬 더 괜찮은 고용인이었다. 다시 한번 사채업자라 그를 무시했던 스스로가 부끄러워졌다.

"신경 안정시키는데 따뜻한 차가 좋다고 해서요. 이건 일이 아니라 배려인 겁니다, 사장님."

잠시 고민을 하는 듯하던 태진이 이내 고개를 끄덕였다. 배려라는 말에 더 이상 거절할 수는 없다고 생각한 모양이었다.

식당을 지나 부엌문을 열고 들어서 다기를 준비했다. 한 번 차를 마실 때 계속 우려 마시는 것을 좋아해서 그녀는 정수기보다 포트를 이용하는 편이었다.

원목 쟁반에 다기를 모두 올리고 식당으로 나왔을 때 대리석 식탁에 앉아 있는 태진을 보고 잠시 놀라 걸음을 멈췄다.

"여기서 마시지."

아마 그는 번잡하게 거실까지 쟁반을 들고나올 필요가 없다고 생각했을 것이다.

문형은 식탁에 쟁반을 내려 두고 포트의 전원을 눌렀다. 순식간에 물이 끓자 보이차를 넣어 우려 놓고 그 물로 다기를 데웠다.

다시 뜨거운 물을 넣어 우리는 것을 기다리는데 시선이 느껴졌다.

"곧 우러날 겁니다."

"스물다섯 살."

"네?"

"아직 결혼은 좀 이른가?"

"보통 그렇겠죠."

보통의 스물다섯 살들은 결혼을 생각하지 않을 것이다. 취업 혹은 공부를 하느라 바쁘고, 풋풋한 연애를 꿈꿀 나이니까.

문형은 찻잔에 차를 따라 태진에게 건넸다. 옅은 호박 빛의 물은 참 따뜻한 느낌을 준다.

향이 좋고, 부담스럽지 않아 문형은 이 집에서 마시는 보이차를 참 좋아했다. 품질 좋은 보이차를 구하기란 쉽지 않았으니까.

이것도 다 태진의 집이기 때문에 누릴 수 있는 것 중 하나였다.

"그래도 할 수 있는 나이라고 봐요. 박서희 씨는 사장님과 무척 결혼하고 싶어 하시는 것 같던데."

막 찻잔을 집으려 할 때 낮은 웃음소리가 들렸다. 태진은 원래 감정의 폭이 크지 않은 사람처럼 웃는 이였다. 그것도 꼭 입술을 한쪽만 올린 채.

"스물세 살이야, 서희는."

꼭 숍에서 꾸민 듯한 외모에 성숙한 차림이라 서희는 20대 중후반처럼 보였었다. 그건 그만큼 잘 꾸미고 있다는 반증이기도 했다.

그녀도 이 일을 하기 전까지는 그랬다. 나름 유복하게, 어려움 없이 살았었다.

심심하면 숍에 가서 메이크업을 받고, 백화점으로 쇼핑을 가기도 했다. 이젠 완전히 꿈이 된 이야기였지만.

서희라.

태진은 그녀를 부를 때면 꼭 성까지 붙여 부른다. 그게 거리감이 느껴져 좋다고 생각했다. 왠지 이름만 부르는 건 이태진답지가 않다.

심지어 그는 자신의 오른팔이라는 규원에게도 꼬박꼬박 성을 붙여 불렀다.

"그쪽 말이야."

"네?"

"서문형 씨."

말도 안 된다.

"나와 결혼해 달란 뜻이야."

이건 부탁이 아니라 명령이라는 것을 문형은 깨달았다.

1. 계약의 시작

쾅.

문 열리는 소리가 요란했다. 그렇지 않아도 골치가 아픈데 앳되어 보이는 여자가 들어올 때까지 다들 뭐한 건가 싶어 모니터를 읽던 시선을 돌렸다. 그러고 보니 몇 분 전 규원이 뭐라 말을 건네고 나간 것 같다.

"우리 부모님 찾아내요."

앙칼진 목소리다. 하지만 귀가 찢어질 것처럼 아프진 않다. 짧은 순간이었지만 여자의 목소리는 울림이 있었다. 어쩌면 그 울림엔 무언에 대한 원망이 섞인 것인지도 모르지만.

새하얀 얼굴에 쌍꺼풀이 없이 커다란 눈이 인상적이었다. 화를 참고 있는 것 같기도 하고, 아닌 것 같기도 했다.

"이태진."

"네?"

"이름부터 밝혀야 정상 아닌가?"

자리에서 일어난 태진이 소파로 걸어와 앉았다. 그리고 여자에게 앉으라는 듯 고갯짓을 했지만 그다지 앉고 싶어 하지 않는 것 같아 다시 권유하진 않았다. 그때 열린 문으로 안 비서가 헐레벌떡 들어왔다.

"사, 사장님. 죄송합니다. 바로 끌고 나가겠습니다."

"차 두 잔."

"하지만 이분 약속을……."

"안 비서."

"알겠습니다."

공손히 고개를 숙인 안 비서가 문을 닫고 나갔다. 지금 태진 역시 심기가 좋지 않은 상황이다. 누구나 손을 뻗고 갖고 싶어 하는 그 '용의 눈동자'가 사라졌다.

마지막 경매 시장에 나온 게 54년 전. 거의 반세기 만에 그 모습을 드러내 모두의 이목이 집중되었다. 그리고 태진이 홍콩까지 가서 가까스로 낙찰을 받은 물건이었다.

물론 먹이를 노리는 하이에나처럼 뭐 하나 놓치지 않는 그는 눈에서 불을 뿜을 듯 쳐들어온 여자를 알고 있었다.

서문형.

그가 세팅과 보관을 맡겼던 부부의 첫째 딸이자 스물다섯 살의 대학원생.

"서문형입니다."

"앉아."

"괜찮습니다."

"올려다보고 이야기하는 취미 없어."

사실 다시 한번 쓸데없이 되묻는다면 이 건질 알맹이 없는 대화를 당장 끝내 버리려고 했다.

하지만 여자는 정말 마지못한 표정으로 소파 건너편 끄트머리에 앉았다. 그것도 엉덩이를 바싹 당겨 마치 벌을 받는 것처럼.

지금 그런 표정을 지어야 할 사람이 누군데. 태진의 미간 주름이 조금 더 깊어졌지만 상대는 생각도 하지 않는 얼굴로 그녀는 테이블 위에 커다란 서류 봉투를 내밀었다.

"이것저것 다 정리해 봤지만 10억이 모자라요, 취직해서 갚겠습니다."

오랜만이다. 그를 두려워하지 않고 두 눈을 똑바로 마주 보고 이야기하는 사람은. 참, 당돌하기까지 하다.

명문대에 다니고 있다고는 하지만 미술 전공자였다. 다행히 임용은 통과해서 선생이 될 수는 있겠지만 말이 쉽지, 10억? 태진은 저도 모르게 코웃음을 쳤다. 그 웃음이 기분 나쁜 모양인지 문형의 이마가 살짝 좁혀졌다.

"어느 세월에. 난 돈놀이 하는 사람이라 한시가 급한데. 20년? 30년? 그걸 내가 기다릴 수 있을 거라 생각 하나 보지?"

문형이 입술을 꾹 깨물었다.

"10억이면 한 달 이자가 얼만지 알고나 있어? 참고로 난 1금융 장사하는 사람 아니야."

눈앞이 캄캄하다. 문형 역시 그 이자를 모르는 건 아니었다.

1금융권에서 빌렸더라도 한 달 이자는 그녀가 취직을 해서 월급을 받아도 모자랄 것이다. 결국 빚에 계속 빚을 얹어 가는 형국이다.

부스럭거리는 소리에 문형이 고개를 들었다. 태진이 봉투 안의 서류들을 재빨리 훑어 내려가고 있었다. 저 봉투 안에 든 통장에도 그녀의 입장에선 어마어마하게 큰돈이 들어 있다. 그녀가 평생을 벌어도 만질 수도 없을 만큼의 돈이.

부모님은 얼마나 열심히 살았던 것일까 눈물짓게 되는 금액이었다. 그런데 저 많은 돈을 긁어모았는데도 빚이 남았다. 갑자기 생긴 어마어마한 빚 앞에서 순식간에 무력해질 수 있다는 것을 처음으로 깨달았다.

"그래도 일 처리가 꽤 빠르네. 갑자기 재산 처리하는 거 힘들었을 텐데. 헐값으로 넘기진 않아서 다행이라고 해야 하나."

서류를 마지막 장까지 확인한 태진이 문형을 위아래로 쭉 훑었다. 마치 품평을 당하는 것 같아 불쾌해졌다.

"나가 봐."

"술집은 안 나가요."

어이가 없다는 듯 태진의 입에서 낮은 웃음이 흘러나왔다.

"내가 무슨 여자 팔아 장사하는 양아치로 보여? 그리고 내가 하는 술집은 아무나 나갈 수 있는 줄 아나 보지?"

순식간에 문형의 얼굴이 새빨갛게 물들었다. 하지만 이대로 소득 없이 쫓겨날 수는 없었다. 그때 노크 소리가 나며 문이 열리고 안 비서가 들어왔다. 테이블에 잔을 놓아두고 고개를 꾸벅 숙인 채 나가는 그를 보며 문이 완전히 닫히는 것을 확인했다.

"돈은 내가 알아서 그쪽에게 받을 테니 그거 마시고 나가 봐."

"저희 부모님 좀 놓아주세요."

찻잔으로 손을 뻗던 태진이 멈칫했다. 그리고 낮게 숨을 뱉었다.

"누구보다 그쪽 부모 찾아내고 싶은 사람은 나야. 내가 사람 납치나 하는 싸구려로 보여?"

아무리 봐도 태진의 얼굴 표정은 읽을 수가 없다. 다만, 한 가지는 알 수 있었다. 거짓말을 하고 있는 건 아니다. 마지막 희망을 잃은 듯 문형의 얼굴이 새하얗게 질렸다.

"그쪽이 아니란 말이에요?"

"잘못 짚었어. 나…… 잠깐, 체격이 좀 아쉽긴 하지만. 진짜 아무 일이나 할 수 있겠어?"

"술집은 안 나간다고 했어요."

"미안하지만 난 술집 취급 안 해."

문형은 다시 한번 태진을 잘못 짚었다는 것을 인정해야 했다. 상대가 돈놀이를 하는 사채업자 아니, 속으론 그저 사람을 돈으로 보고 인격체로도 대하지 않는 깡패라고 무시했다. 아직까지 스스로 자존심을 버리지 못한 것이다.

똑똑.

"들어와."

태진은 문으로 시선을 돌리지도 않은 채 문형을 보며 말했다. 곧 문이 열리고 키가 190cm는 넘을 듯한 남자가 들어왔다. 체격이 동양인들 중에선 보기 힘든 말 그대로 흉통이 발달된 근육질의 남자였다.

"손님이……."

"아냐, 말해."

남자가 문형을 한 번 훑었다. 하지만 흔히 말하는 기분 나쁜 희롱이 아니라는 것을 느꼈다. 저 남자는 지금 문형을 경계하고 있었다.

"강민석 화백 바다의 남자, 진품으로 판명 났습니다."

"서 의원에게 연결하면 되겠네."

"그렇습니다. 약속 잡겠습니다."

"정 여사는?"

"오늘은 큰일 없습니다."

"아직까지는, 이겠지. 아직 사람 안 구해졌지?"

"네."

태진의 시선이 다시 문형에게로 넘어왔다.

"이쪽은 차규원 부장. 앞으로 차 부장이라고 부르면 돼. 난 대강 사장이나 이름. 편한 대로 부르고."

술집을 빼고 자신이 뭐든 할 수 있다고 말했다.

"그나저나 상속 포기하고 파산 신청하면 될 걸 뭣 하러 이런 험한 곳은 찾아와서."

"동생이 있습니다."

"아, 수술을 앞뒀다는 동생?"

"그걸 어떻게……."

쥐고 있는 주먹이 부들부들 떨려 왔다.

"그럼 그렇게 내 보석이 증발했는데. 맡고 있던 사람들 뒷조사도 안 했을까 봐?"

"저희 부모님 그런 분들 아니세요."

"서문형 씨. 지금 내게 그런 말 해 봤자 안 들려."

흥분했다. 이 남자에게 자신의 부모님은 그저 귀한 보석을 훔치고 사라져 버린 좀도둑으로밖에 보이지 않을 텐데.

"왜? 그 동생 앞날 걱정돼서?"

"그런 것까지 말하고 싶지 않습니다."

"내 밑에서 일하고 싶으면 그 자존심 쓰레기통에 처박는 게 좋을 거야."

지금 자신이 내세울 게 없다는 것도 알고 있다. 이 남자는 지금 그녀의 모든 생각을 꿰뚫고 부려먹기 편하게 만들려는 것이다.

문형은 이제야 남자를 똑바로 바라볼 수 있었다. 보통 이쪽 일을 하는 사람들에 대한 인식은 좋지 않다. 왠지 생김새도 우락부락하고, 나이가 좀 더 있을 거라 생각했다.

하지만 앞에 앉아 있는 남자는 계란형의 얼굴에 뚜렷한 이목구비를 가지고 있다. 피부도 희고 햇빛 같은 건 받아 본 적 없는 사람 같았다.

나이도 아무리 많이 봤자 서른을 넘겨 보이지 않는다. 완벽한 슈트 차림에 단정한 모습이었다. 겉모습만 보아선 그냥 사무직을 하는 사람 같았다. 아니, 배우 쪽이 더 어울렸을지도 모른다. 어쨌거나 이태진이라는 남자는 꽤 곱상한 외모를 가지고 있었다.

"치매 노인이 있어. 연봉은 1년에 1억. 10년 채우면 이자 붙지 않고 계약 종료. 물론 그 10년 안에 치매 노인이 저세상 가도 나머지 빚 탕감에 계약 종료."

나쁜 조건은 아니다. 그리고 더는 갈 곳이 없다.

"하겠습니다."

"치매가 어떤 건지 알고나 있어?"

"알고 있습니다."

"TV에서 보는 건 다 사기야."

그녀도 치매를 알고 있었다. 그녀의 할머니가 치매로 돌아가셨기 때문이었다. 물론 그때 주위에서 모두 하는 말이 착한 치매라고 했었다. 할머니가 사고를 치는 건 그냥 화장만 계속하는 정도였으니까.

"한때 이 일대 주름잡던 대장부였지. 덩치도 아마 서문형 씨두 배쯤 될 거고. 치매 노인들이 힘도 세다고 하는데 덩치까지 그러니 더 하겠지. 대부분 일주일도 못 버티고 나갔어. 제일 오래 버틴 사람이 2개월."

저런 말에 겁을 먹을 줄 알았을까? 그녀는 이제 더 이상 무서울게 없었다. 다만 저런 정보력을 가진 사람이 동생의 수술비와 약간의 생활비를 남겨 두었다는 사실을 알게 될까 두려웠다.

"못 버티고 나가면 그 10억, 내 식대로 받지. 대학원은?"

"등록금 빼면……."

"아니. 수업이 언제냐는 소리야."

"화, 수, 목입니다."

"배움에 인색한 타입은 아니라. 강의 시간표 나오면 들고 와. 그 시간은 빼 주지."

"네? 아닙니다, 제가 여유가 없어 다니고 싶지 않습니다."

"언젠간 내가 그쪽에게 부탁하게 될 일이 있을지도 모르잖아. 아까 들었지? 강민석 화백. 나도 그림 볼 줄 아는 눈이 좀 필요하거든."

문형은 이제야 정신이 돌아왔다. 그녀는 미술학을 전공했다. 그렇다고 해서 진품이나 가품을 구별할 수는 없다. 하지만 교수님들이 한입으로 칭찬한 건 그녀가 작품을 볼 줄 아는 안목을 가졌다고 하는 것이었다.

강민석 화백이라면 그녀 역시 잘 알고 있었다. 무명으로 오랜 시간을 견디다 막 작품이 주목받은 지 채 2년도 되지 않아 갑작스레 사고로 죽어 값이 천정부지로 훅 뛴, 비운의 천재였다.

"값이 지금은 수십 배 올랐죠."

"알고는 있군."

"좋아하는 화백입니다. 남자의 뒷모습만 전문적으로 그리죠. 개인적으로 '바다의 남자'를 좋아합니다."

"꽤 쓸모 있겠는데."

"대신 저도 조건이 있어요."

기가 막힌다는 듯 태진이 웃었다. 지금 조건을 걸어야 할 사람은 문형이 아니라 그여야 옳다. 문형은 저도 모르게 침을 꿀꺽 삼켰다. 태진이 그대로 의견을 묵살하면 그만이었다.

"빚 갚으러 온 주제에 조건? 배짱 하나는 마음에 드네. 말해봐."

"제대로 된 계약서를 써 주세요."

"계약서?"

"10년 뒤, 전 그쪽과의 안전 이별을 원해요."

두 사람의 시선이 부딪쳤다.

사무실은 정적이었다. 태진은 검지로 소파 손잡이를 툭툭 내리쳤다. 그 소리는 어찌나 간격이 일정한지 꼭 메트로놈 같았다.

"잠시 나가 있겠습니다."

규원이 고개를 꾸벅 숙이고 사무실을 빠져나갔다. 탁 문이 닫히는 소리는 작았지만 문형은 저도 모르게 어깨를 움찔거리고 말았다. 그 모습에 태진이 웃었다.

"겁 없는 줄 알았더니."

"많아요."

"많으면 지금처럼 당당히 내 사무실엔 못 와. 그래서, 준비해 온 게 따로 있나?"

고개를 까딱이며 묘하게 웃는 태진을 보며 문형은 볼 안쪽 살을 살짝 씹었다. 남자는 모든 것에 여유롭다. 비단 가진 게 많아서 오는 자신감은 아닌 듯했다.

하지만 지금 그녀에게 남자를 신경을 쓸 여유까진 없었다. 가방에서 작은 봉투 하나를 꺼내 태진의 앞으로 내밀었다.

잠시 봉투를 내려 본 태진이 느긋하게 그것을 집어 들었다. 그리고 안에서 편지지를 펼치고는 문형을 보았다.

"백지잖아."

"혹시 몰라서 준비해 온 겁니다."

"종이 쪼가리라면 내 사무실에도 많은데."

"사장님께서 손을 대지 않으실지도 모르죠."

"아, 내 지문이라도 묻어야 안심을 하겠다? 이래 봬도 이쪽 세상에서 약속은 신뢰야. 돈 놀음하는 깡패가 아니라고. 믿고 써 보지? 공증이라도 받아 줄 테니까."

태진은 직접 품에서 펜까지 꺼내 그녀에게 건네주었다. 왠지 왈칵 눈물이 날 것 같았다.

그녀가 입학을 할 때 아버지가 사 준 몽블랑 펜이 기억났다. 꿈을 꾸는 미술학도가 되길 바란다며 선물 받은 것이었다. 그거 하나만은 되도록 남겨 두고 싶었는데.

그러기엔 너무나 많은 빚이 그녀를 압박했다. 그래서 가장 오래된 친구인 민우에게 그 펜을 넘길 수밖에 없었다. 민우는 언제든 다시 사가도 된다며 오히려 그녀를 위로해 주었다.

눈을 질끈 감은 문형이 천천히 백지를 채워 나가기 시작했다. 태진은 그런 문형을 보며 한숨을 삼켰다. 거래를 무려 10년이나 해 왔던 부부였다. 이런 식으로 사라질 사람들이 아니라는 건 자신도 잘 알고 있었다.

하지만 홍콩에서 맡아 온 물건들을 모두 당했다는 이야기를 들었을 때 태진은 그 부부가 함정에 빠진 것이라는 것을 알아차렸다.

부부가 증발하고 문형이 집안의 모든 것들을 팔아왔다. 그 부부의 수완이라면 남은 10억쯤은 어떻게든 유통할 수 있을 것이다. 하지만 여기저기 많은 사람들이 걸려 있어 서로 나서지 못하고 있는 것뿐이었다.

다들 뒷거래하기 좋아하는 정재계 사람들이다 보니 얽히고설킨 거래 금액을 차마 달라고 하지도 못하는 모양이었다. 저 순진한 서문형은 그나마 운이 좋다고 해야 할까. 그나마 여자에게 취미가 없는 태진에게 온 게 다행이었다. 그렇지 않았다면 이미…….

"다 적었습니다."

다행히 더 엄한 상상을 거기서 마칠 수 있었다. 태진이 팔을 뻗어 종이를 받아 들었다.

〈안전 이별 청구권〉

서문형은 이태진의 할머니를 10년간 모신다.

1년에 1억을 보수로 10년간 일한다.

할머니가 돌아가실 경우, 계약 이행 기간이 남아 있다 할지라도 계약은 자동 종료된다.

이태진은 계약 기간이 끝나면 서문형에게 그 어떤 물리적 행사도 할 수 없다.

서문형은 1년에 한 번 일주일의 휴가를 갖는다.

이런 걸 써 본 적도 없으니 간단하기도 하다. 정말 악덕에게 걸렸으면 인생을 말아먹었을 것이다. 태진이 저도 모르게 쯧, 소리를 내고 말았다. 그 소리에 문형의 어깨가 움찔거렸다. 태진은 문형의 앞으로 손을 내밀었다.

"펜."

"아, 여기요."

사인도 아니고 손으로 무엇인가를 적는 건 참 오랜만이었다. 태진은 옆에서 종이를 꺼내어 차례로 써 내려가기 시작했다.

〈안전 이별 청구권〉

1. 서문형은 1년에 1억을 보수로 10년간 일한다.

2. 서문형은 이태진의 할머니인 정을복 여사를 모신다.

3. 정을복 여사가 돌아가실 경우, 계약 이행 기간이 남아 있다 할지라도 계약은 자동 종료된다.

4. 정을복 여사의 상태가 호전되는 기미가 보일 경우, 보너스 차감이 있을 수 있다.

5. 업무 시간은 법정 근로 기준에 따르며, 추가 근무 시 추가 근무 수당 조로 차감한다.(월차, 연차, 휴가 역시 마찬가지다.)

6. 서문형은 입주를 기본으로 하며 의식주를 모두 성북동 본가에서 해결한다.

7. 정을복 여사의 요구는 불가항력(별을 따다 준다든지)한 일이 아니면 뭐든 들어주어야 한다.

8. 이태진은 계약 기간이 끝나면 서문형에게 그 어떤 물리적 행사를 할 수 없다.

순식간에 적어 내려간 태진이 문형의 앞으로 종이를 내밀었다. 마음 같아선 규원에게 알아서 계약서를 가져오라고 말을 하고 싶었지만 태진은 최대한 문형의 요구 사항을 들어주었다.

"저기……."

문형의 눈엔 약간의 의아함이 담겨 있었다.

"왜? 법정 근로 기준을 따른다니까 웃겨?"

"아뇨."

"좀 힘들 거야."

"각오하고 있습니다."

"기타 사항은 그때 보고 서로 합의하지."

"이건……."

"왜? 조건에 비해서 보수가 너무 센 거 같아서?"

차마 그렇다고 말을 하지 못하고 문형은 살짝 눈꺼풀을 내리깔았다.

"만만치 않은 노인네야."

보통 자신의 할머니에게 저렇게 말을 할 수 있는 걸까? 하지만 의아하게도 태진의 목소리에서는 애정이 느껴졌다. 그만큼 치매에 걸린 할머니를 좋아하고 아끼는 것일까. 물론 가족이니 그럴 수밖에 없을 것이다. 그녀 역시 실종되어 버린 부모님을 찾기 위해 이곳까지 찾아오지 않았나.

"사인해."

고개를 숙여 계약서를 멍하니 보았다. 태진은 별다른 사인이 없는 모양이었다. 정직하게 이름 석 자가 새겨져 있었다. 문형은 서둘러 태진의 옆에 자신의 사인을 적었다.

"동생은?"

"네?"

심장이 쿵쾅쿵쾅 뛰기 시작했다. 태진은 문호를 자세히 알고 있는 것일까. 아니, 이상할 것도 없었다. 그 엄청난 가치를 가진 물건을 부모님이 잃어버렸으니 태진도 이것저것 알아봤을 터였다. 왜 그것을 생각하지 못했을까. 다짜고짜 그가 이름부터 물어본 것은 이유가 있음이 분명했는데.

"서문후였나, 호였나."

"홉니다."

"캐나다 거주 중. 심장 수술을 세 번이나 받았고."

다 알고 있었으면서 떠봤단 말인가? 그녀가 모든 재산을 정리하며 문호의 남은 수술비와 생활비를 몰래 두었다는 것도 알고 있을까?

"네."

"남은 수술만 받으면 건강해지나?"

"아직 수술이 한 번 더 남았지만 의사는 그렇게 말했습니다."

"수술비는."

심장이 쿵 내려앉았다. 여기에서 어떤 말을 해야 할까.

"그래도 사람이 먼저지. 가불해 줄 수도 있어. 가령 휴가비 같은 게 따로 나올 거니까. 물론 그쪽이 버티기만 한다면."

"완불했습니다."

입이 제멋대로 터졌다. 하지만 별다른 의심을 하지 않는 것인지 태진이 고개를 살짝 끄덕였다. 차라리 지금 솔직히 말해 버리는 게 낫지 않을까?

"저기……."

차를 한 모금 마시며 말하라는 듯 태진이 고개를 한 번 끄덕였다.

"동생이 수술을 하고 나면 당장 생활비를 벌 여건이 안 되어서……."

"생활비 정도는 빼놨다고?"

정곡을 찔렸다. 왠지 문형은 얼굴이 시뻘겋게 달아오르는 느낌이 들었다. 저도 모르게 손등으로 볼을 꾹 눌렀다. 차가운 손등에 뜨거운 온기가 고스란히 느껴졌다.

"잘했어."

"네?"

"덕분에 계산이 쉬워졌잖아. 난 10년간 그쪽 노동력을 딱 맞게 받으면 되는 거니까."

더 무슨 말을 하기도 전에 태진이 옆에 있는 인터폰을 눌렀다. 곧 노크 소리와 함께 규원이 들어섰다.

"이거 공중받아."

"알겠습니다."

"2층 어느 방이 비워졌지?"

"사장님 서재 옆방입니다."

"시트 새로 다 갈라고 전해. 오늘부터 서문형 씨가 들어가서 일하게 됐다고."

"오늘부터 말입니까?"

"왜? 문제 있나?"

"회장님 건강 검진으로 입원하셨습니다."

태진의 미간에 주름이 생겼다.

"오늘이었나? 어쨌거나 오늘부터 지내야 하지 않겠어? 갈 곳도 없을 텐데."

태진의 말에 규원이 고개를 돌려 문형을 보았다. 문형은 저도 모르게 침을 꿀꺽 삼켰다. 조금 전과는 다르게 규원의 생김새를 자세히 살피게 되었다.

규원은 쌍꺼풀 없이 가로로 긴 눈에 강인해 보이는 턱선을 가진 남자였다. 잘생겼으나 위압감이 절로 느껴지는 사람이었다. 태진과 키는 비슷해 보이지만 몸은 꼭 보디빌더인 것처럼 컸다. 그에 비해 태진은 날렵한 몸매를 가지고 있었다. 마치 모델처럼.

"차 부장 따라 나가 봐."

"네?"

"집안일에 대한 건 차 부장이 잘 설명해 줄 거야."

태진의 미소가 악마처럼 보였다.

잠시 주춤하는 문형을 두고 태진이 남은 차를 모두 마셨다.

"사장님, 저는 방금 서 의원님께 연락받고 20분 내로 나가 봐야 합니다."

난감한 얼굴로 규원이 말했다. 잠시 손가락으로 소파 손잡이를 툭툭 두드리던 태진이 고개를 왼쪽으로 기울였다.

"오후에 별다른 스케줄은 없으십니다."

"그럼 내가 데리고 가지."

"차 대기시키겠습니다."

규원이 덩치에 맞지 않게 날쌘 몸놀림으로 사장실을 나섰다. 차라리 규원과 함께 가는 게 나을지도 모른다는 생각이 들었다. 분명 외관상으로는 태진이 훨씬 곱상하게 생겼고 늘씬했지만 위압감이 더 크게 느껴졌기 때문이었다. 어쩌면 그건 채무자와 채권자의 관계에 놓였기 때문일지도 모른다.

"주소만 알려 주시면 제가 찾아가겠습니다."

"됐어. 일이 없을 땐 나도 빨리 들어가서 쉬고 싶으니까. 짐은?"

짐을 하나도 챙기지 못했다. 모든 것을 팔아 버리는 것에 급급했다. 그나마 챙긴 것이라곤 속옷 몇 개뿐이었다. 그나마 옷들도 모두 명품이라 처분이 가능해 얼마나 안심했는지 모른다. 대답을 하지 못하자 태진의 시선이 그녀의 옆에 있는 손가방으로 향했다. 알 만하다는 눈빛이었다.

똑똑.

노크 소리와 함께 안 비서가 안으로 들어왔다.

"차 준비됐습니다."

"안 비서. 우리 집으로 강 매니저 좀 보내."

"슈트 준비할까요?"

"아니. 20대 아가씨들 입는 옷이나 속옷 같은 것들. 구분 없이 다양하게 보내라고 해."

설마 집에서 일하는 사람이 아무 옷이나 입는 것을 볼 수 없다는 뜻인 것일까? 안 비서의 시선이 느껴졌다. 도회적이지만 날카롭게 생긴 안 비서는 마치 그녀를 값을 매기듯 위아래로 쭉 훑어내렸다.

"알겠습니다."

"뭐 해, 일어서."

모든 것이 얼떨결에 일어난 일이었다. 문형은 지금 자리에서 일어서며 태진의 뒤를 따라가면서도 이것이 현실인지 꿈인지 분간하기 힘들 정도였다. 문을 지나치기 전 안 비서에게 팔을 잡혔다.

"정신 똑바로 차려요."

안 비서의 목소리가 차가웠다. 등 뒤로 소름이 쭉 끼쳤다.

문형은 자신의 가치관이나 생각들이 참 많이 잘못되었다는 생각이 들었다. 으레 이런 직업을 가지고 있는 사람이라면 각 잡힌 커다란 검은색 세단을 타고 다닐 거라고 생각했다. 하지만 태진의 차는 물론 고가이기는 했지만 스포티한 느낌이 나는 SUV 차량이었다.

"운전은?"

"하고 다녔습니다."

"차도 팔았어?"

"네. 팔 수 있는 건 최대한이요."

"아닌 것 같은데."

"네?"

"일단, 타."

대체 뭐가 아니라는 걸까. 문형이 고개를 갸웃거리며 잠시 멈칫했다. 앞으로 타야 할지, 뒤로 타야 할지 알 수가 없었다.

"미안한데 난 기사가 아니라서."

"네, 죄송합니다."

바로 조수석 문을 연 문형이 자리에 앉았다. 태진까지 차에 타문이 닫히자 묵직한 공기가 순식간에 폐를 짓눌러 오는 것만 같았다. 이것이 바로 이태진의 향인 모양이었다. 나쁘다곤 할 수 없었다. 오히려 좋은 향이었다.

하지만 그 특유의 묵직한 느낌이 그녀의 어깨를 짓누르는 것만 같았다. 역시 좋지 않은 상황으로 엮여서일까?

어쨌거나 부모님이 실종되고 빚더미에 앉게 되면서부터 그녀는 거의 제정신이 아니었다. 사실 지금도 어떻게 이 자리에 있는지 알 수가 없을 정도였다.

"한 번씩 정 여사 모시고 병원 가야 할 일이 있을 거야."

"네."

"보통은 김 기사님이 운전해 주실 거야. 급할 때는 차고에 있는 정 여사 차, 그거 타고 다니면 돼. 더 자세한 건 차 부장이 설명해 줄 거야."

"부장님도 같이 사시나요?"

"아니."

"그럼 설명을 어떻게……."

"우리 집에 들른 뒤에 퇴근하니 걱정하지 않아도 돼."

의아했다. 그녀에겐 법정 근로 시간을 지켜 준다고 했다. 그런데 규원은 예외인 모양이었다. 정말 그 계약서대로 믿어도 되는 것일까? 사실 10년 내내 일을 한다고 해도 그녀는 납작 엎드려야 하는 상황이었다. 이보다 더 좋은 상황은 없었다.

"상속 포기는 생각 안 해 봤어?"

"네."

"동생 때문에?"

"네. 형제 없으세요?"

태진이 가볍게 고개를 끄덕이며 신호에 걸리자 차를 세웠다. 보통 주위를 보면 남매, 자매, 형제간은 대체적으로 사이가 좋은 편이었다. 개중에 정말 철천지원수 같은 사람들도 있었지만.

문형과 문호는 연년생으로 어렸을 때부터 쌍둥이처럼 사이가 좋았다. 문형이 1월생으로 학교를 빨리 들어가 학년은 두 학년 차이가 났다. 그럼에도 사춘기를 지나 성장을 완전히 겪고 나자 사람들은 당연히 두 사람이 쌍둥이인 줄로 알 정도였다.

부모님의 말을 빌려 보자면 문형은 어려서부터 늘 의젓했다고 했다. 그건 아마도 동생이 아팠기 때문에 자연스레 그런 분위기를 가지게 된 것인지도 몰랐다.

"형제라고 다 사이가 좋은 건 아니지."

"그런가요?"

"우리 아버지와 삼촌이 재산 때문에 꽤나 전쟁을 치렀거든."

이상하다. 여기까지 오기 전 즉, 태진을 만나기 전까지 이런 대화를 가볍게 할 수 있을 거라고 생각을 해 보지 못했다. 아니, 어쩌면 태진은 자신의 할머니를 맡기는 입장이라 최대한 그녀에게 부드럽게 대해 주는 것일지도 모른다. 사실 그의 할머니가 어떤 상태이든 그녀는 도망을 칠 구석도 없었다.

알고 있다. 지금 태진은 그녀에 대한 조사를 모두 마쳤을 것이다. 그녀가 문호의 수술비와 생활비를 몰래 남겨 두었다는 것을 말하기 전에 알고 있었을 수도 있었다. 그럼에도 불구하고 그는 그냥 그것들을 쉽게 넘어가 주었다. 도무지 채권자라고 생각되지 않을 만큼의 반응이었다.

"아버지가 다 물려받으셨나 봐요."

"왜 그렇게 생각해?"

"지금 사장님이시잖아요."

"정 여사의 승리였지."

정 여사의 승리? 쉽게 이해가 가지 않아 문형이 저도 모르게 고개를 갸웃거렸다.

"뻔하지 않아? 서로 더 가지려고 개싸움이 난 거지."

무슨 말을 해야 할지 몰라 문형은 그저 태진을 보기만 했다. 가볍게 핸들을 쥐고 있는 태진의 손은 얼굴과는 다르게 거칠어 보였다.

"할아버지가 남겨 주신 유산으로 삼촌은 외국으로 떴어."

"아버지는요?"

"죽었어."

심장이 철렁 내려앉는다. 누군가가 죽는다는 건 그녀가 크게 겪어 보지 못한 일이라 그런 것일지도 모른다. 그런데 태진은 다른 사람도 아닌 아버지를 말하면서 감정이 없는 사람처럼 내뱉었다.

"부자간의 정이 있는 것도 아니고."

"네……."

"사실 얼굴도 잘 기억 안 나거든. 내가 일곱 살 때 죽었으니까."

어느새 태진의 차가 오르막을 오르고 있었다. 태진이 왜 정 여사의 차를 타고 움직이라고 했는지 알 수 있었다. 이곳은 차가 없으면 움직이기 힘든 동네였다. 태진이 거대한 차고 앞에 서자 차고 문이 천천히 올라가기 시작했다.

세 대의 차가 주차되어 있었고 앞으로 다섯 대 정도는 넉넉히 주차할 수 있는 공간이었다. 시동이 꺼지자 문형은 조심스레 차에서 내려 태진의 뒤를 따라갔다.

차고 안에 엘리베이터가 있는 건 처음 보았다. 엘리베이터는 순식간에 움직였다. 주차장에서 바로 집 안으로 들어갈 수 있게 연결된 모양이었다.

온통 유리로 된 엘리베이터 안에서 눈에 들어오는 인테리어에 문형의 눈이 휘둥그레 변했다. 천장과 벽이 모두 대리석이었다. 하지만 바닥만은 나무로 되어 있었다. 왠지 모를 부조화였지만 워낙 깔끔한 탓에 그것도 이상해 보이지는 않았다.

"그래, 태진이 왔어."

"인사 나누세요. 이쪽은 앞으로 오후 시간대 맡게 될 서문형 씨."

"안녕하세요, 서문형입니다."

문형이 재빨리 고개를 숙여 인사했다. 인자한 표정의 50대 후반 정도로 보이는 여자가 그녀를 맞이해 주었다.

"양인숙이라고 해요."

"방 좀 안내해 줘요."

"문형 씨, 이쪽으로 와요."

태진이 바로 왼쪽에 있는 방문을 열고 들어가 버렸다. 살짝 고개를 숙인 뒤 문형은 인숙의 뒤를 따랐다.

"방은 2층이에요. 엘리베이터 타도 되고, 계단 이용해도 돼요. 편한 대로 쓰면 되니까 부담 갖지 말아요."

"네."

"몇 살이에요?"

"스물다섯 살입니다."

"아이고, 어리네. 일이 많이 고될 텐데."

"각오하고 왔어요."

"그래도 인정이 아예 없는 분은 아니라 잘 버텨만 주면 돼요."

"저기…… 사장님의 어머니 아니세요?"

그 말에 인숙이 웃으며 고개를 저었다. 그리고 2층 맨 안쪽 문을 열며 안으로 들어섰다.

"아니에요. 사장님이 태어났을 때부터 보긴 했지만. 유모이자, 집안일 맡고 있어요. 회장님께서 날 키워 주신 거나 다름없거든."

"참, 말씀 편하게 하세요."

"그래도 될까?"

그러고 보니 태진과는 전혀 닮은 구석이 없었다. 그냥 50대 후반의 고상한 겉모습에 막연히 태진의 어머니일 거라 생각했었다.

"이쪽이 문형 씨 쓸 방이야. 바로 옆은 사장님 서재라 크게 시끄러울 일은 없을 테니까 쓰기엔 편할 거고. 참, 이쪽은 욕실."

"네."

"차 부장이 하는 말 조금 들었는데."

"아……."

이곳에서 그리 오래 일을 했으니 인숙도 그녀의 사정에 대해 궁금해할 것이다. 아마 시간이 없어서 차 부장에게선 자세한 이야기를 듣지 못했다는 뜻이 분명했다.

"짐 좀 정리하고 있어. 차 좀 가져올게."

"아, 감사합니다."

인숙이 방에서 나갔다. 물론 그녀의 가방을 보고 짐 정리를 할 것이 없다는 것을 알았을 것이다. 인숙은 문형을 배려해 준 것이었다. 앞으로 이곳에서 10년을 버텨야 한다는 현실을 이 방에서 위로받으라고.

왠지 눈물이 터질 것 같았다. 이제껏 애써 눌러왔던 두려움이 한 번에 터져 나오려고 했다. 이 상황에서 몸을 지킬 수 있게 해 준 태진에게 감사해야 하는데 그게 쉽지가 않았다. 소매로 눈가를 꾹꾹 눌러 애써 눈물을 갈무리하고 욕실로 들어섰다.

욕실까지 온통 대리석으로 이루어진 집이었다. 그러고 보니 1층만 바닥이 나무로 되어 있었다. 이제야 그 이질적이었던 마루에 생각이 미쳤다. 대리석 바닥은 미끄러워서 관절이 안 좋은 노인들에게 좋지 않다. 분명 정 여사가 치매를 앓고 나서 1층 마루만 바꾸었음이 틀림없었다.

얼마 전까지만 해도 다른 요양인이 썼을 것이 분명한 이 방 욕실엔 모든 세면도구들이 갖추어져 있었다. 가볍게 비누로 세수를 하고 수건으로 물기를 닦아 낸 뒤 욕실에서 나왔을 땐 인숙이 티테이블 앞에 앉아 있었다.

"이쪽으로 와서 앉아. 나는 허브차를 좋아해서."

"네."

"루이보스가 여자 몸에 좋다고 해서 요즘 마시고 있어. 카페인도 없다고 하고."

"네, 저도 좋아합니다."

인숙으로 앞으로 앉자 모락모락 김이 피어나는 연한 주황빛의 차가 보였다. 그녀 역시 커피보다는 홍차나 허브차를 즐겼었다. 부모님이 실종된 후에는 여러 일이 정신없이 터져 이런 여유를 즐길 수 없었다.

"잘 마시겠습니다."

"사장님하고 예전부터 알던 사이?"

"아뇨. 오늘 처음 뵈었습니다."

그 말에 인숙이 놀란 얼굴을 하고 있었다. 그럴 만도 했다. 처음 만난 사람을 무엇을 믿고 집으로 데려오겠는가. 하지만 오늘 그녀는 이곳이 아니었다면 PC방이나 찜질방을 전전할 상황이었다.

"제가 사장님에게 빚이 많아서요."

인숙은 그저 고개만 끄덕였다. 다른 사람 같았다면 그 빚이 얼마나 되냐 물었을 것이다. 하지만 인숙은 그런 것은 묻지 않았다.

"사실 처음에 사장님을 찾아가기 전엔 무서웠거든요."

"고리대금업자라서?"

인숙의 목소리엔 웃음기가 가득 담겨 있었다.

"TV나 영화에서 보는 일반적인 모습을 생각했었나 봐요."

"나도 처음엔 그랬어. 부모 노름빚으로 팔려 오는데 고리대금업자라는 말에 이제 내 인생은 끝났구나 싶었거든. 그런데 막상 보니 우리 엄마뻘의 여자가 앉아서 날 보는데. 물론 그분 기가 상당하셔서 나도 모르게 울고 말았었지."

인숙이 추억에 젖은 눈을 하고 있었다. 누가 보아도 인숙은 고운 외모를 지니고 있다. 그런 고생을 했던 사람으론 보이지 않는다. 사람은 중년이 넘어가면 자신의 얼굴에 책임을 져야 한다고 들었다. 인숙은 험한 일을 겪고도 스스로 곧은 심성을 지키고 이겨 낸 사람임이 틀림없었다.

"그런데 정말 어머니처럼 잘 대해 주셨어. 마치, 딸처럼."

"그러셨구나."

"내가 체력만 된다면 회장님 다 모시고 싶은데. 이제 고등학교 다니는 딸도 있고 그러다 보니 문형 씨 힘도 빌리게 되네."

이런 사람이라면 정말 제 어머니처럼 정 여사를 대할 것이다. 그런데 왜 그 많던 간병인들은 이 자리를 버티지 못하고 그만둔 것일까.

"아닙니다. 제가 열심히 하겠습니다."

"아마 많이 힘들 거야."

그 정도는 각오하고 있었다. 그때 똑똑 소리가 들렸다.

"어머, 사장님인가 보다."

촉촉하게 젖은 눈가를 대충 찍어 누른 인숙이 자리에서 일어나 문을 열었다. 어느새 샤워를 하고 옷을 갈아입은 것인지 검은색의

브이넥 니트 차림의 태진이 뻐딱하게 서 있었다. 머리카락이 젖어 있어 이마를 덮자 조금 전 사무실에서 보았던 성공한 사업자의 모습보다는 대학생처럼 보이기도 했다.

"서재로 와."

말을 마친 태진이 바로 돌아섰다. 문형은 그의 뒷모습이 꼭 저승사자같이 느껴졌다.

생각했던 것보다 태진의 서재는 밝은 느낌이었다. 어쩌면 우드 블라인드를 빼고서 모두 유리로 된 가구들이 있어서 그런지도 모른다. 책상과 책장의 프레임만 빼고 모두 유리라서 유달리 깨끗한 느낌이 들었다. 먼지 하나 떨어진 모습조차 보이지 않을 정도였다.

태진이 책상 앞으로 가서 앉았고 문형은 잠시 주춤했다. 턱 끝으로 앞에 있는 의자를 가리키는 그를 보며 문형은 조심스레 앉았다. 태진은 바로 얇은 파일을 꺼내 앞으로 내밀었다.

"정 여사님에 대한 인적 사항들이니까 외워 둬야 할 거야."

"알겠습니다."

"특히 음식에 주의해 줘. 식탐이 늘어서 통제가 힘들어."

치매 증상은 여러 가지로 온다고 했다. 어쨌거나 상대에 대해 미리 알아서 나쁠 건 없었다. 문형은 지금 이 앞에서 자료를 보아야 할지 잠시 고민했다.

"뭐 해, 안 봐?"

"네."

"되도록 나는 서문형 씨가 잘 버텨 주길 바라거든."

그의 말이 진심처럼 느껴졌다. 문형은 서둘러 서류를 꺼내 읽어 내려갔다. 복합적인 것들이 많았지만 그중 먹는 것과 거동, 씻는 것만 특별히 조심하면 되는 것 같았다.

"거동이 아주 힘드세요?"

"워낙 체중이 많이 늘어서 그런지 관절이 그다지 좋지 않아. 하루 한 번 입욕제 풀고 거실 욕실에서 목욕하시는 거 좋아하시고."

"네."

무엇인가 말을 하려던 태진이 다시 입을 다물었다.

"하실 말씀 있으시면 하세요."

"머리카락은 되도록 묶지 않는 게 좋을 거야."

"네?"

"갑자기 폭발하면 쥐어뜯을 수도 있거든."

문형은 문득 자신의 머리카락 길이를 떠올렸다. 거의 허리춤까지 오는 긴 머리카락이었다. 누군가는 촌스럽다고도 했고, 누군가는 부럽다고도 했다. 딱히 펌이나 염색을 하고 싶지도 않아 그녀는 늘 긴 생머리를 고수했다.

"자를게요."

그 말에 태진이 잠시 멈칫했다.

"자르라는 말은 아니었어."

"아뇨, 그렇게 하는 게 편할 것 같아서요. 내일 오전에 자르겠습니다."

"강요하는 거 아니라고."

"네. 저도 제 의지대로 자르는 겁니다."

그녀의 고집을 이길 수 없는 걸 알았는지 태진이 미간을 거칠게 주무르며 고개를 끄덕였다.

"학교는?"

"말씀드렸다시피 휴학할 겁니다."

"난 나가라고 했는데. 때가 있을 때 배우는 게 좋아. 그냥 대학원 나가."

"아닙니다. 대학원은 제 현실에 무리죠."

"빚 많으면 배울 수 있는데도 못 배워야 하나?"

왠지 뒤통수를 한 대 맞은 느낌이었다. 왜 무조건 그냥 빚을 갚으라며 윽박지르는 빚쟁이들만 상상했던 것일까.

처음 만났을 때부터 지금까지 태진은 말 그대로 인간 대 인간으로 그녀를 대해 주고 있었다. 그렇게 '이모, 삼촌' 하며 친하게 지내던 거래처 사람들도 부모님이 실종되자마자 그녀를 짐처럼 혹은 버러지처럼 대했는데.

"배울 수 있을 때 배워 둬. 한 번씩 그림 볼 때 동행해 주면 더 좋고. 말 그대로 그 10억은 그냥 10년만 채우면 돼. 나머지 보너스나 상여는 따로야."

"왜 이렇게까지……."

"잘해 주냐고? 난 되도록 서문형 씨가 우리 정 여사님을 잘 보살펴 주기를 원해. 그리고 재능 있는 사람을 썩이는 건 취미가 아니라."

재능이라. 미술대학 교수인 어머니 덕분에 어려서부터 많은 그림을 보아 왔다. 그녀는 그리는 능력보다 그림을 알아보는 능력에 탁월했다. 그림을 보고 느끼는 게 좋았다.

"돈세탁이 제일 쉬운 거거든. 미술품들이."

왜 그가 홍콩까지 직접 날아가서 경매에 참여했는지 알게 되었다. 그는 말 그대로 사채업만 하는 사람이 아닌 모양이었다.

"남들 다 욕하지. 깡패 새끼가 무슨 예술을 논하느냐면서. 그냥 그렇게 떠들라고 해."

"강민석 화백의 '바다의 남자'는 10년 전에 사라진 그림으로 알아요. 그거 계속 가지고 계셨던 건가요?"

"우연히 3년 전에 헐값으로 얻었어. 진품일 거라고 생각도 못 했지. 그땐 강민석 화백의 이름값도 없었잖아? 대충 창고 구석에 박아 뒀는데 요긴하게 써먹게 될 줄이야."

피식 웃으며 태진이 자리에서 일어났다. 문형도 반사적으로 일어나며 뒤로 물러섰다.

"지하 1층으로 가면 빚 못 본 것들 많아."

"보여 주시겠다는 뜻인가요?"

가볍게 고개를 끄덕이는 태진을 보며 문형이 의아한 눈빛을 했다. 그는 얼마든 전문가들을 불러다 이야기를 할 수 있을 것이다. 아마추어인 그녀에게 왜 그런 물건들을 보여 주려고 하는 것일까.

"서 사장님, 딸 자랑을 많이 하셨거든. 특히 미술품 보는 눈이 탁월하다고. 그래서 나도 궁금하던 참이야."

말이 지하 1층이지 층고 높이가 높아 2층은 되어 보였다. 그리고 빽빽하게 들어차 있는 조각품이나 그림들에 넋을 잃었다. 태진은 별거 아니라는 반응이었지만 그녀는 수준 높은 미술품들이 지

하실에서 썩고 있는 게 왠지 아까웠다.

여러 가지의 그림들에 매료되어 다시 방으로 돌아올 때까지 정신을 제대로 차리지 못했다. 잠시 후 방으로 들어온 강 매니저라는 사람이 간단히 그녀의 치수를 재고 많은 옷들을 건네주었다.

그녀가 고급스러운 옷이 많이는 필요 없다고 했을 때 강 매니저는 마치 비웃는 것처럼 이곳에서 일하는 사람다운 품위를 갖추라고 말했다. 어차피 그녀는 치매 노인을 보살피는 일을 하는 사람일 뿐이었다. 과거의 영광이야 이미 사라진 지 오래였다.

텅 비어 있던 옷장이 가득 찼다. 이것을 모두 돈으로 환산하면 얼마일까. 예전엔 물건을 살 때 가격도 보지 않고 골랐던 것 같은데.

지금은 그게 꼭 꿈인 것처럼 느껴졌다. 강 매니저가 건네준 옷은 속옷은 물론이고 평상복, 외출복 갖가지 다양했다. 오히려 그녀가 가지고 있던 옷들보다 훨씬 많은 것 같기도 했다.

그래도 입기 편한 옷부터 정리를 해야 할 것 같았다. 그때 똑똑 소리가 들렸다. 옷장을 닫고 문 앞으로 걸어가 열자 교복을 입은 여학생이 서 있었다.

"할머니 새로 봐 주시기로 하신 분이시죠? 저는 김윤서라고 해요."

꼭 예전의 문호를 보는 것 같아 저도 모르게 웃고 말았다.

"저기요?"

잠시 문호를 떠올리다 보니 말을 할 타이밍을 놓치고 말았다.

"아, 서문형이에요."

"그냥 언니라고 불러도 돼요? 그리고 말씀 편하게 하세요."

"그럴게요."

"편하게 그냥 반말하셔도 된다니까요?"

"그럴까, 그럼?"

이제 인사를 나눈 것뿐이었는데 벌써 마음이 편한 것을 보면 윤서는 무척이나 사교성이 좋은 것 같았다. 자연스레 그녀의 손을 이끌고 계단을 총총거리며 뛰어 내려갔다.

"오빠! 오늘은 왜 일찍 들어왔어?"

"김윤서, 사장님이라고 부르라고 했지."

"엄만, 오빠가 괜찮다는데 왜 그래?"

인숙이 짐짓 엄한 얼굴로 말했지만 윤서는 혀를 뾰족 내밀며 태진에게 팔짱을 꼈다.

"오빠, 그치?"

"그냥 두세요."

태진이 먼저 식당 안으로 들어섰다. 태진과 함께 걸어가는 윤서의 뒷모습을 보며 인숙이 고개를 저었다.

"우리 딸. 늦게 낳아서 그런 건지 좀 버릇이 없어."

"귀여워요."

"저녁 먹게 빨리 들어와."

"저 부르지 그러셨어요."

"문형 씨는 회장님을 위해 온 사람이야. 집안일 하러 온 사람이 아니고. 그리고 이건 내 일이니까 빼앗을 생각하지 말고."

반나절도 겪지 않았지만 인숙이 좋은 사람이라는 것은 알 수 있었다. 의외로 태진은 자신의 사람들에 대해 거리낌이 없는 모양이었다.

식당으로 들어섰을 때 문형은 저도 모르게 입을 살짝 벌리고 말 았다. 식당과 부엌이 완전히 따로 분리되어 있는 공간이었다. 말 그대로 열두 명이 앉아도 충분할 식탁이 정중앙에 위치해 있었고 왼쪽으로 아일랜드 바가, 그리고 그 옆으론 커다란 와인셀러가 있 었다.

윤서는 태진과 나란히 앉아 있었고 인숙이 자연스레 윤서의 앞 으로 앉았다. 결국 문형은 태진의 앞에 마주 보고 앉을 수밖에 없 었다.

"오늘 규원 삼촌은 안 와요?"

"병원으로 갔을 거야."

"오빠 규원 삼촌 너무 부려먹는 거 아니야? 데이트는 언제 하라 고."

"남의 연애 문제는 걱정 말고 밥이나 먹어."

퉁명스럽게 말하면서도 태진은 윤서의 밥 위로 잘 익은 불고기 를 얹어 주고 있었다. 언뜻 보면 친동생에게 하는 행동 같았다. 하 긴, 인숙이 태진의 유모도 했었다고 하니 가족과 다름없을 것이 다.

문형은 다시 윤서에게서 문호를 보았다. 문호 역시 애교가 많고 밝은 아이였다. 사람들 모두 문호를 보고 심장병을 앓고 있다고 생각할 수 없을 정도로. 그러고 보니 눈동자 색이 한눈에 보아도 연한 갈색인 것 같았다.

"언니, 불고기 먹어 봐요. 우리 엄마가 세상에서 제일 맛있게 만드는 거거든요."

그렇게 바라보고 있는 걸 부러워한다고 생각한 모양이었다. 윤서가 불고기를 가득 집어 그녀의 앞 접시에 놓아주었다.

그러고 보니 부모님 실종 이후 무엇인가를 입으로 제대로 넣어 본 적이 없었다. 이제야 침샘을 자극하는 음식 냄새가 후각을 때렸다.

문형은 숟가락을 들어 불고기를 밥 위에 얹어 한가득 떠 입으로 넣었다. 먹을 거라도 제대로 먹어야 힘을 낼 수 있을 것만 같았다. 윤서의 말대로 인숙이 만든 불고기는 정말 태어나 먹어 본 불고기 중 제일 맛있었다.

그저 손을 재게 놀리며 음식을 우걱우걱 씹고 있는데 시선이 느껴졌다. 꿀꺽 삼키고 고개를 두리번거리니 윤서는 물론 인숙도 놀란 얼굴을 하고 있었다. 너무 게걸스럽게 먹은 모양이었다.

"앞으로 많이 먹어 둬. 정 여사 상대하려면 힘 좀 들 거야."

오히려 태진은 꽤나 태평한 얼굴이었다.

"이모님, 서문형 씨 밥 좀 더 주세요. 한 공기 가지고는 모자랄 것 같은데."

"그러게. 문형 씨 너무 말랐다. 많이 먹어."

다시 문형의 앞으론 마치 산처럼 가득 쌓인 밥공기가 놓였다. 밥을 딱히 좋아하지 않았다. 간단히 빵을 먹거나 친구나 가족들과 외식을 할 때가 많았다.

"정말 맛있어요."

"문형 씨, 체하겠어. 천천히 먹어."

"네."

다시 숟가락을 드는데 그녀의 앞으로 불고기 접시가 밀어졌다. 고개를 드니 태진이 접시를 움직이고 있었다.

✜   ✜   ✜

침대에 누운 문형은 가만히 생각했다. 태진의 말투는 말 그대로 거칠었다. 하지만 행동은 묘하게 다정하다.

"아, 헷갈려."

헷갈리는 남자다. 아니, 어차피 고용자와 고용인이니 더 깊게 생각할 것도 없었다.

문제는 이 커다란 집에 단둘이 남아 있다는 사실이었다. 사실 유모이자 30년을 넘게 이곳에서 생활했다고 해서 인숙의 방이 따로 있을 거라고 생각했다.

인숙은 이곳에서 차로 10분 거리에 있는 아파트에 살고 있었다. 원래 함께 살았는데 결혼을 하면서 따로 집을 구해 나갔다고 했다. 물론 갑자기 돌변해 태진이 그녀의 방으로 들어올 거라고 생각하진 않는다.

잠시 물을 마시기 위해 나섰을 때 서재에서 새어 나오는 불빛을 보고 바로 옆방에 태진이 있다는 것을 알았다. 그래서 물을 마시지도 못하고 다시 방으로 들어와 쥐죽은 듯 누워 있었다.

걱정을 하고 있는 친구에게 전화라도 하고 싶었다. 물론 이 집이 그럴 리는 없겠지만 혹시라도 방음이 되지 않는다면.

아주 조금이라도 태진에게 책잡히고 싶은 생각이 없었다. 하는 수 없이 문형은 휴대폰을 들어 아주 많은 숫자가 떠 있는 친구와의 대화창을 켰다.

〈유리야.〉

이름을 부른 것뿐이었는데 전화가 울렸다. 성질은 급하기도 하다.

"여보세요."

―뭐야, 어디야? 우리 집으로 오랬잖아! 그 깡패는 뭐래? 당장 갚으라고 난리 쳐?

"나 취직하게 됐어."

―뭐? 취직? 갑자기 그게 무슨 개 풀 뜯어 먹는 소리야?

유리는 속사포처럼 이야기를 쏟아 내고 있었다.

어차피 유리는 문형과 유치원 때 만나 초중고와 대학까지 함께 한 친구였다.

지금은 제 세계를 표현하는 작가이기도 했고. 문형이 작가의 세계를 이해하는 사람이라면 유리는 예술가의 혼을 가진 사람이었다.

"1년에 1억씩 탕감해 주기로 했어."

―그 깡패가? 그렇게 큰돈을? 다른 조건이 있을 거 아니야!

"치매이신 할머니를 봐 드리는 조건으로."

―치매? 너 그게 얼마나 힘든 병인 줄 알아?

"그런데 지금 내 상황에 할 수 있는 일은 그것뿐이잖아."

―문형아, 내가 우리 아파트라도 팔까?

말도 안 되는 말이지만 이렇게라도 이야기를 해 주는 유리가 고마웠다.

"유리야, 나 진짜 괜찮아. 그리고 생각보다 훨씬 괜찮은 사람인 것도 같아."

—야, 내가 여기저기 좀 들어봤거든? 그 이태진이라는 사람 독종 중에서도 상 독종이래.

독종이라⋯⋯. 하긴 그러니 그 나이에 그렇게 자리를 유지하면서 사업을 키워 나갈 수 있는 게 아닐까?

—이태진 할머니가 정릉 알아주는 큰손이었대. 치매 걸리기 전까지 여기저기 주무르는 게 장난 아니었대. 오죽하면 대기업에서도 돈 빌릴 정도였다더라.

이제는 이런 말을 들어도 별로 아무렇지도 않다. 그녀는 말 그대로 빚을 갚으러 온 것뿐이었고 앞으로 성실히 정 여사를 모실 생각이었다.

"유리야, 나 정말 괜찮아."

—내가 안 괜찮아서 그렇지! 밥은 먹었어?

"응. 나 오늘 두 공기나 먹었어."

—그래, 밥이라도 잘 먹고 다녀. 내가 준 카드 있지? 그거 쓰고.

유리는 오늘 아침 그녀가 집을 나서기 전에 신용카드를 쥐여 주었다. 아직 용돈을 받아 쓰는 유리의 신용카드를 함부로 쓸 수는 없었다. 그저 마음이 고마워 가져왔을 뿐이었다.

—왜 말이 없어. 나 이제 과외도 하잖아. 부담 갖지 말고 써.

"너 그림 그리기도 바쁜데 나 때문에 과외 하는 거 아니야?"

—아니야. 엄마가 하도 닦달해서 그렇지. 돈 타다 쓸 거면 선생하라잖아. 너도 알다시피 내가 어디 선생이 적성에 맞니? 하여간 그놈의 교사는, 엄마랑 아빠만 하면 됐지 나까지 꼭 해야 하는 거냐고. 참, 이태진 우리 과 선배였대.

"우리 과?"

―응. 전에 선배한테 대강 들어서. 내가 더 자세히 듣고 전화해 줄게. 참, 무슨 사고가 있었다더라? 그래서 왼손잡이였는데 왼손을 잘 못 쓴대. 그러면서 그림 포기했다는 이야기도 있더라고.

의외였다. 태진이 미술을 전공했다? 확실히 지하에서 보았던 물건들은 예사의 것들이 아니었다. 하긴, 그림을 볼 줄 알았으니 그것을 가지고 사업을 하는 데 사용했을 것이다.

―깡패가 예술이라니. 지나가던 개가 웃겠다.

"깡패는 아닌 것 같아."

―사채놀이하는 것들이 깡패지 다른 게 깡패니?

"나보고 대학원도 나가래."

―뭐?

"법정 근로 시간도 지켜 준대. 생각보다 조건이 정말 좋아서 나도 놀랐어."

문형은 유리에게 계약서에 대한 이야기를 자세히 풀었다. 스스로도 조건에 놀랐는데 유리 역시 다를 바 없었다. 왠지 바로 앞에 유리가 있는 것처럼 표정이 보였다.

―대박, 무슨 깡패가 그래?

"아무튼 한숨 돌렸어."

―그래도 인정은 있는 깡패네.

"깡패 아니라니까."

―문호 수술도 잘 끝나야 하는데.

"잘될 거야."

―수술할 때 캐나다 가야 하지 않아?

"다행히 연차도 쓸 수 있게 해 주겠대. 휴가도 있으니까 좀 앞당겨 써도 될 것 같아."

—다시 말하지만 치매 노인 보는 거 정말 힘든 일이야. 나도 돈 벌 테니까 정 힘들면 그때 말해. 알았지?

"응. 고마워, 유리야."

결국 유리가 울고 말았다. 휴대폰 너머로 울음을 숨기는 소리가 들려왔다. 문형은 아무렇지 않은 척 밝은 목소리로 나중에 전화를 하겠다며 먼저 끊었다.

침대에 반듯이 누워 마음을 다독였다. 신은 견딜 수 있을 만큼의 시련을 준다고 했다. 문형은 눈을 감고 기도했다.

부모님이 무사하길, 문호의 수술이 잘되길, 앞으로 10년의 시간이 무탈하게 흘러가길.

✤　　✤　　✤

인사를 하는 것도 소용이 없다는 것을 알고 있다. 정 여사는 그저 '밥 줘'라는 단어만 반복했다. 새벽에 급한 일이 있어 태진이 나갔다는 이야기를 전해 듣고 규원이 모시고 온 정 여사를 대면하게 되었다.

왜 태진이 그토록 음식에 유의하라고 일러 주었는지 알 수 있었다. 키가 160cm 중반인데 몸무게가 90kg에 육박했다. 거기다 여든이 가까워 가는 나이인지라 합병증을 유발할 수 있어 더욱 조심해야 했다. 내키지 않아 할 때는 혼자 거동하는 것도 힘들어 인숙과 문형이 모두 달라붙어야 했다.

문형은 친할머니나 외할머니에 대한 기억이 별로 없었다. 친할머니는 치매와 합병증으로 일찍 돌아가셨고, 외할머니는 외삼촌과 함께 외국에 살고 계셔서 딱 두 번 본 기억이 전부였다.

갑작스레 제주로 갔다는 태진은 3일간 집에 오지 않았다. 물론 태진이 집에 있거나 없거나 크게 문제가 될 것은 없었다. 처음인 문형을 배려해 인숙이 같이 머물러 주었다. 그리고 다행히도 그동안 정 여사와는 커다란 문제없이 잘 지냈다.

분홍빛의 입욕제가 욕조 안을 채워가기 시작하자 문형은 안방으로 가 문을 두드렸다. 물론 정 여사는 대답을 하지 않았지만.

인숙이 준 팁을 들고 안으로 들어갔다. 확실히 꽃이 달린 수영모를 흔들자 정 여사가 반응을 보였다. 그리고 씌워 달라는 듯 머리를 살짝 숙이고 있었다. 문형은 조심스럽게 수영모를 씌우려고 했다. 하지만 번쩍, 하며 눈앞에 번개가 스쳐 지나는 것만 같았다.

"아······."

정신을 차렸을 때 그녀는 문 앞으로 내동댕이쳐져 있었다. 분명 정 여사의 침대까지는 최소한 여섯 걸음은 가야 했다. 정 여사의 반항에 순식간에 그렇게 날아간 것과 다름없었다.

"회장······ 컥."

"어머, 세상에! 이걸 어떡해!"

방으로 들어오던 인숙이 쟁반을 재빨리 놓고 티슈를 뽑아 문형의 얼굴로 가져다 댔다. 코피가 흐르며 역류한 모양이었다. 입안 가득 느껴지는 피 맛에 저도 모르게 인상을 찌푸리고 말았다.

"문형 씨, 괜찮아?"

"네, 괜찮아요."

"아이고, 우리 정을복 회장님. 왜 또 골이 나셨을까."

을복을 살살 달래며 인숙이 떨어진 수영모를 주워 들었다. 정여사는 심술 가득한 얼굴로 문형을 보며 씩씩대고 있었다.

"내 사탕. 사탕 가져갔어. 노란 사탕."

"이 손에 쥐고 있는 건 뭘까요?"

인숙이 정 여사의 손을 잡고 손가락을 하나하나 펼쳤다. 그러자 정 여사의 손바닥에 반쯤 녹은 노란 사탕이 보였다. 정 여사가 그것을 재빨리 입으로 가져가 딱딱 소리를 내며 먹기 시작했다.

"그럼 이제 가서 목욕하실까요?"

"사탕."

"목욕하시면 하나 더 드릴게요."

자연스럽게 인숙이 정 여사의 머리에 수영모를 씌웠다. 여전히 코피가 터져 충격이 가시지 않은 문형이 멍하니 두 사람을 보았다.

띵.

알람 소리에 정신이 차려졌다. 이건 엘리베이터 도착 알림 소리였다.

"다녀왔습니다."

저음의 목소리로 인사를 하는 건 태진이었다. 그때 문형의 눈이 튀어나올 만큼 커졌다. 늘 불독처럼 인상만 쓰고 있던 정 여사의 얼굴에 함박웃음이 번졌기 때문이었다. 그리고 침대가 출렁거릴 만큼 몸을 위아래로 튕기기 시작했다. 여든에 가까운 나이라고는 믿기지 않을 만큼 가벼운 행동이었다.

문형은 재빨리 자리에서 일어나 휴지로 코를 막았다. 막 문을 연 태진과 눈이 마주쳤다. 문형의 얼굴은 본 그 역시 코피 때문에 놀란 게 틀림없었다.

"서문형 씨, 괜찮아?"

"괜찮……습니다."

피가 역류하는 느낌에 저도 모르게 말을 끊고 말았다. 하지만 티슈로는 역부족이었던 모양이었다. 손가락 틈을 타고 피가 흐르고 말았다.

"이모님, 지혈제 없습니까?"

"이런, 내 정신 좀 봐."

그때 혼자서는 일어나려고도 하지 않으려던 정 여사가 침대에서 내려와 태진 앞으로 걸어왔다. 그리고 세상 누구보다 행복하게 웃으며 태진을 끌어안았다.

"오라버니!"

마치 소녀가 된 듯 태진에게 아이처럼 안긴 정 여사를 보고 문형이 손을 툭 떨어뜨렸다.

방금 전까지 폭력적인 모습은 어디로 사라진 것일까. 마치 어린아이가 된 것처럼 정 여사는 태진의 품에 안겨 행복해하고 있었다. 태진은 그런 정 여사를 마치 여동생을 보듬듯 달래 주고 있었다.

"우리 정 여사님, 오늘은 어떻게 보내셨나."

"오라버니, 나 밥 안 먹었어. 쟤가 내 사탕도 뺏어 먹었어."

이건 그냥 흔히 어린애들이 하는 고자질이었다. 관심을 받고 싶어서 어른들에게 흔히 하는 거짓말 같은 것. 치매에 걸리면 어린애가 된다더니. 정 여사도 그런 모양이었다. 그런데 왜 태진에게 오라버니라고 하는 것일까.

그녀 역시 3일간 정 여사를 돌보면서 폭력적인 모습을 본 건 오늘이 처음이었다. 물론 그전에 밥을 달라 12시간 동안 떼를 썼던 것도 힘들다고 생각했는데 순식간에 내쳐지자 그건 그냥 애교에 불과할 뿐이라는 것을 알았다. 왜 사람들이 제대로 버티지 못하고 나가떨어졌는지도 이제야 조금은 이해가 갔다.

"정 여사님, 사탕은 이틀에 한 번 먹어야 한다고 약속했을 텐데."

"계속 먹고 싶은데."

마치 어린아이처럼 입술을 삐죽이는 정 여사는 금방이라도 울음을 터트릴 것만 같았다. 문형이 재빨리 나섰다.

"목욕하고 나면 사탕 드릴게요."

그 말에 거짓말처럼 정 여사가 코알라처럼 딱 붙어 있던 태진을 밀치고 문형에게 다가와 팔짱을 꼈다. 정말 정 여사의 힘이 센 건 맞는 모양이었다. 순간이었지만 태진도 비틀거릴 정도였다. 그나마 다행인 건 떼를 쓰지 않는다면 거구임에도 불구하고 정 여사는 짧은 거리는 혼자서 걸을 수 있다는 것이었다.

"딸기 맛?"

"오늘은 포도 맛 드릴게요."

"난 딸기가 더 좋은데."

"오늘 떼 더 안 쓰셔야 내일 딸기 맛 드려요."

"치."

그러면서도 포도 맛 사탕도 나쁘지 않은 모양이었다. 정 여사는 순순히 문형을 따라 욕실로 걷기 시작했다.

"구슬리는 능력 장난 아니지?"

"어떻게 된 거예요?"

"어제까지 어린아이들처럼 어찌나 싸우던지. 근데 이번에 회장님 만만치 않은 상대에게 걸린 것 같아. 그나저나 어떻게 된 거야? 문형 씨 부모님은."

태진이 혀로 입술 아래를 굴렸다.

"찾고 있는데 어렵네. 목격자 말에 의하면 차가 바다로 떨어졌다고는 하는데. 지금 며칠째 수색해도 아무것도 안 나와요."

태진 역시 두 부부의 갑작스러운 실종이 의아하다고 생각됐다. 문형이 찾아왔을 때도 생각했지만 그 부부는 그렇게 무책임하게 목숨을 버리진 않을 것이라 생각했다. 물론 사람 마음을 볼 수 없는 것이라고는 하지만 그가 이 일을 10년째 해 오면서 사람 보는 눈은 많이 가린다고 자부했는데 말이다.

"문형 씨, 고생 한 번 안 해 보고 자란 것 같던데."

"온실 속의 화초치고는 꽤 강단 있어 보이네요. 씻고 나올게요. 한 시간 뒤쯤, 차 좀 준비해 주세요."

"그래."

인숙이 그의 어깨를 토닥이며 안방에서 나갔다. 태진은 고개를 숙여 방금 전까지 문형이 서 있던 자리를 보았다. 정 여사가 자신에게 안겨 있던 틈에도 문형은 바닥에 떨어진 핏자국을 닦아 낸 모양이었다. 흔적이 완전히 지워지진 않았지만 거의 깨끗한 것과 다름없었다. 그리고 거기에서 부러진 머리핀을 발견했다.

"아……."

그러고 보니 머리카락이 어깨선에 닿을 듯 말 듯 짧아져 있었

60

다. 굳이 자르라는 말은 아니라 조심하라는 뜻이었는데. 그래도 아무 말 없이 문형은 3일이나 정 여사를 버텨 내고 있었다. 저 정도면 앞으로 믿고 맡겨도 될까. 겨우 스물다섯 살짜리에게 정 여사를 맡긴다는 게 불안했지만 그렇다고 그가 붙어 돌볼 수도 없는 노릇이었다.

"피곤해."

국회의원에게 불려가 하루 종일 골프를 치고 오느라 피곤했다. 몸이 피곤하기보다는 정신이 피곤했다. 탐욕에 눈이 먼 자들이 정치를 하고 기업을 운영한다. 아니, 그들을 탓할 필요도 없다. 자신도 어차피 같은 부류가 아니던가.

쓸쓸히 웃으며 안방에서 나와 계단으로 향하다 욕실에서 들리는 소리에 걸음을 멈췄다. 정 여사는 뜨거운 물에 들어가는 것을 좋아했다. 그리고 어린아이처럼 물장구를 치며 놀았는데 그래서 태진은 사람 네 명쯤은 거뜬히 들어가고도 남을 편백나무 욕조를 특별 제작했다.

한번 목욕을 하고 나면 정 여사는 그 순간을 잊지만 그래도 그 순간만큼은 행복했으면 하는 바람이었다. 일적으로는 성공했을지 몰라도 정 여사는 평생을 외로웠다. 자신까지 외면한다면 정 여사에게 남는 것은 과연 무엇일까.

"회장님 덕분에 옷 다 젖었잖아요."

"같이해, 같이."

정 여사는 또 목욕을 같이하자고 떼를 쓰는 모양이었다. 이상하게도 이제껏 요양사들은 그런 정 여사의 의견을 들어주지 않았다. 왜일까. 정 여사에게 무슨 병이 있는 것도 아닌데. 아마 자신이 손자가 아니라 손녀였으면 거리낌 없이 같이 욕조에 들어갔을 것이다.

"그럼 같이 목욕해 볼까요? 이럴 줄 알았으면 처음부터 같이 벗고 들어올 걸 그랬다. 그죠?"

"수영장 같아, 수영장."

정 여사는 돌고래 소리를 내며 좋아했다. 말투나 언어, 단어의 배열들은 대여섯 살 먹은 아이를 연상시켰다. 늘 엄하고, 호랑이 같았던 정 여사는 어디로 사라져 버린 것일까. 예전엔 그래도 하루걸러 정신이 돌아왔었는데 근래는 그 모습을 보기 힘들었다. 물론 정신이 돌아왔을 때면 늘 태진을 향해 소리를 고래고래 질렀지만.

과연 정 여사의 마음에 든 사람이 있기나 했던 것일까? 인숙을 제외하면 아마 한 명도 없었을 것이다. 심지어 피를 물려받은 자신조차도.

"우와, 찌찌. 예뻐. 만져도 돼?"

여기 더 있는 건 실례일 것 같아 태진이 서둘러 계단을 올라섰다.

태진도 자신의 욕실에서 물을 받아 느긋하게 반신욕을 하고 나왔다. 긴장으로 인해 뭉쳤던 근육들이 조금은 풀린 듯도 했다. 하지만 스스로 잘 알고 있었다. 이런 피로는 잠을 잘 자야 풀린다는 것 정도는. 불면증에 시달린 지 꽤 오래되었다.

정 여사가 막 치매 진단을 받았을 땐 일주일 내내 잠을 자지 못해 수면제 처방을 받아야 할 정도였다. 어쩌면 유일하게 가족이라 생각되는 사람을 영원히 잃어버릴지도 모른다는 막연한 두려움 때문이었을지도 모른다. 심리 상담을 받아도 딱히 효과는 없었다. 요즘의 불면증은 왠지 습관이 되어 버린 것만 같다.

똑똑.

노크 소리에 아직 젖은 머리카락을 대충 털어 내며 문을 열었다. 어느덧 코피의 흔적을 모두 지운 문형이 트레이를 들고 서 있었다. 정 여사와 같이 목욕을 하고 난 뒤라서인지 머리카락도 아직 젖어 있었다.

"불면증이 있으시다 들었어요. 라벤더와 캐모마일을 섞어 봤습니다."

"서문형 씨."

"네."

"이런 거 하러 여기 왔어?"

태진의 목소리에 어쩐지 짜증이 섞여 있었다. 제주도에서 아예 잠을 자지 못해 스스로를 컨트롤하기가 힘들었다. 문형의 어깨가 살짝 움츠러드는 것을 보고 낮은 숨을 뱉었다.

"죄송합니다."

"이런 건 이모님이나 다른 집안일 하는 사람들이 하는 거야."

태진이 고개를 숙였다. 트레이엔 다기 세트가 두 개였다. 아무래도 그에게 하나를 주고 하나는 자신이 가져가서 마시려 했던 모양이었다.

"이모님께서 굳이 발걸음하지 않으셔도 될 것 같아서요."

"일단 들어와. 그쪽도 차 마시려던 모양인데 같이 좀 마시지."

떨떠름한 얼굴을 하고 있었지만 그의 제안을 거절할 수는 없던 모양이었다. 문형이 태진의 방으로 들어왔다. 태진은 자연스레 소파 앞으로 가서 앉았고 문형은 테이블에 트레이를 내려놓았다.

"이거 드시면 됩니다."

태진의 앞으로 라벤더와 캐모마일을 적절히 섞은 다기를 내밀었다.

"불면증이 있는 건 어떻게 알았어?"

"회장님께서 말씀해 주셨어요."

"할머니가?"

놀란 듯 태진의 눈이 커졌다.

"조금 전에 같이 목욕했는데 그러셨거든요. 아주 잠깐 정신이 돌아오신 듯했어요."

"아……."

"한 번씩 정신이 돌아오곤 하신다던데."

"난 못 본 지 몇 개월은 된 것 같아."

"아무래도 오래 붙어 있는 시간이 짧아서 그렇겠죠."

태진이 인상을 찌푸렸다. 문형은 괜한 말을 한 것 같아 입을 다물었다. 마치 태진의 눈은 '네가 뭘 알아?' 하는 물음을 담고 있었다. 물론 문형은 태진에 대해서 알지 못한다. 그냥 인숙의 말을 듣고 추측 정도만 했을 뿐이었다.

"보통 사람들 오면 3일 만에 나가떨어지는 사람들이 부지기순데."

"생각보다 좋습니다."

"학대 흔적이 보이면 그땐 각오하는 게 좋을 거야."

기가 찼다. 자신이 치매 노인을 학대할 사람으로 보였다는 것일까? 막 찻잔에 차를 따르려던 문형이 멈칫했다.

"혹시나 해서 하는 말이야."

별거 아니라는 투로 말하는 태진을 보며 문형이 헛웃음을 짓고 말았다. 알겠다. 태진은 그저 타인에게 관심이 없는 것일 뿐만이 아니라 냉소적이었다. 기대감 따위는 하나도 갖지 않는 것처럼.

"내일 신예 작가들 작품전이 열리는데."

"동행할까요?"

"그래 주면 고맙고."

말투는 전혀 그렇지 않았다. 어차피 그녀는 돈으로 묶여 있는 사람이었다. 그가 필요로 한다면 무슨 일이든 해야 하는. 물론 그녀에게 '차나 타러 왔느냐'고 했을 땐 놀라긴 했다. 굳이 그녀가 하지 않아도 될 일을 시키려 들지 않았으니까.

보통 고용자들의 입장에선 이만큼이나 요금을 지불했으니 많은 서비스를 바라게 되는 게 대부분이었다. 하지만 태진은 각자의 할 일만큼은 제대로 선을 긋는 듯했다.

"어디서 하죠?"

"명동. 이번엔 좀 규모가 커. 지방 작가들도 대거 참여해서. 안목도 좀 필요하고."

"크게 도움이 되지 않을 수도 있어요."

"나도 그쪽보단 서 사장님을 믿는 편이야."

문형은 입술 아래쪽 안쪽 살을 지그시 깨물었다. 서 사장은 어딜 가나 큰딸에 대한 칭찬을 아끼지 않았다. 원래 부모의 눈에 자식은 늘 특별하고 뛰어나게 보이는 것이다. 하지만 그녀는 정말 그림을 볼 줄 아는 눈을 가졌다며 많은 기대와 칭찬을 받았다.

어쩌면 그 칭찬이 독이 되었던 것은 아닐까? 그저 운이 맞아떨어져 자신이 보았던 작품들의 작가들이 그 후에 이름을 알리게 된 것은 아닐까?

"좀 찾아보겠습니다. 노트북 좀 쓸 수 있을까요?"

그 말에 태진이 자리에서 일어났다. 그리고 티 테이블 위에 있는 노트북 가방을 그녀에게 내밀었다.

"앞으로 이걸 쓰도록 해."

"네?"

"난 몇 대 있으니까. 그거 오늘 차 부장이 사 온 거야."

"알겠습니다."

"웬만한 프로그램은 깔려 있으니 그대로 사용하면 될 거야."

"네. 이번 작가전 주제가 뭐죠?"

태진이 느긋하게 차를 한 모금 들이켰다.

"누드."

당혹스러웠다. 태진과 처음으로 같이 보기로 한 작품전이 누드라니. 물론 예술은 예술로 봐야 하지만 같이 보는 사람이 누구인지도 상당히 중요했다.

잘 생각해 보면 태진 역시 같은 과 선배라고 들었다. 그렇다면 그 역시도 보는 눈이 없진 않을 것이다. 자신만의 눈이 아닌 다른 사람의 눈도 역시 중요하다고 생각하는 걸까.

"김 기사 3분 후에 도착한대. 문형 씨, 잘 보고 와."

"그럼 회장님 잘 부탁드려요."

스스로도 이런 말을 하는 게 참 어색했다. 이제껏 정 여사를 보필해 온 사람이 인숙이었는데 말이다. 민망해하는 것을 눈치챈 것인지 인숙이 웃으며 그녀의 어깨를 두드려 주었다.

"잠깐, 목이 너무 허전하네."

잠시 기다리라고 말한 인숙이 작은 방으로 들어가 빨리 나왔다. 그리고 그녀의 목에 가는 백금 목걸이를 걸어 주었다.

"역시 예쁘고, 피부가 흰 사람이 하니까 잘 어울리네. 내가 선물로 줄게."

"아니에요."

"나한텐 잘 안 어울려서 그래."

"그럼 윤서 줘도 되는데."

"어이구, 윤서 그 기지배는 해 줘도 계속 잃어버려."

"정말 제가 받아도 되는 거예요?"

이런 귀한 선물을 받아도 되는 것일까?

"그럼. 그렇게 비싼 거 아니니까 부담 가질 필요 없어."

"고맙습니다. 정말 예뻐요."

"나가 봐, 김 기사 도착했겠어."

"가서 잠깐 얼굴 보실래요?"

"집에 가서 보면 되는데, 뭘."

문형은 김 기사가 인숙의 남편이라는 것을 어제서야 알아챘다. 전혀 티를 내지 않아서 몰랐었다. 윤서는 엄마, 아빠가 너무나 닭살 커플이라서 남자 친구를 안 사귀는 거라고 했었다. 그래서 두 사람이 부부일 거라는 매칭을 아예 해 보지 못했다.

쑥스러운 듯 웃으며 그녀를 배웅하는 인숙을 보고 고개를 숙인 뒤 정원을 나섰다. 대문까지는 거리가 꽤 되어서 발걸음을 재촉해야 했다. 다행히 강 매니저가 상황에 맞는 옷들을 잘 걸어 주고 가서 편히 입을 수 있었다.

검은색 슈트에 스웨이드 로퍼를 신었다. 가방을 들어야 할까, 말아야 할까 고민을 했던 것도 온전히 자신의 것이 아니었기 때문에 잠시 망설였다. 어차피 그녀가 이 집을 떠날 때 두고 가야 할 것이라 태진이 보내 준 물건은 최대한 쓰고 싶지 않았다. 그러나 가방도 없이 가는 것이 더욱 실례라는 생각에 개중 제일 가격대가 낮은 것으로 골랐다.

그저 치매 할머니를 보살피는 것뿐일 텐데도 불구하고 태진은 그녀의 물품들을 모두 명품으로 준비했다. 분명 처음부터 이런 일에 써먹기 위해 그런 것이다. 그의 수준에 맞춰야 한다고 생각하면서도 씁쓸했다.

스마트 키를 대자 육중한 대문이 자동으로 열렸다. 그리고 막 발을 내디뎠을 때 저도 모르게 주춤거리고 말았다. 당연히 김 기사가 와 있을 거라고 생각했는데 흰색의 SUV는 태진의 차였기 때문이었다.

그녀가 멈칫거리고 있는 사이 조수석 창문이 내려갔다.

"안 타?"

"오셨어요."

애써 당혹스러움을 감추고 문형이 차에 올라탔다. 그녀가 안전벨트를 매고 가방을 허벅지 위에 올려두자 태진이 부드럽게 핸들을 꺾었다.

"코트라도 걸치고 나오지 그랬어."

"네?"

"오늘 쌀쌀해."

"아, 오늘 밖을 나오지 못해서……."

빠르게 걷느라 추운 것도 느끼지 못했다. 사실 요즘 날씨가 어떤지 느낄 새도 없었다. 그토록 기다렸던 봄이 영원히 오지 않는 것은 아닐까?

"하긴, 바로 실내로 들어갈 거니까 상관은 없나?"

차가 골목을 빠져나와 도로로 들어서자마자 퇴근 시간이라 정체되기 시작했다. 태진은 검지로 핸들을 톡톡 두드렸다. 메트로놈처럼 일정한 간격이다. 첫날 그의 사무실로 갔던 날에도 그랬다. 저게 버릇인 것일까?

"뭘 그렇게 봐?"

"아, 그게……. 저희 부모님……."

가까스로 말을 꺼냈다. 태진의 미간에 살짝 주름이 생겼지만 부모님을 물어보는 거라 그런지 겁이 나진 않았다.

어젠 문호와 영상 채팅을 하면서 아무렇지 않아 보이기 위해 애를 써야 했다. 부모님은 중요한 일이 있어 한 달 정도 연락이 곤란하다 둘러댔다. 다행히 문호는 의심을 하지 않는 것 같았지만 언제까지 숨길 수 있을지도 장담할 수 없었다.

어느 정도 시간은 벌었지만 결국 언젠간 문호에게 모든 것을 말해야 할 텐데. 과연 그 심장으로 문호가 이 상황을 버틸 수 있을까?

"우리도 백방으로 찾고는 있어."

"네."

"동생에게 말했나?"

"아직 못 했어요."

무엇인가를 생각하는 듯 태진이 눈을 가늘게 떴다.

"수술이 언제라고?"

"한 달 됩니다."

"한국에서 수술하게 하는 건 어때. 왜 굳이 캐나다에 있는 건데. 더 부담스럽지 않나?"

"공부를 잘해요. 학교도 추천으로 들어가게 됐고."

"수술은 한국에서 해도 되잖아. 세계적인 심장 전문의 많다고 들었는데."

"동생이 졸업을 하면 들어가게 될 회사에서 병원비 일부를 대 줍니다."

"다행이네."

그렇게 재능이 많은 문호가 심장이 좋지 않아 늘 마음 한구석이 불편했다. 그러고 보면 태진은 그녀가 일개 고용인일 뿐인데도 꽤 관심을 가져 주고 있었다. 하긴, 10년간 자신의 할머니를 모셔야 할 존재이니 당연한 건가? 게다가 그녀는 막대한 빚을 지고 있었다.

"신경 써 주셔서 감사합니다."

"감사는 무슨. 오늘 정 여사는?"

"식사 잘하시고, 화장실도 제대로 이용하셨어요."

"요즘은 컨디션 좀 좋아 보여서 다행이네."

"네."

"또 던지거나 하진 않았고?"

순간 얼굴이 벌게질 것 같았다. 그땐 정말 정신이 없어서 그렇게까지 던져진 줄도 몰랐다. 코피도 정말 오랜만에 나서 당황해 숨을 들이켜는 통에 피가 더 흘렀다. 고개도 올리고 있던 그녀에게 고개를 숙이라고 말해 준 사람도 태진이었다.

"그렇게까지 폭력적인 건 못 봤었는데. 뭘 건드린 건?"

"딱히, 아……."

"토끼 인형?"

무슨 사연이 있구나 싶었다. 태진이 바로 말을 꺼내는 것을 보니. 너무 낡은 인형인 데다가 다리에 봉제선이 뜯어져서 그것을 좀 수선을 봐야지 생각했다. 그런데 그걸 집는 순간 그 사달이 난 것이다. 너무 정신이 없어서 그 인형을 만졌다는 사실조차 잊고 있었다.

"그건 앞으로도 되도록 안 만지는 게 좋아."

"알겠습니다."

멈춰 있던 차가 다시 움직이기 시작했다. 역시 차 안은 태진의 향으로 특유의 묵직함이 느껴져서 왠지 제대로 숨을 쉬기가 힘들었다. 호흡을 처음 배우는 어린아이가 된 느낌이었다. 분위기 자체로 이런 압박감을 뿜낼 수 있는 사람은 거의 없을 것이다. 거기다 겨우 서른하나라.

유리의 정보 하나는 확실했다. 문형은 창문에 반사되는 태진의 얼굴을 보았다. 그냥 슈트를 입지 않은 모습을 보면 또래보다 훨씬 어려 보인다. 많아 봤자 이제 막 제대를 하고 학교에 복학하는 20대 중반 정도라고 해도 믿을 정도였다. 하지만 이런 분위기를 가지고 있어 보통 사람처럼 보기는 힘들었다. 분위기 자체가 주는 중압감이 크다고 해야 하나.

"원래 궁금한 게 없는 편인가?"

"궁금함이요?"

"보통 사람이면 그런 토끼 인형에 사연이라도 있냐고 묻잖아."

"말하고 싶어 하지 않을 수도 있으니까요."

"앞으로 10년이나 모셔야 하는 데 좀 알아야겠다는 생각은 안 해? 어차피 정 여사는 제정신이 아니라 제대로 말을 해 줄 수도 없을 텐데."

정 필요하면 인숙과 이야기를 하면 된다. 태진보다 인숙과 대화를 하는 게 훨씬 쉬웠으니까.

"양 여사님과 이야기하면 돼요."

"나와 하는 대화가 불편하다는 뜻이군."

가볍게 웃으며 태진이 핸들을 돌렸다. 그는 확실히 눈치가 빠른 남자였다. 이런 일을 하는 사람들은 대체적으로 그런 편일까? 아니면 태진이 그런 것일까? 어쨌거나 태진과 길게 이야기를 나누면 왠지 손해를 볼 것 같은 느낌이 들었다.

"당장 쓸 돈은 있나?"

"필요 없을 것 같습니다."

"이제 학교 다니려면 어느 정도는 필요할 거 아니야."

그것까진 생각하지 못했다. 차비조차 갖고 있지 않은데 대학원을 어떻게 나가야 할까. 정 급하면 유리의 카드를 쓰고 나중에 갚아야 하나.

"공부는 내가 계속하라고 했으니 그 정도쯤은 대 줄 거야."

"그것도 빚에 얹어 주세요."

"빚 갚는 거 좋아하나 봐?"

분명히 비꼬고 있었다. 하지만 문형은 더 이상 대꾸를 하지 않기로 했다. 앞으로 10년이나 더 얼굴을 봐야 할 사람이다. 지금도 이렇게 어려운데 앞으론 얼마나 더 어려워질까. 그 빚의 무게가 좀 더 줄어들면 괜찮아지기는 하는 걸까? 아니, 계약된 10년이 지나가기는 하는 걸까?

문득 문형은 앞으로의 세월이 형벌처럼 느껴져 마음이 가라앉았다.

✛   ✛   ✛

태진의 말처럼 거의 무명작가들이 참여하는 전시회였다. 거기다 주제 자체가 누드라 19세 이상만 입장할 수 있어서 관람하는 인원이 더욱 적었다. 생각했던 것보다 그림이나 조각품들이 훨씬 많고, 공간도 넓었는데 말이다.

2전시실에 있는 사람은 태진과 문형뿐이었다. 작품을 조용히 보고 싶다며 도슨트를 물리친 태진 덕분이었다.

두 사람은 한 금속 조각품 앞에서 멈춰 있었다. 제목은 자유였고 상반신이 잘린, 말 그대로 남자의 하체가 고스란히 보이는 작품이었다. 작품 자체가 디테일해서 자칫 얼굴을 붉힐 수도 있었다.

팔짱을 낀 채 손가락을 툭툭 치던 태진이 문형을 보았다. 참 이상한 여자다. 으레 저 나이 때의 사람이라면 호기심도 많고, 알고 싶은 것도 많을 것이다. 그런데 앞으로 10년이나 봐야 할 사람에 대해 묻지도 않다니.

문형은 눈앞의 조각품에 온전히 집중하고 있었다. 그는 딱히 작품을 볼 줄 몰랐다. 그냥 돈이 되어 뛰어든 것뿐이었다. 이미 죽어 버린 태준이 아니었다면 그림이 이렇게까지 좋은 돈세탁이 되는 줄은 몰랐을 것이다. 그럼에도 불구하고 전공으로 미대를 선택했던 건……. 그땐 할 줄 아는 게 그림을 그리는 것뿐이었다.

전공까지 했지만 주로 회화만 다뤄 금속 조각을 이 정도로 디테일하게 만들 수 있다는 것은 몰랐다. 고개를 돌려 보니 이 조각품에 문형이 제대로 꽂힌 모양이었다. 정말 서 사장의 안목을 믿어야 할까.

"자유? 이게 왜 자유야?"

이 조각품의 제목은 자유였다. 태진은 이해가 가지 않아 인상을 찌푸렸다.

"모든 것을 벗어 던져서요. 이 조각품, 사는 게 좋겠어요."

그때 문형의 시선이 그의 하체로 돌아왔다. 보통 같으면 기분이 나빠야 하는데 그저 작품을 보다 우연찮게 시선을 돌린 것 같았다.

"난 자유롭지 않아서."

태진이 돌아섰다.

"수준이 엉망이군."

혼자 중얼거리며 휘적휘적 걸어가는 태진의 뒷모습을 흘기고 문형이 다시 고개를 돌려 조각품을 보았다.

"자유롭지 않은 건 너나 나나 매한가지네."

왠지 웃음이 나왔다.

의외라고 생각했다. 문형이 고른 건 그 '자유'라는 작품 하나였고 수준이 엉망진창이라고 했던 태진이 이 작품을 살 것이라고 생각하지 못했다.

출장을 가 있던 태진이 연락을 해 곧 전시회에서 구매한 작품들이 도착할 테니 봐 두라고 했다. 약 10점의 작품이 배송되어 왔는데 개중에 '자유'도 함께 들어 있었다.

그녀의 안목을 믿기는 하는 걸까. 아니면 그냥 그녀가 골랐던 유일한 작품이기 때문에 사들인 것일까.

정확히 전시회에 다녀온 뒤로 10일 뒤였다. 서둘러 안전하게 잘 배송되었는지 확인했다. 그리고 태진이 고른 작품들을 보았다. 그는 대체적으로 자연을 배경으로 그린 그림을 좋아하는 것 같았다. 그녀의 눈엔 그저 자신에게 만족하며 그린 것이 분명한 그림들이었다. 정확히 이야기하자면 모두 조금이라도 물이 있었다. 폭포가 있기도 하고, 개울이 있기도 하고, 웅덩이가 있는 그림.

"문형 씨."

"네!"

"우리 회장님 목욕하고 싶으시대."

"아, 준비할게요."

인숙의 말에 하얀 천으로 마지막 그림을 덮은 문형이 서둘러 계단을 뛰어 올라갔다. 그동안 문형은 을복과도 많이 친해졌다.

물론 그건 혼자만의 생각이긴 했다. 아침에 얼굴을 보면 을복의 기억은 모두 사라졌다. 하지만 처음과 다르게 아침에 30분 정도만 고생을 하면 하루가 편했다.

을복은 10분이나 15분에 한 번씩 '언닌 누구야?'라고 묻곤 한다. 그때마다 문형은 새로 온 을복의 친구라고 해 주었다. 처음엔 '회장님을 돌봐드리러 온 사람이에요'라고 했는데 그러면 울음을 터트리거나 그녀를 밀어뜨리곤 했다. 그런데 다 헤진 토끼 인형을 본 뒤로 '친구'라고 하자 그때부터 을복의 폭력적인 성향이 눈에 띄게 없어졌다.

인숙에게서 을복에 대한 많은 이야기를 들었다. 남편이 일찍이 떠나 버리고 형제 둘을 키우기 위해 모든 일을 닥치는 대로 했던 을복은 친구가 없었다고 말이다. 어쩌면 을복은 늘 외로워 함께할 친구가 필요했던 건 아닐까 하는 생각이 들었다.

커다란 욕조에 물이 가득 차자 인숙의 도움을 받았다. 을복과 함께 욕조에 들어와 입욕제를 둥둥 띄웠다. 하루에 한 번씩 목욕을 하는 을복은 예쁜 보랏빛을 내는 입욕제가 거품을 내며 다 녹을 때까지 보는 것을 좋아했다.

문형은 준비해 둔 오리 인형을 위로 둥둥 띄웠다. 그러자 을복의 눈이 반짝이는 것이 보였다.

"오리!"

을복이 오리를 두 손에 쥐고 누르자 '꽥, 꽥' 소리가 났다. 어린아이처럼 천진난만하게 웃는 을복에게서 옛 모습이 보이는 것 같았다. 주름이 지워지고, 나잇살이 빠진 아주 어린 시절의 을복이 말이다.

치매는 참 무서운 형벌이다. 사랑하는 사람을 모두 잊어버리고,

그저 본능에만 의지한 채 살아가야 하는 무서운 병. 이런 을복을 보는 태진은 어떤 마음이었던 것일까.

"오리고기 먹고 싶어."

"오늘 저녁엔 오리고기 먹어요."

"지금 배고파."

"그럼 목욕 끝나고 해 드릴게요."

"오라버니는?"

처음엔 을복이 누구를 보고 '오라버니'라고 칭하는 것인지 몰랐다. 퇴근을 하고 들어오는 태진을 가리키며 오라버니가 왔다고 외치는 모습을 보고 그 '오라버니'가 누구인지 깨달았다. 인숙은 태진이 을복의 남편과 똑같이 생겼다고 말했다. 그래도 다행히 남편의 모습을 잊지 않아 다행이라며 눈물을 훔치기도 했다.

다른 기억은 모두 잊어도 사랑했던 기억은 영원히 남아 있는 것일까? 연인 간의 사랑이 훨씬 큰 것일까?

자식들은 모두 잊어버려도 사랑했던 사람이 기억에 남아 있다는 것은 그것을 반증하는 것이 아닐까. 아직 자신이 그런 사랑을 해 보지 못해서 이해를 하기 힘든 것일지도 모른다.

"회장님, 그 오라버니 이름이 뭐예요?"

"명우."

"좋은 이름이네요."

"밝을 명에 머무를 우."

밝음이 머물다. 정말 좋은 이름이다. 한때 그녀도 그렇게 살고 싶었다. 그리고 그렇게 살 수 있을 것이라고 생각했다. 하지만 지난 한 달 사이에 그녀의 모든 것이 뒤바뀌었다. 부모님의 행방은 아직 찾지 못하고 있고, 문호는 이제 3일 뒤 마지막 수술을 앞두고 있다.

태진은 그녀에게 캐나다에 다녀오라고 했다. 하지만 거절하게 된 건 자신이 말하기도 전에 문호가 부모님의 실종을 신문 기사로 접했기 때문이었다.

생각했던 것보다 문호는 훨씬 강했다. 오히려 언니가 놀랐겠다며 그녀를 안심시켰다. 그래도 혼자 수술을 하러 들어가는 게 많이 무서울 텐데.

다행히도 이 소식을 들은 유리가 과외를 하는 학생들과 학부모들에게 양해를 구하고 캐나다로 가 주었다. 이런 친구가 있어 얼마나 다행인지 모른다.

"울어?"

"네? 아뇨. 눈이 따끔거려서요."

"내가 후, 해 줄게."

그렇게 말하며 을복이 그녀의 눈을 크게 뜨게 만들고 바람을 후 불어 주었다. 어렸을 적 눈에 무엇인가가 들어가면 부모님이 해주던 게 생각나 버렸다. 결국 문형이 을복의 품에 안겨 엉엉 울고 말았다.

✢　　　✤　　　✢

어린아이처럼 엉엉 우는 소리가 욕실 문 너머로까지 이어졌다. 인숙은 발을 동동 구르고 있었고 태진은 물끄러미 욕실 문을 쳐다보았다. 그렇게 어른스러운 척, 아무렇지 않은 척했지만 문형은 이제 겨우 스물다섯 살이었다. 세상의 풍파보다 부모의 품에 있는 게 훨씬 더 어울릴 나이.

"내가 들어가 볼까?"

"두세요. 혼자 울고 싶을 것 같으니까. 원두 들어왔어요?"

"들어왔어. 내가 간단한 과일하고 같이 가져갈게."

"부탁드릴게요."

인숙이 재빨리 식당 쪽으로 사라졌다. 태진은 다시 한번 욕실 쪽을 쳐다보고 계단을 향해 걸었다. 생각보다 훨씬 빠르게 을복과 친해진 문형을 보며 놀랐다. 사실 일주일만 견뎌도 오래 버티는 것이라 생각했는데. 문형은 벌써 한 달째 을복과 친구처럼 지내고 있었다.

아침에 큰 소리가 나는 것도 겨우 5분 남짓이었다. 타인이 몸에 손대는 것을 싫어하는 을복과 단시간에 가까워질 수 있다니. 그것도 놀라웠다. 어쨌거나 꼭 맞춤인 사람이 오게 되어 다행이었다.

간만에 서재에 앉아 독서를 하느라 앞에 있는 커피가 다 식어 버린 것도 잊고 있었다. 책을 내려 두고 잔으로 손을 가져가려는 데 노크 소리가 들렸다.

"네."

문이 열리고 아직 머리카락이 젖어 있는 문형이 들어왔다. 태진이 앞으로 앉으라는 듯 고개를 끄덕이자 문형이 맞은편에 자리를 잡았다.

"정 여사는?"

"잠드셨어요."

"생각보다 잘 버텨 줘서 다행이야."

"네."

"아직 서 사장님 내외분 소식은 못 찾고 있어."

태진이 그렇게 말하며 문형을 물끄러미 보았다. 이미 포기한 것일까? 눈에 어쩐지 생기가 없어 보였다. 태진이 저도 모르게 한숨을 내뱉었다.

"캐나다는 좀 가 보지 그랬어."

"그러다 제가 돌아오지 않으면 어쩌시려고요?"

"서문형. 내가 만만해 보여?"

공기가 순간 차가워지는 것처럼 느껴졌다. 문형은 허벅지 위에 올려놓은 손바닥으로 땀이 고여 저도 모르게 허벅지에 문질렀다.

확실히 태진은 처음 생각했던 일반적인 사채업자들과 다른 모습을 보여 주었다. 그리고 갑과 을의 모습답지 않게 굴어 은연중 저도 모르게 가까워졌다고 생각하게 된 모양이다. 그저 그건 태진의 성향일 뿐인데.

"사람 붙였겠지. 저번에 봤지, 늘보."

알고 있다. 이름은 낯간지러우니 그냥 '늘보'라고만 불러 달라고 했다. 그녀보다 네 살이 어리다고 했던 늘보는 왠지 모르겠지만 자꾸 문형을 '형 씨'라고 불렀다. 누가 보아도 서른은 넘을 것처럼 생겨서 이제 겨우 스물한 살인 늘보는 그렇지 않아도 노안이 콤플렉스라며 징징대기도 했다.

"죄송합니다."

"죄송할 것까진 없고. 무슨 일이야?"

"내일이 입학식이라 수업은 없지만 나가서 지도 교수님을 뵙고 와야 할 것 같습니다."

"아, 벌써 개강 시즌인가?"

"저희 학교 선배셨다고……."

커피를 한 모금 마시며 태진이 잔을 내려놓고 문형을 보았다.

"커피?"

"네?"

"캡슐 커피도 괜찮으냐고."

"제가 하겠습니다."

"그런 거 하러 여기 온 거 아니잖아."

자리에서 일어난 태진이 테이블 옆쪽에 있는 홈 바로 갔다. 자연스레 캡슐을 넣어 커피를 내리자 곧 진한 향이 서재 안을 부유하기 시작했다.

"뜨겁게?"

"네."

정수기에서 뜨거운 물을 받은 태진이 다 내려진 에스프레소를 잔으로 부었다. 그녀에게 먼저 잔을 건네주고 자신 몫의 캡슐 커피를 내리며 바에 기대었다.

"어떻게 알았어?"

"친구와 이야기하다 우연히 듣게 됐어요."

"그땐 어려서 학벌이 필요할 수도 있겠거니 생각했거든."

학벌이라……. 어쨌건 그녀는 현재 대한민국에서 제일 좋다는 '한국대' 출신이었고 고등학교 때까지 전교에서 3등 뒤로 물러나 본 적이 없었다. 그럼에도 한국대를 가기엔 다소 무리가 있었다. 예체능이 아니라 다른 과라면 1등도 붙을지 떨어질지 모를 정도로 성적이 높아야 했다. 그녀가 들어갈 수 있었던 건 성적도 있었지만 지원했던 학과 특성상 실기가 많은 퍼센트를 차지했기 때문이었다.

"미술 배우셨나 봐요."

"급하게. 입시 미술 정도."

커피를 다 내린 태진이 간단하게 답하며 잔을 들고 다시 자리에 앉았다. 말은 그렇게 하지만 '한국대'가 입시 미술을 웬만큼 그린다고 해서 붙을 수 있는 곳이 아니었다. 내신부터 입상 경력까지 많은 부분을 채우지 않으면 거의 불가능에 가까웠다.

자신도 그림을 잘 그리는 편은 아니다. 아마 성적이 좋지 않더라면 떨어졌을 소지가 더 많은. 하지만 서 사장은 그녀의 '작품 볼 줄 아는 눈'이 대단한 것이라고 했다. 그리고 그녀의 지도 교수 역시 마찬가지였다.

"왜 졸업은 하지 않으셨어요?"

"사업 물려받아야 했거든."

픽 웃으며 태진이 커피를 마셨다. 왠지 모를 씁쓸함이 담겨 있는 웃음 같기도 했다.

"배운 게 도둑질이라고. 그래도 미술품으로 돈세탁이 꽤 잘되는 건 알았지."

"네……."

"할아버지가 미술 전공을 하기도 하셨고. 정작 나는 할아버지를 만나 본 적은 없지만."

"회장님이 자주 말씀하세요."

"사진 속의 할아버지는 그다지 나와 닮은 것 같지도 않고."

태진이 한쪽 눈썹을 살짝 치켜뜨며 말했다. 그때 똑똑, 소리가 들렸다.

"들어오세요."

"이 사장."

"네."

"서희 아가씨가 왔는데."

인숙의 말에 태진이 쯧, 소리를 내며 인상을 구겼다.

결국 태진은 커피를 다 마시지 못하고 코트를 들고나갔다. 문형은 인숙과 함께 서재를 정리하고 같이 나왔다.

"회장님이 정신 있으실 때 친구분하고 약속하신 모양이야."

"약속이요?"

"늦게 본 늦둥이 딸이 있는데 꼭 사돈 맺자고."

"아……."

"물론 태진이는 질색하는 모양이지만."

"그래도 만나러 나간 거 보니까 정말 싫은 건 아닌가 봐요."

"한 번 집에 들어오면 죽어도 안 나가서 그래."

인숙의 말에 왜 태진이 인상을 구기며 신경질적으로 코트를 쥔채 나갔는지 알 수 있을 것 같았다. 그녀가 이 집에 한 달을 살아본 결과, 이곳은 조용하다 못해 정적이 흘렀다. 을복만 아니었다면 과연 사람이 살고 있을까, 의심이 갈 정도였다.

정원엔 많은 나무나 식물들이 자리하고 있지만 집 안은 작은 화분조차도 안 보였다. 처음 온 날도 느꼈지만 마루만 빼고 모든 것이 대리석이라 더욱 삭막해 보일 정도였다.

"혹시 집에 꽃가루 알레르기 있는 사람 있어요?"

"아니. 왜?"

"생화라도 두면 좀 나을 것 같아서요."

"그러네. 왜 그 생각을 못 했지. 내일 오전에 장 보면서 사 올게. 참, 내일 학교 간댔지?"

"네."

"회장님 차 쓰면 되겠다."

"아니에요. 지하철 타고 다녀올게요."

"여기서 정류장까지도 꽤 걸어가야 돼. 그냥 타고 와. 태진이도 그냥 타고 다니랬다면서."

김 기사에게 이야기를 들은 모양이었다. 태진은 시간이 생명이라며 그냥 을복의 차를 타고 다니라고 했다. 아마 그것이 예전에 그녀가 타고 다니던 정도의 차였다면 별생각을 하지 않았을 터였다.

하지만 그 차는 을복이 타고 다니던 차답게 최고급 세단이었다. 얼마 전까지 서 사장이 타고 다니던 차종이기도 했다.

"참, 더 작은 차도 있어."

"그래요?"

"그래 봤자 거기서 거기지만."

그래도 그 차를 몰고 나가는 것보단 낫겠다고 생각했다.

"그나저나 NS에서 태진이 사위 삼고 싶어서 난리던데. 태진인 어쩔지 모르겠네."

"NS통신이요?"

"응. 그 집 딸."

문형이 저도 모르게 아, 소리를 냈다. NS통신이라면 우리나라에서 제일 큰 통신사였다. 어쩌면 아직도 마음속으로 태진이 그저 그런 사채업자라고 생각하고 있었던 것은 아닐까? 사실 알고 보면 무척 고마운 사람인데 말이다.

"아직 부모님 소식은 없대?"

"네."

인숙은 더 말을 하지 않고 그녀의 어깨를 두드려 주었다. 어쩌면 마음속으로 저도 모르는 사이 부모님의 생사를 결정지은 건 아닐까. 애써 입가에 힘을 주며 웃으려고 했지만 그게 어려웠다.

✛   ✤   ✛

태진이 지끈거리는 두통에 관자놀이를 꾹꾹 눌렀다. 그렇지 않아도 잠을 잘 자지 못해서 요 근래 미세한 두통이 자주 일었다. 하지만 지금은 잠을 자지 못해 오는 두통이 아니었다.

그를 만나기 시작했을 때부터 서희가 눈물을 글썽거리더니 이젠 엉엉거리며 울기 시작한 것이다. 스물세 살의 철부지를 상대하는 건 피곤했다.

눈앞에 서희의 모습을 보자 절로 문형이 떠올랐다. 겨우 두 살 차인데 어쩌면 이렇게 다를 수 있을까. 둘 다 온실 속의 화초로 살아온 것은 틀림없는데.

외모 때문인가? 두 사람 다 화려한 이목구비를 가진 미인인 건 마찬가지다. 스타일링의 차이일까? 차분한 차림이 주를 이루는 문형은 분위기가 20대 중반의 또래처럼 보이지 않았다. 서희는 화려한 차림에 누가 보더라도 멋을 내고 싶어 하는 대학생처럼 보였다.

"박서희, 울 거면 그만 가."

NS통신은 아주 중요한 사업 파트너다. 그래서 서희를 함부로 대할 수도 없는 게 사실이었다.

"오빠가 나하고 한 달에 한 번만 만나 주기만 해도 내가 이렇지 않잖아."

"나 바쁜 사람이야."

"그러니까 한 달에 한 번! 거기다 지금 어린 여자애까지 집에 들였다며?"

대체 이런 소문들은 어디서 어떻게 퍼지는 걸까. 그렇지 않아도 요즘 '용의 눈동자' 행방을 쫓느라 골이 다 울릴 지경이었다. 이런 꼬맹이 하나 더 볼 힘조차 없었다.

"뭐 하는 애야? 왜? 침대에서 데리고 있을 만해? 그래, 아직 우리 결혼 전이니까 오빠가 노는 건 괜찮아. 그런데 집에 들이는 건 아니지!"

"박서희."

"남자들 그런 거 흔하잖아. 이해한다니까?"

"미안한데, 난 그런 쓰레기가 아니라서."

태진의 목소리가 들리지 않을 정도로 낮았다. 서희의 가는 어깨가 흠칫 떨렸다.

"네 주위 남자들이 여자를 어떻게 생각하는지 널 보니 답이 나온다. 이만 간다."

"오빠아, 그냥 내가 너무 흥분해서 그런 거야. 내가 잘못했어."

이젠 그의 팔을 붙잡고 서희가 애원을 했다. 태진이 탁 소리가 나게 팔을 빼내고 뒤로 물러섰다.

"어리광도 정도껏 해. 너희 아버지 봐서 참고 있지만 나도 한계라는 게 있는 사람이야."

"오빠, 정말 귀찮게 굴지 않을게. 한 달에 한 번만. 응?"

"또래에 맞는 남자 찾아. 그게 빠르겠다."

아무래도 다음 주 내로 NS통신 회장을 찾아 이야기를 좀 나누어야 할 것 같았다.

바에서 나온 태진은 왼손에 차고 있는 시계를 보았다. 오래간만에 쉴 수 있나 싶었는데 벌써 9시가 넘었다. 그리고 보니 오늘 뭘 먹었더라. 고개를 돌린 태진의 눈에 샌드위치 가게가 눈에 들어왔다.

먹을 것들을 한 아름 들고 집으로 돌아왔을 때 정원에 서 있는 인영을 보고 잠시 멈춰 섰다. 거기엔 똬리를 틀고 있는 커다란 소나무가 있었다. 아주 특이한 모양을 뽐내고 있는 소나무인지라 예전부터 많은 사람들이 탐내는 것이었다.

어렸을 땐 그가 자주 거기에 앉아 시간을 보낸 곳이기도 했다. 할아버지가 생전에 많이 아꼈던 나무인 것도 알고 있었고.

태진은 들고 있던 봉투를 테이블에 올려 두고 문형의 옆으로 가서 섰다. 무슨 생각에 빠져 있는지 문형은 그가 옆에 선 것도 모르는 것 같았다.

3월이라고는 하지만 밤은 겨울과 거의 다름없다. 그런데 얇은 카디건 하나만 걸친 채 춥지도 않은 모양인지 문형은 우두커니 서 있다. 짧은 머리카락 때문에 새하얀 목덜미가 고스란히 드러났다. 유난히 목이 길어서 그런지 더 추워 보일 정도였다.

"춥지도 않나 봐?"

정적을 깬 목소리에 놀란 문형이 흠칫 어깨를 좁히며 저도 모르게 옆으로 물러서다 휘청이고 말았다. 재빨리 팔을 뻗어 그녀의 허리를 낚아챈 덕에 문형은 넘어지지 않을 수 있었다. 태진은 그녀가 똑바로 설 수 있게 만든 뒤에야 허리에서 손을 뗐다.

"아, 오셨어요."

"식사는?"

"회장님 식사하고 잠드셨어요. 저녁은 월남쌈으로 했습니다. 아무래도 체중 조절도 필요해서요."

"그래도 고기 많이 넣으셨을 텐데."

"네. 혼자서 훈제 오리 500g 다 드셨어요."

그 말에 태진이 픽 웃었다.

"나도 정 여사가 치매 걸리기 전까지 그렇게 식탐이 많을 줄은 몰랐어. 아니, 알고 있었나? 한 번씩 스트레스 받으시면 폭식이 장난 아니긴 했으니까."

"보신 적 있어요?"

"나 몰래 드셨는데 우연히 봤지. 고등학교 때던가?"

사람은 스트레스 발현을 참 여러 가지로 한다. 을복은 스트레스를 먹을 것으로 풀었을 것이다. 그게 치매 증상이 오며 더 심해졌을 것이고.

"혼자 앉은 자리에서 치킨 두 마리를 다 드시더라고."

"아……."

"믿기지 않겠지만 치매 오시기 전까진 깡말랐었어. 예민하기도 했고."

"큰 사업을 하셨으니 예민하셨겠죠. 의사가 그러는데 요즘 괜찮으시대요. 진행도 많이 느린 편 같다고."

"보고는 나도 받아."

그럴 것이다. 누구보다 자세히 보고서를 받을 테니까 굳이 말할 필요 없었다. 그리고 그녀의 행동이나, 을복을 대하는 태도도 모두 보고를 받겠지. 인숙은 한마디로 감시자나 다름없었다. 집에 CCTV만 없을 뿐이지 사실 고용인들 모두의 눈이 감시 카메라가 아니던가.

"하지만 앞으로 종종 이야기해 줘. 의사도 잠깐 보고 마는 거니까."

"네."

"오늘은 정신 돌아오신 적은?"

"없어요. 그런데 주무실 때 잠꼬대를 하셨어요."

"잠꼬대?"

"자꾸 정현이를 찾으시던데."

"아……"

태진은 정현이라는 사람이 누군지 잘 알고 있는 듯했다. 하지만 왠지 누군지 묻는 게 실례인 것만 같아 문형은 고개를 숙였다. 확실히 정신을 차리고 나니 밤바람이 차갑다는 게 느껴졌다. 하지만 그날 느꼈던 바람에 비하면 이건 아무것도 아니었다.

"고모."

"고모요?"

"갓난아이 때 죽었다고 했던가, 임신 중 유산이라고 했던가. 나도 자세히는 묻지 못했어."

어쩐지 태진의 얼굴에 그늘이 진 것처럼 보였다. 오늘은 달이 작아 밤이 어둡다. 그래서 태진의 표정을 자세히 볼 수 없었다.

"그리우셨던 모양이지."

"아, 네."

"안방 옆의 방 들어가 봤어?"

"아뇨."

안방에 달린 욕실이 아닌 다른 문이 하나 더 있었다. 하지만 잠겨 있어서 그 뒤론 열어 볼 생각을 하지 않았다.

"나도 못 들어가 봤거든."

자신도 못 들어가 봤으면서 그녀가 들어가 봤을 거라 생각하는 건가?

"양 여사님도 못 들어가 봤다고 하던데."

인숙은 을복의 딸과 다름없었다. 그런 인숙도 들어가 보지 못한 방이라니.

"예전엔 하루 두 번 할머니가 꼬박꼬박 들어가셨던 곳이야. 지금은 먼지가 가득 쌓였겠군."

사람은 누구나 비밀 창고를 만들고 싶어 한다. 그건 어릴 때의 문형도 꿈이었다. 그래서 그녀는 다락방이 있는 2층 방을 택했다. 왠지 을복의 심정도 이해가 갔다.

"제가 살던 방도 작은 다락방이 있는 곳이었어요. 계단을 타고 올라가면 나오는 정말 작은 곳이었는데 그곳이 있다는 것만으로도 안심이 됐었거든요. 아마 회장님도 그런 마음이실 거예요."

"그렇게 세심한 분이실 줄은 몰랐는데."

을복은 어떤 삶을 살았던 것일까. 손자조차도 자세히 알지 못한다.

그것도 어렸을 때부터 부모처럼 같이 살았다고 했는데도 말이다.

"부모님 대신 아니었어요?"

태진이 가볍게 고개를 끄덕였다.

"아버지자, 어머니였지. 아무리 바쁘셔도 내 학교 행사엔 꼬박꼬박 참석하셨고."

"학구열이 높으셨나 봐요."

"보통 부모보단 더 했지."

왜 태진이 한국대를 가게 되었는지 알 수 있는 대목이었다.

"촌지도 꽤 많이 돌렸을 거야. 그러시고도 남을 양반이지. 식사는?"

"네?"

"그쪽 식사 말한 거였어."

"월남쌈 몇 조각 먹었어요."

"그럼 저거 같이 먹지."

태진이 뚜벅뚜벅 걸어가 테이블에 있던 봉투를 집어 들었다.

얼떨결에 집 안으로 들어와 식탁으로 앉게 된 문형은 태진을 물끄러미 바라보았다. 야채가 가득 들어간 샌드위치와, 맛깔스러운 초밥도 있었다. 무엇을 먹어야 할지 망설이는데 태진은 간장에 고추냉이를 풀어 그녀의 앞으로 내밀었다.

"월남쌈 먹었다며."

"네."

"그럼 양상추 가득 들어간 것보단 초밥이 낫겠지. 샌드위치는 나중에 간식으로 먹어."

"감사히 잘 먹겠습니다."

초밥은 한눈에 보아도 서른 개가 넘어 보인다. 태진은 장국을 한 모금 마시더니 앞에 있는 광어 초밥을 들어 입으로 가져갔다. 문형은 어떤 것에 손을 대야 할지 잠시 망설이다 태진을 따라 광어 초밥을 들었다.

두툼한 회가 쫄깃하게 씹혔다. 그녀도 한때는 맛있는 초밥을 찾아다니기도 했었다. 그만큼 초밥을 좋아했었는데. 이젠 누군가가 사 주어야만 먹을 수 있는 음식이 되었다.

그녀도 잘 알고 있는 곳의 초밥이었다. 최소 한 시간 정도는 줄을 서야 먹을 수 있는 곳이었는데 왠지 태진이 그렇게 사 왔다는 것은 믿기 힘들었다.

"이 집 초밥, 많이 기다려야 살 수 있잖아요. 예약도 안 받는다는데."

"대한민국에서 무조건 안 되는 건 없어."

태진의 말뜻을 이해할 수 있다. 돈이면 무조건 된다. 그건 그녀도 알고 있는 사실이라 왠지 입안이 썼다. 문형은 장국을 들어 한 모금 마셨다. 이 장국마저도 짜지 않고 적당한 맛이 났다.

"여태 식사 안 하셨어요?"

"어쩌다 보니. 3주 뒤에 M호텔에서 비공식적인 행사가 열려. 알고 있으라고."

"네."

"한국화도 섞여 있다는데. 그것도 좀 보나?"

"조선 시대요?"

"아마 그렇겠지."

"내일 교수님 만나니까 자료 좀 구해 보겠습니다."

"하필 재수 없게 최석우가 그때 맞춰 들어온다고 해서."

"귀신 감정사요?"

픽 웃으며 태진이 대충 고개를 끄덕였다.

최석우라면 워낙에 유명해 모를 수가 없었다. 보석이든, 미술품이든, 조각품이든 그 어느 것도 가리지 않고 진품과 가품을 순식간에 분별할 수 있는, 말 그대로 신의 능력을 가진 사람이었으니까. 게다가 어마어마한 미남에 키도 컸으며, 수백 혹은 수천억대의 자산가라는 소문도 돌았다.

"명성이 헛되진 않은 모양이네."

"워낙 유명한 사람이니까요."

"진짜 가짜만 구별하면 됐지, 좋은 건 싹 골라 간단 말이야."

"거기 가면 만날 수 있는 건가요?"

"왜? 관심 있어?"

"미술 하는 사람이라면 누구든 만나 보고 싶을 거예요."

그만큼 유명하기도 했고, 만나기 힘든 사람이기도 했다. 그녀도 언젠가 연이 있다면 만나 보고 싶은 사람 중 한 명이었다. 미술 하는 사람이라면 누구든 대한민국에서 가장 만나 보고 싶은 사람이 아닐까?

특히 유리는 석우의 열렬한 팬이었다. 한 번씩 석우의 인터뷰가 나오는 신문이나, 잡지를 보면 전시용과 보관용으로 몇 부를 살 정도였으니까. 게다가 석우가 혼자 소장하고 보는 작품들도 국보급들이 많다고 알고 있었다.

"할 수 있으면 최석우 씨가 가지고 있는 소장품들도 보고 싶고요."

"보여 줄 놈이 아니라."

놈? 친하지 않다면 저렇게 말을 할 수 있을 리가 없다. 물론 태진의 위치에 있는 사람이라면 각계 유명 계층들과도 두루두루 알고 지낼 것이다. 태진이 어느 위치에, 어느 자리에 있는지 새삼 다시 한번 깨닫게 되었다.

"친하신가 봐요?"

"그쪽 할아버지가 정 여사와 친했거든."

본인은 전혀 친하지 않은 것처럼 말한다. 저건 선을 긋는 걸까, 아니면 친구라는 것일까? 태진에게도 친구는 있을 것이다. 석우를 두고 딱히 친구라고는 하지 않았지만 정겹게 표현을 하는 것을 보니 친한 모양이었다.

혼자 생각에 빠져 있는데 문득 그녀의 앞 접시가 보였다. 그녀의 앞 접시 위엔 주로 생선 초밥이 많이 올라가 있었다.

이렇게 보면 태진은 배려하는 게 능숙해 보이는 사람이었다. 하긴, 겉모습만 보면 아무도 그가 사채업을 하는 사람이라고 보기는 힘들 것이다. 그녀 역시 그랬었으니까. 매너가 능숙하고, 자연스러운 사람 같았다. 사업체를 운영하는 사람이라 그런 것일까. 그러고 보면 늘 사람을 많이 만나고 다니는 듯했다.

그녀의 아버지 역시 사업을 하는 사람이라 늘 많은 사람들을 만나고 다녔으며, 매너가 좋고 정중했다. 비록 방향이 다르다 할지라도 태진 역시 사업을 하는 사람이라는 걸 알면서도 한 꺼풀을 씌우고 보았다. 어쩐지 태진에게 조금 미안했다.

"동생은?"

"컨디션 좋은 모양이에요."

"다행이네."

"저기…… 회장님께서 다니시던 절이 있다고 하던데."

"예전엔."

"괜찮으면 다녀와도 될까요?"

별거 아니라는 듯 태진이 고개를 끄덕였다. 마치 그런 걸 뭘 허락을 맡느냐는 듯이.

"다음 주에 회장님과요."

막 샐러드를 집던 태진의 손이 멈췄다. 잠시 생각을 하는 듯 고개를 왼쪽으로 살짝 기울였다.

"발병 이후 병원 빼고 나간 적이 없었는데."

"아까 목욕하는데 매화꽃이 보고 싶으시대요."

"그 절이 매화가 유명하긴 했지."

"가 보셨어요?"

"억지로."

하긴, 태진은 딱히 종교가 있는 사람처럼 보이지는 않았다. 태진이 불상을 보고 절을 올린다니, 상상도 가지 않았다. 그리고 신을 믿을 것 같지도 않고.

"맞아."

"네?"

"불신."

"네. 왠지 그러실 것 같았어요."

그럴 줄 알았다는 듯 문형이 고개를 끄덕였다.

"불교 신자 맞다고."

"네?"

"법명도 있어."

멋대로 넘겨짚었다. 그녀를 보고 얼마나 황당했을까.

"어, 그럼……."

"농담이야."

얼굴은 농담을 하는 것 같지 않다. 지금 사람을 놀리는 건가?

"뭘 그렇게 굳어 있어. 내가 잡아먹는 것도 아닌데. 서문형 씨가 늘 굳어 있어서 상대하는 나도 피곤해."

그럼 좀 웃으면서 장난을 치든가. 예전 같으면 이런 말을 뱉었겠지만 문형은 현재 자신의 입장을 깨닫고 그냥 대충 웃는 것으로 마무리했다.

"아무래도 걷기 좀 무리시겠죠?"

"신자라 안까지 차를 타고 가긴 하는데. 늘보 붙여 줄게."

"이모님도 같이 가신대요."

태진이 살짝 고개를 삐뚜름하게 기울이며 낮게 웃었다. 그러다 젓가락을 놓고 무언가를 생각하는 듯했다.

"다음 주 언제쯤?"

"다음 주 주말이요. 이번 주는 학교에서 좀 바쁠 것 같아요. 지도 교수님이 갑자기 퇴직하셔서 바뀌었다고 연락 왔거든요."

"퇴직?"

"몸이 안 좋으신가 봐요. 연명현 교수님이시라고……."

"아."

"알고 계세요?"

"전에 내 담당 교수."

태진도 그녀와 같은 학교를 나왔다. 비록 졸업을 하지는 않았지만. 왠지 아주 멀리 동떨어져 있던 사람이 가까워진 듯했다. 언젠 간 왜 학교를 그만두게 되었는지 알게 되지 않을까? 그는 사업 때문에 그만두었다고 했지만 유리는 태진이 왼손을 다쳤다고 했었다.

"말해."

"네?"

"물어볼 거 있어서 그렇게 보고 있는 거 아니야?"

"아, 죄송합니다."

저도 모르게 태진을 물끄러미 보고 있던 모양이었다. 재빨리 고개를 숙이다 멍청이처럼 젓가락을 놓치고 말았다. 후다닥 식탁 아래로 몸을 숙여 내려가는데 저도 모르게 멈칫하고 말았다. 정확히 태진의 다리 사이에 젓가락이 떨어져 있었다. 손을 뻗어야 하나 말아야 하나 고민을 하는데 고개를 숙인 태진과 눈이 마주쳤다.

"남자 하반신에 관심이 많나 봐?"

놀리는 게 분명했지만 문형은 대꾸를 할 수 없어 눈을 질끈 감고 젓가락을 쥐기 위해 손을 뻗었다. 하지만 잡히는 건 단단함이었다. 그리고 그게 태진의 발목이라는 것을 알았을 땐 그대로 기절하고 싶은 심정이었다.

문호의 수술이 성공적으로 끝났다는 말을 들었을 땐 펑펑 울었다. 얼마나 많이 울었는지 만나는 사람마다 무슨 일이 있냐고 물어볼 정도였다.

인숙은 그저 웃으며 그녀의 등을 두드려 주었고 의외로 태진은 별다른 말을 하지 않았다. 오히려 규원이 축하한다며 그녀를 위로해 주었다. 어쩌면 이미 태진은 규원에게서 문호의 수술에 대한 이야기를 보고 받았을 것일지도 모르겠다는 생각이 들었다.

문호, 유리와 영상 통화를 하면서 참 많이 울고 웃었다. 유리는 그만 좀 울라면서 오히려 본인이 더욱 많이 울었다. 이런 친구가 있다는 게 얼마나 행복한 일인가.

문형은 애써 부모님 생각을 떠올리지 않으려고 노력했다. 문호 역시 부모님에 대한 이야기를 하지 않았다. 자매가 의식적으로 피하고 있었다. 최악의 상황을 마주하기 싫어 도피하는 것과 같은 맥락이었다.

"동생 회복 속도는 어떻대?"

"좋아요."

"곧 한국에서도 볼 수 있겠네?"

"얼추 회복되면 방학 때 한 번 들어온대요."

"문형 씨와 많이 닮았어?"

"사람들은 다 쌍둥이인 줄 알더라고요."

"어머, 그럼 동생도 미인이겠다."

"휠체어는 차에 실을까요?"

을복의 차는 세단과 SUV가 있었다. 둘 다 고가의 차량이라 사실 문형은 대학원 강의를 나갈 때 어떤 것을 가지고 가야 할지 망설였다. 그나마 조금 더 저렴한 SUV를 골랐는데 아직 그녀의 집 사정을 모르는 사람들은 좋은 차로 바꾸었다며 한마디씩을 거들고 갔다. 그럴 때마다 자신의 차가 아니라고 했지만 부모님 차도 어차피 네 차 아니냐며 웃을 뿐이었다.

제 입으로 집이 완전히 망했고, 부모님은 찾을 수 없다고 말을 하는 것도 왠지 구차스러워 문형은 더 입을 열지 않았다. 대학원생들 대부분이 금수저들이고, 서로 견제가 심하다. 그러다 보니 누군가가 더 튀는 것을 유독 못 견뎌 하기도 했다.

예중, 예고를 다닐 때부터 워낙 단련이 되어 있어 아무렇지 않을 거라 생각했지만 역시 자존심을 아직 버리지 못한 스스로에게 실망스럽기도 했다.

휠체어를 차에 싣기 위해 트렁크를 열기 직전에 차고 문이 올라가기 시작했다. 늘보가 왔나 싶어 고개를 돌리는데 앞으로 보이는 건 태진의 차였다. 시동을 끄지 않은 채 태진이 차에서 내렸다.

"어머, 오늘 의원님하고 식사 약속 있다고 하지 않았어?"

"정당 비리가 터진 모양인지 취소됐어요."

태진이 긴 다리를 이용해 성큼성큼 다가와 문형의 손에서 휠체어를 가져갔다. 그는 자연스럽게 휠체어를 싣고 뒷좌석에 앉아 있는 을복을 자연스레 내리게 만들었다. 을복은 어린아이처럼 오라버니를 연발했다.

"오라버니!"

"오늘도 월남쌈 드셨나?"

"덕만이가 싸 줬어."

태진이 덕만이라는 이야기를 듣고 픽 웃었다. 어느 날부터 을복은 문형을 덕만이라고 불렀다. 덕만은 을복의 친구이자 한때는 '오라버니'를 사이에 두고 싸웠던 연적이라고 했었다.

문형도 그 문제의 '오라버니' 사진을 보았다. 태진은 자신이 할

아버지와 그다지 닮지 않았다고 했는데 그건 거짓말이었다. 흑백 사진 속의 명우는 태진과 똑같은 얼굴로 꽃다발을 든 채 을복의 어깨에 손을 얹고 웃고 있었다. 만약 할아버지가 아니라는 것을 알았다면 태진이라고 생각했을 정도였다.

"늘보 씨는요?"

이상하게 그날 태진의 발목을 잡은 뒤로 마주치는 게 처음이라 그런지 껄끄러워 조심스레 물어보았다. 차 뒷좌석에 을복을 태운 뒤 안전벨트까지 채운 태진이 돌아섰다.

"오늘은 내가 동행할 건데, 노골적으로 불만스러운 표정이네?"

태진은 그녀가 자신을 불편해한다는 것을 알고 있음이 분명했다.

2. 베일 속의 남자

작년의 그녀도 그랬다. 꽃놀이에 설레고, 기대하고. 친구들과 함께 벚꽃놀이도 갔다. 지금도 휴대폰엔 그때 찍었던 사진이 남겨져 있다.

불과 1년 사이에 모든 것이 변했다. 아마 을복이 아니었다면 그녀는 올해 꽃이 피는 것도 모르고 지나갔을 것이다.

주말에 날도 좋아 차가 무척이나 밀렸다. 그렇지만 을복은 밖으로 나와서 그런 것인지, 태진이 있어서인지 방방 뛸 정도로 좋아하고 있었다. 한 달 가까이 을복을 보았지만 이렇게까지 컨디션이 좋고, 기분이 좋아 보였던 적은 없었다.

"오늘 우리 회장님이 기분이 좋으시네. 바나나 드릴까?"

"응."

인숙은 을복의 옆에 앉아 자연스럽게 바나나를 까서 손에 쥐여 주었다. 그런데 이어진 을복의 행동에 문형이 저도 모르게 눈을 크게 뜨고 말았다. 사탕 하나에도 목숨을 걸듯 그녀를 던지던 을복은 어디 간 것일까? 을복은 먼저 먹으라며 태진에게 바나나를 건네고 있었다.

"운전 중이잖아."

"오라버니, 응?"

을복이 아예 편안히 먹을 수 있게 태진의 입 앞으로 정확히 바나나를 가져다 댔다. 태진이 하는 수 없다는 얼굴로 바나나를 베어 물었다. 그 모습을 보며 인숙이 조용히 웃었다. 태진이 바나나를 씹고 넘기는 것을 보고 그제야 을복이 맛있게 먹기 시작했다.

고속도로로 차가 올라서자 다행히 제 속도를 내기 시작했다. 처음엔 절이라고 해서 가까운 곳을 생각했는데 충청도인 것을 알고 놀랐었다. 그래서 태진이 왜 늘보를 붙여 주겠다고 했는지 알게 되었다.

"커피?"

"네?"

"내가 오늘 커피를 못 마셔서. 휴게소에 좀 들를까 하고."

"네."

어느덧 을복과 인숙이 잠들어 있었다. 태진의 차가 천천히 휴게소로 진입했다. 차 속도가 느려지자 인숙이 잠에서 깬 모양이었다.

"휴게소?"

"화장실은요?"

"아냐, 그리고 회장님 기저귀 차셨으니까 괜찮을 거야. 한 번 잠드시면 잘 안 깨시니까 두 사람 다녀와."

"핫초코 괜찮죠?"

"그래. 참, 태진아."

"네."

"샷 추가해서 먹지 말고."

"네."

요즘도 불면증이 심한 것일까? 태진의 눈가에 핏발이 곤두서 있었다.

"얼굴 보니까 피곤할 텐데 괜히 온 거 아니니?"

"이래 봬도 김 기사님보단 체력이 좋아서."

"너 지금 이 이모 놀리니? 빨리 다녀와."

태진이 픽 웃으며 차에서 내렸다. 태진이 태어나면서부터 봐 왔다더니 인숙은 얼굴만 봐도 아는 듯했다.

"간식거리 좀 사 올까요?"

"핫초코면 됐어, 아침 먹는 둥 마는 둥 하던데. 가서 뭣 좀 먹고 와."

"네."

말은 그렇게 했지만 입맛이 도는 건 아니었다. 어렸을 때부터 아침 일찍 일어나기가 유독 힘들었다. 특히 아침밥을 먹은 횟수는 손에 꼽을 정도였다. 이 집에 들어와서 아침을 먹기 시작했는데 처음엔 소화가 되지 않아서 혼이 났다. 지금도 아침을 즐기는 건 아니었다.

차에서 내려 문을 닫고 고개를 돌리는데 아직 차 앞에 태진이 서 있었다. 그녀가 내리기를 기다렸던 것일까?

"화장실 다녀와."

"괜찮아요. 저도 커피 한 잔 마셔야겠어요."

고개를 끄덕인 태진이 갑자기 팔을 뻗어 왔다. 덕분에 그녀의 가슴이 그의 팔에 턱 부딪히고 말았다. 순간 앞으로 빠르게 속력을 내던 차가 지나갔다. 태진이 아니었더라면 그대로 부딪쳤을 것이다.

"저런 미친 새끼가. 보행자 우선인 데서 뭐 하는 거야."

"고, 고맙습니다."

"차 좀 잘 보고 다니지?"

태진이 인상을 찌푸리며 고개를 차가 사라진 쪽으로 돌렸다. 문형은 심장이 계속 뛰어 대서 저도 모르게 가슴을 꾹 눌렀다. 아직도 가슴에 태진의 딱딱한 팔이 닿았던 게 느껴졌다. 태진도 가슴을 느꼈겠지? 왠지 모르게 민망해서 얼굴을 들 수가 없었다.

"서문형."

"네?"

"뭐 마실 거냐고."

혼자 창피함에 무릅쓰고 있을 때 태진이 물어본 모양이었다. 문형과 직원의 시선을 동시에 받으니 왠지 얼굴로 열이 오르는 듯했다.

"아이스 카페모카요."

"휘핑크림 괜찮으세요?"

"네."

태진은 아메리카노를 시키며 얼음을 몇 조각만 넣어 달라고 부탁했다. 문형은 아직도 아메리카노의 맛을 잘 모른다. 친구들이 먹기에 몇 번인가 따라 마셔 봤지만 그저 쓸 뿐이라 늘 단 커피만 시키게 되었다.

인숙에게 줄 핫초코까지 주문한 뒤 픽업 받는 쪽으로 자리를 옮겨 커피가 나오길 기다렸다. 하지만 두 사람의 앞으로 몇 팀이나 줄을 서 있었다.

"아침 좀 잘 먹지?"

"먹고 있는데……."

"이모님이 걱정하시던데."

"버릇이 되지 않아서요."

"정 여사 어떻게 감당하려고 그래?"

"그 정도 힘은 있습니다."

제법 비장한 얼굴로 말하는 문형을 보며 태진이 한숨을 뱉었다. 요즘 여자들이 마른 몸매를 추구한다는 것 정도는 태진도 알고 있다. 그러나 그것과 별개로 문형은 타고난 뼈대가 얇아 보였다. 처음엔 저런 몸으로 어떻게 을복을 감당할까 싶었는데 벌써 한 달 가까이 잘 버텨 내고 있다. 을복에게 집어 던져졌을 때 놀라서 당장 관둘 줄 알았는데.

"제가 겉보기보단 튼튼하거든요."

"그런 것 같네. 그래도 좀 많이 먹어 둬. 소화 안 되면 선식이라도 좀 먹고."

"그럴게요."

차라리 선식이 낫지 싶었다. 아침엔 입안이 꺼끌꺼끌해서 음식을 씹는 것 자체가 고통으로 다가올 때가 있었다.

"주문하신 음료 나왔습니다. 이쪽이 아메리카노입니다."

태진은 자연스럽게 스트로를 챙겨 문형에게 카페모카를 건넸다.

　"참, 바뀐 교수 이름이 뭐라고 했지?"

　"정윤우 교수님이요?"

　"순백 시리즈?"

　"네."

　미술학도였던 태진도 당연히 윤우를 알 것이라고 생각했다. 윤우는 이제 겨우 서른두 살의 나이에 한국대 정교수 자리를 차지한 한국이 낳은 최고의 작가라고 명성이 자자했다. 10대 시절부터 작가전을 열 정도였고, 그 천재성은 전 세계적으로 인정받았다. 유럽이나, 미국의 명문 대학에서도 서로 데려가려 치열했으나 스승님의 뒤를 이어받고 싶다며 한국으로 들어왔다.

　순백 시리즈가 주는 느낌은 무척이나 청량해서 서른이 넘은 남자가 그린 그림이라고는 믿어지지 않을 정도였다.

　대체적으로 높이가 최소 2m는 넘는 그림들이었다. 은은한 색감이나, 터치가 어떻게 그런 강렬한 느낌을 줄 수가 있는 것일까. 문형은 처음 윤우의 작품을 실제로 보고 30분이 넘게 그 자리에서 움직일 수 없었다.

　"친분이 있으세요?"

　"친분은 무슨."

　커피를 한 모금 마시며 태진이 긴 다리를 이용해 휘적휘적 걸어갔다. 저렇게 말을 하는 것을 보니 친분이 있는 것이 틀림없었다. 석우를 말할 때도 저런 식으로 말했었다. 만약 그녀가 태진과 가까운 사이였다면 어떻게 알고 지내냐 물어보았겠지만 아직 그런 말을 할 만큼 가까워지진 않았다.

차에 올라타니 인숙은 핫초코를 마시며 행복한 미소를 짓고 있었다. 역시 단 음료를 마시면 사람은 행복해지는 것 같았다.

"문형아, 태진이 또 샷 추가하지 않았어?"

"네? 아…… 네."

방금 전 빠르게 지나가던 차 때문에 팔로 그녀를 막아섰던 태진을 생각하느라 주문을 할 때 아무것도 듣지 못했다. 아직도 가슴에 닿았던 단단한 팔의 감촉이 그대로 느껴졌다. 이건 정말 한 달치 수치사였다.

"하아."

저도 모르게 한숨을 너무 크게 쉰 모양이다. 시동을 걸던 태진도, 핫초코를 마시던 인숙의 시선도 고스란히 느껴지는 것을 보니.

"도착하기까지 아직 한 시간 남았어. 좀 자."

"괜찮습니다."

"그럼 옆에서 땅 꺼져라 한숨 쉬지 말든가."

"문형아, 내가 자리 바꿔 줄까?"

처음부터 뒷좌석에 앉고 싶었다. 차마 더 윗사람인 인숙을 앞에 앉힐 수 없어 그녀가 울며 겨자 먹기로 조수석에 앉은 것이었다.

저도 모르게 고개를 끄덕이려고 하는데 태진과 눈이 마주쳤다. 왠지 모르게 태진의 눈초리가 싸늘했다.

"아뇨, 괜찮습니다. 잠 안 와요."

"피곤해 보여서 그래. 과제 많아서 요즘 잠도 잘 못 자는 거 아니야?"

"그래도 마지막 학년이라 좀 널널해요. 논문 준비도 잘 되어 가고."

"공부하느라 힘들겠어. 우리 태진이도 학교 다시 가면 좋을 텐데. 그냥 그때 법대 갔으면 좋았을 걸. 우리 회장님 고집만 아니었어도."

법대?

새로운 이야기라 문형이 저도 모르게 태진을 보았다. 태진은 아무것도 못 들었다는 얼굴로 핸들을 틀었다.

"그랬으면 지금쯤 멋진 판사나 검사가 되었을 텐데, 그치?"

"사채업 하는 놈이 무슨 사짜를."

"무슨 소리야. 난 지금도 생각하는데 회장님 말, 굳이 안 들어도 됐어."

"평생 속만 썩였잖아요."

왠지 모르게 태진의 목소리가 씁쓸해 보였다. 비록 옆모습뿐이었지만 표정 역시 그러했다.

"그만큼 하는 손자가 어디 있다고."

"만족해요."

"어렸을 때부터 검사가 꿈이었잖아."

의외였다. 검사가 꿈이었다니. 그렇다면 성적을 맞춰 왔다는 건 거짓말이었다. 법대라면 훨씬 성적이 좋아야 했다.

"문형인 모르지?"

"네?"

"우리 태진이 한 번도 1등 자리 놓쳐 본 적 없다?"

"아……. 공부 잘하셨구나."

"어릴 땐 노는 게 최고라면서 회장님도 공부 안 시키셨거든. 그런데 다섯 살에 떡하니 신문을 읽는 거야. 그때 우리가 얼마나 놀랐는데. 학원도 안 다니고, 과외도 안 했는데 1등은 놓친 적이 없다니까. 우리 윤서 공부도 많이 봐 줘서 성적 많이 올랐고."

의외였다. 태진에게 그런 모습이 있을 거라고 생각하지 못했다. 윤서를 가르치는 모습이라……. 왠지 태진이 누군가를 가르치는 모습을 쉽게 상상하기 힘들었다.

"의외지? 그런데 얼마나 윤서 성적이 올랐는지 친구들이 죄다 몰려왔었다니까? 태진이가 어땠을 것 같아?"

태진은 자신의 이야기임에도 딱히 흥미를 두는 것 같지 않았다. 아마 다른 사람이 이런 이야기를 했더라면 중간에 이야기를 끊었을 수도 있다. 인숙이 하는 이야기라 그저 잠자코 있는 듯했다.

"한 명, 한 명 잡고 공부하는 버릇부터 고쳐 주더라니까? 다들 성적 정말 많이 올랐어."

"다들 창밖 좀 보시죠?"

태진의 목소리에 반사적으로 고개를 오른쪽으로 돌렸다. 노란 빛의 꽃들이 흐드러지게 피었다. 정말 아름답게.

'입구에서부터 걸어가는 게 정말 멋있는데'라는 인숙의 말에 문형은 반강제적으로 차에서 내리게 되었다. 그리고 어떻게 아가씨 혼자 올라오게 하냐는 인숙의 협박에 태진도 차에서 내릴 수밖에 없었다.

결국 인숙이 운전석에 올라타 차가 사라지는 것을 보고서 두 사람은 천천히 걷기 시작했다. 그렇지 않아도 어렵고, 어색한 사람이지 않은가. 물론 한 달을 지내며 태진이 평소 상상했던 사채업자가 아니라는 것도 알았고, 생각보다 훨씬 매너가 좋은 사람이라는 것도 알고 있었다. 그렇다고 꽃들이 흐드러진 길을 사색을 하며 걸을 정도로 가깝거나, 편한 사람은 아니었다.

"걸어가면 15분 정도 걸릴 거야."

"아, 네."

"돌길이라 그 신발 벗는 게 좋을 텐데."

차를 타고 바로 올라간다는 이야기에 그녀는 눈에 보이는 플랫을 신었다. 확실히 플랫은 울퉁불퉁한 돌길을 걷는데 불편할 터였다. 그리고 이내 태진이 왜 신발을 벗는 게 좋겠다고 말을 했는지 알게 되었다. 길가 오른쪽은 신발을 벗고 걸어 주세요, 라는 흙길이 쭉 이어져 있었다. 두 사람이 충분히 나란히 서서 걸을 수 있을 정도의 길이었지만 태진이 신발을 벗을 것 같진 않았다.

문형은 플랫을 벗고 슬랙스 밑단을 두어 번 접은 뒤 허리를 들어 올렸다. 그때 문형의 눈이 커졌다. 태진이 로퍼를 벗고 앞서 걷기 시작했다.

"안 와?"

"네, 지금 가요."

사실 태진이 맨발로 걸을 거라고 생각을 하지 못했다.

"예전엔 정 여사와 자주 갔거든."

"아……."

"그것도 한 10년 전인가?"

10년 전이라면 태진이 이제 스무 살 남짓이 되었을 때였다. 사실 태진이 서른한 살이라는 것을 알았을 땐 문형도 많이 놀랐다. 물론 태진을 찾아가기 전엔 나이가 많을 거라 생각했고, 태진을 본 뒤엔 생각보다 훨씬 어려 보이는 외모에 놀랐었다. 그냥, 왠지 태진은 나이를 가늠하기가 쉽지 않았다. 그래서 나이를 알고 놀란 것이다.

"좀 더 건강하셨다면 좋았겠지만."

"네⋯⋯."

"지금도 정신 빼면 건강하신 편이지."

"건강 검진 결과도 좋잖아요."

"그나마 다행이지."

"한 번씩 사장님이 부러울 때가 있어요."

"나?"

의외라는 듯 태진이 살짝 그녀를 내려 보았다.

"할머니가 계시잖아요."

"서문형 씨도 가족이 있잖아."

"그러네요. 저도 가족이 있으니까 열심히 살아야겠다 생각해요."

"아이라는 건 참 예민해서 어릴 때 잘 보살펴야 하거든. 사실 난 할머니가 거의 어머니인 셈이었으니까. 그래도 어린아이니 부모 품이 그립기도 했겠지."

마음이 서걱거린다. 어린아이들은 늘 사랑을 갈망한다. 문형도 그랬다. 동생이 생겼다는 말에 떼를 부리고 투정도 부렸다고 했다. 거기다 퇴행 현상까지 보이고. 다행히 유치원 들어갈 때쯤부터는 자매의 사이가 좋아졌지만 말이다. 태진은 온전히 안길 부모가 아예 없었던 것일까?

"궁금해?"

"네?"

"궁금한 눈을 하고 있어서."

문형이 괜히 눈동자를 굴렸다. 바로 오른편으로는 제법 넓은 계곡물이 흐르고 있다. 얼마 전 비가 와서 그런지 물이 꽤 많았다. 졸졸졸 흐르는 소리가 절로 머리를 맑게 만든다. 요 며칠 논문에 대한 스트레스가 그나마 조금은 가라앉는 것 같았다.

"할머니가 자식들을 좀 오냐오냐 키워서 인성이 솔직히 별로 좋지는 않았거든."

인숙은 을복이 늘 엄한 할머니였다고 했다. 마음속 깊이 사랑하지만 잘 표현을 하지 못하는. 자식들에겐 아닌 모양이었다.

"그러니 그 난장판이 난 거겠지만. 아버지에 어머닌 그냥 하룻밤 유희 정도? 약혼자도 있었는데 어머니와 그렇고 그런 거지. 덕분에 난리가 났고."

"난리요?"

"약혼자 아버지가 꽤 유명한 사람이었다나 봐. 뭐, 결국은 우리 어머니도 날 낳고 1년도 안 되어 이혼했어. 아버지와 삼촌은 서로 재산을 차지하겠다 싸우고, 정 여사는 둘 다 내쳤지. 뭐 결론은 알다시피. 어쨌거나 내 부모란 사람들은 옆구리에 다른 애인을 끼우고 있다가 죽었으니까."

뭐라 위로의 말도 할 수가 없어 문형은 그저 헛기침만 했다.

"서문형 씨는 행복한 거지. 부모님들 금슬도 좋고, 가정도 화목했잖아."

"네, 그랬죠."

"서 사장님이 늘 내게 아내 자랑을 하느라 여념이 없었거든."

문형도 슬며시 웃었다. 서 사장은 늘 아내인 문 교수를 아끼고 사랑했다. 모든 일에 문 교수가 먼저였고, 본인이 맨 나중이었다. 그래서 문형이나 문호는 늘 아빠 같은 사람만 있으면 바로 결혼할 거라고 말하곤 했다.

"아빠 늘 엄마가 우선이었어요. 그래서 저나 동생이나 늘 아빠 같은 사람만 만나면 뒤돌아볼 것 없이 결혼하겠다고 했고."

"서 사장님이 그러시던데. 딸들이 눈이 높아 큰일이라고."

문형이 웃었다. 그런 문형을 보며 태진이 고개를 끄덕였다.

"그래, 그렇게 좀 웃고 다녀. 빚이 산더미라도 아직 젊잖아. 미간에 주름 생기겠어."

어떻게든 살 사람은 다 살아진다. 태진의 말이 맞다. 어느 순간 하늘이 무너진 것 같은 충격에 웃어 본 게 얼마 만인지 모르겠다. 문호의 수술이 잘되었을 때도 그저 감사하다며 울기만 했었다.

봄의 햇볕은 따뜻하고, 포근했다. 매화꽃은 예쁘고, 절로 올라가는 길은 아름다웠다.

✟   ✤   ✟

생각했던 것보다 절은 훨씬 작았다. 건물은 겨우 세 채가 전부였고, 스님도 많이 보이지 않았다. 그럼에도 불구하고 신자들은 꽤 많은 모양이었다. 대웅전 안에서 치성을 드리고 있는 인원이 한눈에 봐도 많아 보였다.

주변을 둘러보니 나무들이 많이 심어져 있었는데 꽃들이 펴서 그런지 하나같이 그림 같아 보였다. 관광객으로 보이는 사람들은 그것을 배경으로 두고 사진을 찍는데 바빴다.

발을 대충 털어 내고 신발을 신은 뒤 주변을 둘러보는데 태진은 벌써 저만치 걸어가 스님과 대화를 하고 있었다. 왠지 태진의 곁으로 가는 것도 어려워 문형은 다시 인숙을 찾았다. 하지만 건물 안에 들어가 있는 것인지 모습이 보이지 않았다.

"서문형."

대웅전 쪽으로 걸어가고 있는데 태진의 목소리가 들렸다. 고개를 돌리니 인자하게 생긴 스님이 웃으며 그녀를 향해 합장을 하며 고개를 숙이고 있었다. 문형은 얼떨결에 고개를 숙여 인사를 하며 두 사람의 앞으로 걸어갔다.

"레오 형제님이 말씀하신 분이시군요. 우리 보살님 잘 부탁드립니다."

"정 여사 말씀하시는 거야."

"아, 네."

"이만 가 보겠습니다."

다시 한번 고개를 숙인 스님이 빠르게 건물 안으로 사라졌다.

"불교 신자라고 하셨잖아요."

"농담이랬잖아."

"그건 법명 있으신 거 아니라고……."

"그냥 장난이었다고. 뭘 그리 심각하게 생각해."

"그럼 천주교 신자란 말씀이에요?"

"그럼 안 돼?"

그거야말로 의외였다. 그가 주말마다 성당에 나가 기도를 하는 건 도무지 상상이 되지 않았다.

"웅진 스님은 한 번씩 집으로 오셔서 할머니를 위해 기도해 주셔. 인사해 두는 게 좋을 거 같아서."

"네."

"왜 입술이 그렇게 툭 튀어나와 있어?"

"그런 적 없는데요."

"종교 있어?"

"아뇨."

"두 분 대웅전에 있어. 들어가고 싶으면 들어가 봐."

고개를 끄덕인 뒤 돌아섰다. 사람을 놀리는 게 취미인가? 물론 그녀가 철저한 을의 입장인지라 버럭 할 수도 없는 노릇이었다. 문형은 대웅전 안으로 들어가는 것은 포기하고 바깥에 서서 안을 보았다.

을복은 앉아서 눈을 감고 있었고 인숙은 그 옆에서 절을 하는 중이었다. 정신이 있을 적 믿음을 둔 사찰에 와 마음이 편안해진 것일까. 을복은 깨어 있을 때면 5분에 한 번씩은 배가 고프다며 투정을 부렸다. 그런데 지금은 그저 가만히 눈을 감고 있었다. 설마 저 상태로 잠이 든 것은 아니겠지.

"오른쪽으로 보면 바다 보여."

바로 옆에서 허리를 숙여 그녀의 귓가에 조용히 속삭이는 태진 때문에 놀라 저도 모르게 가슴을 부여잡았다. 그런 문형을 보고 태진이 픽 웃더니 오른쪽 담벼락으로 걷기 시작했다. 문형도 태진의 뒤를 따라 옆으로 걸어가 섰다. 그의 말대로 서해가 한눈에 들어왔다.

"그래도 아직 바다가 파랗네요."

"밀물 전이라."

"한 번 본 게 전부지만 그때는 온통 회색빛이었는데."

"한 번?"

"주로 동해로 다녔거든요. 남해나."

태진이 가볍게 고개를 끄덕였다. 대부분의 사람들은 바다를 보려면 동해나 남해 혹은 제주의 바다를 떠올렸다.

"우리 기도 다 끝났어."

인숙의 목소리에 돌아서자 태진이 빠른 걸음으로 걸어가 을복을 부축하고 있었다. 을복은 어린아이처럼 좋아했다.

"회장님 여기서 주무시고 싶대."

태진이 살짝 눈을 감으며 손으로 얼굴을 가렸다. 을복이 한 번 고집을 피우면 말릴 수 없다는 것을 문형도 알고 있었다. 결국 태진이 차에서 을복의 짐들을 모두 꺼내기 시작했다. 병원에 한 번 나갈 때도 혹시 몰라 늘 을복의 옷이나 속옷을 몇 개씩 챙겨 나간다고 했다.

"저흰 이 근처에서 잘게요. 무슨 일 있으면 바로 전화 주세요."

"알았어, 걱정하지 마. 그래도 절에 오신 거라 그런지 얌전하시잖아."

그럼에도 불구하고 태진은 살짝 불안한 표정이었다. 인숙은 그 옆에서 을복을 걱정스럽게 보는 문형의 어깨를 두드렸다.

"스님들도 다 잘해 주시는 거 알잖아."

"그래서 더 문제죠. 괜히 어리광 피우실까."

마음에도 없는 말을 하는 태진을 보며 인숙이 웃었다.

"여기까지 왔으니까 내려가서 꽃구경도 좀 더 하고. 문형아,

가서 예쁜 꽃구경도 좀 하고 태진이한테 맛있는 것도 사 달라고 해."

그건 말 그대로 데이트였다. 물론 계약으로 묶여 있는 갑과 을 사이에 도무지 있을 수 없는.

"그래, 젊은 선남선녀들이 데이트도 좀 하고 그래야지."

"어휴, 커플이었어? 잘 어울리네."

"선남선녀야. 배우가 서 있는 줄 알았다니까."

옆에 있던 아주머니들이 쐐기를 박았다.

색이 탁한 서해를 보면서도 좋아하는 것을 보니 이제 겨우 스물다섯 살 먹은 아가씨가 맞다 싶었다. 해변가에 서서 바다를 보고 있는 문형의 짧은 머리카락이 바람에 휘날리는 것을 보자 태진이 저도 모르게 살짝 인상을 찌푸렸다.

정말 문형이 머리카락을 자르길 원해서 한 말은 아니었다. 그 흔한 염색이나 펌도 하지 않았는지 새카맣고 긴 머리카락을 가진 게 인상적이었다. 몇 번인가 머리카락을 하나로 묶은 사람들이 을복의 손아귀에서 벗어나지 못하는 것을 보고 조언을 한 것뿐이었다.

어찌 보면 그녀의 인생도 참 기구하다. 고생 한 번 하지 않았을 것 같은 아가씨가 순식간에 증발해 버린 부모 때문에 대신해서 빚을 갚고 있다니. 물론 태진으로서는 나쁘지 않았다. 당장 그 10억이 없더라도 상관은 없었지만 그걸로 을복까지 맡기게 되었으니. '용의 눈동자'를 다시 보지 못하게 되는 건 아쉬웠지만.

그때 주머니에서 진동이 울렸다. 눈으로 문형을 쫓으며 휴대폰을 꺼냈다.

"네, 이태진입니다."

—저 규원입니다.

"말해."

—상하이 이후로는 자취를 찾기 어렵습니다.

"사람 더 풀어."

—이미 풀었습니다. 혹시 몰라서 한국에도 풀까 합니다.

"하는 데까지 해 봐."

—그리고 서문형 씨 남은 빚 모두 청산했습니다.

"알았어."

—저, 사장님.

보통 규원이 그를 주저하듯 부르는 일은 드물었다. 그때 문형이 남자 셋과 이야기하고 있는 모습이 보였다. 또래로 보이는 남자들은 문형과 함께 대화를 하며 웃고 있었다. 문형은 그들에게서 카메라를 건네받고 뒤로 물러섰다.

—아무리 회장님을 모신다고 해도 이렇게까지 하셔야 합니까?

"보는 눈이 정말 괜찮은 것 같아. 그 자유로운 하반신, 가격이 폭등했어."

—네?

정말 놀란 모양인지 규원의 목소리가 커졌다. 어쩌면 우연일지도 모른다. 하지만 그 전시회에서 문형이 골랐던 유일한 작품의 가치가 순식간에 100배 이상으로 뛰었으니 앞으로 더 얼마나 가치가 오를지는 알 수 없었다.

그 작품의 작가 또한 오랜 무명 생활을 마치고 순식간에 명성을 떨치기 시작했다. 물론 손이 느려 겨우 네 작품이 다였고 그 작품들 역시 꽤 후한 가격으로 태진이 사들였다. 석우 역시 똥 눈인 네가 웬일이냐며 직접 전화까지 했었다.

"대원 회장 부인 눈에 든 모양이야. 어쨌거나 그것도 능력이지. 다음 주 M호텔 가서 한 번 더 확인해 보려고."

─그렇지 않아도 대원 회장님께서 뵙고 싶다고 연락 주셨습니다.

"분명 그 조각품 내놓으라는 말이겠지. 약속 잡아."

─알겠습니다.

"정 여사가 여기서 주무시겠대. 내일 올라갈 거야."

─사장님도 좀 편히 쉬십시오. NS에 끌려다니시느라 피곤하셨을 텐데.

"차 부장이야말로. 나은 씨나 위로해 줘. 혼자 기념일 보내서 말은 그래도 섭섭할 거야."

─사장님이 주신 가방으로 이미 행복해졌답니다.

"다행이군. 이만, 끊어."

일방적으로 전화를 끊은 태진이 앞으로 걷기 시작했다. 사진만 찍고 갈 줄 알았던 남자들이 문형을 에워싸고 있었기 때문이었다.

"무슨 일이야?"

태진의 묵직한 목소리에 모두의 시선이 돌아왔다. 문형은 반쯤 겁에 질린 듯 새파랗게 질린 얼굴을 하고 있었다.

"아, 정말 혼자가 아니셨구나. 죄송합니다."

"야, 그냥 가겠잖아."

보아하니 혼자 온 여자를 겁주며 헌팅을 하던 모양이었다. 어딜 가나 이런 양아치들은 꼭 있었다. 저 나이 또래의 남자들은 군중 심리에 무척이나 취약하다. 그래서 뭉쳐 있으면 꼭 자기네들이 무엇이라도 되는 줄 안다.

아마 태진이 키나 덩치가 작았거나, 어리바리한 샌님으로 보였다면 저들은 시비를 걸었을지도 모른다. 이런 남자들의 심리야 태진도 뻔히 꿰뚫고 있었다. 그리고 남자들은 본능적으로 누가 더 우위에 있는지 귀신처럼 알고 있다.

비겁한 하이에나처럼 꼬리를 말며 돌아서는 남자들을 태진은 끝까지 주시했다. 개중 리더로 보이는 남자가 슬쩍 뒤를 돌아보았다 태진과 눈이 마주치자 입맛을 다시며 다시 고개를 돌렸다.

"낯선 곳에선 저런 것들 조심해."

"저런 거?"

태진의 목소리가 들린 모양이었다. 방금 전 뒤를 돌아본 남자가 빠른 걸음으로 다가오기 시작했다. 문형이 입술을 질끈 깨물었다. 늘보가 '사장님이 주먹 쓰시는 건 한 번도 못 봤어요. 딱 봐도 샌님 같잖아요'라고 말했었다. 그런데 태진은 어떻게 주머니에 손을 꽂고 여유롭게 서 있는 것일까?

"내 몸값이 꽤 비싸서. 합의금 자신 있으면 때리든가."

문형은 왜 태진이 그토록 태연했는지 알 수 있었다. 태진의 말이 맞다. 태진 정도의 위치에 있는 사람은 개인 변호사를 따로 두고 있을 터였다. 그것도 유능하고 잘나가는. 사람의 당당함은 그냥 나오는 게 아니다.

"괜한 힘 빼지 말고 가지? 집안 말아먹기 전에."

"이 미친 새끼."

말에 겁을 먹은 것인지 남자는 위협하는 것처럼 팔만 크게 들었다 내렸다. 그리고 옆에선 말리는 척 끌고 가기 시작했다. 그런 남자의 위협에도 태진은 눈 하나 깜빡하지 않았다. 아니, 오히려 재미있다는 듯 미소까지 짓고 있었다.

"미안, 통화가 좀 늦어졌어."

"아니에요. 웃으며 상대한 제 잘못이죠."

"서문형 씨한테 무슨 잘못이 있어? 뭉치면 뭐라도 되는 줄 아는 저런 새끼들이 문제지."

"아쉽게도 대한민국에선 여자가 다 죄가 되더라고요."

"그렇게 말하니 할 말이 없네. 배고프지 않아?"

"그러고 보니 조금 고픈 것도 같아요."

태진이 먼저 걷기 시작했다. 문형도 그의 뒤를 따라 걸었다. 해변가를 멋대로 돌아다녔더니 플랫 안으로 모래가 가득 들어 있다. 이럴 줄 알았으면 절에 올라갈 때처럼 벗을걸.

"숙소부터 구해야 하는 거 아니에요?"

"근처에 별장이 있어."

절 근처에 얻은 것을 보면 을복 때문에 구한 별장인가 싶었다.

"그럼 거기 가서 뭐 만들어 먹을까요?"

"먹을 건 관리인이 채워 놨을 것 같기도 한데."

"그럼 가서 해 먹어요. 사장님은 좀 쉬시는 게 좋겠어요."

태진이 고개를 끄덕였다.

"제가 운전할게요."

말없이 차 키를 맡기는 태진을 보고 문형이 앞장서서 걸었다. 손잡이를 쥐자 차 문이 열렸다. 차에 기대어 플랫 속의 모래들을 모두 털어 내고 올라탔다. 의자와 백미러를 편하게 맞춘 다음 태진이 작동 시켜 놓은 내비게이션을 보았다. 이곳에서 멀지 않은 곳에 있어 빨리 도착할 수 있을 것 같아 안전벨트를 매고 핸들을 돌렸다.

해안 도로로 쭉 올라가며 오른쪽을 보자 제법 규모가 큰 마트가 보였다. 옆을 보자 태진은 잠이 들어 있었고 문형은 그 앞으로 차를 세웠다. 관리인이 먹을 것은 채워 둔다지만 자주 가는 곳도 아니니 무엇인가가 없을 수도 있다. 차라리 만들 수 있는 음식 재료를 사 가는 게 편했다. 급하면 시키면 된다지만 시골 동네라 메뉴가 한정적일 것 같았다. 태진이 중국 음식을 잘 먹지 않는다는 게 기억났기에 이편이 더 좋을 거란 판단이 섰다.

태진을 깨울지 잠시 고민이 됐다. 그냥 이대로 선루프만 살짝 열고 밖에서 차 문을 잠그면 될 것도 같았다. 그런데 차가 멈춰 선 걸 귀신같이 알아차린 태진이 눈을 떴다. 주변을 둘러본 그가 문형에게로 고개를 돌렸다.

"뭐가 있는지도 모르겠고 차라리 제가 만들 수 있는 걸로 재료를 사 가는 게 나을 것 같아서요. 시켜 먹는 것도 한계가 있을 것 같고."

태진은 알겠다는 얼굴로 고개를 돌리더니 차에서 내렸다. 설마 같이 장을 볼 생각인 건가? 문형이 서둘러 시동을 끄고 차에서 내렸다.

"같이 들어가시게요?"

"생각해 보니 관리인이 관둔 지 한 달쯤 됐어."

마트에 들르기를 잘했다.

"늘보 씨가 그러는데 사장님 중국 음식이나 기름기 많은 음식 잘 못 드신다고 해서요."

"아, 어릴 때 돈가스 먹고 좀 혼난 적이 있어서."

"그러시구나. 그럼 튀기는 종류는 피해야겠네요."

마트 안으로 들어서자 태진은 자연스레 카트를 끌었다. 이런 건 전혀 해 보지도 않을 것 같았는데 그것도 의외였다. 물론 그동안 문형도 이런 일을 해 보지 않았다. 그녀가 마트를 다니기 시작한 것도 그의 집에 들어와서 인숙과 함께 장을 보러 가면서부터였다.

"뭘 그렇게 봐?"

"자연스러우셔서요."

"아, 대학 관두고 1년 정도 유학 생활했었거든. 학창 시절에도 몇 개월씩 어학연수 가기도 했고."

"혼자서요?"

어쩐지 놀랍다는 표정을 짓고 있는 문형을 보고 태진이 피식 웃었다.

"그럼 누가 나와 같이 가나?"

"저 캐나다 가라고 할 때도 늘보 씨와 함께 가라고 하셔 서……."

"그건 그쪽이 어디로 튈지 모르니까."

잠시 잊었다. 그와 그녀는 고용인과 피고용인이라는 것을.

"도망 같은 거 안 쳐요."

"사기꾼이 제가 사기꾼이에요, 이러진 않잖아."

문형은 반박을 하려다 멈췄다. 어차피 태진의 입장에서 그녀의 가족들은 사기꾼이나 마찬가지일 테니 말이다.

"아무것도 모르고 자라진 않았어."

"네?"

"정 여사, 금전 관계가 확실했거든. 어려서부터 공짜로 용돈 주는 법도 없었지."

"학창 시절엔 아르바이트도 못 하잖아요."

"그래서 돈놀이를 좀 했지."

"네?"

"정 여사에게 돈을 빌렸거든. 물론 이자도 내야 했고. 그래서 학교 애들 상대로 돈놀이 좀 했어."

"친구들에게서 이자를 받았다는 말이에요?"

"내 직업 잊었어?"

이걸 대단하다고 해야 할지, 말아야 할지. 문형이 저도 모르게 혀를 차며 고개를 저었다.

"남자들은 돈이 좀 필요할 때가 많거든. 덕분에 꽤 쏠쏠했지."

"회장님이 시험하신 모양이네요."

"아마도? 미국에 어학연수 때문에 혼자 떨어졌을 때도 10대가 뭘 할 수 있겠어. 그것도 작은 동양인이."

"작아요?"

"고등학교 3학년쯤에야 크기 시작했거든. 그전엔 160cm 중반 정도."

보통 그 정도에는 성장이 멈춘다. 그녀도 좀 늦게 자라긴 했지만 나중에 확 크진 않았다. 지금 태진은 누가 보아도 185cm는 거뜬히 넘어 보인다. 172cm인 자신이 올려다봐야 할 정도니까.

"새댁, 오늘 찜닭 어때요? 잘 손질된 닭 원 플러스 원인데."

새댁이란 말이 좀 꺼림칙했지만 잠시 지나치는 곳에서 굳이 부정을 할 필요는 없었다. 거기다 태진의 표정은 읽지도 못하겠다.

"주십시오."

"어휴, 신랑이 너무 훤칠하게 잘생겼다. 신혼이죠?"

"아닙니다."

"아, 사귀는 사이인가?"

"빚쟁입니다."

태진의 말에 문형이 침을 꿀꺽 삼켰다.

등줄기로 땀이 흐르는 건 이럴 때를 말할 것이다. 그런데 아줌마들은 농담으로 알아들은 것 같았다.

"어머, 어쩐지 신랑이 너무 잘생겼더라. 빚져서 그냥 팔려 갔구나?"

어떻게 그 말에 저런 말을 할 수 있을까. 사실 저기서 태진이 버럭 성질을 내도 할 말이 없었다. 아줌마들은 태진의 등까지 때리며 즐거워하고 있었다. 그런데 정말 의외인 건 태진이 그저 말없이 우두커니 서 있었던 것이다.

가까스로 물건들을 쓸 듯이 주워 담고 계산을 마친 뒤 차에 올라탔다. 자연스레 운전석으로 올라탄 태진이 버튼 하나만 누르자 좌석이 그의 체격에 맞춰졌다.

너무 정신이 없어서 뭘 제대로 샀는지조차 알 수 없었다. 문형이 살짝 불안한 얼굴로 뒷자리에 태진이 구기듯 넣어 둔 물건들로 고개를 돌렸다.

"저……."

말이라도 걸어야 어색한 상황을 피할 수 있을 것 같아 입을 열었을 때 휴대폰이 울렸다. 설마 인숙인가 싶어 재빨리 휴대폰을 꺼내 들었다. 다행히 전화는 인숙이 아니었다.

"네, 교수님."

─주말 방해해서 미안해. 통화 가능해?

저도 모르게 슬쩍 태진을 보았다. 흔한 라디오나 음악조차 켜지 않아 차 안은 고요했다. 통화 소리가 다 들릴 텐데 괜찮을까. 태진은 통화해도 상관없다는 듯 고개만 한 번 끄덕였다. 여기서 괜히 나중에 다시 전화를 한다고 하면 이상해질 것 같았다.

"네, 교수님. 말씀하세요."

─다음 주 M호텔에서 꽤 큰 전시회가 있어. 전에 최석우 감정사도 보고 싶다고 한 게 기억나서.

"아⋯⋯. 그렇지 않아도 가게 됐어요."

─그래?

"네. 신경 써 주셔서 감사해요."

─신경은 무슨. 자료 준비는 잘 되어 가?

"그럭저럭이요. 아무래도 범위가 방대해서 정리만으로도 시간이 좀 걸릴 것 같아요."

─필요한 거 있음 언제든 말하고. 그럼 화요일에 봐.

"네, 좋은 주말 보내세요."

물론 윤우와는 학부 시절부터 친절하긴 했었다. 그 당시 윤우는 교수가 아니라 시간 강사로 출강을 하고 있었다. 그녀가 대학원에 입학을 하면서 교수가 되었고 그때부터는 오히려 지도 교수보다 훨씬 더 자세히, 그리고 친절히 안내해 주었다. 몇 번인가 윤우의 전시회에 간 적도 있었고, 식사를 대접 받기도 했다. 물론 혼자가 아니라 늘 유리나 다른 동기들도 함께했었다. 괜한 오해를 받고 싶지 않았다.

"정윤우가 그쪽 좋아하나 봐?"

"네?"

"누가 봐도 수작 거는 건데."

"그냥 사제지간이에요."

무뚝뚝한 말로 선을 긋는 문형을 보고 태진이 픽 웃었다. 누가 봐도 빤히 보이는 관심을 아니라고 말을 하다니. 저걸 순진하다고 해야 하나 아니면 고도의 여우라고 봐야 하는 건가. 하지만 문형이 누군가를 이용할 줄 아는 사람은 아니라는 것 정도는 알고 있었다.

"정윤우, 인기 많지?"

"네."

"서문형 씨가 여우과는 아닌 것 같아서. 그런 남자 옆에 괜히 어물거리다간 좀 많이 당할 수 있거든."

"무슨 말씀이 하고 싶으신 건데요?"

"무슨 말이 하고 싶다기보다, 그렇지 않아도 복잡한 세상 귀찮은 일 피해 가는 건 좋잖아?"

문형이 운전 중인 태진의 옆모습을 물끄러미 보았다. 태진이 무슨 말을 하고 있는지 안다. 그녀도 학부 시절에 윤우를 좋아하는 선배나 후배들에게서 많은 시샘을 받았다. 어쨌거나 호감이 있는 사람을 대하는 태도라는 것쯤은 어린 그녀도 알 수 있었으니 주변 사람들이 모를 리는 없었다. 그렇게 큰 괴롭힘은 아니었고 그땐 유리가 옆에서 모두 가드 해 주어서 쉽게 넘길 수 있었다.

대학원으로 왔을 땐 그나마 조금 더 성숙해져서 그런지 눈에 띄게 따돌리거나 하는 일들은 없었다. 그나마 다행이라고 해야 하는 걸까. 상대는 교수다. 게다가 일곱 살이나 더 많은. 언감생심 꿈도 꾸지 않았다. 애초에 자신은 사제지간 이상의 무언가를 느낀 적도 없었고.

정신을 차렸을 땐 커다란 대문 앞에 태진의 차가 멈춰 섰다. 콘솔 박스를 뒤지던 태진이 작은 리모컨 하나를 꺼내 버튼을 누르자 묵직한 굉음이 들리며 대문이 열렸다.

그냥 '작은 별장'이 아니었다. 넓적한 돌들로 이루어진 찻길로 적어도 50m는 달리자 새하얀 외관이 인상적인 건물이 드러났다. 말 그대로 별장다운, 주거 건물이 아니라는 것은 한눈에 알 수 있었다.

창들이 대체적으로 다 컸다. 주거 공간이라면 단열 문제나, 난방비 이야기가 바로 나올 것이다. 1층은 물론 2층도 통유리로 이루어져 있었다.

문형이 감상을 마칠 때쯤, 건물 앞으로 차를 세운 태진이 자연스럽게 짐들을 빼내 들었다.

"건물 안은 좀 추울 수도 있어."

"사 온 것들부터 정리할게요."

태진은 말없이 짐을 들고 먼저 건물로 걸어갔다. 건물 안이 깔끔한 건 외관과 똑같았다. TV 같은 건 보이지 않았고 디근자 모양으로 놓인 거대한 소파와 내부는 모두 새하얀 대리석으로 이루어져 있었다. 1층은 오로지 응접실과 부엌, 식당이 전부였다.

식당을 지나 부엌으로 들어서자 태진은 기다란 아일랜드 식탁 위로 짐들을 올려놓고 냉장고 문을 열었다.

마트를 들렀다 오길 잘했다 싶었다. 텅 비어 있는 냉장고는 덩그러니 전원만 들어온 채였다. 그나마 전원이라도 들어온 게 다행이라는 생각을 한 태진은 차곡차곡 재료들을 넣기 시작했다.

정리하는 것만 보아도 그의 성격을 알 수 있었다. 태진은 비슷한 종류로 묶어 차근차근 정리하고 있었다. 덕분에 문형은 뒤에 서서 물끄러미 그 모습을 볼 수밖에 없었다. 그러고 보니 인숙은 태진의 서재나 침실은 청소를 따로 하지 않는다고 했다.

왠지 태진이 쓸고 닦는 모습은 상상할 수가 없었지만 늘 먼지 하나 없이 깔끔하다고 했다. 사실 태진의 서재에 들어갔을 때도 모두 유리로 된 물건들인데 먼지 한 톨 보이지 않아 신기하다고 생각하긴 했었다.

"간단히 파스타는 어때?"

"재료가……."

태진이 스파게티 면을 들어 보였다. 확실히 아무거나 대충 집어 넣은 모양이었다. 다행히 조개들도 해감이 필요 없는 종류들이었다.

"제가 파스타는 만들어 본 적이 없는데……."

"내가 만들 테니 나가서 좀 쉬고 있어. 곧 따뜻해질 거야."

"네?"

"옆에 있는 게 오히려 불편해."

"아, 알겠습니다."

이대로 태진이 해 주는 밥을 먹어도 되나 마음이 불편했지만 편히 생각하기로 했다. 아무리 수천억대의 돈을 주무르고 있는 남자라고 해도 태진 역시 그냥 보통의 사람들과 다를 바는 없었다.

지난 한 달 겪어 본 태진이 그랬다. 처음에 너무 일부 사채업자들에 대한 이미지를 씌우고 태진을 대했던 게 미안할 정도였다. 문형이 부엌을 나와 문을 닫았다.

탁.

그 소리와 함께 부엌문이 닫혔다. 재료들을 마저 정리하고 돌아선 태진이 인상을 찌푸렸다. 카레 가루가 무려 세 봉이나 들어 있다. 그것도 똑같이 다 매운맛으로만. 문득 정 여사와 함께 처음 한정식집이 아닌 다른 곳에서 외식을 했을 때가 떠올랐다.

정 여사는 주로 한식을 고집했었는데 그날은 웬일인지 동네 어귀에 있는 레스토랑으로 그를 데려갔다. 그냥 흔한 경양식 식당이었는데 돈가스에 대한 인식이 좋지 않았던 태진이 무조건 다른 걸 먹겠다고 우겨서 나온 게 카레라이스였다.

어린아이가 맡기엔 다소 과한 향신료 냄새에 결국 한 입도 제대로 먹지 못하고 버리고 말았다. 그리고 그날 탈이 났었는데 정신을 차렸을 땐 정 여사의 등이었다. 돈을 가지고 세상을 주무르는 여인이라고 주변에선 다들 평범한 사람이 아닐 거라고 가정했다. 태진에게 그저 여느 할머니처럼 엄하기도 하고, 사랑을 주기도 하는 사람이었는데 말이다.

정신을 차려 서둘러 음식 재료들을 준비하고 면이 삶아지길 기다리는데 진동이 울렸다.

"말해."

—사장님, 저 늘봅니다.

늘보는 꽤 고집이 있는 사람이었다. 굳이 됐다는 데도 늘보는 늘 전화를 걸면 신분을 밝혔다. 그리고 덩치에 어울리게 눈치가 없었는데 그 결과로 태진의 침묵이 이어 말하라는 뜻이 담겨 있는 것을 알기까지도 1년이나 걸렸다.

―형 씨, 말입니다.

"서문형이 왜?"

―미술 재료를 맡겨 놓은 곳이 있는데 이것들 꽤 고가라는데. 어떻게 정리할까요?

스스로 그림엔 재능이 없다고 하더니 완전히 포기한 것은 아닌 모양이었다.

"그냥 둬."

―예?

늘보의 목소리가 높아지자 귀가 울리는 것 같아 태진이 인상을 찌푸렸다.

―이것만 팔아도 몇 천은 나오겠는데요?

"몇 천 벌자고 서문형 숨통 완전히 조일 순 없잖아."

―형님, 그건 아니죠!

사장이라 부르라고 해도 늘보는 꼭 한 번씩 이런 식으로 형님이라고 부르곤 했다. 아직 교도소 땟물이 빠지지 않은 탓이었다. 까막눈이라 보증을 잘못 서서 교도소까지 다녀온 녀석이었다.

"무슨 뜻이야?"

―설마, 형 씨 좋아하는 건 아니죠?

"미친 새끼."

―얼굴만 볼만하지 나머진 볼 게 없잖습니까. 형님이 여자 얼

굴 보는 건 아니라서 다행이라고 규원 형님하고 이야기했다니까요.

"쓸데없는 말 할 거면 끊어."

—문제는 서희 아가씨라니까요.

머리가 지끈거렸다. 서희는 그냥 말 그대로 동생 같은 애였다. 물론 친동생이 있었다면 이런 느낌일 것이다, 짐작할 정도의 감정이었다. 노인네가 후처를 들여 딸을 낳은 것부터 잘못이었다. 그 나이면 그냥 장성한 자식들만 보고 살면 될 일이지. 왜 하필 뒤늦게 딸을 낳아서.

"서희가 또 왜?"

—사무실 와서 또 죄다 뒤졌잖습니까. 오빠 있는 거 다 안다고. 전화라도 좀 받으시면 안 됩니까?

NS통신의 하나뿐인 딸인 데다 늦둥이라 모든 관심을 한 몸에 받고 컸다. 박 회장의 후처도 사람이 좋은 편이라 본처 자식들과 사이도 나쁘지 않았고. 게다가 서희가 여자인지라 경영에서 애초에 배제했으니 형제들의 난도 없었다. 그러다 보니 예쁨만 받고 자란 서희는 안하무인이었다.

—그냥 결혼하시면…….

"그런 형수, 평생 견딜 수 있겠냐?"

—그거야…….

그 말 많은 늘보가 말을 아끼는 것을 보니 서희를 감당하기는 힘든 모양이었다.

—그래도 생긴 것도 예쁘고, 애교도 많고. 형님 하나밖에 모르잖습니까.

"그렇게 좋으면 데려가."

—형님도, 제가 그런 아가씨를 언감생심 넘보기나 할 수 있나요.

"너 어휘 능력 많이 늘었다?"

—나은 형수님이 워낙 꽉 잡아서 과외 해 주셔서요.

늘보의 말투에서 쑥스러움이 느껴졌다. 배우지 못한 게 부끄러운 게 아니라고 말하는 나은 앞에서 늘보는 참 많이 울었었다.

"끊어."

—바쁘십니까?

"밥 먹는 중이야."

—식사 맛있게 하십시오.

늘보는 늘 먹는 게 최고라고 생각했다. 그래서 식사 시간만은 무슨 일이 있어도 건들려고 하지 않았다. 전화를 끊자 면이 적당히 삶아져 프라이팬에 소스와 함께 볶아 내었다.

음식을 얼추 그럴싸하게 접시에 옮겨 담았다. 부엌문을 열고 식탁 위에 접시들을 내려 두고 응접실로 나갔다.

태진의 눈이 가늘어졌다. 정원에 서서 하늘을 바라보고 있는 문형의 뒷모습이 눈에 들어왔다. 그리고 문형이 돌아섰을 때 쿵, 소리가 울렸다.

절로 고개가 떨어졌다. 휴대폰이 주머니에 반쯤 걸쳐져 있던 모양이었다. 허리를 숙여 휴대폰을 주워 드는데 막 안으로 들어오는 문형과 눈이 마주쳤다.

"맛있는 냄새 나요."

"들어와."

식당으로 들어가자 깔끔하게 세팅이 되어 있었다. 자연스레 마주 앉게 되었는데 이상하게 이것도 부담스러웠다. 어쩌면 오늘 커플이라는 이야기를 많이 들어서였을지도 모른다.

알리오 올리오와 잘 구워진 연어, 간단한 샐러드가 각자의 접시에 소담하게 담겨져 있었다.

"봉골레 하려고 했는데 화이트 와인이 모스카토라."

"네."

"와인?"

"아, 술 잘 못 마시는데."

"이건 도수가 5도라 음료수 정도일 텐데. 달고."

"그럼 한 잔만 마실게요."

"강요하는 거 아니야."

"단 거 좋아해요."

하긴, 카페모카에 휘핑까지 그리 올려 먹었으니 단 것을 좋아한다는 말이 이해되었다. 고개를 끄덕인 태진이 잔을 채웠다.

기포가 나는 와인을 멍하니 보고 있는데 태진이 뭐 하냐는 얼굴로 보고 있었다. 스템리스 와인잔이라 위쪽을 잡고 자연스럽게 태진의 잔을 맞추었다. 쨍, 하는 소리가 맑게 퍼졌다.

딱히 잔을 맞출 생각이 없었는지 태진은 살짝 인상을 찌푸리며 이내 잔을 입으로 가져갔다. 너무 평소에 하던 버릇이 나오고 만 것이다.

"요즘도 학교에서 강제로 술 먹이고 그러나?"

"아뇨, 요즘은 그런 문화 많이 사라진 것 같아요."

"다행이네."

포크를 드는 태진을 보며 문형도 와인을 한 모금 마셨다. 달고 시원한 와인은 스파클링 덕분에 청량감까지 느낄 수 있을 정도였다. 태진의 말처럼 포도 향이 나는 음료수 같았다. 잔을 내려 두고 파스타를 입으로 가져갔다. 적당히 잘 익혀진 면부터, 맛까지. 이제껏 먹어 본 알리오 올리오들보다 훨씬 맛이 좋았다. 당장 식당을 차려도 대박이 날 정도로.

"와, 맛있어요."

"많이 먹어. 더 있으니까."

"식당 하셔도 되겠어요."

태진이 코웃음을 쳤다. 하긴, 하루에도 수십, 수백억을 만지는 남자다. 그런 남자가 기껏 식당 하나에 관심을 둘 리가 없다.

하지만 파스타뿐만 아니었다. 바삭하게 잘 구워진 연어구이 역시 맛있고, 샐러드의 소스 역시 시중에서 먹을 수 있는 맛이 아니었다.

앞으로 10년을 같이할 텐데 적어도 3년 정도면 레시피를 알 수 있지 않을까? 빚을 다 갚은 뒤, 정말 작은 가게를 차려 보고 싶었다. 미술에 관련된 일이라면 이제 굳이 하고 싶지 않았다. 사실 부모님 생각이 계속 떠오를까 봐 관두고 싶은 것이나 마찬가지였다.

음식을 씹으며 저도 모르게 태진을 물끄러미 바라보았다. 그는 면을 먹는 모습조차도 단정했다. 단어 그대로 '단정'이라는 것을 형상화한다면 아마 태진이 아닐까 싶을 정도로.

"묻고 싶은 거 있으면 물어."

"네?"

"먹는데 빤히 쳐다보지 말고."

잠시 망설였다. 아직 그렇게까지 가깝지도 않고, 일단은 갑과 을의 관계이지 않던가. 지난 한 달간 얼굴을 본 것도 일주일이 채 되지 않는다. 하지만 계속 어색하게 구는 것도 정말이지 못 할 노릇이었다.

그녀는 원래 활달하고, 발도 넓은 편이었다. 사람을 대할 때 스스럼이 없고, 친화적이라는 말도 많이 들었었는데 이상하게 태진을 대하기는 어려웠다. 슬쩍 후추를 집는 척하며 입을 열었다.

"정말 회장님이 원하셔서 미대 가셨어요?"

태진은 질문이 의외라는 듯 한쪽 눈썹을 살짝 치켜세웠다.

"꼭 그런 건 아니야."

"판검사가 꿈이셨다면서요."

"어린아이들이 흔히 말하는 거지. 그리고 그건 그냥 이모님 바람이셨고."

"사장님은요?"

"그거 너무 뿌리는 거 아니야?"

"네?"

그의 시선이 그녀의 얼굴에서 더 아래로 내려갔다. 문형의 고개도 자연히 시선을 따라갔는데 면 위로 까만 후추가 수북이 쌓여 있었다. 그나마 통후추를 간 것이라 다행이라고 할 정도로.

태진이 고개를 흔들며 자리에서 일어나 식당에서 프라이팬을 가져왔다. 그리고 그녀의 접시에 있는 것을 담아 다시 한번 섞어 준 다음 담아 주었다.

"멀티가 안 되는 성격인가 봐?"

"그러게요."

저도 모르게 긴장한 것을 이렇게 발현했나 싶었다.

"제가 후추 되게 좋아하거든요."

"많이 먹어."

한심하다는 듯 말하는 태진을 보며 면을 가득 들어 입으로 가져갔다. 그녀가 후추를 좋아하는 것은 사실이었다. 수프에 범벅을 해서 먹을 때도 있었고. 지금 역시 후추 향이 과하지만 맛있었다. 태진이 적당히 섞어 주었기에 가능한 일이었지만.

"인디아나 존스 같은 사람이 되고 싶었지."

"설마, 영화에 나오는 그 고고학자요?"

"애석하게도 인디아나 존스는 도굴범이야."

문형이 저도 모르게 입을 쩍 벌리고 말았다.

"고고학은 먹고 살기 힘들 거라는 정 여사님 지론."

고개를 끄덕였다. 이 나라에 고고학과는 몇 개 되지도 않는 데다가 성적도 좋아한다. 그러나 졸업을 하고 할 수 있는 일은 한정되어 있다. 고고학을 전공하는 몇몇은 그랬다. 돈이 있으면 교수 과정을 밟고, 돈이 없으면 박물관에 취직을 한다고. 자본주의라는 건 사람을 참 비참하게 하는 것 같았다.

문형은 반쯤 찬 와인을 한 번에 털어 넣었다. 태진은 그런 문형의 잔을 보면서도 다시 채워 주지 않았다.

"한 잔 더 마셔도 돼요?"

"술 약하다며."

"이건 먹을 만한데요? 맥주보다 훨씬 더."

"과실주는 조심하는 게 좋아."

태진의 말을 무시했다. 그런데 연거푸 세 잔을 먹고 나서 태진의 말이 맞다는 것을 알게 되었다. 알코올 도수는 맥주와 비슷한데 훨씬 빨리 취기가 올라오는 것 같았다. 저도 모르게 숨을 크게 '후' 내쉬고 있었다.

"사장님."

태진은 이미 포크를 내려놓고 잔을 들고 있었다. 한 모금씩 음미하며 마시는 태진과 다르게 그녀는 맥주를 마시듯 벌컥벌컥 마셨다. 물론 태진이야 술이 강하겠지만 지금 그녀는 취하기 직전의 상태였다. 아니, 어쩌면 이미 취했을지도.

"왜 봐주셨어요?"

"뭘?"

"저 남은 돈 다 안 가져왔잖아요."

"왜? 내가 인간미 없이 다 털고 왔으면 했나 보지?"

"아니, 보통 돈놀이하는 사람들 그렇잖아요. 돈이 인간보다 우위에 있잖아요."

"아무리 돈이 좋아도 사람 생명이 걸린 일 가지고 장난은 안쳐."

"감사해요."

"감사한 태도가 지금 그래?"

태진의 목소리가 날카로웠다.

태진의 말에 반박을 할 수 없다. 그녀는 사실 지금 그를 살짝 비꼬고 있었으니까. 그놈의 돈이 뭐라고 사람을 이토록 비참하게 만드는 것일까. 왜 간이 부은 것처럼 행동하는 건지. 이젠 정말 눈에 뵈는 게 없는 수준까지 왔나.

"제가 비참해서요."

"누가 눈치 줬어?"

"사장님은 눈치를 안 준다고 생각하나 보죠?"

자신의 태도를 생각하듯 태진이 눈꺼풀을 살짝 깔았다. 그러다 이내 픽 웃었다.

"내가?"

"아마 사장님은 일반 사람이 갖는 10억이라는 숫자의 압박감을 모를 거예요."

"모르겠지."

저 당당함이 싫다는 거다. 사실 어떻게 보면 태진은 피해자다. 자신이 돈을 주고 맡겨 놓은 물건을 잃어버렸으니. 그런데 지금 문형은 스스로가 피해자가 된 것처럼 굴고 있었다.

"서문형."

문형은 대답하지 않았다. 하지만 그런 그녀의 마음을 태진은 잘 알고 있는 것 같았다.

"당당해져도 돼."

놀라운 말에 문형의 눈이 당장이라도 터질 듯 커졌다.

"그거 그쪽 빚 아니야. 부모님 빚이지. 그리고 그 돈 가지고 갑질 할 마음 전혀 없고. 그쪽은 그냥 맡은 일만 잘해 주면 돼."

왠지 눈물이 나올 것 같았다. 아니, 이미 태진이 흐릿하게 보이는 것을 보니 눈물이 차오르는 게 틀림없다. 그때 손에서 잔이 빠져나갔다.

"그만 마셔. 그리고 우는 거 달래는 덴 소질 없어."

"이러고도 갑질 하는 게 아니에요?"

"뭐?"

"술 먼저 권한 사람은 사장님이었잖아요."

"강요하진 않는다고 했지."

"그래서 좀 마시겠다는데. 사람이 왜 술을 마시는데요? 취하려고 마시잖아요."

탈무드도 안 본 건가? 사람이 술을 왜 마시는데. 악마가 선사한 최고의 선물이 바로 와인이었다.

"내일 후회하기 싫으면 그만 마시는 게 좋을 텐데."

문형이 웃으며 태진의 손에서 잔을 가져갔다. 그리고 한 번에 입으로 털어 넣었다. 그런 문형을 보고 있자니 태진은 기가 차 의자에 등을 편하게 기댄 채 구경을 했다. 잔이 넘치기 직전에 다행히도 따르는 것을 멈췄다. 저런 모습을 보니 이제 스물다섯 살다웠다.

여섯 살 차이.

그의 동생이 살아 있었더라면 딱 맞는 나이 차이였다. 동생이 있었다면 이런 느낌이었을까?

누군가는 그를 보고 피도 눈물도 없는 냉정한 파충류 같다고도 한다. 그 말에 그도 딱히 부정은 하지 않았다. 하지만 감정 표현에 서툰 것뿐이지 인정까지 없는 건 아니었다. 그럼에도 애써 해명하고 싶은 생각 또한 없었다.

'용의 눈동자'의 도난은 안타까운 일이지만 그 일로 사람을 해하고 싶지도 않았다. 물건이야 있을 수도 있고, 없을 수도 있는 것이었다. 하지만 손해는 메워야 장사꾼이었다. 그는 충분히 값비싸게 문형을 고용하고 있는 중이다. 그런데 그것조차도 문형은 서러운 모양이었다.

"내 옛날 남자 친구가 딱 사장님 나이였는데. 그 나이 남자들은 원래 그래요?"

"뭐?"

"가르치고 싶어 하고, 족쇄 채우고 싶어 하고."

딱히 문형의 말이 틀린 것도 없어 태진이 그저 웃었다. 대체적으로 한국 남자들이 찌질하다는 건 스스로도 잘 알고 있는 일이 아니던가.

"찌질한 놈을 만났나 보네."

"사장님은 아니라는 자신 있나 보죠? 에이, 입맛 떨어졌어."

문형이 손사래를 치며 자리에서 일어났다.

"설거지해야겠어요."

"아니, 위험해. 그냥 둬."

음식까지 만들어 줬는데 설거지까지 시킬 수는 없었다. 문형이 비틀거리며 팔을 뻗어 식탁을 짚으려고 했다. 그런데 밑으로 훅 꺼지는 느낌이 난다.

"서문형!"

저를 뺀 모든 세상이 흔들려 지진이 난 건가 싶었다. 그런데 이번에는 또 물컹거린다. 이게 뭔가 싶어 눈을 뜨는데 그녀의 입술이 정확히 태진의 목덜미에 닿아 있었다. 그리고 손에 닿은 느낌. 그곳은 정확히 태진의 몸, 정확히는 다리 사이였다.

술이 확 깨는 느낌. 문형은 이대로 기절하고 싶었다.

✥ ✤ ✥

띠띠.

머리맡에서 울리는 소리가 시끄럽다. 눈을 뜨려고 해도 머리가 지끈거려서 쉽지가 않았다. 더듬거리는 손으로 가까스로 알람을 끄고 눈을 떴을 때 문형은 평소와 다른 천장에 몸을 벌떡 일으켰다.

"읏!"

숙취가 훅 몰려오는 것 같았다. 지끈거리는 머리를 부여잡고 침대에서 일어나 방을 빠져나왔다. 욕실로 어기적거리며 들어가 세면대 앞에 서서 차가운 물로 세수를 하고 고개를 들었다.

"와, 개구리."

얼굴은 통통 부어 있고, 눈 또한 피해갈 수 없었다. 눈이 붓는 바람에 제대로 앞이 보이지 않았던 모양이었다. 냉장고에 얼음이 있을 테니 그걸로 눈의 붓기를 좀 빼야겠다 싶었다. 양치까지 끝낸 뒤 욕실에서 나와 계단을 내려갔다.

응접실을 지나 식당 문을 열자마자 부엌 쪽에서 음식 냄새가 흘러나와 코끝을 자극하고 있었다. 에이, 설마. 어제 남은 음식 때문이겠지 생각하며 식당으로 들어섰을 땐 깜짝 놀랐다. 태진이 인덕션 앞에 서 있었기 때문이었다.

"사……장님."

목소리가 당장이라도 기어들어 갈 정도로 작았다. 그런데 용케도 태진은 그녀의 목소리를 들은 모양이었다. 커다란 대접에 국을 뜨더니 이내 그것을 아일랜드 식탁 위로 올려놓았다.

"앉아."

"네."

"내가 콩나물국을 다 끓여 보고."

태진은 고개까지 저으며 코웃음을 치고 있었다. 죄를 지어 고개도 제대로 들지 못한 채 문형은 1m 높이는 될 법한 스툴에 가까스로 걸쳐 앉았다. 그리고 커다란 대접에 반쯤 차 있는 콩나물국을 보았다. 밥도 이제 한 건지 윤기가 흐르고, 모락모락 김이 피어나고 있다. 반면 반대편엔 토스트 두 쪽과 커피가 놓여 있었다.

"사장님은 해장국 안 드세요?"

"누구처럼 만취한 게 아니라."

"아……."

왠지 귀까지 빨개진 것 같아 고개를 푹 숙였다. 그러고는 숟가락을 들어 국이 입으로 넘어가는지 코로 넘어가는지 모르게 먹기 시작했다.

"그리고."

태진의 낮은 목소리에 국을 꿀꺽 삼켰다. 이제야 맛이 느껴진다. 잘게 썬 청양고추와 고춧가루를 살짝 풀어 칼칼하고 시원한 맛에 간도 딱 좋았다.

"사장이라고 부르지 마."

"네?"

"듣기 낯간지러우니까."

"그럼 딱히 부를 호칭이……."

"내 이름은 뻘로 있어?"

'태진 씨'라고 부르기가 왠지 어렵다. 앞으론 태진을 지칭해서 부르지 못하겠다고 생각했다.

"절대 저기, 그쪽 이런 식으로 부르지 마."

혹시 남의 머릿속을 읽는 능력이 있는 것일까?

"네."

"어제 일은 기억이나 해?"

"네?"

그의 질문을 듣자마자 갑자기 기억났다. 그녀는 그의 목덜미에 입술을 박았고, 가랑이 가운데를 짚는 것으로도 모자라 쥐었다. 거의 덮친 것이나 다름없었다. 손에 가득 들……. 아무튼 고의성은 없었지만.

"기억이…… 안 나는데요."

심장이 당장이라도 튀어나올 것 같았다. 태진의 눈이 살짝 가늘어졌다.

"앞으로 술은 마시지 않는 게 좋겠어."

"네."

"서문형."

"네?"

놀라서 저도 모르게 숟가락을 탁, 소리가 나게 놓고 말았다. 지나치게 긴장했다. 태진의 한쪽 입꼬리가 올라갔다. 그녀가 기억나지 않는다, 둘러댄 것을 아는 모양이었다.

"고의성 다분한 것 같았지?"

"아뇨! 정말 실수……."

이건 인정한 거나 다름없어 눈을 질끈 감았다. 정말 고의는 아니었다.

"고의는 정말 아니었어요."

"그럼 재빨리 손을 떼었어야지. 왜 엄한 것을 쥐어?"

얼굴이 달아오르다 못해 이제 펑, 하고 터질 것만 같았다. 문형은 뭐라 답할 것을 찾지 못했다. 이대로 밥을 먹다 보면 체해서 일주일은 고생할 듯하다. 들고 있던 숟가락을 내려놓자 태진이 버터를 바르던 나이프를 내려놓았다.

"안 먹어?"

"입맛이 떨어져서요."

"먹어, 그만 놀릴 테니까."

문형이 고개를 삐딱하게 기울이고 태진을 바라보았다. 아무것도 모른다는 얼굴로 뻔뻔하게 빵을 먹고 있는 태진을 보니 정말이지 더 감을 잡기 힘들었다. 대체 어떤 모습이 이태진이라는 사람인 것일까.

그는 무게 있어 보이고, 어려운 사람이었다. 그런 분위기로 자신은 장난이라고 생각하고 말을 건넨다. 장난으로 던진 돌에 개구리는 죽는다는 말도 모르는 것일까? 어쨌든 이태진 앞의 서문형은 약한 촛불이나 다름없었다.

"친구 언제 들어온다고 했지?"

"유리요?"

"그래, 나유리."

순간 문형이 멈칫했다. 이제껏 태진에게 유리의 성을 알려 준 적은 없었다. 어차피 그녀 주위의 사람들을 모두 알아보았을 것이다. 그것에 대해 뭐라 말할 수 없는 것이 속상하고, 억울했지만 화를 낼 수도 없는 노릇이었다.

"제 친구 뒷조사까지 하셨어요?"

"서문형에게 도망칠 구석이 있을 테니 그것 정도는."

"절대 도망 같은 거 안 갈 테니까 걱정 마세요."

"도망가면 양심이 없는 거고."

문형은 태진이 평소와 다르다고 생각됐다. 가벼운 장난은 쳐도 저렇게 약점을 골라 말하진 않았다. 설마, 어젯밤의 그 일 때문에 그런 것일까? 태진이 그런 실수에 가까운 취기를 마음에 둘 것 같진 않았다.

"무슨 일 있으세요?"

들고 있던 빵을 내려놓은 태진이 커피까지 한 모금 마신 뒤 자리에서 일어났다.

"밀리기 전에 정 여사 모시고 가야지."

문형은 태진의 사생활을 전혀 알지 못한다. 그런데 저렇게 날카로운 건 어쩌면 그녀의 부모님이 엮여 있을지도 모른다는 생각이 들었다. 더 말하고 싶어 하지 않는 것 같아 문형도 자리를 정리하기 시작했다. 다시 마음이 무거웠다.

가기 싫다 떼를 쓰는 을복을 태진이 가볍게 끌어안은 뒤 차에 태웠다. 문형은 새삼 놀랐다. 키가 무척이나 큰 태진이지만 몸매가 꼭 모델처럼 늘씬해서 을복을 마네킹 대하듯 할 수 있을 거라고 생각하지 못했다. 그런데 태진은 을복이 꼭 거대한 풍선이라도 되는 것처럼 힘도 들지 않는 얼굴로 쉽게 옮겼다.

태진의 차는 다시 천천히 서울로 향하기 시작했다.

"너한테 안기고 싶어서 회장님 떼쓰셨나 보다."

"그래서 어릴 때 그렇게 운동시키셨나 보죠. 이렇게 될 거 알고."

"얘는, 위험하니까 그랬지. 너 노리는 사람들이 오죽 많았니?"

마치 즐거운 추억을 떠올리듯 이야기를 하는 두 사람 사이에서 문형은 그저 입을 다물고 있을 수밖에 없었다.

"문형아, 태진이 어렸을 때 어떻게 생겼는지 아니?"

"이모님."

"얼마나 예쁘게 생겼는지, 핀도 안 꽂았는데 데리고 나가면 다 여자앤 줄 알았다?"

인숙을 말리려던 태진이 결국 포기하고 운전에 집중하고 있었다.

"아……."

"사진 보여 줄까?"

"네?"

딱히 태진의 어린 시절을 보고 싶지 않았다. 살짝 뒤를 돌아보자 인숙은 웃으며 휴대폰을 만지작거리고 있었다.

"이제 와 하는 말이지만 납치됐을 때 얼마나 철렁했는지."

"납치요?"

"웬 미친놈이 태진이 예쁘다고 납치했지 뭐니? 일 생기기 전에 찾아서 망정이었지. 그때 우리 회장님 그렇게 얼굴 하얗게 질린 것도 처음 봤다."

문형이 살짝 태진을 보았다. 태진은 마치 귀를 막은 듯 정면만 바라본 채 고개도 돌리지 않았다.

"봐봐, 정말 예쁘지?"

눈앞으로 어린아이의 얼굴이 들어왔다.

새하얀 피부에, 작은 얼굴. 그 작은 얼굴에 커다란 눈과 오뚝 솟은 코가 신기했다. 보통 유아기 시절엔 콧대가 서는 게 쉽지 않았다. 그런데 태진은 사진에서도 보일 정도로 눈길을 끌었다. 이 어린아이의 얼굴에 지금 태진의 얼굴이 묻어 있다. 같은 사람이니 당연한 것일 테지만 왠지 믿기 힘들 정도였다.

"어린이 모델 하셔도 되셨겠네요."

"그치? 내가 그렇게 시키자고 했는데 회장님이 반대하셔서."

그때 을복이 인숙의 손에서 휴대폰을 가지고 갔다. 그리고 화면을 몇 번이나 쓸어내렸다. 꼭 아이를 쓰다듬는 것처럼.

문형은 저런 을복의 모습에서 부모님을 느꼈다. 서 사장은 늦게 들어오는 날이면 잠이 든 딸들 방에 들어와 자는 모습을 보고 꼭 이불을 다시 따뜻하게 덮어 주었다. 그 다정한 손길이 여전히 느껴지는 것 같아서 서글펐다.

"우리 애기."

"네, 회장님이 그렇게 예뻐하셨던 태진이에요."

"내 새끼."

을복은 어린아이를 아는 것처럼 휴대폰을 가슴으로 가져가 꼭 끌어안았다. 저런 을복을 보며 태진은 무슨 생각을 하는 것일까. 여전히 그의 생각은 읽을 수가 없었다.

"태진아, 서희 전화 안 받았니?"

태진이 잠시 침묵을 지켰다. 이런 세계에서는 정략결혼이 흔하다. 그것을 문형도 잘 알고 있었다. 문형도 예전엔 자신에게 몇몇 집에서 선이 들어왔다는 것을 알고 있었다. 대학에 막 입학했을 뿐인데 선 자리가 들어오는 것을 보고 놀라기도 했었다.

NS통신이라면 우리나라 굴지의 기업이다. 그런 집에서 그렇게 태진을 탐을 낼 정도면 그의 사업 수완이 보통은 뛰어넘는 것임이 틀림없다. 그녀도 부모님의 일이 아니었다면 아마 태진을 죽을 때까지 만나지 못했을 것이다.

"이모님께 전화 못 하게 할게요."

"웬만하면 전화 좀 받아 줘. 아까도 엉엉 울더라."

"어린애 달래는 건 자신이 없어서요."

"애가 예쁨만 받고 자라서 좀 철이 없지 그래도 속은 착한 애야."

"괜한 희망만 갖게 하는 게 더 나빠요."

인정한다는 듯 인숙이 고개를 끄덕였다.

"아침부터 집에 찾아온 모양이야. 아무도 없으니까 전화했는데 네가 안 받아서 나한테까지 하고."

"서희, 감싸 주실 필요 없어요."

"얘는. 어린애가 안쓰러워서 그렇지."

"스물셋인데 분별력 없이 행동하니까 그렇죠."

"회장님 소원이셨잖니. 박 회장님하고 사돈 맺는 거."

문형은 저도 모르게 숨을 멈췄다. 왠지 차 안의 공기가 점점 사라지는 기분이었다.

"결혼할 생각 없습니다."

태진이 못을 박았다.

일주일이 어떻게 지나간 것인지 모르겠다. 그녀는 대학원 수업이나, 을복을 돌보는 일을 제외하면 죄다 책을 파느라 정신이 없

었다. 그 와중 태진은 홍콩으로 짧게 출장을 갔다. 토요일 약속 시간엔 늦지 않게 오겠다는 말과 함께.

문형은 인숙에게 양해를 구하고 도서관에 갈 준비를 했다. 오후 5시까지만 돌아오면 문제없을 것 같았다.

"다행이네요."

막 계단을 내려오는데 보이는 사람은 다름 아닌 규원이었다. 크고 넓은 어깨 탓에 그녀가 위에서 내려다보고 있는데도 불구하고 전혀 작아 보이지 않았다. 위협적인 덩치에 정말 같이 다니면 주위 사람들이 압살당할 것 같았다.

"아, 안녕하세요."

"같이 나가시죠."

"네?"

"안내하겠습니다."

"안내요?"

"사장님께 말씀 못 들으셨습니까?"

고개를 갸웃거렸다. 태진은 홍콩에 다녀온다며 그냥 집을 나섰을 뿐이다. 딱히 그녀에게 전한 말이 없었다.

"딱히 전하신 말씀 없었는데요. 어디 가야 하나요?"

"백화점에 들르시는 게 좋겠습니다."

문형은 자신의 처지를 잘 알고 있다. 그렇게 해야 한다면 아무 말 없이 따라야 한다는 것이다. 들고 있던 책을 옆에 있는 테이블에 올려 두었다.

"꾸며야 하나 봐요."

"아무래도 그런 모양입니다."

문형은 물론 태진보단 나았지만 규원 역시 불편했다. 말을 해도 아주 짧았고, 얼굴을 보는 시간도 역시 짧았다. 같이 나가면 오늘 최소 몇 시간은 동행해야 한다는 소리였다. 과연 제대로 숨이나 쉴 수 있을까? 그래도 역시 태진을 대하는 것보단 훨씬 편안했다.

저도 모르게 한숨을 내쉬며 집에서 나와 규원의 차에 타기 위해 조수석 문을 여는 데 규원은 뒷좌석 문을 열었다.

"이쪽으로 타십시오."

"네?"

"그게 더 편합니다."

고개를 끄덕인 문형이 뒷좌석으로 몸을 실었다. 규원의 반응을 보니 그녀를 위한다기보다, 옆에 태우고 싶지 않다는 의지가 보였다. 문형도 딱히 조수석에 앉지 않아도 상관없었다.

보기엔 규원이 차를 거칠게 몰 것 같았는데 급출발도 과속도 하지 않았다. 한마디로 매너가 좋은 운전자였다. 그녀만 해도 옆에서 갑자기 껴들면 욕을 하곤 했는데 규원은 그 흔한 클랙슨 한 번을 울리지 않았다.

차가 순식간에 백화점 로비 앞에 세워졌다. 백화점 직원이 다가와 문을 열었고 문형은 저도 모르게 자신의 차림새를 보았다. 청바지에 카디건 차림. 반면 번듯한 슈트를 입고 있는 규원을 보자 왠지 모르게 살짝 어깨가 움츠러들었다.

바로 앞에 있는 매장으로 들어가자 매니저가 재빨리 규원의 앞으로 뛰어왔다.

"차 부장님 오셨어요."

"이분께 어울릴 만한 것으로 부탁합니다."

"이쪽으로 앉으시겠어요?"

주말이라 사람이 많았다. 확실히 태진이나 규원이 보통 사람은 아니겠구나 생각했다. 한때 그녀도 이 백화점의 MVG였는데 매니저가 이 정도 대우를 해 준 적은 없었다. 말 그대로 차원이 다른 사람들인 것이다.

매니저는 많은 물건을 가져오기보단 어울리는 착장을 찾아왔다. 그녀의 피부 톤에 맞는 노란빛의 원피스와 구두, 액세서리와 가방까지 차례대로 준비했다.

"안쪽으로 오시면 됩니다."

안내를 하는 매니저를 따라 문형이 자리에서 일어났다. 이런 고가의 물건 하나를 갖기 위해서 그녀는 예전에도 심사숙고를 해야 했다. 하지만 규원은 눈 하나도 깜빡하지 않는다. 규원이 이 브랜드의 가격대를 모른다고 생각하지는 않았다.

빚이 있고, 그저 신진 작가나 혹은 앞으로 가격이 크게 뛰게 될 그림을 조금 볼 줄 아는 잔재주만 가졌을 뿐인데 태진은 그것을 꽤나 높이 평가하고 있다. 이러다 하나라도 잘못된다면 그녀는 어떤 처분을 받게 되는 것일까.

쓰레기처럼 버려지는 것일까. 이미 인생이 나락으로 떨어졌는데 더 떨어질 곳이 남아 있기는 한 것일까. 모든 것을 갈아입고 나와 전신 거울 앞으로 섰다.

은은한 노란빛의 원피스를 입고 있는 여자는 얼굴이 화사해 보인다. 그런데 눈빛이 죽어 있다. 문형은 자신의 눈빛이 언제부터 이렇게 죽게 되었을까 생각했다. 아마 부모님의 실종을 알게 되고, 어마어마한 빚이 생겼을 때부터였을 것이다.

"정말 잘 어울리시네요. 신인 배우?"

"아뇨. 이 사장님 밑에서 일하고 있습니다."

"그러시구나."

매니저의 눈빛이 마치 그녀를 스캔하는 듯했다. 정확히 아래에서 위로 쓸어내리는 시선과 거울 속에서 그대로 눈이 마주쳤다. 그녀가 태진의 스폰을 받는 여자라고 생각하는 것일까? 하긴, 어떻게 보면 별다를 것도 없었다.

"몸매도 좋으시고, 얼굴도 조막만 하셔서 배우인 줄 알았네. 아니면 준비하거나."

"아니에요."

"무슨 일 해요?"

"대학원 다녀요."

"아하, 대학원?"

말은 그렇게 하는데 잔뜩 그녀를 낮춰 보고 있다는 것을 알고 있었다. 얼굴과 몸매 가지고 태진에게 기생해서 사는 여자를 보는 것처럼.

"그런 거 아닙니다."

"어머, 죄송합니다."

규원도 뒤에서 매니저의 반응을 느낀 모양이었다. 어느덧 자리에서 일어나 팔짱을 낀 채로 매니저를 노려보고 있었다.

사실 얼굴 생김새로만 보자면 태진이 훨씬 차갑고 날카로워 보인다. 하지만 눈에 살기가 들어 있지는 않다. 그에 비해 규원은 서글서글한 인상과는 다르게 눈빛이 차갑고 매서웠다.

이 매장에 있으면서 산전수전 다 겪어 봤을 매니저가 규원의 말

한마디와 싸늘한 표정에 몸을 움츠리며 바로 입을 다무는 것을 보니 문형 역시 절로 주눅이 드는 것 같았다. 왠지 규원의 그 차가운 기가 고스란히 느껴졌다. 더군다나 주위에 있는 직원들이나 고객들이 세 사람을 주시하고 있다.

"잘 어울립니다."

규원이 그런 말을 할 줄은 상상도 못 했던 상황이라 문형이 저도 모르게 다시 거울에 비치는 자신의 모습을 보았다. 그래도 매니저가 실력은 있는지 화장도 하지 않은 얼굴임에도 불구하고 무척이나 화사해 보였다.

"가, 감사합니다."

"구두는 안 불편합니까?"

"네."

아무리 명품 구두라고 하더라도 처음에 신으면 불편하긴 매한가지다. 물론 매장 내에서 잠깐 신는 것 정도로는 편한지, 불편한지도 모른다. 다만 밖으로 나가 5분만 신고 걸어 봐도 새 신발의 불편함은 늘 그렇듯 따라올 것이다. 하지만 규원에게 불편하다고 했다간 매니저가 더 곤란해할 것을 알기에 입을 다물었다.

자신을 스폰이나 받는 여자로 보았던 매니저의 편을 들려는 건 아니었지만 규원의 저 매서운 눈빛은 역시 피해 가는 게 좋았다.

"포장은 필요 없습니다."

"네."

매니저의 목소리는 조금 전 그녀를 보며 빈정거리던 때와는 달리 잔뜩 움츠러들었다.

"앞으로 언행 조심하십시오."

"네, 죄송합니다."

"가시죠."

규원이 문형을 향해 친절히 말했다. 매니저에게 말을 할 때와 전혀 다른 정중한 말투였다.

매니저가 급하게 문 앞까지 뛰어와 허리를 숙였지만 규원은 뒤를 돌아보지도 않았다. 매니저의 얼굴이 사색이 된 것을 본 건 문형 혼자였다. 그리고 왠지 미안해져 매니저를 향해 고개를 살짝 숙였다.

✢   ✤   ✢

숍에 도착한 두 사람은 나란히 옆자리에 앉았다. 그녀는 헤어 세팅과 메이크업 때문이었고, 규원은 머리카락을 다듬기 위해서였다. 규원은 여기에서도 무뚝뚝한 얼굴로 정면만 보고 있었다. 어떻게 이런 의자에 앉아서 저렇게 몸을 뻣뻣이 하고 있을 수 있는 것일까.

저도 모르게 웃음이 튀어나왔다. 그제야 규원이 인형처럼 목만 돌려 그녀를 보았다.

"흠흠, 죄송해요. 자세가 너무 직각이라서요."

"아…… 그렇지 않아도 많이 혼납니다."

"사장님한테요?"

"아뇨. 여자 친구요."

"아, 그러시구나."

여자 친구가 있다고? 여자 친구란 말에 조금의 긴장이 풀렸다.

이제야 규원이 보통 사람처럼 느껴졌다. 대체 규원과 사귀는 사람은 무엇을 하는 사람일까.

"딱딱하다고 하죠?"

"사람이 너무 긴장되어 보인다고 싫어합니다."

"그렇게 보이긴 해요."

"그렇습니까?"

신경이 쓰이긴 했던 모양인지 규원이 머쓱한 얼굴로 거울을 보며 의식적으로 어깨를 늘어뜨리려고 했다.

"그런데 자세 되게 좋아 보이긴 해요."

"군 생활을 오래 해서 그런 것 같기도 합니다."

"직업 군인이셨어요?"

"특전사 나왔습니다."

왠지 규원과 잘 어울린다고 생각됐다. 그녀의 동기 중에도 특전사를 간 친구가 있었다. 군복도 다르고 해서 신기하기도 했었다.

"잘 어울리시네요."

"사장님과 동기입니다."

"네?"

"먼저 제대하긴 하셨지만요."

"먼저 제대를 할 수가 있어요?"

"조금 다치셔서요."

"아……. 군대에서 그렇게 만나셨나 보네요."

"그전입니다."

"그럼 만난 지 오래되셨겠네요?"

"20년 넘었습니다."

"오래되셨구나."

"회장님 밑에 있는 사람들 대부분이 오래된 인연들입니다."

고개를 끄덕였다. 인숙도 그렇고 김 기사도 그렇다고 했다. 절대 연애는 하지 않는다더니 다 늙어서 연을 맺었다고 웃으면서 말한 을복이 결혼 선물로 아파트 한 채를 해 주었다고 했다. 그날 인숙은 부모 없는 설움을 잊을 수 있다고 했었다.

"좋은 분이셨을 것 같아요."

"자신의 사람들은 참 많이 아끼셨습니다. 결혼하는 모습 빨리 보여 드렸어야 했는데."

쓸쓸한 얼굴로 규원이 살짝 고개를 숙였다.

"여자 친구분하고 오래 사귀셨어요?"

"12년 됐습니다."

그 말에 문형이 저도 모르게 입을 크게 벌리고 말았다. 그런 반응이 익숙한 것인지 아니면 원래 표정 변화가 크지 않은 것인지 규원은 웃지도 않았다.

"그런데 왜 결혼 안 하셨어요?"

"여자 친구가 공부 좀 더 하고 싶다고 해서 유학 갔습니다."

"아……."

보통 장거리 연애는 힘든 법이었다.

"들어온 지 1년 됐습니다."

"아, 그러시구나. 곧 결혼하시겠네요."

"이왕 늦어진 거 사장님 결혼하시는 거 보고 할 겁니다."

"아, 그 NS통신 따님이요?"

이쯤 되면 태진이 서희와 결혼하는 건 기정사실인 것 같았다.

"사장님이 좋아하시는 여자분 만나시면 좋겠지만 안 되면 어쩔 수 없죠."

"요즘 같은 시대에 꼭 결혼을 해야 할까요?"

"문형 씨는 결혼 생각이 없습니까?"

"제 사정 아시면서 그러시는 거예요?"

"사장님이 월급 안 주십니까?"

"저 빚 대신 들어온 거잖아요."

"그래도 기본급은 주실 텐데. 제가 확인해 보겠습니다."

괜찮다고 말을 하려던 순간 규원이 자리에서 일어났다. 설마 그녀가 돈이 없다고 징징댔다며 태진이 알게 되는 것은 아닐까? 앞이 깜깜해졌다.

메이크업까지 마쳤는데도 불구하고 규원은 아직 돌아오지 않았다. 거울 너머로 보니 숍 밖으로 나가 통화를 하고 있었다. 태진과 규원이 오래된 사이가 맞는 건 틀림없었다. 저렇게 긴 시간 통화를 하는데도 불구하고 별다른 표정 변화가 보이지 않는다. 아니 그나마 태진이 조금 더 표정 변화가 많은 편인가?

그때 통화를 끝낸 규원이 들어와 다시 자리에 앉았다. 사실 규원의 머리는 군인처럼 단정하고 짧아 뭘 더 자를 게 있나 싶었다. 그런데 역시 특전사 출신답게 각을 좋아하는 모양이었다. 머리카락 하나도 흐트러지는 모습을 보지 못하는 것을 보니.

어느새 준비가 다 끝난 문형은 의자를 빙그르 돌려 규원을 보았다. 심각한 얼굴로 머리카락 상태를 보고 있는 규원을 보고 있자니 절로 웃음이 나왔다.

"충분히 멋있으신데요?"

"조금 더 각이 잡혀야 할 것 같은데."

"오늘 데이트 있으신가 보네요."

"네."

어쩐지 네, 라고 말하는 목소리에 설렘이 담겨 있었다.

"그런데 사장님은 연애 안 하시는 거예요?"

"이성 문제는 잘 모르겠습니다."

"아……."

"서로 이야기를 안 해서요."

보통 저렇게까지 친하고 오래 알았는데 그 흔한 여자 친구 소개도 하지 않은 것일까? 대체 두 사람은 어떤 우정을 쌓고 있는지 궁금할 정도였다.

"그럼 차 부장님 여자 친구분도 사장님이 모르세요?"

"아닙니다. 자주 만납니다."

"아, 그럼 사장님이 비밀 연애만 하시는구나."

"딱히……."

규원이 말을 줄였다.

"딱히요?"

"그다지 연애에 관심 있어 하시는 타입이 아니시라서요."

"그럼 차 부장님은 관심이 있어서 여자 친구분 사귀신 거예요?"

"처음엔 고백 받았었습니다."

역시 남의 연애 이야기는 재미있었다. 그녀나 유리는 연애엔 영 젬병이라 딱히 재미있는 일이 없었기 때문에 더 그렇게 느끼는지도 몰랐다.

"그래서요?"

"아직 관심 없으니 괜찮다고 말했습니다."

"대박, 찬 거예요?"

"그 당시에는요."

"그런데 어떻게 사귀게 되셨어요?"

"3주 내내 쫓아다녀서. 알겠다고 한 게 12년 됐습니다."

"우와, 그럼 12년 내내 한 번도 안 헤어지고?"

"네. 더 이상 사귀기 싫다고 차였는데 바로 잡았습니다."

대체 두 사람은 어떤 연애를 하고 있을까? 이젠 규원의 여자 친구가 궁금해졌다.

"여자 친구분 궁금하네요."

"다음번에 소개해 드리겠습니다."

"네. 그런데……."

"네."

"사장님이요. 사장님이라고 부르는 거 혹시 싫어하세요?"

규원이 고개를 한 번 끄덕였다. 태진은 정말 그 '사장'이라는 호칭이 싫었던 것이다. 그래도 그렇지 태진의 이름을 부르자니 이것저것 걸리는 게 많았다. 일단 두 사람은 여섯 살 차이가 났고, 철저한 갑과 을의 관계였으니 말이다.

"사장님이 부르라고 하신 대로 부르시면 됩니다."

"그게 이름을 부르기엔 좀……."

"괜찮습니다."

"네."

"사장님에 대해 궁금한 거 있으면 더 물어보셔도 됩니다."

태진에 대해 궁금한 거라……. 있다고 해야 할지, 없다고 해야 할지. 그것도 참 난감했다. 그때 유리가 해 준 말이 생각났다.

"저희 학교 다니셨다던데."

"네."

"정말 사업 때문에 관두신 거예요?"

"군대 때문에 휴학했다, 왼쪽 팔이 거의 으스러질 정도로 다치셨습니다. 왼손잡이셨는데."

유리의 말이 맞았던 모양이다. 왼쪽 손을 제대로 쓰지 못해 결국 미술을 포기한 모양이었다.

"그리고 재활 치료 중에 회장님 치매 진단이 내려졌습니다. 처음 회사 물려받고 1년간은 잠도 거의 못 자고 공부하셨습니다. 워낙 머리가 좋으신 분이라 다행히 회사 규모도 훨씬 커졌고. 금방 안정됐습니다."

"회화 쪽이셨나요?"

"그림 그리셨습니다."

태진이 그림이라. 왠지 잘 상상이 가지 않았다. 태진은 어떤 그림을 그렸던 것일까.

"그럼 사장님 그림 보신 적 있으세요?"

"아뇨. 전 그림 볼 줄 모릅니다. 하지만 모두 사장님 그림을 따뜻하다며 좋아했습니다."

"두 분 친하신 거 맞아요?"

"맞습니다."

어떤 코드를 가지고 있으면 저렇게 친할 수가 있는 것일까? 그녀는 유리와 거의 모든 것을 공유하는 편이었다. 남자들의 우정은 다른 것일까? 그녀로선 쉽게 이해할 수 없는 방식이었다.

"처음엔 제가 문형 씨를 좀 오해했었습니다. 죄송합니다."

"아니에요. 그럴 수도 있죠."

"동생분 수술 잘 되셔서 다행입니다."

"네."

"친구분 오실 때 미리 말씀해 주시면 공항까지 모셔다 드리겠습니다."

"아니에요. 저 혼자 가도 돼요."

"제 사과의 뜻입니다."

"그럼 부탁 좀 드릴게요."

웃으며 이야기하는 문형의 얼굴이 순식간에 굳었다. 바로 M호텔로 온다던 태진이 숍 안으로 들어서고 있었기 때문이었다.

호텔로 가는 시간이 평소보다 훨씬 답답했다. 그냥 그대로 규원의 차를 타고 호텔로 가서 태진을 만나는 게 더 좋았는데. 태진은 단정한 슈트 차림에 디자이너에게 손질을 받은 헤어를 하고 반듯한 자세로 앉아 있었다.

운전을 하고 있는 사람은 규원인지라 하는 수 없이 뒷좌석으로 앉았다. 태진이 뒤로 앉을 줄 알았다면 차라리 앞에 앉았을 것이다.

"지시하신 보고서 모두 서재 책상에 올려 두었습니다."

"그래."

"홍콩 쪽 보고도 받았습니다. 제 선에서 처리하겠습니다."

"잔챙이들은 다 잘라. 알아서 잘하겠지만."

"길이 좀 막히겠습니다. 눈 좀 붙이십시오."

태진은 이미 눈을 감고 있었다. 숍에서 보았을 때 흰자에 핏발이 선 것을 보니 그가 제대로 잠을 자지 못했다는 것 정도는 알 수 있었다. 그것을 20년 지기인 규원이 지나쳤을 리 없었다. 팔짱을 낀 채 미동이 없는 태진은 순식간에 잠든 것 같았다. 아무리 불면증이라고 해도 시차 적응이나 비행으로 인한 피곤은 어쩔 수 없는 모양이었다.

"문형 씨도 편히 계십시오."

"전 괜찮아요."

왠지 태진이 깰까 봐 저도 모르게 소리를 죽였다. 그런 문형을 보며 규원이 살짝 웃었다.

"한 번 잠들면 깊이 잠드셔서 괜찮습니다."

"아……."

보통 불면증이 있는 사람이라면 잠이 들어도 예민해서 금방 깨곤 했다. 어쩌면 태진이 저렇게 오랜 시간 불면증을 앓고 있음에도 건강을 유지하는 건 짧게 자면서도 깊게 잠들어서일까?

"가면 가볍게 다과는 할 수 있을 겁니다. 혹시 배고프십니까?"

"아뇨, 괜찮아요."

"시간이 촉박했습니다."

"정말 괜찮아요."

"알겠습니다. 평소 같으면 끝까지 동행하겠지만 오늘은 그러지 못합니다."

"데이트 잘하고 오세요."

문형은 웃음기를 참지 못하고 말했다. 규원이 살짝 입술을 모으는 것을 보니 부끄러운 모양이었다. 그리고 슬쩍 태진을 보았다. 아무리 한 번 잠들면 깊게 잔다지만 옆에서 소곤거리면 신경이 쓰일 것 같았다. 문형은 묘한 긴장감에 잡고 있는 가방의 체인을 괜히 문질렀다.

규원은 로비 앞에서 발렛을 거부하고 바로 앞의 주차장으로 들어갔다. 그리고 시동을 끄지 않고 에어컨을 약하게 틀었다.

"아직 시간이 20분 정도 남았습니다. 사장님 더 주무셔야 할 것 같으니 20분 뒤에 깨워 주시면 감사하겠습니다."

알겠다는 대답이 쉽게 나오지 않았다. 여기에서 잠들어 있는 태진과 20분이나 함께 있어야 한다니.

"문형 씨?"

"아, 네. 네. 그럴게요."

"부탁합니다."

고개를 가볍게 숙인 규원이 스마트 키를 건네고 차에서 내렸다. 그리고 최대한 소리가 크지 않게 조심스럽게 문을 닫고 이내 사라졌다.

차 안은 아무 소리도 들리지 않는다. 작은 음악 소리라도 있으면 그나마 나았을 텐데. 태진은 차에서 음악 같은 것을 틀지 않았다. 그건 규원도 마찬가지인 모양이었다. 이런 것을 보니 20년 지기 친구가 맞다.

문형은 살짝 고개를 돌려 태진을 보았다. 태진은 여전히 팔짱을 끼고 한 치의 흐트러짐도 없는 자세로 잠이 들어 있었다.

한 번씩 얼굴을 보게 될 때면 느끼는 거지만 태진은 수려한 외모를 가지고 있다. 마치 스크린 속의 배우를 보는 것처럼. 특히 짙은 눈썹과 뚜렷한 콧대, 길고 숱이 많은 속눈썹이 인상적이었다. 입술 역시 도톰하고 색이 붉었다. 초상화를 그리기에 이상적인 모델 같았다.

키가 껑충 크고, 그렇다고 우락부락한 것도 아닌데 특전사 출신이라. 정말 의외였다. 하긴, 그러고 보면 상당한 무게인 을복을 정말 쉽게 지탱하고 옮겼다. 알고 보면 온몸이 지방 없이 근육으로 이루어진 게 아닌가 싶을 정도였다. 그때 문형의 눈에 들어온 건 태진의 손이었다.

태진의 손가락은 길고 늘씬했다. 손등엔 핏줄이 곤두서 있고, 의외로 거칠었다. 예쁘장한 생김새와는 다르게 손은 누가 봐도 남자 같았다. 섬세한 손인 것 같았지만 왠지 모르게 일을 많이 하는 사람의 손 같기도 했다.

저 손으로 어떤 그림을 그렸을까? 규원은 태진의 그림이 어떤지 전혀 궁금하지 않은 듯했다. 그녀는 전공자라서 그런 건지 아니면 그냥 이태진이라는 사람이 어떤 그림을 그리는지 신기해 보고 싶은 것일지도 몰랐다. 아니, 조금 더 솔직히 말을 하자면 그림을 보면 그 사람이 보인다. 그래서 태진의 그림을 보고 싶었다. 사람들은 태진의 그림을 좋아했다고 말했다. 어떤 그림을 보았기에 그렇게 말을 했던 걸까.

인숙은 태진의 방에 들어가면 안쪽에 작은 방이 하나 더 있는데 그곳이 예전엔 그의 작업실이었다고 했다. 그곳에 가면 태진의 그림을 볼 수 있을지도 모른다. 하지만 함부로 그의 구역을 침범할 수는 없는 노릇이었다.

앞으로 태진의 집에서 살아야 할 세월은 무척이나 길다. 그러니 언젠간 태진의 그림을 볼 수 있을 것이다. 어떤 색감을 선호하는지, 어떤 터치를 하는지 무척이나 궁금했다. 왠지 태진은 묵직한 유화가 잘 어울린다고 생각했다. 사람에게서 풍기는 느낌이라는 게 있다. 태진에게선 오일 냄새가 나는 것도 왠지 잘 어울리겠단 생각이 들었다.

툭.

놀라서 고개를 들었을 때 태진의 팔짱이 풀려 손이 시트로 떨어지며 난 소리였다. 아직 약속 시간까지는 10분 정도가 남아 있었다. 잠깐 나가서 커피라도 한 잔 마시고 올까, 싶은 생각이 들었다. 하지만 여기는 호텔이었고, 호텔 커피숍을 들어가도 커피가 빨리 나올 것이라는 보장도 없었다. 주차장이 다행히 VIP 전용이라 호텔 로비까지의 거리는 10미터도 되지 않았지만 말이다. 그럼 잠깐 바깥바람이라도 쐬는 게 좋을 것 같았다.

태진의 안색을 살피며 살짝 문을 열려고 하던 때였다. 그의 눈에서 눈물이 뚝 떨어졌다.

탁. 그녀의 손목이 태진에게 잡혔다. 문형은 숨 쉬는 것도 잊고 말았다.

"가지 마."

미친 듯이 심장이 뛰기 시작한다. 어쩌면 심장에 이상이 생겼을지도 모른다. 절대 눈물이라는 것은 모를 것 같던, 태어났을 때도 울지 않았을 것 같은 남자가 울고 있었다. 그것도 가지 말라고 애원까지 하며.

살짝 손목에 힘을 주며 빼려고 할 때 더 강하게 잡혔다. 그리고 그와 동시에 태진이 눈을 떴다. 유난히 숱이 많고 긴 속눈썹이 젖어 있어 반짝이고 있었다.

문형은 늘 태진의 눈이 조명을 받는 것처럼 빛난다고 생각했다. 그런데 지금은 울음기까지 더 해서 그런지 청초해 보이기까지 했다. 문제는 시선을 피해야 하는데 그러지 못하고 있다는 점이었다. 아직 태진은 완전히 잠에서 깬 것이 아닌 듯했다.

"저기…… 약속 시간 다 되어 가는데."

살짝 인상을 찌푸리던 태진이 온전히 정신을 차린 건지 그녀의 손을 놓더니 눈가를 가렸다. 그러나 손바닥에 느껴진 눈물의 감촉 때문인지 그것을 재빨리 떼고 말았다. 스스로 울었다는 게 믿기지 않는지 손바닥에 묻은 물기를 보고 있었다.

"슬픈 꿈 꾸셨나 봐요."

"차 부장은?"

"약속 있으시다 먼저 가셨어요."

고개를 끄덕인 태진이 차에서 내렸다. 많이 피곤한 것인지 눈가가 벌겋게 보일 정도였다. 그럼에도 불구하고 눈이 빛난다. 그건 태진의 타고난 눈빛인 듯했다.

덜컥.

"안 내려?"

문형이 차에서 내리지 않자 태진이 돌아와 차 문을 연 모양이다. 재빨리 가방을 쥐고 차에서 내리자 태진은 자연스레 문을 닫고 문형을 보았다.

"안 잠가?"

"아……."

"정신 좀 차리지?"

지금 정신이 없는 이유는 갑자기 태진에게 손목이 잡히고, 그의 눈물을 보았기 때문이었다. 정작 자신은 언제 울었냐는 듯 얼굴이 멀끔해진 뒤였다. 문형이 키를 터치하자 덜컥, 소리와 함께 차 문이 잠겼다.

"출장 다녀오신 일은 잘 해결되셨어요?"

"그다지."

보통 제대로 성사가 되면 태진은 그렇다고 말을 한다고 했다. 그 이외의 상황이라면 일이 잘 풀리지 않은 것이다.

"건진 게 하나도 없거든."

"아……."

"다음엔 같이 한 번 나갔으면 좋겠는데."

"홍콩을요?"

"뉴욕일지, 파리일지는 모르겠지만."

그곳까지 동행해 달라는 말은 그녀의 능력을 인정한다는 뜻일까? 여전히 두려움이 엄습한다. 태진의 여유로워 보이는 성격상 앞의 한두 번은 봐주겠지만 세 번째부터는 뒤도 돌아보지 않을 것 같았다.

"사실 제가 견문도 넓지 않고……."

"나이 많아도 보는 눈 없으면 말짱 꽝이야. 본인 재주에 감사하도록 해."

뭐라 반박할 말을 찾지도 못할 정도로 태진은 강한 어조로 말했다. 가볍게 고개만 끄덕인 문형이 그에게서 반걸음 정도 떨어진 채로 걷기 시작했다. 그런데 로비로 들어서자 우뚝 자리에서 멈춰 섰다.

"죄인이야?"

"네?"

"옆에서 걸어."

"알겠습니다."

말끝을 살짝 올리며 말하자 태진이 픽 웃으며 고개를 저었다. 이젠 그녀도 어느 선에선 태진을 적당히 상대할 능력이 생긴 것이다. 물론 어느 부분에서는 여전히 감을 잡지 못하고 있었지만.

"정 여사는 오늘 어때?"

"절에 다녀오신 뒤 마음이 편해지셨나 봐요. 소리치시는 거나, 식탐도 많이 줄어드신 걸 보면요."

"서문형 씨 오고 나서 많이 좋아진 거 같다고 이모님이 그러시던데."

"별건 아니고 치매 환자들에게 미술 치료도 좋다고 해서 요즘 같이 그리고 있어요. 이모님께서 빈방 써도 괜찮다고 해서 사용하는데 괜찮죠?"

"그걸 왜 내 허락을 받아?"

그 집에서 그럼 허락을 받아야 할 사람이 태진이 아니면 누구란 말인가?

"네?"

"그 집 주인은 정 여사님이야."

그냥 좋게 말해 주면 되지 꼭 얄밉게 말을 한다. 저도 모르게 주먹을 살짝 쥐고 때리는 시늉을 하는데 태진이 앞을 가리켰다. 뭔가 싶어 보니 반질반질 윤이 나는 엘리베이터 문에 그녀의 모습이 거울처럼 비치고 있었다. 문형은 조심스레 주먹을 내리며 허벅지를 문질렀다. 그런 문형의 모습이 웃긴지 태진이 한쪽 입꼬리를 올리며 웃었다.

다행히 엘리베이터를 기다리지 않고 왼쪽으로 걷자 많은 화환들이 복도에 죽 늘어서 있었다. 그리고 은은한 조명으로 채워진 공간은 꼭 미술관에 온 듯 잘 꾸며져 있었다.

그림이나, 조각품들이 하얀 선 안쪽으로 하나씩 일정한 간격을 두고 놓여 있었으며 벌써 많은 사람들로 웅성이고 있었다. 문형이 놀란 건 태진을 맞이하러 오는 나이 지긋한 남자들 때문이었다.

몇 번인가 뉴스나, 신문 혹은 잡지에서 보던 사람들이었다. 모 그룹의 회장이나, 사장들. 태진은 자신이 돈놀이나 하는 깡패라 사람들이 무시를 한다고 했다. 그렇게 말하는 건 그저 태진의 말버릇인 듯했다.

어차피 이 세상이 돈으로 좌지우지되는 것을 거의 모든 사람들이 다 알고 있는 게 아니던가. 을복의 영향력은 여전히 지속되고 있었다. 그리고 확실한 건 태진이 을복의 사업을 물려받은 뒤 회사의 덩치가 더 커졌다는 것이다.

"우리 이태진 사장님. 오랜만이네. 자주자주 얼굴 좀 보자고."

"오랜만에 뵙습니다. 유 회장님."

태진은 재킷의 단추를 잠그고 깍듯이 인사를 했다. 누가 보아도 태진은 깔끔한, 그 누구라도 한 번쯤은 돌아볼 법한 유형의 남자였다. 유 회장이라 불리는 남자는 자신의 둘째 딸이라며 옆에 서 있는 여자를 인사시키고 있었다.

"지금 피아노 전공 중인데 한국에 잠깐 들어왔어."

"사모님을 많이 닮으셨나 봅니다."

"다행이지. 나 안 닮아서."

유 회장은 성격이 꽤나 화통한 듯했다. 크게 웃으며 마치 사위를 보듯 태진을 보며 자신의 딸을 돌아보았다.

문형의 시선이 자연히 유 회장의 딸에게로 향했다. 여자는 여리여리한 몸매에 누가 보아도 온실 속의 화초처럼 곱게 자란 것 같았다. 꼭 화려한 열대어를 보는 느낌이었다. 살짝 볼이 붉어진 건 수줍음이 많아서라기보다 태진의 앞이라 그런 모양이었다.

"이 사장, 함께 온 이분은?"

유 회장의 시선이 문형에게로 돌아왔다. 조금은 경계하는 듯한 눈빛을 보내고 있는 부녀를 보니 괜히 눈치가 보였다.

"작품 보는 눈이 탁월합니다. 그리고 현재 정 회장님 미술 치료를 담당하고 있습니다."

"오, 미술 치료가 건강에 참 좋다고 하던데. 우리 정 회장님 잘 부탁해요, 아가씨."

유 회장이 웃으며 손을 뻗었다. 문형은 유 회장과 악수를 하고 고개를 숙였다. 그리고 손을 빼려고 하는데 유 회장이 그녀를 놓아주지 않았다. 태진이 가볍게 손을 뻗어 유 회장의 손등을 툭 건드렸다.

"인사가 좀 과하십니다."

"아, 내가 아는 사람을 좀 닮아서. 무례했다면 용서해요."

"아닙니다."

"그럼 저흰 먼저 움직이겠습니다."

태진이 살짝 고개만 숙여 유 회장에게 간단히 인사를 하고 문형을 보았다. 문형은 눈치껏 태진의 팔에 팔짱을 끼고 속도에 맞춰 걸었다.

"방금 유성 전자 회장 맞죠?"

"능구렁이야. 조심하는 게 좋아."

"소문이 사실인가 보네요?"

"20대 현지 처들이 줄줄이 있다는 거 여기서 모르는 사람도 있나? 이런 자리에 딸 데려오는 것도 보통 뻔뻔하지 않으면 못 할 텐데."

그렇게 말하며 태진이 혀를 한 번 찼다. 유 회장을 빼고는 딱히 불쾌하게 만드는 사람들이 없었다. 그건 정말 다행이었다. 아니, 어쩌면 태진에게 팔짱을 끼고 나서 그렇게 보는 사람들이 없어진 건지도. 물론 그녀에 대해 궁금해하는 시선은 고스란히 꽂혔지만 말이다.

"서문형?"

뒤에서 들리는 소리에 문형이 멈춰 서서 돌아보았다. 그 자리엔 깔끔한 슈트 차림의 윤우가 서 있었다. 학교뿐만 아니라 평소에도 윤우는 보통 슬랙스에 니트 차림만 고집하지 슈트를 입지는 않았다. 자리가 자리인지라 갖춰 입은 듯했다. 밝은 그레이 색의 슈트가 윤우에게 무척이나 잘 어울렸다.

"교수님."

웃고 있던 윤우가 그녀의 옆에 있는 태진을 보았다. 언제 웃고 있었냐는 듯 윤우의 얼굴에서 웃음이 사라졌다.

"이태진?"

윤우가 태진을 알고 있다? 태진은 그저 '순백' 시리즈의 정윤우를 알고 있는 것처럼 말했다. 그리고 석우나 윤우를 말할 때도 비슷하게 말해 친구라고 생각했었다. 그런데 지금 눈치를 보니 두 사람 모두 딱히 달가워하는 건 아니었다. 곧 정신을 차린 듯 윤우가 앞으로 걸어와 태진의 앞으로 손을 내밀며 어이가 없다는 얼굴로 웃었다.

"오랜만이다, 이태진? 여전하네."

"잘 지내셨나 보네."

"왜? 얼굴빛이 괜찮아서?"

"제법."

"말 꼭 그렇게밖에 못 하지."

윤우는 분명 태진을 반가워하고 있었다. 그런데 태진은 조금 떨떠름한 얼굴이었다. 윤우는 손을 잡는 것으로 멈추지 않고 태진을 안기까지 했다.

"그나저나 두 사람 어떻게 아는 사이야?"

"제가 일이 좀 많아서 사장님께 신세 좀 지고 있어요."

사장이라는 말에 태진이 살짝 인상을 찌푸렸지만 다른 말은 하지 않았다. 그렇다고 윤우의 앞에서 멋대로 태진의 이름을 부를 수는 없었다.

"신세?"

"교수님 못 들으셨어요?"

다행히 주변엔 다른 사람들이 없었다. 태진은 그저 팔짱만 낀 채 두 사람을 관망하고 있었다. 이거 무슨 트라이앵글도 아니고.

"용의 눈동자, 못 들어 보셨어요?"

"어? 아······."

워낙 유명한 사건이니 윤우도 알고 있을 것이다. 그 용의 눈동자라는 게 정말 오랜만에 공개되었고 태진도 낙찰을 할 때 딱 한 번 본 것으로 끝이라고 했다. 용의 눈동자가 공개된다고 할 때 언론에서도 떠들썩했다. 갑자기 경매로 나와 모두들 그것을 차지하려 혈안이었다는 것도 알고 있었다.

"부모님은?"

"글쎄요."

문형이 살짝 고개를 숙이며 웃었다. 사실 부모님의 생사엔 이제 어느 정도 마음을 놓았다. 물론 최악의 상황을 마주하게 된다면 어떻게 될지는 모르지만 지금은 마음 한구석에서 희망을 놓은 것이나 마찬가지였다.

"이태진, 그림은 더 안 그려?"

윤우는 화제를 바꾸고 싶은 모양이었다. 태진은 노골적으로 인상을 찌푸리고 있었다.

"문형이, 넌 태진이 그림 본 적 있어?"

"아뇨."

"정 선배."

"이 녀석 누드 전문이거든."

문형은 잠시 할 말을 찾지 못했다. 보통 누드는 그림을 그리는 사람들이라면 인체 비율을 자세히 알고 싶어 하기 때문에 유독 매력을 잘 느끼는 종류이기도 했다.

그녀도 한때는 누드화를 그리기 위해 애를 썼다. 그러나 포기한 건 정말 말 그대로 보이는 대로 그릴 수밖에 없기 때문이었다. 똑같은 누드를 그려도 누군가는 작품의 깊이가 느껴지는 반면, 누군가는 그저 풍경화가 되는 것뿐이었다. 안타깝게도 그녀는 후자였고 결국 점점 흥미를 잃게 되었다.

분명 무명작가들의 작품전에 가서 누드를 보면서 태진은 딱히 크게 관심을 두지 않았었다. 그럼에도 불구하고 그 작가의 작품을 모두 산 것은 유일하게 자신이 고른 조각 때문이라고 생각했다. 그건 자만이었다. 태진 역시 누드화를 그리던 사람이었고, 그 '자유'의 조각이 어떤 가치를 지니고 있는지 그 역시 단번에 알아챘던 것이 틀림없었다.

혹시 그녀를 실험하려고 했던 걸까? 이상하게 기분이 나쁘진 않았다. 태진과 자신의 보는 눈이 비슷하다는 동질감이 느껴져 오히려 태진이 더 가까워진 느낌이었다.

"언제 한 번 기회가 되면 보고 싶네요."

그 말에 오히려 당황한 사람은 윤우 같았다. 설마 태진을 곤란하게 해 주고 싶어 저런 말을 한 것일까?

그녀가 아는 정윤우라는 교수는 젠틀하고, 온화하며 긍정적인 사람이었다. 어려서부터 천재로 추앙받고 딱히 라이벌도 없이 자라왔던 사람이었다. 지금 역시도 저 나이대에 윤우를 대적할 만한 작가는 없었다. 윤우의 그림은 수억, 수십억을 능가할 정도로 가치를 받고 있었다.

그런데 이상하게도 윤우는 태진을 대하며 묘하게 가시 돋친 말투를 하고 있다. 그저 잘못 들었다고 치기에는 태진의 표정이 유쾌하지 못했다. 두 사람 사이에 무슨 일이 있었던 것일까?

"저도 기회가 되면 사장님 그림을 좀 볼 수 있을까요?"

"모두 찢어 버려서."

태진이 시니컬하게 말했다. 그다지 자신의 그림엔 별로 관심이 없다는 투였다. 인숙은 태진이 그림을 그리는 것을 그다지 좋아하지 않는다고 했었다. 그런데 태진의 그림을 욕심을 내는 사람은 많았다고 했다.

특히나 미국으로 도망가다시피 한 태진의 작은아버지가 몰래 귀국해 두 작품을 거의 훔치듯 가져갔다가 공항에서 잡혀 훼손된 적도 있다고 했다. 그림을 잘 모르는 인숙도 태진의 그림을 보고 있으면 저도 모르게 눈물을 흘린 적이 있다는 말을 덧붙이며. 대체 태진은 어떤 생각을 가지고 그림을 그린 것일까? 정말 기회가 된다면 꼭 태진의 그림을 보고 싶었다.

"이태진, 미쳤어?"

"뭘?"

"그림을 찢어?"

"내 그림, 제일 싫어했던 게 선배 아니었어?"

윤우의 얼굴이 분명히 굳었다.

"나도 싫어해, 내 그림."

태진이 먼저 문형을 보았다. 이제 그만 자리를 옮기자는 눈빛이라는 것을 알아차릴 수 있었다. 문형은 윤우를 향해 살짝 고개를 숙인 뒤 태진과 함께 자리를 옮겼다. 태진의 이름이 적힌 테이블에 앉아 괜히 가방의 체인만 매만졌다.

윤우는 학교에서도 적이 없는 사람으로도 유명했다. 그런데 태진에겐 대놓고 노골적으로 불쾌함을 표현했다. 태진도 그 불쾌함을 바로 맞받아쳤다. 태진은 모든 것에 시니컬한 타입 같았다. 그런 태진도 윤우의 앞에서는 기분이 나쁜 것을 숨기지 않았다.

"최석우가 불참이네."

턱을 괸 채 테이블을 툭툭 두드리며 태진이 말했다. 태진과 윤우의 적대적인 관계에 충격이 커 최석우를 만날 수 있다는 것도 잊고 있었다. 워낙 베일에 싸인 인물이라 한 번은 보고 싶었지만 굳이 보지 않아도 상관은 없었다.

그런데 그녀가 반응이 없자 태진이 테이블을 두드리던 것을 멈추고 문형을 보았다. 눈동자를 굴리던 문형과 태진의 시선이 마주쳤다.

"왜 그렇게 보세요?"

"궁금한 게 많아 보이는데 말이 없잖아."

"두 분이 아는 사이인지는 몰랐어요."

"잠깐. 미국에서 1년간 같은 학교 다녔거든."

"아……."

"지도 교수가 같았어."

저것도 별거 아닌 것처럼 말을 한다. 지도 교수가 같았다라. 그렇다면 태진은 어린 나이에 윤우와 함께 교수의 가르침을 받았다는 것이다. 그렇다면 보통 실력이 아닌 것은 분명했다. 태진은 윤우보다 어리다. 윤우 역시 어린 시절부터 천재로 각광 받아 와 훨씬 어린 나이에 대학을 이수했다.

하지만 더 이상 자세히 물어보는 건 실례인 것 같았다. 태진은 자신의 그림을 좋아하지 않는다고 했고, 지금은 그림을 그리지 않는다. 일 때문에 보러 다닌 것뿐이지 그다지 보는 것도 좋아하지 않는 것 같았다.

"확실히 정윤우가 욕심이 많기는 하지."

"네?"

"모든 걸 완벽히 그리고 싶어 하는 것 같거든."

"아……. 그건 화가를 직업으로 두고 있는 사람이라면 누구나 그렇지 않을까요?"

"하나라도 재능 있는 걸 감사할 줄 알아야지."

혀를 차며 태진이 앞에 있는 물병을 들었다. 가볍게 뚜껑을 따내 옆으로 치우고 한 번에 반을 비웠다. 그런 태진을 물끄러미 바라보자 그녀도 목이 마른 줄 안 모양이었다. 다른 병을 들어 뚜껑을 따 문형의 앞으로 놓아주는 것을 보니.

"밥 안 먹었다며."

"네?"

"차 부장한테 메시지 들어왔어. 대충 보고 나가."

"배가 그렇게 고프지 않은데요."

"그렇게 차려입고 그냥 집에 들어가기 억울하지 않아?"

피식 웃으며 고개를 돌리던 태진이 누군가를 발견한 듯 자리에서 일어났다. 문형의 시선도 자연히 그쪽으로 돌아갔다. 그 자리엔 인자한 얼굴을 하고 있는 남성이 서 있었다. 문형도 그 남자가 누군지 잘 알고 있었다. NS통신의 박대호 회장이었다.

"안녕하십니까, 회장님."

"우리 태진이는 볼수록 잘생겼네."

"과찬이십니다."

"볼 때마다 놀라. 수원이가 살아 돌아온 것 같아서."

누가 들어도 수원이라는 사람이 태진의 아버지라는 것쯤은 알수 있었다. 하지만 인숙은 태진이 할아버지를 닮았지 아버지를 닮

진 않았다고 했다. 그냥 박 회장이 입에 발린 말을 하는 거라 생각
했다.

"이 아가씨는?"

"서 사장님 따님입니다."

"아, 이 아가씨구만. 반가워요. 능력이 아주 좋으시다고."

"아닙니다."

"아니긴. 부모님 일은 안타깝게 됐어요."

"감사합니다."

"이 사장이 수완도 좋고, 영민해. 곁에 있으면 배울 게 많을 거
요."

"많은 지도 편달 부탁드리고 있습니다."

"그래, 그 정도가 딱 좋지."

확실히 박 회장은 태진을 사위로 삼고 싶은 것이 분명한 모양이
었다. 노골적으로 문형에게 선을 그은 것을 보니. 그런 것은 걱정
하실 필요가 없다고 말하고 싶었지만 왠지 주제넘은 말 같아서 관
두었다.

"회장님은 요즘 좀 어떠신가?"

"컨디션 좋으십니다."

"다음 달쯤 찾아뵙고 싶은데."

"다음 달은 절에 가실 것 같습니다. 초파일이기도 해서 이모님
과 함께 주지 스님과 이야기가 된 모양입니다."

"나도 오랜만에 절에 찾아가 봐야겠어. 그나저나 이 사장, 바쁜
것도 알지만 우리 서희한테 시간도 좀 내주고 그래."

정말이지 노골적이었다. 박 회장은 눈으로도 태진을 욕심을 내

고 있었다.

그리고 박 회장 옆에 서 있는 여자. 언뜻 보면 30대 후반쯤 되어 보이지만 박서희의 엄마라면 분명 40대 후반쯤 되었을 것이다. 누가 보아도 아름다운 얼굴이었고, 박 회장의 신임을 듬뿍 받고 있는 것 같았다.

손에 끼고 있는 다이아몬드 반지나, 목걸이가 화려했다. 저런 액세서리는 보통 큰 기업의 회장이라도 쉽게 구할 수는 없는 물건이었다.

문형은 그저 인형처럼 입가에 미소만 짓고 있었다. 어차피 사는 세계가 다른 사람들이었다. 그녀도 앞으로 10년만 지나면 이런 곳은 더 이상 오지 못한다. 그리고 더는 만날 수도 없는 사람들이었다.

"서희는 여행도 좀 많이 해 보고, 남자 친구도 많이 사귀어 보는 게 좋을 것 같습니다."

"남자 친구는 무슨. 우리 서희, 태진 씨 밖에 모르는 거 잘 알잖아."

박 회장의 부인이 태진의 어깨를 살짝 두드리며 말했다. 누가 봐도 어떻게든 이 남자를 우리 딸의 남편으로 맞이하고 싶다는 말투였다.

"곧 약속 잡겠습니다. 박 회장님, 식사 한번 하시죠."

"이 사람도. 내가 거하게 대접함세. 그럼 나중에 보지."

박 회장 내외가 다른 사람들과 인사를 하며 멀어지자 태진이 잔뜩 피곤한 얼굴로 자리에 앉았다. 그러고 보니 인숙이 태진이 유난히 봄을 힘겨워한다는 말을 했었다. 봄이 올 때쯤이면 불면증도

심해 잠도 두세 시간밖에 못 자는 것 같다며 많이 걱정했었다.

"오늘 보실 물건이 늦게 나오나요?"

"맨 마지막에 나오겠지."

"뭔데요?"

"김홍도 그림."

"아⋯⋯."

"처음으로 공개되는 거라 여기저기 눈 시뻘겋게 뜨고 있어."

"사실 건가요?"

"아니."

"그럼 왜 오셨어요?"

"이것저것 봐두는 게 좋지 않겠어?"

그것은 그녀를 지칭해서 하는 말이었다. 김홍도라면 조선 시대 최고의 화가가 아니던가. 우리나라 사람치고 김홍도의 그림을 한 번이라도 보지 않은 사람은 없을 것이다. 그런 김홍도의 처음으로 공개되는 그림이라.

단숨에 흥미가 일었다. 반면 태진은 별다른 관심도 없는 모양이었다. 계속해서 하품만 하는 것을 보니. 문형이 가방을 열어 안에서 캔디 하나를 꺼내 태진의 앞으로 놓아주었다. 태진은 그것을 물끄러미 바라보았다.

"레몬 맛 사탕이요. 박하 맛도 같이 있어서 개운해질 거예요."

"센스가 나쁘진 않네."

"저도 요즘 잠을 설칠 때가 많아서 이 시간에 좀 곤란하거든요."

"잠을 설칠 만도 하지."

귀신같이 눈치도 빠른 남자다. 부모님에 대한, 동생에 대한 걱정을 태진은 이미 눈치채고 있는 모양이었다.

"서재에 잠 잘 드는 향초 있어."

"사장님 서재요?"

"그 사장님 소리, 듣기 싫다고 했는데."

"나이 차이도 있는데 함부로 이름 부르는 것도 좀……."

"맞먹는다고 생각 안 할 테니 그냥 이름 불러. 안 그럼 벌금 5만 원씩 물릴 거야."

"돈 가지고 협박하시는 거 제일 치사하지 않나요?"

"내가 원래 좀 치사해서."

거짓말.

"서문형."

"네."

"정윤우가 그쪽 좋아하나 봐?"

"네? 무슨 말도 안 되는……."

"눈빛에 몸 뚫리겠어."

태진이 턱으로 앞쪽을 가리켰다. 문형은 태진의 시선을 따라 고개를 돌렸다. 그리고 정확히 태진을 보고 있는 윤우를 확인할 수 있었다.

주변 친구들이 윤우가 문형에게 가지는 관심에 질투나 시기를 하기도 했다. 하지만 그저 그건 사제지간 간의 조금 더 깊은 유대감이라 큰일은 아니라고 생각했다.

그 모습을 보던 유리가 그래도 조심하는 게 좋겠다고 말하기는 했지만 문형은 별 관심을 두지 않았다. 어차피 윤우는 그녀에게 있어 교수 그 이상도 그 이하도 아니었기 때문이었다. 여태껏 저렇게 노골적으로 감정을 드러내는 윤우는 처음 보았다.

곧 윤우와 시선이 마주쳤다. 조금은 경직된 얼굴로 윤우가 웃었다. 문형은 차마 웃을 수 없어 고개를 숙였다.

"아직 저쪽에서 고백해 오지는 않은 거지?"

"네."

태진은 고개를 돌리지 않고 여전히 윤우를 보고 있는 채였다. 라이벌이라도 됐었던 걸까? 두 사람 모두 시선을 피하려 하지 않았다.

"애석하게 좋은 사이는 아니라 응원은 못 해 주겠군."

"만약 제가 이 일을 하고 있는 와중 결혼하겠다고 하면 알겠다고 하실 건가요?"

그 말에 태진의 시선이 느껴졌다. 문형도 고개를 돌려 태진을 보았다.

"지금이 무슨 조선 시대야?"

기가 막힌 지 웃으며 태진이 반쯤 남은 물을 모두 마셨다. 그리고 의자에 편하게 기대었다.

"그쪽이 결혼하겠다고 하면 축의금은 두둑이 하지."

대체 태진이 생각하는 채무자는 무엇일까. 그것도 어마어마하게 빚을 지고 있는 사람은. 문형이 살짝 고개를 기울였다.

"그쪽보다 더 빚진 사람도 많아."

"절망적이네요."

"절망적이라고 생각해?"

"다행히 자애로운 사장님 덕분에 최악은 면한 것 같아요."

"그럼 그 사장이라는 말 좀 하지 말지?"

"왜 그렇게 싫어하는데요?"

"언젠간 물러날 거니까."

3. 또 다른 제안

문형의 눈이 커졌다. 태진이 이 일을 관둔다니. 쉽게 이해가 가지 않았다. 그렇다면 이제껏 왜 그런 많은, 좋지 않은 이야기를 듣고 사업을 크게 키워 온 것일까? 게다가 그는 사업에도 크게 두각을 나타내고 연일 성공시키고 있어 주변에서 태진의 사업 수완을 모두 탐낸다고 했었다. 오늘만 해도 그렇다. 그녀가 알 정도로 유명한 재계 인사들이 노골적으로 태진을 탐내고 있었다.

　"어차피 이 짓도 정 여사가 살아 있을 때까지야. 그건 약속한 거니까 지켜야지."

　그저 약속을 했다고 해서 이토록 성실히 지킬 사람이 있을까? 그것도 잠도 제대로 자지 못하고, 몸도 아끼지 않으면서까지. 쉴 틈 없이 해외를 돌아다니며 사업을 키우고 있다. 보통의 마인드가 아니면 하지 못하는 사업이었다.

"착한 손자네요."

"키워 주신 은혜는 갚아야지."

별거 아닌 투로 말하고 있었지만 태진의 음성에선 을복에 대한 신뢰와 사랑이 느껴진다. 그녀 역시 세상에 자신을 키워 준 사람이 약속을 지켜 줄 것을 부탁하면 정말 최선을 다해 지켜내리라는 생각에 고개를 끄덕거렸다.

"그럼 그다음 꿈이 뭔데요?"

천진무구하게 그에게 꿈이 무엇이냐 묻는 사람은 처음이었다. 그것도 문형에게서 그런 질문을 듣자 순간 말문이 막혔다. 꿈이라는 걸 제대로 꾼 적이 있던가. 그의 꿈은 그렇게 거창한 게 아니었다.

작은 화방을 열고, 그림을 그리고 싶어 하는 사람에게 물건을 파는 것 정도? 그것도 아니면 여행을 다니며 눈에 보이는 것을 대충 스케치하는 정도? 아니면 로스쿨에 들어가 법에 대해 다시 한번 공부하는 것?

양손을 모두 사용했지만 그가 편히 쓰는 건 왼손이었다. 하지만 그 한 번의 판단과 사고가 그의 왼손을 앗아 갔다. 그 뒤론 딱히 꿈 같은 것은 꾸어 보지 못했다. 그 사고 이후 정 여사도 그의 그림에 대해 단 한마디도 하지 않으니까. 아마도 그가 그림을 잃고 무척이나 힘들어했을 거라고 생각한 모양이었다.

왼손의 힘을 잃게 된 건 그의 판단이었고, 다시 그때로 돌아간다고 해도 똑같이 행동했을 것이다. 어쨌거나 오랜만에 '꿈'에 대해 생각해 보게 되었다.

태진은 다리를 꼰 채 앉아 책상을 손가락으로 툭툭 두드렸다.

5월은 유난히 날이 좋았다. 곧 그것을 방해하듯 비가 내리기 시작했다. 봄비라고 치기엔 꼭 장마라도 된 것처럼 앞이 제대로 보이지 않을 정도였다.

결국 그날, 마지막으로 등장한 김홍도의 춘화를 샀다. 아주 늙은 여자와, 젊은 노비가 잠자리를 하는 그림을.

파격적이기도 했지만, 그 시대의 생활이 적나라해서 태진은 꽤 높은 값을 치르고 그림을 사들였다. 끝까지 경합을 벌인 사람은 의외로 회장들이 아닌 윤우였다. 외설적인 그림은 싫다고 했던 사람이었는데. 어지간히 그에게 지기는 싫은 모양이었다. 그런 쓸데없는 고집쯤은 버리는 게 앞으로 살기 편할 텐데.

똑똑.

"들어와."

자세를 똑바로 하고 건네줄 서류를 다시 한번 살폈다. 규원이 살짝 인상을 찌푸리며 들어왔다.

"집으로 좀 가 보셔야 할 것 같습니다."

"집?"

을복은 어제 절에서 돌아왔다. 평소보다 훨씬 기분도 좋아 보이고, 컨디션도 좋아 간만에 웃을 수 있었다. 설마 무슨 일이라도 생긴 걸까?

"박서희 씨가……."

왠지 머리가 지끈거린다. 분명 박 회장이 서희에게 그의 곁에

서 있던 문형에 대한 이야기를 한 것이 틀림없었다.

"먼저 집으로 가지 그랬어."

"사장님이 가셔야 해결될 것 같아서요."

"지금 재미있어하는 거야?"

사장실을 나와 엘리베이터 쪽으로 걷던 태진이 어이가 없는 얼굴로 규원을 보았다. 그러고 보면 지난 두 달이 넘는 시간 동안 문형은 규원과 많이 친해진 것 같았다. 규원이 문형을 잘 챙겨 주기도 했고. 누가 보더라도 그녀의 사정이 안타깝긴 했다. 지금까지도 문형의 부모님에 대한 생사는 알 수도 없었고.

"나은 누나가 걱정할 텐데."

"오히려 더 챙겨 주라고 성화던데."

"어차피 내가 장가가긴 글렀으니까 형이나 먼저 장가 가."

"왜 글러. 서희 있잖아."

"형. 나 지금 장난하는 거 아니거든?"

"결혼을 꼭 할 필요는 없지. 그런데 네 위치라는 게 원래 그래."

"통신 사업을 등질 수도 없고. 그냥 형이 사장 자리 받아. 원래 이 자리는 형 거였어."

"난 이 자리가 좋아서."

엘리베이터가 열리자 태진이 망설임 없이 안으로 올라탔다. 그런데 규원이 팔을 뻗어 열림 지연 버튼을 눌렀다.

"무슨 할 말 있어?"

"이태진."

규원의 목소리는 잔뜩 낮아서 울림이 있었다. 저런 식으로 이름을 부르는 건 꼭 깊은 속마음을 이야기할 때였다.

"정 귀찮으면 서문형 씨 이용하지 그래?"

"이용?"

"빚에 대한 막대한 책임감 느끼는 사람이잖아. 박서희 떼어 내어 버릴 좋은 먹잇감이지."

무슨 말을 하는 건지 바로 알아들은 태진이 인상을 찌푸렸다. 말도 안 된다.

"걔 이제 스물다섯 살이야."

"서른다섯 살 때까지는 아무것도 못 하는 스물다섯 살이지."

"서문형하고 친해진 거 아니었어?"

"동정한 것뿐이야."

냉정한 말투였다. 그도 서희가 중학생 시절부터 스토커처럼 태진을 쫓아다닌 것을 잘 알고 있었다. 그래서 태진이 제대로 연애를 하지 못한 게 죄다 서희의 탓이라고 생각하고 있었다.

그가 연애를 하려면 얼마든 할 수 있었을 것이다. 다가오는 여자도 적지 않았고, 대놓고 옷을 벗으며 덤비는 사람들도 많았다. 그러나 딱히 여자에 대한 기대도, 호기심도 없었다. 그저 혼자가 편했고, 이것저것 신경이 쓰이는 건 딱 질색이었다. 그래서 무려 12년이나 연애를 하고 있는 규원이 아직도 신기하기만 했다.

"갈게. 손 좀 치우지?"

"잘 생각해 봐."

"어린애들하고 내가 뭘 하자는 건지."

고개를 절레절레 흔드는 태진을 보며 규원이 웃었다. 턱, 소리와 함께 문이 닫혔다.

평소 그렇게까지 속도를 내는 편이 아니었다. 아무래도 과속 딱지가 몇 개는 날아오겠다고 생각하며 쾅, 소리가 나도록 문을 열었다. 당황한 얼굴을 한 건 서희였고, 문형은 이럴 줄 알았다는 얼굴로 앉아 있었다.

테이블을 쓸기라도 했는지 찻잔이며, 과일들이 바닥에 널브러져 있었다. 그때 태진의 눈에 들어온 건 벌겋게 변해 있는 문형의 손등이었다. 그리고 을복은 구석에 앉아 귀를 틀어막고 있었다. 보름간 을복과 함께해 준 인숙에게 고마워 휴가를 주었다. 하여 집에 있어야 할 사람은 을복과 문형뿐이어야 했다. 서희는 그저 불청객이었다.

"오, 오빠."

"서문형, 일어나."

주춤 움직이는 문형의 어깨를 잡아 일으켜 세우고 바로 욕실로 들어갔다. 그리고 세면대에 손을 넣고 바로 찬물을 튼 뒤 손등 색을 자세히 살폈다. 화상이 심하진 않아 병원에 갈 정도는 아니었지만 며칠간은 쓰라릴 것이다.

"이대로 담그고 있어."

문형은 말없이 자신의 손만 물끄러미 보고 있었다.

"서문형, 내 말 듣고 있어?"

"네?"

"이대로 있으라고."

"네."

욕실에서 나온 태진이 부엌으로 들어가 제빙기에서 얼음을 가득 퍼 왔다.

"오빠!"

"그만 가 봐."

"뭐? 대체 저 여자가 뭔데! 그런 자리에 저런 여자를 데려왔어? 그리고 저 여자가 왜 여기서 사는데? 그때 소문으로 들은 어린 여자애가 쟤야?"

바락바락 소리를 지르는 서희를 보니 머리가 지끈거렸다.

"박서희. 내가 참는 데도 한계가 있어."

"지금 우리 집하고 인연 끊겠다는 거야?"

"너하고 끊겠다는 거지, 박 회장님과 끊겠다는 뜻은 아니야."

"허, 참. 오빠 제정신이야? 나하고 인연 끊는다는 게 우리 아빠하고 인연 끊는다는 소리야."

"그거야 누가 더 손해일지 보면 알겠지."

팔을 붙잡는 서희를 뿌리치고 욕실로 들어가 세면대로 얼음을 가득 부었다. 손으로 대충 얼음을 잘 풀어지게 만들고 다시 한번 문형의 손등을 살폈다.

"미안해."

"괜찮습니다. 사장님 잘못도 아닌데요."

이상하게 이런 것엔 또 깔끔한 여자다. 서랍에서 응급 키트를 꺼낸 태진이 문형에게 화상 연고를 건네주었다. 다시 욕실에서 나온 태진이 아직도 귀를 틀어막고 있는 을복에게로 다가갔다. 을복은 태진의 얼굴을 확인하더니 어린아이처럼 안겼다.

"오빠!"

"조용히 해. 정 여사 겁에 질린 거 안 보여?"

"오빠!"

"정 여사님, 귀 좀 다시 막아 보세요."

을복은 태진의 말을 잘 듣는 아이 같았다. 다시 두 손바닥으로 귀를 꾹 막는 것을 보니.

"너 지금 와서 무슨 짓 저질렀는지나 알아?"

"저 여자가 누구냐고 묻잖아!"

"요즘같이 컨디션 좋은 적 없으셨는데. 너 때문에 얼굴 파랗게 질린 거 안 보이냐는 소리야."

"허."

"그만하자. 봐주는 것도 끝이야."

"봐줘? 뭘 봐주는데?"

"그래서 네가 어린애라는 거야. 말귀도 못 알아듣는 어린애. 부모 품에서 곱게만 자라서 뭐가 잘못인지도 모르지."

서희의 눈가가 파르르 떨렸다.

"사람 부르기 전에 조용히 나가지?"

태진의 목소리에 짜증이 실렸다. 문형은 노골적으로 짜증을 내는 태진의 목소리는 처음 들었다. 그녀가 듣기에도 자연히 어깨가 움츠러들 정도였는데 서희라고 다를까 싶었다.

눈물을 뚝뚝 흘리며 소리도 내지 못하던 서희가 쿵쿵 소리를 내며 집에서 나갔다. 태진이 화를 눌러 참으며 낮게 숨을 뱉었다.

✝   ⛭   ✝

방 하나를 온전히 미술 치료실로 쓸 수 있는 가정이 얼마나 있을까? 치매는 보통 사람들이 제일 견디기 싫어하는 형벌 같은 병이라고 했다. 모든 추억을 잊어버리고, 사랑하는 사람들도 잃어버리는.

첫날의 을복의 폭력적인 모습은 요즘 보기 힘들었다. 아니 오히려 말을 잘 듣는 어린아이가 된 것 같은 기분이었다. 손에 물감을 찍고 벽지 가득 그것을 그리며 행복해하며 웃는 을복은 세상을 다 가진 것 같은 얼굴을 하고 있었다.

을복은 늘 처음인 것처럼 처음엔 물감을 만지는 것도 힘들어했다. 이것을 만져도 되는 것인지 마치 허락을 구하듯 바라봤다. 그러면 늘 문형은 이 모든 것이 처음인 것처럼 먼저 손에 물감을 묻혀 벽에 그리기도 하고, 바닥에 그리기도 했다. 그러면 그때부턴 을복은 어린아이가 된 것처럼 웃으며 그림을 그리기 시작했다.

그림이라기보다는 낙서에 가까웠다. 인숙은 늘 처음인 것처럼 그리는 시작을 하는 게 어렵지 않느냐고 물었다. 그럴 때마다 문형은 어제는 꿈이고, 오늘이 현실인 것처럼 그리면 된다고 했다. 그 말에 인숙은 웃으며 고개를 끄덕였다.

오늘도 벽 하나를 가득 낙서로 채우고 씻고 나오고 나서 허브차를 우려냈다. 요즘 을복의 당 수치도 많이 떨어졌고, 폭력적 성향도 줄었지만 주치의는 되도록 가공식품은 멀리하기를 권유했다.

을복과 깨끗하게 씻고 나와 허브차를 나눠 마시는데 초인종이 울렸다. 설마 오늘부터 3일간 휴가인 인숙이 벌써 왔을 리는 없다고 생각하며 인터폰을 확인했다.

"누구세요?"

—누구세요? 문 안 열어?

"누구신지 알려 주셔야 문을 열죠."

―너 NS통신 몰라?

"NS통신은 잘 압니다."

―나 태진 오빠 애인이야.

그 문제의 박서희인 모양이었다. 문형은 이 집에 고용된 사람이었다. 그리고 서희는 이 집과 오래된 인연이었기 때문에 문을 열어 주지 않는 것도 말이 되지 않았다.

문이 열리자마자 씩씩대며 들어온 서희가 다짜고짜 문형을 위아래로 훑기 시작했다. 그건 마치 네까짓 게 어떻게 여기에 있냐는 듯한 표정이었다.

"뭐야? 서문형?"

"네, 제가 서문형입니다."

"너 태진 오빠하고 무슨 사이야?"

"이태진 사장님이 제 고용인 되십니다."

"하, 얘 봐라? 웃기네? 야, 너 이 집에서 첩질하는 거 다 알아."

순식간에 얼굴로 열이 오르는 것 같았다. 첩질? 그녀가 태어나 들어 본 소리 중 제일 모욕적이고, 치욕스러운 말이었다.

"뭔가 오해하신 모양인데요."

"오해? 너 호텔에 태진 오빠하고 같이 왔다며. 팔짱까지 끼고 하하 호호 잘도 돌아다녔다며? 너 소문도 못 들었니? 나하고 태진 오빠 약혼한 사이야."

문형은 차라리 입을 다물기로 결심했다. 지금 서희는 지나치게 흥분 상태였고, 말을 해 봤자 그녀를 공격할 대답밖에 들리지 않을 것이다.

"내가 너 같은 애들 한둘 본 줄 알아? 태진 오빠, 너 같은 거에 관심 없어. 지금 얼굴 믿고 나대니? 그 얼굴 뭉개지고 싶어?"

확실히 스물세 살의 어린아이가 맞다. 저렇게 분간을 하지 못하고 그저 그녀를 어떻게 하면 상처를 줄까 골머리를 썩고 있는 것을 보니.

"박서희 씨."

"뭐, 뭐? 박서희 씨?"

"무슨 소문을 어떻게 들으셨는지 모르겠지만……."

"야, 너 같은 거 내가 그냥 하루아침에 없애 버릴 수도 있어."

그 많은 빚이 생겼다고 해서 그녀는 잠깐이라도 삶을 포기할 거란 생각을 해 보지 않았다. 그녀도 대충 소문은 들었다. 우리나라에서도 청부 살인이나, 납치 같은 건 생각보다 훨씬 흔한 일이라고. 아마 저 정도 위치에 있는 서희라면 정말 저 말대로 행동할 수 있을 것이다.

"동거 그거 별거 아니야. 근데 너 같은 거머리가 나중에 질척거리면서 떨어지지 않거든."

"10년 지나면 알아서 떨어져 드릴게요. 그러니 걱정 마세요."

"뭐? 10년? 야, 너 미쳤어?"

서희가 소리를 지르더니 이내 앞에 있는 탁자를 들고 있던 가방으로 쓸어 버렸다. 쟁반과 찻잔이 날아가자 을복이 구석으로 앉아 귀를 감싸며 앉았다. 아직 후끈한 차가 그녀의 손등을 스쳤다. 손등은 순식간에 붉게 물들었다. 그것을 보고 서희가 흠칫 놀랐다.

"괜찮습니다. 그리고 이 집 예민한 환자 있는 집이에요."

"그걸 내가 몰라? 내가 왜 이러는데!"

"소리 그만 지르세요."

"뭐? 야!"

문형은 진심으로 서희를 상대하고 싶지 않았다. 문호의 또래이고 그렇다 보니 정말 어리게 보였다. 아무리 잘 꾸미고 있더라도 본 나이는 숨기지 못하는 법이었다. 아니, 오히려 질투로 인해 저렇게 몸부림치는 게 귀여워 보일 정도였다.

"불만이 있으시면 사장님께 찾아가세요. 여기 오셔서 이래 봤자 나올 거 하나도 없습니다."

"너, 이 집에서 당장 나가."

"계약상 위반이에요."

"얼만데? 그 돈 내가 주면 되잖아!"

그녀도 이 일을 하기 전까지 돈 때문에 설움을 당한 적은 없었다. 그런데 오늘은 정말 모든 서러움이 한 번에 몰려왔다. 이렇게 누군가에게 무시를 당하는 것도 처음이었다. 태진의 밑으로 들어오는 순간부터 자존심은 모두 버렸다고 생각했는데 그게 아니었다.

쾅.

모두의 시선이 순식간에 중문으로 향했다. 태진이 잔뜩 굳은 얼굴로 들어섰다.

✤   ⚜   ✤

문형은 좀처럼 본 적 없던 표정을 하고 있는 남자가 신경 쓰였다. 저 남자는 태생이 그래서인지, 아니면 직업상 그런 것인지 대개 무표정했다. 그녀의 부모님이 저 남자의 소중한 물건을 잃어 자신이 잔뜩 빚을 가지고 왔을 때도 남자는 표정을 구기지 않았다. 그저 늘 그런 것처럼 무표정했다.

장마처럼 내리는 빗속에서 번개가 쳤다. 그리고 그 섬광이 태진의 얼굴을 스쳤다. 짙은 이목구비 반절만 드러나 더욱 고독해 보였다.

30분 전, 이 집을 한바탕 뒤집어엎고 나간 NS통신의 딸이라는 박서희 때문임이 분명했다.

그러나 따지고 보면 문이 열리자마자 아무 이유 없이 서희에게 위아래로 쭉 스캔을 받아야 했던 문형이 지금 더 인상을 구겨야 함이 옳지 않을까?

"할머니는?"

"잠드셨습니다. 따뜻한 차 한 잔 가져다 드릴까요?"

그 말에 태진이 고개를 들었다. 소파에 앉은 채 머리가 지끈거리는지 턱을 괴고 검지로 관자놀이를 툭툭 치는 건 멈추지 않고 말이다.

"너 여기 뭐 하러 왔어."

"네?"

"내 차 타러 왔어?"

"아닙니다."

"그럼 신경 쓰지 마."

문형은 한 번씩 태진이 참 특이한 사람이라 생각했다. 보통 이럴 땐 고개를 끄덕이나, 거절을 한다. 그런데 태진은 그녀가 해야할 일이 무엇인지 다시 한번 상기시킨다.

빚 10억.

계약 기간 10년.

그녀가 해야 할 일은 치매 노인을 보살피는 것. 거기다 오갈 곳 없는 그녀를 재워 주고 먹여 주기까지 하며, 대학원도 나갈 수 있게 배려해 준다. 이야기를 들었을 때보다 그는 훨씬 더 괜찮은 고용인이었다.

다시 한번 사채업자라 그를 무시했던 스스로가 부끄러워졌다.

"신경 안정시키는데 따뜻한 차가 좋다고 해서요. 이건 일이 아니라 배려인 겁니다, 사장님."

잠시 고민을 하는 듯하던 태진이 이내 고개를 끄덕였다. 배려라는 말에 더 이상 거절할 수는 없다고 생각한 모양이었다.

식당을 지나 부엌문을 열고 들어서 다기를 준비했다. 한 번 차를 마실 때 계속 우려 마시는 것을 좋아해서 그녀는 정수기보다 포트를 이용하는 편이었다. 원목 쟁반에 다기를 모두 올리고 식당으로 나왔을 때 대리석 식탁에 앉아 있는 태진을 보고 잠시 놀라 걸음을 멈췄다.

"여기서 마시지."

아마 그는 번잡하게 거실까지 쟁반을 들고나올 필요가 없다고 생각했을 것이다. 문형은 식탁에 쟁반을 내려 두고 포트의 전원을 눌렀다. 순식간에 물이 끓자 보이차를 넣어 우려 놓고 그 물로 다기를 데웠다.

다시 뜨거운 물을 넣어 우리는 것을 기다리는데 시선이 느껴졌다.

"곧 우러날 겁니다."

"스물다섯 살."

"네?"

"아직 결혼은 좀 이른가?"

"보통 그렇겠죠."

보통의 스물다섯 살들은 결혼을 생각하지 않을 것이다. 취업 혹은 공부를 하느라 바쁘고, 풋풋한 연애를 꿈꿀 나이니까.

문형은 찻잔에 차를 따라 태진에게 건넸다. 옅은 호박 빛의 물은 참 따뜻한 느낌을 준다. 향이 좋고, 부담스럽지 않아 문형은 이 집에서 마시는 보이차를 참 좋아했다. 품질 좋은 보이차를 구하기란 쉽지 않았으니까.

이것도 다 태진의 집이기 때문에 맛볼 수 있는 것 중 하나였다.

"그래도 할 수 있는 나이라고 봐요. 박서희 씨는 사장님과 무척 결혼하고 싶어 하시는 것 같던데."

막 찻잔을 집으려 할 때 낮은 웃음소리가 들렸다. 태진은 원래 감정의 폭이 크지 않은 사람처럼 웃는 이였다. 저렇게 꼭 입술 한쪽만 올리고.

"스물세 살이야, 서희는."

꼭 숍에서 꾸민 듯한 외모에 성숙한 차림이라 서희는 20대 중후반처럼 보였었다. 그건 그만큼 잘 꾸미고 있다는 반증이기도 했다. 그녀도 이 일을 하기 전까지는 그랬다. 나름 유복하게, 어려움 없이 살았다. 심심하면 숍에 가서 메이크업을 받고, 백화점으로 쇼핑을 가기도 했다. 이젠 완전히 꿈이 된 이야기였지만.

서희라.

태진은 그녀를 부를 때면 꼭 성까지 붙여 부른다. 그게 거리감이 느껴져 좋다고 생각했다. 왠지 저렇게 이름만 부르는 건 이태진답지가 않다. 심지어 그는 자신의 오른팔이라는 규원에게도 꼬박꼬박 성을 붙여 불렀다.

"그쪽 말이야."

"네?"

"서문형 씨."

말도 안 된다.

"나와 결혼해 달란 뜻이야."

이건 부탁이 아니라 명령이라는 것을 문형은 깨달았다.

✤　　✤　　✤

생각할 시간을 달라고 하는 문형에게 태진은 가볍게 고개를 끄덕였다. 그 의미가 긴 시간을 주지 못한다는 이야기와 다름없다는 걸 문형도 잘 알고 있다.

저도 모르게 카페 앞 테라스에 앉아 한숨을 길게 내쉬었다. 수업을 들어가기 한 시간 전. 바로 옆쪽 주차장에 차를 세운 유리가 손을 흔들며 달려오고 있었다. 5월의 그 청량함을 유리는 그대로 닮았다. 그래서 보는 것만으로도 기분이 좋아졌다. 이제 3일 뒤엔 문호도 들어올 터였다. 어디서부터 설명해야 할까.

어차피 태진이 권유한 그 '결혼'을 거절할 수도 없는 노릇이었다. 그렇다고 두 사람에게 한 번에 말을 할 수도 없었다. 유리에겐 제대로 말하겠지만 문호에겐 '계약 결혼'이라는 이야기를 꺼낼 수가 없다.

일단은 지금 유리에게도 어떻게 말을 해야 할지 판단이 서질 않는다. 분명 유리는 말을 꺼내자마자 때려치우라 말할 게 분명했다.

"이야, 오늘은 웬일로 우리 예쁜이가 시간이 다 내셨을까?"

"미리 시켜 놨어. 크림 잔뜩 올린 카페모카."

"요즘 스트레스로 죽을 맛이다. 요즘 학생들 왜 말을 안 듣니?"

짜증 섞인 음성으로 유리가 크림을 퍽퍽 섞더니 크게 한 입을 마셨다. 달달한 맛에 기분이 좋아진 건지 이내 가방에서 무엇인가를 꺼내 그녀의 앞으로 내밀었다.

"이게 뭐야?"

"백화점 갔다가 립스틱 샀어. 너한테 딱 어울리는 색이라."

"고마워."

"고맙긴."

"아냐, 정말 고마워서 그래. 문호 오면 맛있는 거 먹자."

"이태진이 시간은 빼 준대?"

"시간은 계속 내줬거든? 유리, 네가 바빠서 못 봤던 거지."

"말도 마. 내가 요즘……. 그 클라이언트가 문제야. 무슨 요구 사항이 그렇게 많은지. 이러다가 과외도 때려치워야 할 정도야."

"그 정도야?"

"색감 하나하나 쪼아 대는데. 돌아 버리겠다. 그래도 내가 예쁜 문형이 보고 힘낸다."

애써 참고 있다는 듯 고개를 끄덕이는 유리를 보며 문형이 웃었다. 남들이 왜 그 좋은 선생을 하지 않느냐고 했을 때 유일하게 유리에게 네가 하고 싶은 것을 해, 라고 말을 해 준 사람은 문형 혼자였다고 했다. 그날 문형은 유리가 우는 것을 처음 보았다. 그렇게 오랜 시간을 알고 지내왔는데.

그만큼 의지가 깊고, 심지가 굳은 친구였다. 문형은 그런 유리가 좋았다. 그저 같이 있는 것만으로도 힘이 되는 친구였다.

"너 빠질 살이 어디 있다고 더 빠진 것 같다."

"그래? 요즘 잘 먹는데. 이모님 음식 솜씨도 좋으시고."

"치매 환자 돌보는 게 어디 쉬운 일이니? 그놈의 돈이 뭔지. 내가 진짜 빨리 대박 하나 내서 그 이태진에게서 벗어나게 해 줄게."

"사장님도 그림 그렸었대."

"나도 들었어. 참, 정윤우 교수하고 라이벌이었다던데?"

라이벌?

그래서 윤우가 태진에게 그렇게 불쾌하게 굴었던 건가 싶었다. 그날 이후로 교내에서 마주쳤던 윤우는 평소와 다름없이 문형을 대했다. 하지만 태진에 대한 말은 노골적으로 피하고 있다는 것을 그녀도 알 수 있었다.

"수업 아직 한 시간 남았지? 여기 앞에서 뭐라도 먹자. 학교 앞이라 그게 그거지만."

"아냐, 유리야. 사실은 나 할 말이 있어."

"뭔데?"

이상하게 입을 떼기가 어렵다. 어차피 그녀야 그 빚이 생기자마자 모든 것을 포기한 것과 매한가지였다. 그 말은 차마 유리나 문호에게는 하지 못했지만.

숨을 고르고 잠시 주변을 둘러보았다. 날이 좋지만 뜨거운 것에 가까워 테라스에는 사람들이 없었다.

"나 결혼할까 해서."

막 커피를 마시던 유리가 그것을 꿀꺽 삼키더니 거칠게 기침을 하기 시작했다. 괴로운 듯 몇 번이나 가슴을 두드리는 유리의 등을 문형이 토닥여 주었다. 그런데 유리가 거칠게 문형의 팔을 쳐 냈다.

"뭐?"

"결혼."

"무슨 결혼? 누구랑?"

"이태진 씨."

아직 태진에게도 이름을 불러보지 못했다. 그런데 왠지 유리에게 계속 사장님이라고 말을 할 수가 없었다. 유리는 얼이 빠진 얼굴로 멍하니 문형을 보았다. 그런 유리를 보며 문형은 웃고 말았다.

"야, 미쳤어? 돌았어? 뭐를 해?"

"결혼."

"야, 그 새끼가 뭐 협박했어? 몸이라도 달래?"

"그런 거 아니야."

"그런 게 아니면? 야, 말이 돼? 결혼? 그것도 이태진하고? 야, 때려치워! 그 새끼집에서 나와. 너 차라리 일해. 나도 돈 갚을 테니까."

"5년 줄여 준대."

당장 자리에서 일어날 기세이던 유리가 이제 힘이 빠진 듯 팔다리를 쭉 늘어뜨렸다.

"그 새끼는 갑자기 무슨 결혼을 하자는 건데?"

"NS통신 알지?"

"NS통신 모르는 사람도 있니? 나도 거기 쓰거든?"

"거기 회장님하고 정 회장님이 원래 막역한 사이였나 봐. 그래서 태진 씨하고 그 집 막내딸하고 결혼시키기로 했었던 모양이야."

"그럼 그년이랑 결혼하면 되는 거 아니야? 왜 널 끌어들여?"

"결혼하고 싶은 마음이 없대."

"뭐?"

"그런데 NS통신은 중요 고객이라 끊어 낼 수도 없다고 하고."

그러니까 태진과 NS통신은 서로를 이용하는 관계였다. 생각보다 관계가 깊어서 서로 손을 놓을 수 없는 상태인 것이다. 박 회장은 강제로 태진을 사위로 들일 수가 없고, 태진은 태진대로 파혼하기 힘든 상태인 듯했다.

"진짜 결혼하는 거야?"

"그냥, 계약 결혼이야."

"야, 미쳤다. 이제 문호도 괜찮아. 왜 혼자 빚을 다 짊어지려고 해. 그냥 셋이 같이 빚 갚자."

"잊었어? 태진 씨 회사 그냥 1금융권 아니야. 이자 갚느라 우리 허리 다 휠 거야."

"그거야……."

차마 말을 잇지 못한 유리가 커피를 벌컥벌컥 마셨다. 그것만으로도 모자랐는지 이제 얼음까지 와작와작 씹고 있었다.

"그러다 이 나가겠다."

"안 그래도 저번 주에 지르코니아 했는데 나가면 물어 줘야지.

지금 누구 때문에 얼음을 알사탕처럼 씹어 먹는데."

엄청난 일이기는 하지만 해결 방법이 없다는 것을 알기 때문에 유리는 별다른 말을 하지 못하는 모양이었다. 아마 그녀도 유리가 이런 상황이었다면 무척이나 화를 내다, 똑같은 반응을 보였을 것이다.

"문호한테는 말하지 마."

"뭘? 계약?"

문형이 낮게 웃었다.

"아니 왜 너 혼자 희생해야 돼? 문호, 지금 상황 심각한 거 몰라. 그냥 부모님 소식만……."

"부탁이야, 유리야."

"그놈의 부탁을 왜 이런 방식으로 이런 걸 하냐고. 이 나쁜 계집애야."

"미안."

"내가 진짜 욕을 안 하고 싶은데. 너희 부모님도 너무 무책임하신 거 아니야?"

"사고였을 거야."

"사고? 딸들은 그냥 그 빚더미에 내버려 두고 도망친 거나 다름없잖아!"

유리가 무슨 심정으로 저 말을 하고 있는지 잘 알고 있기 때문에 화를 낼 수도, 울 수도 없었다.

"이 멍청아."

"부탁 들어줄 거지?"

"내가 미친다."

"유리야."

"내가 무슨 힘이 있어. 근데 진짜……."

"괜찮아. 남들 다 한 번 하는 거 갔다 왔다 치면 돼."

"그냥 사업가면 그러려니 하겠는데 이태진이라 그렇지. 학교 다 닐 때 소문도 안 좋고."

"소문이잖아."

"누드만 그렇게 그렸대. 주구장창. 그래서 정윤우 교수하고도 사이 되게 안 좋은 모양이던데."

윤우는 '순백' 시리즈로 일약 스타덤에 올랐다. 어느 한구석에 라도 꼭 시리즈임을 알 수 있게 백합이 어떤 형태라도 그려져 있 었다.

그런 윤우의 가치관과 아마 태진의 가치관이 충돌했을 거라 본 다. 원래 천재와 천재는 사이가 좋지 않다고 하지 않던가. 두 사람 은 마치 고갱과 고흐의 관계였을까? 아니면 마네와 드가? 태진의 그림을 보지는 못했지만 윤우의 그런 반응을 보면 보통의 것은 아 니었을 거란 생각이 들었다.

"가치관 차이일 거야."

"뭐야, 이제 신랑 된다고 지금 편드니?"

유리는 이미 결정을 내린 문형의 마음을 더 이상 불편하게 하고 싶지 않은 모양이었다. 평소의 유리로 돌아와 장난스럽게 말을 건 네는 것을 보니.

"태진 씨가 너 한번 보고 싶어 해."

"설마 이태진 내가 이 사실 아는 거 모르는 거야?"

문형이 가볍게 고개를 끄덕였다.

"내가 또 한 연기하잖니? 뭐 하러 복잡하게 밖에서 만나. 초대하라고 해. 기꺼이 초대에 응한다고."

"고마워, 유리야."

"결혼식장 우리 부모님이 혼주석에 앉아도 돼?"

"그래 주면 더 고맙지."

"우리 엄마, 아빠 신나시겠다."

"태진 씨하고 찾아뵐게."

"이 인간이 부디 자연스럽게 나처럼 연기를 해야 할 텐데."

유리는 정말 배우를 했더라도 성공했을 것이다. 고등학교 시절에도 국어 시간 장난삼아 했던 연극에 연극부 단원이나 고문 선생도 제발 들어오라 애원할 정도였으니까.

"워낙 말도 없고 그래서. 내가 잘해야지 뭐."

"두 사람 어색해도 내가 바람 잘 잡을게. 너무 걱정 마. 연기의 신이 여기 있잖아."

유리가 별거 아니라는 듯 어깨를 들썩이며 말했다.

"조촐히 하자고 할 생각이야."

"사업체 크지 않아? 그게 될지 모르겠네."

유리의 말에도 일리는 있었다. 정확히는 모르지만 태진이 일단 가지고 있는 회사 중 하나가 '수안유통'이라는 것 정도는 알고 있었다. 요즘 광고도 나온다고 했고, 백화점에도 입점한 꽤 규모가 큰 사업이었다.

"이게 누구야? 나유리?"

뒤에서 들리는 목소리에 자연스레 문형의 고개가 돌아갔다. 연한 분홍 파스텔 셔츠 차림의 윤우가 웃으며 다가오고 있었다.

"저 인간 아직도 관심 보여?"

문형이 웃었다. 유리는 알 만하다는 얼굴로 고개를 끄덕이며 자리에서 일어났다.

"안녕하셨어요, 교수님."

"오랜만이네. 대학원 오지 그래?"

"제가 무슨 실력이나 있나요."

"나유리 실력 모르는 사람도 있나?"

"전 쓰레깁니다."

"왜 또 겸손이실까. 문형이는 수업 안 들어가?"

강의 시간까지 이제 10분이 남아 있었다. 유리와 만나면 정말 시간이 가는 것도 모를 정도였다. 결국 유리는 나중에 통화하자는 말을 하고 차에 올라탔다.

"유리와 있는 거 오랜만에 보네."

"학부 시절엔 늘 붙어 있었죠."

"문형아, 오늘 강의 끝나면 잠깐 이야기할 수 있을까?"

왠지 느낌이 좋지 않았다. 글쎄, 남자로서의 정윤우는 어쩌면 괜찮을 수도 있다. 하지만 그녀는 사면초가에 있는 사람이다.

"교수님."

"시간 없어?"

"저 결혼해요."

윤우는 잠시 무엇인가를 잘못 들었다는 듯 얼빠진 표정을 하고 있었다. 왠지 그런 윤우의 모습을 보자 웃음이 나올 것 같았다.

"저기, 내가 지금 들은 게…… 농담이지?"

"제가 설마 그런 거 가지고 농담하겠어요. 그래서 휴학을 좀 할까 해요."

태진에게는 휴학하겠다는 말은 하지 않았다. 아니, 아직 결혼을 하겠다는 말도 하지 않았다. 하지만 태진의 그 '결혼하자'는 말은 부탁이 아닌 강제적인 협박이나 다름없지 않은가. 명령이지만 그녀에게도 합리적이라고 생각했다. 5년 뒤면 그녀는 서른이 된다. 서른과 서른다섯의 간극은 너무나 크다.

요즘 세상에 이혼 딱지쯤은 흠도 아니었다. 이혼이라는 것보다 그녀는 5년이라는 시간이 더 소중했다. 그것은 맞바꿀 만큼의 큰 가치가 있는 일이었다.

"설마…… 아니, 아니지……."

"맞아요. 이태진 씨."

보기 흉할 정도로 윤우의 얼굴이 구겨졌다. 두 사람의 분위기가 심각한 것을 알았는지 지나가는 학생들도 눈치를 보며 인사를 하고 있었다. 하지만 윤우는 다른 사람들은 보이지 않는 모양이었다.

"교수님, 강의 시간 다 되어 가는데 들어가 봐도 될까요?"

"그러니까 두 사람이 고용된 관계가 아니라 결혼을 하기로 한 사이라고?"

"네."

"이태진이 결혼을 하겠다고 했다고?"

"네, 뭐가 잘못됐나요?"

"이태진, 결혼 못 할 텐데."

"네?"

"설마 두 사람 뭐 계약 관계라거나 그런 게 엮인 건 아니겠지?"

뜨끔했다. 물론 보통 사람들에게 '계약 결혼'이라는 건 영화나 TV에서나 볼 수 있는 것이나 다름없었다. 최대한 자연스럽게 말을 했다고 했는데 어딘가 어색한 투가 묻어 있었던 것일까? 문형이 저도 모르게 침을 꿀꺽 삼켰다. 이내 윤우가 고개를 저으며 웃었다.

"내가 무슨 말을 하는 건지. 그런데 결혼…… 너무 이른 나이지 않아?"

"어떻게 보면요."

"문형아, 그 결혼 좀 더 생각해 봐. 널 위해 하는 말이니까."

"괜찮습니다. 제가 정말 하고 싶은 결혼이라서 그래요."

"강의 끝나면 혹시…… 내 방에서 이야기할 수 있을까?"

"오늘은 좀 곤란할 것 같습니다. 그럼 이만 가 보겠습니다."

말이 더 길어지기 전에 고개를 꾸벅 숙인 문형이 서둘러 걸음을 옮겼다. 머릿속에 윤우의 목소리가 맴돌았다.

"이태진 결혼 못 할 텐데."

대체 윤우는 태진에 대해 무엇을 알고 있는 것일까? 역시 그 NS통신 때문에 태진이 그녀와 결혼을 못 한다고 생각하는 것일까? 그냥 상황을 피하려고 했지만 윤우와 이야기를 더 나누어 봐야 하나, 여러 가지 생각이 머리를 뒤죽박죽 헝클었다.

강의가 끝나기 한 시간 전에 태진에게 메시지를 넣었다. 모든 것을 줄이고 간단히 '하겠습니다'라는 말만 넣었다. 무슨 반응이 있을 줄 알았지만 태진에게선 아무런 말이 없었다. 설마 태진도 그 말을 꺼내 놓고 후회하고 있는 건 아닐까, 싶었다.

이번 학기만 마치고 휴학을 할까 싶었다. 아니, 사실은 대학원을 그만두고 싶었다. 5년의 기간만 채우고 나면 그녀는 이제 문호와 살기 위해 교단에 설 생각이었다. 애초에 대학원을 권유했던 것도 부모님이었고 그녀는 교수직에 크게 흥미를 가지지 못했다.

한 번씩 규원이 그녀에게 부모님의 소식에 대해 귀띔을 해 준다. 하지만 그녀도 잘 알고 있다. 중국에서 사라진 사람을 찾기란 불가능하다는 것을. 어느 순간부턴 이제 이 세상에 문호와 단둘만 남았다고 생각할 수밖에 없었다. 그리고 결국 두 사람이 잘 살아야 한다는 것도. 아마도 부모님도 그걸 바라실 것이다.

왠지 벌써부터 지치는 느낌이었다. 괜히 메시지를 보낸 것일까? 집에 가서 어떻게 태진의 얼굴을 보아야 할까.

그러나 건물에서 나와 익숙한 뒷모습을 보는 순간 고민은 사라졌다. 몸에 핏 되는 슈트를 입고 차에 비스듬히 기대어 서 있는 사람은 태진이었다.

태진이 지금 이 시간에 여기 나타난다고 해서 이상한 일은 아니었다. 그녀의 강의 시간을 모조리 알고 있었으며 한때 그 역시도 이 학교 학생이었으니 말이다. 그가 픽 웃으며 몸을 똑바로 세웠다.

"이제 무슨 일이냐고 묻지도 않네."

"제 메시지 보신 모양이네요."

"타, 갈 곳이 있으니까."

아주 매너 좋은 남자처럼 태진은 차 문을 열어 주기까지 했다.

규원에게서 보던 모습을 태진에게서 보는 게 새로웠다.

"저희……."

"그 이야기는 이런 곳에서 하지 않는 게 좋을 것 같은데."

태진의 말이 맞다. 두 사람은 아직 캠퍼스 안이었고 힐끔힐끔 쳐다보며 지나가는 사람들의 시선들을 이제야 느낄 수 있었다. 잠시 잊고 있었다. 태진이 무척이나 눈길을 끄는 외모라는 것을.

유리도 그의 외모가 100점 만점에 99점이라고 하지 않았나. 어쨌거나 100명 중 99명에게는 먹힌다는 말과 다름없었다. 게다가 캠퍼스에 혹시라도 누군가가 두 사람의 이야기를 듣고 우연히 아는 사람의 귀에 들어가게 될지도 모르고.

조용히 차에 올라탄 문형은 보닛을 돌아오는 태진의 모습을 보았다. 그는 유난히 팔다리가 길어서 그런지 걷는 것조차도 여유 있어 보인다. 모델처럼 늘씬한 몸인데 특전사였다라……. 왠지 매치가 되지 않는다. 게다가 생긴 것도 어떻게 보면 예쁘장한 얼굴에 가깝지 않던가. 분명 잘생겼지만 얼굴선이나 이목구비가 섬세해 예쁜 얼굴이었다.

"벨트도 안 매고 뭐 해?"

"아."

태진의 외모를 감상하느라 그랬다고는 말할 수가 없었다.

"휴학할까 해요."

막 기어를 내리려던 태진이 고개를 돌려 문형을 보았다. 갑자기 왜 그런 말을 하냐는 듯 이해를 할 수 없다는 눈빛이었다.

"대학원은 부모님 권유로 들어갔어요. 제가 하고 싶은 건 그냥 교단에 서고 싶은 거고."

"교단에 서고 싶은 게 꿈이라고?"

"네. 서른엔 그렇게 살고 싶어요."

잠시 생각에 빠진 듯하던 태진이 이내 고개를 끄덕였다.

"5년 뒤, 2월 27일로 계약 종료야."

"알겠습니다."

"혹시 계약이 끝난 뒤에도 볼 수 있다면 괜찮겠는데."

문형이 살짝 인상을 찌푸렸다.

"정 여사가 세상을 뜨고 나면 사업은 넘겨도, 작품은 계속 보고 싶거든. 수집도 할 거고."

"계약이 끝나면 전 더 이상 사장님을 뵙고 싶은 마음이 없습니다."

"그렇다면 하는 수 없지."

별수 없다는 얼굴로 태진이 핸들을 돌렸다. 사실 태진이 왜 그러냐고 물을 거라고 생각했다. 원래 시니컬한 성격 탓인지 아니면 지나간 것에는 그다지 미련을 두지 않는 것인지.

"정 교수님하고 사이 많이 안 좋으셨어요?"

"정윤우?"

"네."

"좋을 것도, 나쁠 것도."

"이상하게 정 교수님은……."

그건 참 미묘한 것이라 어떻게 말을 전해야 할지 알 수가 없었다. 괜한 말을 건넸다 사이가 더 틀어지면 그건 또 마음이 불편할 것이다.

"처음부터 그다지 날 좋아하지 않아서."

"정 교수님이요?"

태진은 살짝 고개를 끄덕였다.

"이유를 모르시나 보네요."

"이유를 알아야 하나?"

"아뇨."

기질적으로 맞는 사람이 있는가 하면 아닌 사람도 있다. 사실 그녀도 태진과 잘 맞는지, 아닌지는 모르겠지만 정말 최악은 아니라 다행이라고 해야 할까. 만약 최악의 상대였다면 그녀가 그 어마어마한 빚을 지고도 태진을 대등하게 대할 수는 없을 것이다.

"혼인신고만 하면 되나요?"

"아니."

"그럼 조촐하게 할 수 있어요?"

"최대한 많은 사람들을 초대할 거야."

"공표라도 할 생각이신가 봐요?"

"그래야 내가 유부남인 게 알려지지."

"그 유부남 타이틀이 그렇게 중요해요?"

"제법?"

이해할 수가 없다. 결혼이라는 게 대체 태진에겐 어떤 의미인 것일까. 윤우가 말했던 말의 의미는 대체 뭐였을까. 태진은 저토록 유부남 타이틀이 필요하다고 말을 하는데.

"난 그 정도면 괜찮은데. 서문형은?"

"제 친구 만나 주실 수 있어요?"

"나유리?"

"네, 그 나유리."

"알겠지만 난 우리의 결혼이라는 게 '계약'이라 알려지는 건 원치 않아."

"아무도 모를 거예요. 문호도 마찬가지고."

스스로에게 놀랐다. 이렇게 거짓말을 잘하는 사람이었나? 슬쩍 입술을 깨물었다. 아마 태진이 운전 중이 아니라 얼굴을 마주 보고 말을 했다면 그녀의 거짓말을 눈치챘을지도 모르겠다는 생각이 들었다. 다행스럽게도 지금 태진은 복잡한 서울 시내를 운전하는 중이었다.

"그러니까 내가 사랑에 빠져서 겨우 스물다섯 살의 서문형에게 프러포즈를 한 넋 나간 남자 연기를 잘해 달라?"

이럴 때면 또 또래의 남자를 보는 것 같았다.

"그래 주시면 고맙겠지만 어려울 거라는 거 알아요."

"아냐. 그 정도쯤이야."

"문호에게도 자상하게 대해 주셨으면 좋겠어요. 형부라는 존재에 굉장히 많은 환상을 품고 있거든요."

"명심하지. 서문형 낚아채는 도둑놈인데 연기 정말 잘해야겠는 걸."

"그럼 저희 결혼이 계약이라는 것을 아는 사람은……."

"차 부장뿐이야."

"이모님껜 어떻게 말씀드려요?"

"매화 보러 갔던 날, 시작됐다고 말해."

그것 참 근사한 핑곗거리다. 그렇다면 이제 겨우 연애 2개월쯤의 연인이 되는 건가? 보통 그 시기의 연인들이라면 서로 떨어지기 싫어 안달이니 결혼을 하고 싶다고 해도 이상할 것은 없었다.

물론 진짜 결혼을 하는 건 다른 말이었지만.

"그럼 그냥 결혼식만 올리면 되는 거죠?"

"신혼여행? 당연히 가야지."

"네?"

"보는 눈이 많으니까."

"저기…… 말 그대로 정말 계약 부부인 거죠? 그죠?"

"왜? 겁나?"

"네?"

"내가 섹스하자고 할까 봐."

이 사람은 뻔뻔한 것일까, 아니면 이런 말을 하는 것에 거리낌이 없는 걸까. 저도 모르게 얼굴이 후끈해지는 것 같은데 정작 본인은 태연한 얼굴이었다.

"그런 걱정은 안 해도 돼."

"네?"

"하자고 안 할 테니 걱정 말라는 소리야."

물론 태진이 따로 애인을 두든 두지 않든, 그것도 아니면 즐기는 파트너가 있든 그녀가 신경을 쓸 일은 아니었다. 만약 태진에게 지저분한 스캔들이 따른다면 그녀는 어떻게 되는 걸까?

"달갑지 않을 것 같아서요."

"좋아해?"

"네?"

"섹스하는 거 좋아하냐고."

아마 다른 남자였다면 성희롱이라고 쏘아붙였을 것이다. 하지만 태진이 정말 진지하게 묻고 있다는 걸 알고 있었다. 어쨌거나 두 사람은 서류상으로, 겉보기엔 결혼을 하게 되는 사람들이었으니까.

"그게 아니라 이태진 씨에게 지저분한 스캔들이라도 나면 곤란해지는 건 저니까요. 사람들은 뭐든 여자 핑계를 대거든요. 남편이 잘못을 한 건데도 불구하고."

"그 점에 관해선 걱정 마. 누구보다 깨끗할 자신 있으니까."

그를 찾아오기 전, 문형도 나름 태진에 대해 꽤 많은 검색을 해 보았다. 수안유통의 이태진 사장은 젊은 나이에 맞지 않게 배포가 크고, 지저분한 스캔들도 일절 없으며 여자 문제에 관해 깨끗하다는 이야기들이 주를 이루었다.

인터넷엔 그의 사진도 몇 장 있었다. 인터뷰를 하면서 찍은 기사 사진인 모양이었다. 덕분에 그의 외모를 보고 질투나 시기도 많았지만 호기심을 가진 사람들이 훨씬 많았다.

아무리 일에 미쳐 살았다지만 만나는 여자 한 명 없었을까. 그건 상식적으로 말이 안 된다. 아마 이런 사이로 만나지 않았더라면 자신도 태진을 보며 호기심을 보였을지도 모르겠다.

"그런데 그건 나도 걱정인데."

"뭐가요?"

"5년. 생각보다 길어. 나도 내 배우자에게 지저분한 소문이나 파리가 꼬이는 건 바라지 않거든."

"거, 걱정 마세요. 그럴 일 없으니까."

"자신해?"

마치 확신을 받으려는 듯 태진이 고개를 돌려 문형을 보았다.

"네."

"그럼 제일 어려운 건 해결된 셈이네."

가볍게 웃곤 태진은 핸들을 돌렸다. 순식간에 도로로 합류한 태진의 차가 속도를 내기 시작했다. 애매한 시간대라 그런지 강남의 도로가 생각보다 한산했다. 곧 골목으로 들어간 태진의 차가 멈춰 선 곳은 대리석으로 지어진 건물 앞이었다.

"어서 오십시오."

그때 문이 열리며 딱 맞아떨어지는 슈트를 입고 있는 직원이 깍듯하게 인사를 했다.

"감사합니다."

갈 곳이 있다더니 갤러리였던 모양이었다. 새로운 작품들을 발견한 것일까? 인숙은 을복이 치매에 걸리기 전 태진이 따로 살던 주상복합 아파트에 많은 작품들이 있다고 했었다. 한 번씩 머리가 복잡할 때면 태진은 그곳에서 잔다고 들었다. 김 기사의 말로는 그곳은 작은 갤러리 같다고 했었다.

그는 한 번씩 어디선가 미술품들을 가지고 왔었는데 차에서 내리지 않은 작품들도 몇 개 있었다. 그것들은 모두 태진이 예전에 살던 아파트로 가져가는 모양이었다. 태진은 스스로 보는 눈이 없다고 했었지만 골라오는 작품들을 보면 운이 좋은 건지, 혼자 있을 때 조금 더 신중하게 고르는 건지, 전체적으로 나쁘지 않았다. 그래서 기회가 된다면 태진의 아파트도 가 보고 싶었다.

"물건 모두 준비되었습니다."

가볍게 고개를 끄덕인 태진이 보닛을 돌아와 문형의 옆으로 섰다. 안으로 들어가자는 듯 고갯짓을 하는 그를 보고 문형이 발걸음을 막 옮기려다 그대로 멈춰 섰다. 태진이 자연스럽게 손을 잡아 온 탓이었다.

　그녀가 결혼을 하겠다고 결심하자마자 태진은 바로 연인임을
숨기지 않을 생각인 듯했다. 순간 멈칫했던 건 갑작스러운 스킨십
때문이었다. 태진도 태연하게 연기를 하는데 그녀라고 못 할 건
없었다. 태진을 보며 가볍게 웃고는 발걸음을 옮겼다.

　보안 때문인지 경호원 두 명을 지나쳐 문이 열렸을 때 또 다른
경호원들이 서 있었다. 이중 시스템인 것을 보니 값비싼 작품들이
많은 모양이었다. 하지만 대리석 바닥을 밟고 안으로 완전히 들어
섰을 때 이곳은 갤러리가 아닌 보석을 파는 곳이라는 것을 알게
되었다.

　커다란 유리 케이스에 들어 있는 보석들은 하나같이 반짝이며
존재를 뽐내고 있었다. 안쪽의 프라이빗 룸으로 들어간 문형은 태
진과 나란히 앉았다.

　30대 후반으로 보이는 깔끔한 차림의 여자가 다가와 두 사람에
게로 고개를 숙여 인사를 했다. 여자는 태진을 향해 태블릿을 건
네었고 그는 가볍게 사인을 했다.

　"잠시만 기다려 주십시오."

　그리고 두 사람을 안내했던 남자는 메뉴판을 건네었다. 하지만
태진은 받지 않았다.

　"탄산수로 부탁드릴게요."

　"네, 알겠습니다."

　곧 남자가 다가와 그녀의 앞으로 얼음이 든 컵과 탄산수를, 태
진의 앞으로는 찻잔을 내려놓았다. 태진은 이곳을 한두 번 온 게
아닌 모양이었다. 직원들의 대우가 그것을 알려 주고 있었다.

안쪽의 문을 열고 나온 여자는 벨벳 소재로 된 상자를 두 사람의 앞으로 내려 두었다. 눈이 반짝일 정도로 빛나는 반지들은 모두 다이아몬드인 모양이었다.

"사장님께서 말씀하신 것들로 준비해 두었습니다. 맨 아래쪽이 부쉐론, 중간이 그라프, 그 위가 해리 윈스턴입니다."

얼핏 보아도 모두 1캐럿은 되어 보이는 다이아몬드였는데 설마 결혼반지를 미리 준비해 둔 것일까? 문형이 놀란 얼굴을 숨기지 못하고 태진을 보았다.

"왜? 보석 감정도 할 줄 알아?"

"아뇨. 그것까진……."

"마음에 드는 걸로 골라."

마음에 드는 것을 고르라고? 방금 직원이 말한 브랜드들은 그녀도 한 번씩 들어 본 적이 있었다. 대체적으로 결혼반지로 그것도 고급 브랜드인 데다 모두 1캐럿 이상으로 보이는 것들이라 가격은 그녀의 상상을 초월할 것이다.

"몇 가지만 추려 달라고 했는데. 강 실장님이 추천 좀 해 주시죠."

"제가 감히 그래도 될까요? 약혼반지니 저는 핑크 다이아몬드로 추천 드리고 싶습니다. 핑크 다이아몬드 같은 경우는 그라프가 조금 더 반응이 좋습니다."

직원이 추천한 다이아몬드는 핑크색으로 정사각형과 직사각형의 센터 스톤을 주위로 약간의 틈을 두고 파베가 있는 반지였다. 반짝이는 반지가 눈을 현란하게 만들었다. 하지만 차마 반지로 손을 뻗지 못했다.

"껴 봐."

태진이 반지를 들고 그녀의 왼쪽 손을 잡았다. 그리고 거짓말처럼 네 번째 손가락에 마치 맞춘 듯 반지가 딱 맞았다. 어떻게 사이즈를 알고 있는 것일까? 하긴, 처음 집에 들어갔을 때도 그녀의 속옷 사이즈까지 정확히 알고 주문했었다. 반지 사이즈 하나 아는 것쯤은 별거 아닐 것이다. 어쩌면 그녀가 백화점에서 샀을 때 적힌 정보가 이미 태진에게로 들어갔을 테지.

"강 실장님."

"네, 사장님."

"잠시 자리 좀 비워 주시죠."

"결정되시면 다시 불러 주십시오."

직원은 아무런 미련 없이 자리에서 일어났다. 이런 고가의 반지들을 그대로 둔 채로. 그만큼 태진이 가지고 있는 영향력이 상당하다는 것을 알 수 있었다.

탁.

문이 닫히는 소리에 태진이 다른 반지 하나를 들고 그녀의 오른쪽 네 번째 손가락에 끼웠다.

"약혼반지요?"

"난 이쪽이 더 어울리는 거 같은데."

"너무 과해요. 결혼반지로도 과한데……."

"모든 결정은 내가 해."

태진의 말에 순간 문형은 입을 다물고 말았다. 그의 말이 맞다. 그녀에겐 무엇인가를 주장할 수 있는 권리라는 건 없었다. 태진이 자꾸 그녀에게 노동자의 권리가 있다고 하는 통에 잊고 있었다.

어차피 이것도 그녀에게 주는 것이 아닌 말 그대로 빌려주는 것이니 토를 달지 말라는 의미와 다름없었다. 그저 그녀가 하고 다닐 동안 더 마음에 드는 것을 고르라는 뜻이었다.

"이걸로 할게요."

"마음에 든다는 거야, 내가 어울린다고 해서 그런 거야?"

어쩐지 태진의 목소리가 조금 날카로워 보이는 건 기분 탓일까.

"제 사이즌 어떻게 아셨어요?"

"백화점 정보."

생각했던 게 맞자 맥이 탁 풀리는 느낌이었다. 태진은 아마 그녀가 숨기고 있다고 생각하는 모든 것을 알고 있을지도 모르겠다.

"제게 결정권이란 게 있나요?"

"마음에 드는 걸 고르라는 거지 내 말을 따르라는 건 아니야."

"그게 그거죠."

태진이 낮은 한숨을 뱉었다. 이 안의 공기가 무겁다. 오늘은 춥지도 덥지도 않은 따뜻한 봄날이었다. 그런데 그와 함께 있는 이곳은 꼭 겨울의 그것처럼 느껴졌다.

"결혼하기로 한 첫날부터 삐걱거리고 싶진 않은데."

"어쨌거나 전 고용인이잖아요."

"결혼하기로 한 순간부터는 아니지. 서문형은 내 약혼자가 된 거야. 내 직원이 아니라."

"이 반지가 제게 과하다고 했던 것뿐이에요."

"난 잘 어울린다고 했고."

태진은 다시 한번 자신의 위치를 상기시켜 주었다. 수안유통의 이태진 사장은 자금 유동력이 이 나라에서 다섯 손가락 안에 드는 남자였다. 영향력을 무시할 수 없는 남자이니 약혼자를 보는 눈도 상당할 것이다. 여기에선 자신의 고집을 피울 수도, 그리고 그럴 필요도 없다는 것을 다시금 깨달았다.

"제 생각이 짧았어요."

잠시 말이 없이 문형을 바라보던 태진이 고개를 살짝 왼쪽으로 기울였다. 태진의 눈을 마주하면 피하고 싶었다. 사람들은 호랑이를 마주 보면 눈을 피하지 못한다고 했다. 그대로 얼어붙는다는 게 이런 것이겠지.

"서문형."

"네."

"우리 편하게 가자."

태진에게 편한 거란 어떤 것일까.

"앞으로 난 서문형이 좋아 죽을 듯이 굴 거야."

대체 좋아 죽을 듯이 군다는 건 무엇일까?

태진은 그렇게 말하고 차 부장의 전화를 받고 잠시 부산에 다녀와야겠다며 그녀를 직접 집까지 바래다준 뒤 떠났다. 그녀가 보는 태진은 늘 시간을 분 단위로 쓰는 사람 같았다. 그러니 직접 나서서 반지를 사 주고, 집에 데려다주기까지 한 건 그가 말했던 '좋아 죽을 듯' 굴고 있다는 뜻일까?

그녀가 보는 태진도 그러했으니 남들의 눈에도 그랬을 것이다. 단 몇 초도 아까워서 견딜 수 없는 사람 같았다. 그는 집에 들어와서도 거의 서재에 박혀 일을 했다. 그만큼 해야 할 일이 많은 사람이었고 저렇게 일만 하면 건강을 어떻게 지킬 수 있을까 생각까지 했다.

태진이 벌써 부산으로 간 지 이틀이 지났고, 내일이면 건강해진 문호가 한국으로 들어오는 날이라 벌써부터 설렘에 잠도 잘 자지 못할 정도였다. 태진은 문호가 편히 올 수 있도록 퍼스트 클래스까지 끊어 주었다.

아직 두 사람의 결혼 사실을 모르는 문호로서는 어리둥절할 것이다. 한국에 들어오면 제대로 이야기한다고는 했지만 대체 어디서부터 어떻게 설명을 해야 할지 설렘과는 별개로 걱정도 되었다.

문호는 문형의 성격을 누구보다도 잘 알고 있다. 함부로 짧은 시간에 사랑에 빠져서 결혼을 하겠다고 한다면 절대 믿지 않을 것이다. 아마 자신을 위해 돈 많은 남자와 결혼을 한다고 생각할 가능성이 컸다. 유리와 어떻게든 입을 맞추었지만 문호를 제대로 속일 수나 있을지 벌써부터 머리가 아파 왔다.

"아무리 봐도 반지가 너무 예쁘다."

저녁을 준비하는 인숙이 옆에서 야채를 다듬는 문형을 보고 말했다. 처음엔 집안일은 절대적으로 자신의 몫이라고 했던 인숙이지만 지금은 서로 많이 가까워져서인지 그녀가 돕는 것을 거절하지 않았다. 그나마 을복이 잠이 들어 있을 때만 할 수 있는 일이었다.

오늘은 하루 종일 을복과 함께 그림을 그렸다. 벽지 한쪽 면은 벌써 을복이 그린 이런저런 그림들로 가득 차서 조만간 새롭게 도배를 해야 할 정도였다. 아이들이 먹어도 무해한 물감을 거의 매일 사들이고 있어서인지 지금은 거래처의 사장이 직접 배달을 해 주고 있었다.

"네."

"왜? 약혼반지로 조금 과한 것 같아?"

역시 그녀의 마음을 알아주는 사람은 이 집에서 인숙뿐이었다. 문형이 슬쩍 고개를 끄덕였다.

"문형이가 이해해. 태진이 위치가 그렇잖아."

"그러게요."

"역시 그날 우리 회장님이 절에서 자고 간다고 했을 때 분명 뭔가 아셨음이 틀림없어."

인숙은 을복이 치매에 걸렸지만 여전히 믿고 있음이 분명했다. 문형은 을복을 모시는 동안 온전한 정신으로 돌아왔을 때를 딱 한 번밖에 보지 못했다. 그때의 을복은 그녀가 알고 있는 모습이 아니었다. 정말 한 회사를 이끈 수장이 이런 사람이구나, 하고 알 수 있을 정도로 차분하고 카리스마가 있었다. 그리고 본인이 치매라 태진이 많이 힘들 거라며 눈물을 흘렸을 땐 정말 을복이 치매가 걸린 사람이 맞는지 믿기지 않을 정도였다.

을복이 그렇게 온전한 정신이 돌아왔을 때 태진이 있었더라면 얼마나 좋았을까.

"요즘은 회장님 정신이 잘 안 돌아오셔서 더 걱정이네."

"그러게요."

"태진이가 결혼한다는 이야기 들으면 참 좋아하실 텐데."

문형이 슬쩍 인숙의 눈치를 보았다. 어디서부터 뭘 물으면 좋을까. 저도 모르게 몇 번 입을 벌렸다 다물기를 반복했다.

"저녁? 나야 이런 게 즐거워. 그러니까 걱정하지 마. 내가 문형이랑 태진이 먹을 건 걱정 없이 준비할 거니까."

저녁은 거의 혼자 먹을 때가 많았다. 그래서 혼자 해서 먹어도 되니 저녁까진 하지 않아도 괜찮다고 했지만 인숙은 어린 아가씨가 얼마나 잘 챙겨 먹겠냐며 괜찮다고 했다.

"그게 아니라……."

"편히 말해 봐. 음, 차 한 잔 마실까?"

문형이 고개를 끄덕였다. 어차피 지금은 저녁을 먹기엔 너무 이른 시간이다. 오늘 저녁은 월남쌈이라 야채들만 다듬으면 끝날 일이었다.

인숙은 보이차를 준비해 식탁 앞으로 앉았다. 문형은 차가 우러나길 기다리며 어색하게 웃었다.

"그냥 편하게 물어봐."

"사실 저희가 만난 지가 오래되지 않았잖아요."

"그런 편인가? 나도 김 기사하고 만난 지 두 달 만에 결혼했거든."

"네?"

놀라서 저도 모르게 목소리를 크게 내고 말았다. 그런 문형의 반응에 인숙이 조용히 웃으며 차를 따라 주었다.

"불이 확 붙는 거야. 결혼을 좀 신중히 생각해야 하는 거 아니냐는 김 기사 말을 내가 무시했거든."

"그렇게 결혼하신 거예요?"

"응. 내가 멋대로 시부모님 찾아뵙고 식장 잡았어."

인숙에게 그런 추진력이 있다는 게 놀라웠다. 누가 보아도 인숙은 차분하고 신중한 사람 같았다. 정말 어떠한 확신이 있어 그런 결혼도 추진이 가능했을 것이다.

"확신이 드셨어요?"

"그럼. 새로운 기사가 왔다기에 그냥 고아에 혼자 사는 여자 몸이나 노리는 놈이겠거니 생각했거든. 그런 놈들만 몇 번을 겪었는지. 그런데 이 남자가 한 달 동안 날 그냥 길가에 돌멩이 보듯 하는 거야."

인숙은 어떤 삶을 살았던 걸까. 지금은 저렇게 웃으며 말을 해도 그땐 참 힘들었을 것이다.

"호기심이 생기더라고."

"그래서요?"

"한 번 자자고 했어."

"네?"

인숙의 입에서 그런 말을 나왔을 거라고는 도무지 상상이 되지 않아 문형의 입이 떡 벌어졌다. 그런 문형의 반응이 인숙은 재미있는 모양이었다.

"그런데 자긴 안 된대. 결혼을 할 사람하고만 나누고 싶다고."

"아……."

"그럼 결혼을 했는데 그 여자는 김 기사님이 처음이 아니면 어쩌느냐고 또 물어봤지?"

"그랬더니요?"

"그런 건 상관없대. 그냥 자기 신념이 그런 거라고. 그 말에 빠져서 결혼까지 순식간에 간 거야."

누군가의 연애 과정을 듣는 것을 잘 경험해 보지 못했다. 워낙 연애에 딱히 관심이 없기도 했거니와 그들의 사랑이 어떻든 자신과는 상관이 없다고 생각했기 때문이었다. 먼저 들려준다면 모를까. 그런데 인숙의 연애 스토리를 들으니 부모님의 연애도 궁금해졌다. 아마 이젠 더는 물어보지도, 알 수도 없겠지만.

"원래 결혼은 한순간이거든."

"그러게요."

"문형 씨는 나이도 어린데 결혼 너무 이르게 정한 거 아니야? 보나마자 태진이가 밀어붙였겠지만."

문형이 눈을 동그랗게 뜨고 인숙을 보았다.

"그 무뚝뚝한 녀석이 전화까지 해서는 문형이 밥 좀 잘 챙겨 주라고 하더라니까? 근데 문형아. 태진이가 밀어붙인다고 굳이 그렇게 급하게 정할 건 없어."

분명 인숙은 태진에게 있어 친이모나 마찬가지였다. 그럼에도 불구하고 이렇게 만난 지 얼마 안 된 문형을 생각을 해 준다는 건 그만큼 인성이 좋은 사람이라는 뜻이었다. 을복과 인숙의 밑에서 자란 태진은 어떤 사람일까.

그동안 겪었다고는 해도 여전히 가늠하기가 힘들었다. 그만큼 자주 부딪치지도 못했거니와, 많은 시간을 보내지도 못했기 때문이었다. 그나마 태진과 많은 시간을 보냈던 건 그날, 절에 가서 하루를 보냈을 때였다.

"태진이야 회장님이 더 심해지시기 전에 결혼하는 모습 보여 주고 싶어 그렇게 서두르는 걸 거야."

"저도 태진 씨와 같은 생각이에요."

태진은 겉으로 드러나는 결혼 생활은 완벽해야 한다고 말했다. 그리고 그녀도 태진의 말에 최대한 맞춰 줄 생각이었다.

"그렇다면 다행이지만."

"그런데 태진 씨가 말을 안 해 주더라고요."

"무슨 말?"

"태진 씨 전에 사귄 여자 친구들이요."

윤우는 태진을 보고 결혼을 못 할 거라고 말을 했었다. 그 이유가 궁금했지만 그 어느 누구에게도 물을 수가 없었다.

"어머, 태진이가 말 안 해 줘?"

재미있다는 듯 인숙이 웃었다.

"네. 인기 많지 않았어요?"

"어렸을 때부터 많았지. 덕분에 유치원도 몇 번 옮겼었어."

"유치원을 옮겨요?"

"여자애들이 서로 태진이하고 짝을 하겠다, 놀겠다 하도 싸워서. 그리고 중, 고등학교 시절엔 집 앞까지 쫓아오는 애들도 많았거든."

기본적으로 매너가 좋은 사람이었던 걸까? 그렇지 않으면 여자들이 그렇게까지 맹목적으로 쫓아다닐 수는 없다. 아무리 얼굴만보는 여자라고 하더라도.

"매너 좋지, 공부도 잘하지, 잘생겼지. 누가 우리 태진이를 싫어했겠어. 문형이도 우리 태진이 잘생겨서 좋아하는 거 아니야?"

문형이 어색하게 웃었다. 물론 그는 누가 봐도 돌아볼 법한 미남이지만 그렇다고 딱히 그녀의 취향은 아니었다. 그렇게까지 부담스럽게 잘생긴 남자를 이상형으로 둔 적은 한 번도 없었다.

"뭐 어때. 나도 김 기사 잘생겨서 좋아해."

김 기사를 떠올리며 문형이 웃자 인숙이 살짝 눈을 흘겼다.

"그래. 제 눈에 안경이거든? 참, 그런데 태진이가 누구를 잘 사귀지 않더라고. 내가 알기로 딱 한 번이야."

그 딱 한 번이라는 말이 왠지 모르게 마음에 걸렸다.

"대학 시절에 잠깐 사귄 적은 있어. 혜린이하고 있는 걸 나한테 우연히 들켰거든."

혜린이라. 어떤 여자였을까?

"들켜요?"

"백화점에서 마주쳤어. 인사를 받았는데……. 어머, 내가 너무 즐겁게 이야기해서 문형이한테 미안하네."

"아뇨, 괜찮아요. 예뻤어요?"

"왜? 질투나?"

아니라고 말이 절로 나오려던 것을 꾹 눌러 참았다.

"문형이가 더 예뻐."

"입술에 침 바르고 말씀하세요."

"정말이야. 아무튼 그 여자 친구가 고등학교 때부터 꽤 오래 태진이를 좋아했다고 하는 거야. 정성이 통한 건지 어쩐 건지. 그런데 오래 사귀진 못했어."

"왜요?"

"얼마 지나지 않아 세상을 떠났거든."

이야기가 중단된 건 갑작스레 도착한 태진 때문이었다. 혹시라도 을복이 잠이 들었을까 태진은 절대 초인종을 울리지 않는다. 하지만 꼭 엘리베이터를 이용해 자신이 왔다는 것을 다른 사람들에게 알렸다.

"나중에 이야기하자, 문형아. 태진이도 부산 다녀오느라 수고했어."

"김 기사님이 고생하셨죠."

"재료 준비 다 됐으니까 같이 밥 먹어."

"감사합니다."

주먹을 쥐는데 손가락에 끼고 있는 반지가 느껴졌다. 평소 액세서리를 좋아하는 편이 아니라서 그런지 하고 있는 목걸이나 반지가 여전히 어색했다. 태진은 절대 빼지 말라고 했고 그녀는 익숙해지기 위해 노력 중이었다.

인숙이 서둘러 나가자 거실엔 적막함만이 남아 있었다. 이 반지를 하고 나서 처음 보는 거라서 그런지 이상하게 마주하기 껄끄러웠다.

"할머니는?"

"주무세요."

잠시 태진의 시선이 안방으로 향했다. 을복을 얼마나 걱정하는지 태진의 눈빛에서 읽을 수 있을 정도였다.

"씻고 내려올게."

"네."

잠시 계단을 올라서려던 태진이 멈칫했다.

"다쳤어?"

"아……."

서둘러 목을 손으로 가렸지만 태진은 가볍게 그녀의 손목을 잡아 끌어내렸다. 어제 오후에 갑작스럽게 을복이 짜증을 부리며 들고 있던 물감들을 집어 던져 생긴 상처였다. 오늘 씻고 나서 밴드로 가린다는 것을 깜빡 잊고 있었다.

"할머니?"

"별거 아니에요. 물감 좀 던지셨는데 거기에 맞은 것뿐이니까."

"20분 뒤에 서재로 좀 올라와."

"네."

태진이 손을 놓고 계단을 올라서자 긴장에 제대로 숨을 쉬지도 못하다 겨우 뱉어 냈다. 태진의 스킨십은 도저히 적응이 되지 않았다.

부엌으로 들어가자 인숙은 이미 마시던 찻잔을 치워 놓았으며 두 사람이 바로 먹을 수 있도록 재료에 랩을 씌워 식탁 위에 올려 놓은 뒤였다. 태진과 이야기를 마치고 오면 뜨거운 물만 준비하면 될 것 같았다.

요 근래 태진에 대해 생각할 일이 많아졌다. 자신 외에도 주변에서 그를 궁금해하거나 관계를 물어보는 이들이 있었으니 당연한 것일까. 유리는 언제 태진을 볼 수 있는 거냐며 닦달을 했다. 내일은 문호가 오는 날이니 곤란하고 조만간 약속을 잡겠다고 했다. 아마도 유리는 이태진이라는 인물이 무척이나 궁금할 것이다.

게다가 그 뒤로 강의실 밖에서 만난 윤우는 그녀와 이야기하기를 원했다. 하지만 윤우에게서 태진에 대한 이야기를 듣고 싶지는 않았다. 두 사람 사이가 뻔히 좋지 않은 것을 안다. 아니, 그것도 일방적으로 윤우가 태진을 싫어하는 것이겠지만 편견으로 뒤덮인 이야기를 굳이 듣고 싶지 않았다.

멍하니 식탁 앞에 서 있다 20분이 지난 것을 깨달았다. 서둘러 계단을 올라 태진의 서재 앞으로 섰다.

"들어가."

뒤에서 들리는 목소리에 놀라 눈을 질끈 감고 말았다. 당연히 태진이 서재 안에 있을 거라고 생각했었다.

뒤로 돌아서자 태진은 젖은 머리카락 위에 수건을 올려놓은 채로 반라로 서 있었다. 그리고 자연스럽게 티셔츠를 입으며 문형을 스쳐 지나갔다.

생각했던 것보다 태진의 몸은 훨씬 좋았다. 근육 밸런스가 좋았는데 저번에 본 누드모델과 거의 흡사한 체형을 가지고 있었다. 보통 누드모델들은 직업의식으로 운동을 게을리하지 않았다.

특히나 근육의 모양과 위치가 중요한 남자 모델들 같은 경우엔 더욱 신경을 썼는데 태진은 당장 모델로 서도 손색이 없을 정도였다. 타고난 것인지, 따로 운동을 하는 것인지 모르겠지만 어쨌거나 태진의 몸은 그리고 싶게 생겼다.

태진의 뒤를 따라 서재로 들어가 문을 닫았다. 그는 머리카락을 대충 털어 내며 수건을 옆으로 내려 두고 서류를 들고 와 티 테이블 앞으로 앉았다.

"앉아."

"네."

서재는 모두 유리로 되어 있다. 티 테이블 역시 마찬가지였고, 소파는 없었다. 왜 이 넓은 서재에 소파 하나 두지 않는 걸까.

"내일 공항은 같이 못 갈 거야."

당연하지만 태진이 같이 갈 거라고 생각은 하지 않았다.

"데리고 M호텔 장산으로 와. 내 이름으로 예약해 뒀어. 7시 30분으로."

"네?"

"처제가 오는데 그냥 그렇게 맞을 순 없잖아? 못 나갔으니 식사라도 제대로 챙겨야지."

태진은 문호의 앞에서도 그 '사랑에 빠진' 남자 연기를 할 생각인 모양이었다. 나쁘지 않다. 어차피 문호를 설득하는 덴 태진의 적극적인 태도가 중요할 것이다.

"오랜만에 한국 오니까 한정식으로 준비한 건데 괜찮지?"

이 남자는 꼭 그런다. 이미 모든 것을 정해 두었으면서 의견을 묻는 척을 한다. 하지만 그녀 또한 바보처럼 학습이 되지 않은 건 아니었다.

"네."

고분한 문형의 모습에 태진이 서류를 훑던 것을 멈추었다. 전 같으면 분명 문형은 뭐라 한마디 했을 것이다.

"짧은 시간에 발전했군."

"머리가 장식은 아니라서요."

가끔 보면 문형은 대범한 모습을 보인다. 아니, 처음 그를 찾아왔을 때부터 그랬던가? 보통의 사람이었다면 이태진 앞에 그렇게 나타나지 못했을 것이다. 겁이 없다고 해야 하는 걸까, 무데뽀라고 해야 할까.

"읽어 봐. 필요한 거 있으면 더 말하고."

태진이 테이블로 들고 있던 서류를 내려놓았다. 문형은 태진을 보다 시선을 아래로 내렸다.

"혼인 계약서?"

"안전 이별 청구권보단 낫잖아?"

"공증받으시게요?"

"이쪽 사람들 대부분 그렇게 해."

어차피 그녀야 선택권이 없지 않던가. 그런데 태진은 왜 이런 계약서를 준비한 것일까. 그래도 성의가 있는데 읽어야 할 것 같아 서류를 들었다.

〈혼인 계약서〉

1. 혼인 기간은 5년 뒤인 2월 27일까지다.
2. 서문형은 이태진이 필요로 하는 행사에 참여한다.
3. 정을복 여사가 돌아가셔도 이 혼인은 깰 수 없다.
4. 혼인 기간 내에 서로 연인은 만들 수 없다.
5. 이혼 사유는 성격 차로 인한 소홀함이다.
6. 이혼 뒤 이태진은 서문형에게 청담동 아파트 한 채, 부산의 아파트 한 채, 속초의 별장을 위자료로 제시한다.
7. 서문형에게 기간 내에 이혼 사유가 발생할 시 모든 책임을 묻고 한 국에서 추방당한다.

뒤에 더 쓸 수 있는 문항들이 남아 있었다.

"한국에서 추방당한다는 건……."

"내가 살아 있는 한 한국 땅은 밟지 못한다는 뜻이야."

그럴 리는 없을 것이다.

"제게 어떤 이혼 사유가 생길 거라고 생각하시는데요?"

"남자?"

"네?"

"혹은 여자?"

"이태진 씨."

"네 성적 취향을 나는 모르니까."

어차피 그녀의 뒤를 다 알아봤으면서 어떻게 저런 뻔뻔한 말을 할 수 있을까. 애석하게도 그녀는 이성애자였다.

"다시 말씀드리지만 그 문제에 대해선 자신 있습니다."

"사람 일은 장담하는 거 아니야."

태진이 피식 웃었다. 억울했지만 그의 말에 문형 역시 동의하는 바였다. 사람 일은 장담할 수 없다. 그녀는 올해 초까지만 해도 평탄하게 졸업을 하고, 하고 싶은 일을 하면서 언젠간 사랑하는 사람을 만나 행복하게 살 것이라고 생각했다.

한순간에 부모님을 잃고, 모든 것들을 잃을 것이라고는 정말 상상조차 하지 못했었다. 아마 그녀를 시기하거나, 질투했던 친구들은 그녀의 사정을 듣고 비웃거나 즐거워했을 것이다. 실제로 그랬다는 이야기도 건너 들었고.

다른 사람들에게 미움을 산 적이 있었을까? 저도 모르는 사이에 누군가를 무시하거나, 시기를 했던 적이 있었을까? 모든 사람들이 자신을 좋아하기를 바란 건 아니었지만 생각보다 악질적으로 그녀를 싫어하는 사람들이 있었다. 아마 윤우도 그 이유에 포함될 것이다. 윤우를 좋아하는 친구들이 많았으니까.

"더 적고 싶은 게 있으면 적어."

"위자료로 제시하신 거 받을 수 없습니다."

"그냥 받아."

"꼭 받아야 하나요?"

"서문형."

머리카락이 이마를 덮고 있다. 태진은 늘 깔끔하게 왁스를 발라 넘긴 헤어스타일이었다. 그런데 이런 모습을 보니 정말 원래의 나이보다 훨씬 어려 보인다. 그녀와 비슷한 또래의 동기를 보는 느낌이었다. 그렇다 해서 태진이 어렵지 않은 건 아니었다.

"네."

"원래 이혼은 여자에게 타격이 더 커. 특히나 계속 이태진과 이혼한 여자라는 꼬리표가 따라다닐 거야. 수중에 돈은 좀 쥐고 있어야지."

거기까진 생각하지 못했다. 태진은 분명 성대하게 결혼식을 치른다고 했다. 그렇다면 그녀의 얼굴이 어딘가에 떠돌아다닐 수도 있다는 뜻이었다. 그는 꽤 큰 사업체를 가진 사람이니 기사나 잡지사에서 취재를 올 수도 있다. 게다가 서문형이라는 여자는 소설을 쓰기에 딱 좋은 상대였다.

하루아침에 모든 것을 잃었던 어린 여자애가 남자 하나를 잘 만나 인생을 핀다는 신데렐라 스토리와 거의 흡사하지 않은가. 결혼 소식이 알려지면 아마 그녀를 싫어했던 그 무리는 더더욱 입방아를 찧을 것이다.

어차피 남들이 뭐라고 하든 상관은 없었지만 태진의 말처럼 이혼을 하고 나서도 이혼녀라는 꼬리표가 계속 따라다닌다면 수중에 돈을 쥐고 있는 것도 나쁘지 않았다.

"사업하시는 분이라 멀리까지 보시네요."

분명 비꼬고 있는 것을 알고 있을 텐데도 불구하고 태진은 픽 웃기만 했다.

"그리고 수인 유통은 생각보다 짜지 않아서. 그 정도 위자료도 주지 않았다고 하면 내가 우스워져."

그럼 그렇지. 태진은 그녀보다 자신의 안위를 먼저 생각하는 사업가였다. 태진이 괜히 이런 조항을 계약서에 넣었을 리는 없다는 것을 간과했다.

"내가 요구한 조건은 모두 넣었으니 나머지 넣고 싶은 게 있으면 말해."

"제가 넣는다고 사장님께서 납득하고 쓰실까요?"

태진의 미간이 찌푸려졌다.

"하나 넣고 싶은 게 있는데요."

"말해 봐."

"만약 사장님이 절 좋아하게 되면요?"

4. 감정의 변화

잠시지만 차가운 공기가 두 사람 사이를 스치고 지나간 것 같았
다. 지금은 늦봄이고 이제 곧 여름이 오니 그런 공기가 느껴질 리
없을 텐데. 역시 날카로운 태진의 눈빛은 사람을 얼어붙게 만드는
무엇인가가 있었다.

　"내가?"

　어이없다는 듯 웃던 태진이 드디어 입을 열었다.

　"서문형을?"

　괜히 말했다. 이런 말에 당황하지 않을 남자라는 것을 알고 있
었는데. 왜 하필 그 순간에 그런 오기가 생긴 걸까. 생각보다 재
밌다는 이야기를 들었다는 듯 웃고 있는 태진을 보자 얼굴로 열이
훅 쏠리는 것 같았다.

　"서문형은?"

"네?"

"만약 서문형이 날 좋아하게 되면?"

역으로 당했다. 그런 건 생각도 못 해 봤는데.

"그럴 리가 없을 것 같은데요."

"자신해?"

"네. 나이 많은 남자 안 좋아해요."

입은 멋대로 열렸고 말은 생각을 거치지 않고 나왔다. 그런 문형의 반응이 재밌는 것인지 태진의 입술엔 여전히 웃음기가 걸려 있었다.

"잘됐네, 그럼."

"네?"

"나도 어린애 좋아하는 취미는 없거든. 더 요구할 거 없으면 이제 그만 사인해."

태진이 들고 있던 펜을 테이블 위에 내려 두었다. 묘하게 기분이 나쁘다.

어린애? 그녀는 스물다섯의 완연한 성인이었다. 물론 태진에게 나이 많은 남자라고 했으니 결국은 비긴 건가?

문형이 입술을 삐죽 내밀며 펜을 집어 들었다. 막 사인을 하려던 때 계약서가 미끄러졌다.

"왜요?"

태진이 계약서를 들고 있었다.

"확실한 게 좋지 않겠어?"

자연스럽게 그녀의 손에서 펜을 빼 간 태진이 이내 계약서에 글자를 써 내려갔다.

8. 호감이 시작되더라도 감정을 보이지 않는다.

태진의 말대로 확실한 게 좋다고 생각했다. 문형이 고개를 끄덕이자 그제야 태진은 다시 계약서를 그녀 앞으로 밀어 주었다.

✠　　　✠　　　✠

문형과 문호는 공항에서 서로의 얼굴을 마주하자마자 울고 말았다. 마치 전쟁터에서 살아온 자매를 만난 것처럼 말이다. 사실 두 사람에겐 이 모든 상황이 총칼 없는 전쟁과 다름없었다.

호텔로 향하는 와중에도 문호는 계속 문형의 얼굴에서 눈을 떼지 못했다. 그건 문형 역시 마찬가지였다. 영상 통화와 실제로 만나는 건 너무나 달랐다.

"언니, 왜 이렇게 살이 많이 빠졌어."

"아냐. 그대로야."

"그대로긴, 얼굴에 살이 하나도 없어."

문호의 말에 문형은 얼굴을 슬쩍 만졌다. 요즘은 규칙적인 생활을 해서인지 체력이 훨씬 좋아졌다.

처음엔 을복을 혼자 목욕시키는 것도 힘들었는데 지금은 거뜬하게 해내고 있었다. 그뿐인가. 인숙의 음식 솜씨가 워낙 좋아 예전보다 훨씬 잘 챙겨 먹고 끼니를 절대 거르지 않았다.

"요즘 정말 규칙적으로 살아. 밥도 잘 챙겨 먹고."

"힘들게 하진 않아?"

치매 환자를 돌본다는 건 힘든 일이었다. 하지만 남들이 생각하는 것보다 힘들 건 없었다. 한 번씩 을복이 난폭해질 때면 인숙이나 늘보가 옆에서 도와주어 견딜 만했다.

늘보는 그제부터 본가로 출근해 문형을 돕고 있었다. 태진이 늘보를 상당히 믿는다는 것을 알 수 있었다.

"괜찮아. 모두 잘해 주시고."

서울로 들어서자 서서히 도로가 막히기 시작했다. 약속 시간은 7시 30분이었고, 현재 시간은 7시가 조금 넘었다. 아슬아슬하게 도착할 듯했다.

태진에게 전화를 걸까 고민했지만 관두기로 했다. 블루투스가 연결되어 있어 전화를 걸었다간 태진의 목소리가 차 안을 모두 울릴 것이다. 결혼을 하기로 했는데 혹시라도 태진이 귀찮다는 듯 받는다면 그것도 곤란했다.

차가 신호등에 걸리면 그때 메시지를 넣기로 생각하는 순간 태진에게서 전화가 걸려 왔다. 내비게이션에 크게 뜬 이태진 사장이라는 글자에 저도 모르게 핸들을 힘주어 잡았다.

"언니, 안 받아?"

"어? 아, 받아야지."

자연스럽게 행동해야 하는데 생각보다 그게 쉽지 않았다. 그러니 전화를 받는 게 더욱 주저되었다.

"여보세요?"

—어디쯤이야.

태진 특유의 낮은 목소리가 차 안을 울렸다. 목소리만 듣고 문호가 입으로 오, 하고 소리를 낮게 내었다.

"이제 양화대교 지났어요."

—15분 정도 걸리려나? 조심히 와.

순간 등 뒤로 소름이 쭉 돋는 것 같았다. 이런 다정한 말투는 을복을 대할 때 말고는 처음 들어 보았다. 그것도 자신에게. 생각보다 태진은 훨씬 다정한 말투를 할 줄 알고, 또한 뻔뻔하게 연기까지 잘했다.

"그럴게요."

보통 용건이 끝나면 태진은 상대방의 말은 듣지도 않고 전화를 끊어 버린다. 그런데 끊기지 않은 것을 보고 당황한 문형이 서둘러 통화를 종료시켰다.

"그 남자?"

저도 모르게 긴장했던 탓인지 목소리가 잘 나오지 않아 문형은 그저 고개만 끄덕였다.

"목소리 되게 좋네."

그 말엔 문형도 동의를 했다. 성우를 해도 좋을 만큼 태진의 목소리는 좋았고 발음도 정확했다.

"아나운서 목소린 줄 알았어. 근데 보통 목소리가 좋으면 얼굴은 영 아니던데."

문호 역시 문형이 결혼을 한다고 하자 걱정이 많았다. 그리고 지금은 그 상대를 보러 가는 것이라 긴장을 한 게 틀림없었다. 이렇게라도 말하며 긴장을 풀기 위해 노력하는 게 눈에 고스란히 보였다.

"긴장했어?"

"눈치챘어? 조금."

문호가 가슴에 손을 올리며 웃었다.

"사실 나도 아직 조금 어색해."

불편하다고 말이 나올 뻔한 것을 겨우 바꾸었다. 이태진은 그녀에게 참 불편한 사람이었다.

"당연하지. 여애한 지 얼마나 됐다고. 난 사귀어도 1년은 어색하고 그러더라."

문형이 그 말을 들으며 웃었다.

"그래도 언니가 결혼까지 마음먹은 거 보면 좋은 사람인 건 확실하지."

그녀의 연기에 문호는 완전히 속아 넘어간 것일까? 생각 외로 문호는 그녀의 결혼을 순순히 받아들이고 있었다.

"엄청난 사람이라면서. 그런데 우리 사정 다 봐주고, 언니도 좋아해 주고. 유리 언니가 그러더라고. 그쪽이 언니 엄청 좋아하는 거 같다고."

이럴 때 눈치 빠른 친구를 두어 다행이었다. 닦달하는 유리 때문에 결국 최대한 가까운 시일 내에 태진과 함께 만나기로 약속을 잡았다. 유리도 워낙 눈치가 빠르고 그녀를 우선으로 생각하느라 곤란하게 만들진 않겠지만 역시 걱정이 되는 건 어쩔 수 없었다.

"유리가 그래?"

"응. 그러니까 아직 이렇게 꽃같이 예쁜 우리 언니 빠르게 채가지. 그 남자도 이제 겨우 서른하나라며. 솔직히 결혼이 막 급한 것도 아닐 거 아니야."

아니다. 태진은 을복 때문인지 결혼을 서두르고 있었다. 그리고 을복이 치매에 걸리기 전 결혼을 하지 않은 것을 왠지 후회하는 듯했다. 아마 그 혜린이라는 여자가 살아 있었더라면 태진은 이미 결혼을 했었을지도 모르겠다.

"참, 그분은 알아?"

"뭘?"

"언니 모솔 인 거."

"모솔 아니거든?"

"언니. 겨우 한 달 사귄 남자? 그건 사귄 것도 아니거든? 둘이 키스한 게 다면서."

어쨌거나 그것도 사귄 거 아닌가. 그때 남자 친구가 갑작스레 이민을 가게 되면서 자연스럽게 헤어지게 되었다. 정말 미친 듯 좋아했더라면 아마 자신도 유학을 생각했을지도 모르겠다. 그러나 당시에는 사귄 지 겨우 한 달이 지난 상태였고 아직 어색함과 서툰 행동들이 남아 있던 시기였다.

"근데 아깝긴 하다."

"뭐가?"

"언니가."

그래도 팔은 안으로 굽는 모양이었다.

거대한 M호텔이 서서히 가까워지기 시작했다. 이 차 역시 호텔과 연관이 되어 있는 건지는 모르겠지만 로비에 서자 직원 두 명이 다가와 문을 열어 주고 문호의 캐리어까지 꺼내 들었다.

"캐리어는 사장님께서 말씀하신 룸으로 옮겨 놓겠습니다. 식당으로 올라가시면 됩니다."

문호가 지낼 방까지 이곳으로 잡았을 거라고는 생각을 하지 못했다. 되도록 문호와 함께 자고 싶었는데.

태진의 입장에서는 문호를 성북동으로 들이는 게 싫을 수도 있을 것 같았다. 아마 을복을 보게 된다면 문호가 이 결혼을 필사적으로 말릴 거라고 생각하는 걸까?

그는 아주 멀리까지 보는 남자였다. 이미 계약이 된 이 결혼에 어떤 잡음도 생기지 못하게 하고 싶을 것이다.

"우와, 언니 나 이 호텔에서 자는 거야? 여기 되게 좋잖아."

"같이 자고 싶었는데."

"에이, 내가 언니 따라가면 더 불편하거든?"

문호는 어렸을 때부터 배려심이 많은 아이였다. 지금 역시도 그녀를 위로해 주고 있었다. 문호 또한 오랜만에 만난 언니와 같이 밤을 지새우고 싶을 것이다.

"피곤하진 않아?"

"전혀. 언니, 퍼스트 타 봤어? 진짜 비행한 것 같지도 않아. 나 처음에 마일리지 쌓아서 비즈니스 탔을 때 정말 대박이었는데. 퍼스트는 그냥 호텔이야, 호텔."

태진은 심장 수술을 한 문호를 배려해 퍼스트 클래스를 끊어 주었다. 이럴 땐 태진에게 고마워해야 한다는 것을 알면서도 이상하게 얼굴만 보면 괜한 오기가 솟아오른다. 스스로도 알고 있었다.

그를 원망하지 않으면 결국 생각의 끝은 부모님이다. 부모님만 아니었다면 그를 만났을 일도, 이런 고생을 했을 일도 없었다. 결국 부모님을 원망하고 싶지 않아 괜한 화풀이를 하고 있는 것이다. 태진에게 그녀는 그냥 쫑알거리는 강아지 새끼에 지나지 않겠지만.

"이쪽으로 오십시오."

고개를 숙인 직원이 아직 태진의 이름을 말하지도 않았는데 안쪽으로 안내했다. 신을 벗고 마루 위로 올라서자 문이 열리며 앉아 있던 태진이 일어섰다.

"헐, 대박."

문호가 그녀에게만 들리도록 작게 말했다. 분명 태진의 얼굴을 보고 그러는 게 틀림없었다. 그때 문형의 눈이 튀어나올 듯 커졌다. 가까이 다가온 태진이 그녀를 살짝 껴안은 탓이었다.

놀란 건 그녀뿐만이 아니었다. 문호 역시 놀랐고 두 사람을 안내했던 직원 역시 놀란 얼굴을 잠깐이지만 숨기지 못했다. 이곳에서 태연한 사람은 태진뿐이었다.

그녀를 가볍게 안았던 태진이 이내 몸을 떼어 냈다. 뜨거운 불덩이를 안고 있었는데 그게 훅 빠져나간 느낌이었다. 그는 문호의 앞으로 서서 손을 내밀었다.

"문형이와 같이 마중 나갔어야 했는데 중요한 약속이 있어 그러지 못했습니다. 이태진입니다."

"아, 안녕하세요. 서문호입니다."

얼떨결에 태진의 손을 잡은 문호는 시선을 맞추면서 허리만 숙이고 있었다. 그 모습이 우스워 보일 만한데도 불구하고 태진은 가볍게 웃으며 두 사람을 자리로 안내했다.

보통 네 사람이 앉을 룸이 이렇게 큰 공간일 줄은 몰랐다. M호텔 자체의 공간이 그런 것인지 이곳이 특별한 것인지 모를 정도였다.

커다란 창으로는 한강 조망이 그대로 보이고 벽 한쪽은 커다란 어항이 있었다. 누가 보아도 값이 나가 보이는 커다란 비단잉어들이 유유자적 움직이고 있었다.

태진은 자연스레 문형을 자신의 옆으로 앉게 만들었다. 저도 모르게 문호의 옆으로 가서 앉으려고 했는데 허리를 잡아 가볍게 이끈 것이었다. '사랑에 빠진 것처럼 군다'는 태진의 말을 거짓이 아니었다.

이런 연기력이라면 배우를 했어도 성공했을 것이다. 식사가 나오자 태진은 문형을 먼저 챙기고 있었다. 이런 과한 친절은 기대하지 않았다. 애초 태진이 매너가 좋다는 것 정도는 알고 있었지만 문형에겐 아니었다. 하지만 약혼자 '서문형'은 다른 모양이었다.

"수술 힘들었을 텐데 잘 견뎌 줘서 고마워요. 언니를 보내 줬어야 했는데 이런저런 사정이 생겼던 거, 문호 씨도 이해하죠?"

이렇게 사근사근하게도 이야기를 할 수 있는 남자구나. 새삼 놀라 문형은 저도 모르게 고개를 돌려 태진을 보고 싶은 것을 가까스로 참아 내었다.

"아니에요. 유리 언니가 와 줬는데요. 그리고 언니가 왔으면 저 걱정하느라 더 힘들었을 거예요. 그리고 말씀 편하게 하세요."

"그래도 될까?"

"그럼요. 참, 비행도 편히 할 수 있게 배려해 주셔서 감사합니다. 숙소도 이 호텔로 해 주시고."

"되도록 집으로 같이 가자고 하고 싶지만 할머니가 치매시라 조금 예민하셔서. 이해하지?"

"당연하죠. 치매가 참 힘들 일이잖아요."

"덕분에 문형이가 고생을 많이 하고 있지."

왼쪽 어깨로 뜨거운 온기가 느껴졌다. 태진이 자연스럽게 그녀의 어깨를 감싸 안은 탓이었다. 상관없는 여자와 스킨십 하나에도 질색할 것 같은 남자라고 생각했다. 하지만 태진은 무척이나 친밀한 연인을 대하는 것처럼 굴고 있다. 이게 연기가 아닌가 싶을 정도로 철저하게.

태진의 그런 연기 덕분인지 분위기는 무척이나 좋았다. 이 방에서 긴장을 하고 있는 사람은 자신뿐인 듯했다.

"처제가 오랜만에 한국에 들어와서 한정식으로 정했는데. 입맛에 맞나 모르겠어."

"정말 먹고 싶었어요. 감사합니다."

문호는 보는 것만으로도 배부르게 먹고 있었다. 모든 음식들이 맛있는지 행복한 표정을 짓고 있었다. 쉽게 문호를 넘겼으니 된 건가. 다행이란 생각이 들면서도 묘하게 맥이 빠졌다.

"입맛이 없어? 왜 이렇게 못 먹어."

그녀의 앞 접시로 잘 익은 커다란 전복 조각이 놓였다. 이런 자상한 태진이 묘하게 부담스럽다. 아무리 연기를 하기로 했다지만 역시 어려운 건 어쩔 수 없다.

결국 혼자서만 애매하게 행동하며 가까스로 식사를 마쳤다. 태진은 문호에게 카드 키를 건넸다.

"오랜 시간 비행하느라 힘들었을 텐데 얼른 올라가서 쉬어. 잠깐 언니와 대화 하고 올려 보내 줄게."

"네?"

문형이 놀라서 반문하고 말았다.

"오랜만에 동생 봤는데 같이 자고 싶을 거 아니야. 사실 비워 둔 아파트로 모실까 했는데 호텔이 머무르는 동안 더 편할 것 같아서. 불편하면 언제든 말해."

"아니에요. 정말 좋은데요? 그럼 먼저 올라가 보겠습니다."

"그래, 내일 봐."

엘리베이터 문이 열리자 고개를 꾸벅 숙인 문호가 문형에게 손을 흔들며 이내 사라졌다. 문이 완전히 닫히자 태진이 낮게 한숨을 뱉으며 넥타이를 살짝 끌어 내렸다.

"서문형."

왠지 태진의 얼굴을 보기가 껄끄러웠다.

"일단 내려가서 이야기해."

아직 사람들이 왔다 갔다 하는 곳에서 할 말은 아니라고 생각했는지 태진이 열리는 엘리베이터를 보며 문형의 손을 잡아왔다. 자연스럽게 손을 잡아 이끄는 태진을 보며 문형은 입술 안쪽 살을 지그시 씹었다.

따로 발레파킹을 맡긴 건 아닌 모양이었다. 지하의 주차장으로 내려가자 선팅이 짙은 태진의 차가 보였다. 지하 주차장의 조명 아래에선 차 안이 보이지 않을 정도로 선팅이 짙었다. 지하 주차장엔 사람들이 없었음에도 불구하고 태진은 차 가까이에 갈 때까지도 그녀의 손을 놓지 않았다.

태진은 뒷좌석 문을 열며 그녀의 손을 놓았다. 하는 수 없이 문형은 차에 올라탔다. 앉자마자 손바닥에 고인 땀을 허벅지에 문질렀다.

탁.

태진이 그녀의 옆으로 앉았다.

"서문형."

"네."

"조금만 눈치 빠른 사람이었다면 다 들통났겠어."

태진이 넥타이를 완전히 풀어 옆으로 내려놓으며 말했다. 답답한지 셔츠의 단추를 풀자 툭 불거진 아담스 애플이 적나라하게 드러났다.

"죄송합니다."

"그래서 5년간 어떻게 연기할 셈이야?"

"차차 좋아지리라 생각합니다."

"차차?"

"네."

꼭 벌을 받는 어린아이가 된 느낌이었다. 두 손을 허벅지 위에 올리고 정자세로 앉아 있는 스스로가 우습기도 하고 비참하기도 했다.

"우린 지금 연애를 한 지 두 달도 되지 않아서 결혼에 골인하기로 한 사람들이야. 불꽃만 튀어도 모자라."

보통의 커플이라면 아마 태진의 말처럼 그럴 것이다. 태진 역시 경험에서 우러나온 말이 아닐까?

"그런 연애를 해 본 적이 없어서요."

"뭐?"

기가 차다는 듯 태진이 말했다. 태진이 반응하는 것도 이상하진 않았다. 어렸을 때부터 성숙해 보였는지 문형에겐 꽤 많은 남자들이 대시를 했었다. 친구들도 당연히 문형이 연애 경험이 많을 거라고 생각했었다.

"연기를 하라는 거였지 경험을 말하라는 건 아니었어."

팔짱을 낀 채 어이가 없다는 얼굴을 하고 있는 태진을 보자 할 말을 찾지 못했다. 저도 모르게 경험 없음을 고스란히 불어 버린 것과 다름없었다.

"경험이 좀 있었으면 나을 뻔했네요."

"시답잖은 연애 경험이라면 차라리 없는 게 나아."

문형의 고개가 태진을 향해 돌아갔다. 그는 비스듬히 앉은 채 그녀를 보고 있었다.

"사장님은 미칠 듯 불타오르는 연애, 해 보셨나 봐요?"

이건 오기도 뭣도 아니었다. 그냥 순수하게 태진의 경험이 궁금해진 것뿐이었다. 오히려 태진은 이상한 물음이라도 받은 것처럼 한쪽 눈을 찌푸렸다.

"뭐?"

"굉장한 경험이라도 가진 것처럼 말씀하시길래요."

"있으면?"

이렇게 물으니 또 할 말이 없다. 차라리 묻질 말걸. 문형은 다시 한번 허벅지 위로 손바닥을 닦아 내었다.

"또 없으면?"

"네?"

"연기가 뭐 별거야? 그냥 그때 상황만 잘 넘기면 되는 거야. 그렇게 깊이 생각하며 행동하니 어색하게만 굴고 있겠지."

깊이 생각을 한 건 맞다. 그냥 지금 닥친 이 모든 상황이 쉽지 않았으니까. 그렇다고 태진처럼 단순하게 생각할 수도 없었다. 어쨌거나 사람들에게 알려지는 결혼이라는 건 생각보다 무척이나 큰일이었다.

"결혼이라는 거 쉽지 않은 일이에요."

"알아. 복잡하고 어려운 일이니 그냥 단순하게 생각하라는 거야."

"성격 탓인가 보죠."

"그래. 제법 대범하고, 궁금한 건 참지 못하는 서문형 씨."

분명 저건 비꼬고 있는 게 분명하다. 애초에 기어오르지도 못하게 만든 사람이 태진이었다. 물론 그녀는 기어오르지도 못할 대상을 상대하고 있었다.

그녀가 아는 부부라는 건 평등한 것을 뜻했다. 이렇게 갑을 관계가 아닌.

당연히 듣도 보도 못한 계약 결혼이라는 것을 하니 대체 어떤 포지션을 취해야 할지 알 수가 없었을 뿐이었다.

"제가 잘 몰라서 그랬어요."

"뭘?"

"결혼을 하는 부부라는 건 서로 평등한 거잖아요."

태진이 계속 해 보라는 듯 고개를 가볍게 끄덕였다.

"전 그런 부부들만 보아 왔었고."

부모님은 정말 이상적인 부부였다. 서로가 1순위였고 그다음이 자식들이었다. 자신도 언젠간 결혼을 하게 된다면 부모님 같은 부부가 되고 싶었다.

"그런데?"

"그런데 사장님과 하는 결혼은 말 그대로 계약 결혼이잖아요. 우린 철저한 갑을 관계였고."

두 사람은 빚을 청산해야 하는 관계였다. 이 관계에서 철저한 을의 입장은 문형 자신이었다.

"이 결혼 역시 철저한 갑을 관계죠."

"내가 강요했나?"

기가 막힌다. 그런 계약서를 들이민 사람이 누군데. 아니, 애초에 이런 관계를 이용해 결혼을 요구한 사람이 태진이었다. 그런데 어떻게 그녀가 평범한 부부 연기를 할 수 있을 거라고 생각했을까.

"강요한 게 아니라고 생각하세요?"

"제대로 된 지불을 하고 네 5년을 빌리는 거라고 생각했는데."

"그게 갑을 관계라는 거잖아요."

"부부 관계에서까지 갑과 을이 되자고 한 적이 없어, 난."

문형이 저도 모르게 인상을 찌푸렸다. 대체 이 남자는 자신과 뭘 하자는 것일까.

"보통의 부부처럼 대해."

"뭐라고요?"

"당장이라도 한입에 삼켜 버리고 싶은 것처럼."

놀란 나머지 문형의 입이 절로 벌어졌다. 태진은 그런 말을 하면서도 정말이지 뻔뻔한 표정이었다.

"그렇게 구는 게 신혼부부야."

태진에겐 이 일이 그저 스쳐 지나가는 어느 한 사업의 일환 정도로만 생각되는 건 아닐까? 그녀는 말 그대로 인생의 커다란 부분을 견뎌 내고 또 내어 줘야 하는 것인데. 어떻게 하면 저렇게 사업에 완전히 미쳐 버릴 수가 있는 걸까. 아니, 애초에 감정이라는 것을 알고 있는 사람은 맞는 걸까?

"그러니까 저 스스로도 헷갈릴 정도로 연기를 해라, 이 뜻이죠?"

"대강은."

"알겠습니다. 앞으론 실수하지 않겠습니다."

태진의 얼굴을 이제야 자세히 볼 수 있었다. 이상하다. 원래 태진이 보기 좋게 그을린 피부라고 생각했었다. 그런데 오늘따라 태진의 피부색이 묘하게도 창백해 보인다. 거기다 눈가 부근이 왠지 붉었다. 주차장의 조명 탓인 걸까?

"사장님, 괜찮으세요?"

"올라가 봐."

태진이 살짝 고개를 숙이며 말했다. 문형은 저도 모르게 손을 뻗어 태진의 이마를 짚었다. 맙소사, 이마가 불덩이다. 이제껏 어떻게 아무렇지 않은 척 굴고 있었던 걸까? 사업가는 아픈 것, 기쁜 것도 숨긴다더니 사실인 모양이었다.

"안 되겠어요. 병원으로 갈게요."

"그냥 자면 괜찮아져."

"몸이 들들 끓는다고요."

"늦봄이면 으레 있는 일이야. 그냥 차 부장 부를 테니 올라가 봐."

"부장님 오늘 거제에 내려간다고 했어요."

물론 규원의 스케줄은 태진이 더 잘 알고 있을 것이다. 그런데 그것도 지금 생각하지 못할 만큼 아프다는 뜻이었다. 더 말할 것도 없다고 생각했다. 문형은 팔을 뻗어 태진의 왼쪽에 있는 안전벨트를 잡기 위해 팔을 뻗었다.

툭.

태진의 몸이 앞으로 고꾸라지며 얼굴이 문형의 어깨와 목덜미 사이로 떨어졌다.

"하."

뜨거운 숨결이 목덜미에 고스란히 느껴지자 저도 모르게 그대로 굳고 말았다. 이토록 뜨겁게 숨을 몰아쉬면서 이제껏 어떻게 아무렇지 않게 굴었던 걸까. 이러고 있을 때가 아니었다. 태진을 다시 시트에 완전히 등을 기대게 만들고 안전벨트를 맸다.

차에서 내려 다시 운전석으로 앉은 문형이 시트를 대충 앞으로 당기고 룸미러만 맞춘 다음 시동을 키며 고개를 돌려 태진의 얼굴을 살폈다. 새하얗게 질려 있는 얼굴과 열이 올라서인지 새빨개진 입술이 대조적이었다. 방금 전 저 입술이 그녀의 목덜미에 닿았다.

"미쳤어, 서문형."

엄한 생각이었다. 서둘러 기어를 바꾸고 페달을 밟았다. 끽, 소리와 함께 태진의 차가 주차장을 서둘러 벗어났다.

39도 가까이 들끓을 정도로 태진의 몸 상태는 좋지 않았다. 태진의 주치의라는 사람이 서둘러 뛰어 내려왔고 바로 VIP 병실로 옮겨졌다. 링거 세 개가 동시에 태진의 혈관을 타고 흘렀다.

VIP 병실이라서 그런지 환자가 있는 침대의 공간과 보호자가 있는 공간은 문을 열고 나와야 하는 분리된 공간이었다. 그때 의사가 앞으로 손을 내밀었다.

"손지환이라고 합니다. 태진이 선배고."

"서문형입니다."

"아, 그 서문형 씨."

"절 아세요?"

저도 모르게 악수를 짧게 하며 경계하는 눈으로 지환을 보았다. 지환은 부드럽게 웃었다. 원래 웃는 상인 것인지 눈가의 주름이 자연스럽게 접혔다.

"규원이 친구이기도 하고요."

"네? 아, 네. 차 부장님 친구분이셨구나."

"규원이가 대강 말하던데. 결혼하실 분 맞죠?"

"네."

"참 앉죠. 어려 보이네. 스물여덟? 일곱?"

지환은 자연스럽게 냉장고를 열어 주스 두 병을 꺼내 테이블 위로 올려놓으며 소파에 앉았다. 문형도 지환의 맞은편에 앉으며 말했다.

"스물다섯입니다."

지환은 놀라움을 전혀 숨기지 않는 얼굴이었다. 그녀야 늘 사람들이 성숙하게 봐서 많게는 다섯 살 이상으로 볼 때도 있었다.

"미안해요. 그게 노안이라는 뜻은 아니고……. 성숙해 보여서."

"그런 이야기 많이 들어요."

"이맘때쯤이면 태진이가 좀 많이 아파요. 아무래도 날이 날이니 만큼."

"무슨 일 있었나요?"

그녀의 물음에 지환이 조금은 놀란 표정을 지었다. 그러다 이내 납득한 듯 고개를 끄덕였다.

"참, 두 사람 만난 지 얼마 안 됐다고 했었죠? 어차피 알게 될 텐데. 이걸 말을 해야 하나."

보통 의사라고 하면 조금 점잖다고 생각하게 된다. 하지만 지환은 활발하고 쾌활해 보인다. 누가 보아도 과묵하고 차분한 규원과 정말 친구가 맞는지 의심할 정도로.

슬쩍 웃으며 주스를 한 모금 마시는 지환이 눈을 잠시 태진이 누워 있는 쪽으로 향했다.

분리된 공간이라고 해도 벽이 아니라 커다란 유리로 되어 있어 그대로 안이 보였다. 문형의 시선도 자연히 태진에게로 향했다. 다행히도 태진의 얼굴은 거의 평소처럼 돌아와 있었다.

"부모님도 이때쯤 돌아가시고. 또 그……."

전혀 그런 이야기를 하면서 망설일 것 같지 않은데 지환은 눈치를 보는 척하는 게 틀림없었다.

"혜린 씨라는 분이요?"

"어? 알고 있었네요? 혜린이 기일이 곧이기도 하고."

잠시 인숙과 이야기하다 이름만 들은 것뿐이었다. 아마 그때 태진이 오지 않았더라면 인숙에게서 자세한 이야기를 들을 수 있지 않았을까?

"저도 건너 들은 것뿐이에요."

"아……. 태진이 녀석 나중에 알면 나 혼내겠는데."

"모르는 척할게요."

다시 문형이 태진에게로 시선을 돌렸다. 정말 태진은 뜨거운 연애를 했던 모양이다. 그러니 혜린의 기일이 다가오면 정신을 차리지 못할 정도로 아픈 게 아닐까? 태진이 아플 수도 있다는 것을 보고 그제야 평범한 사람이구나 생각이 들었다.

"사귄 기간이 워낙 짧기도 했어요. 혜린이 백혈병이 다시 발병하는 바람에."

"네?"

"당시엔 완치가 됐었다고 들었어요. 그런데 재발할 경우는 거의 손을 쓰기가 힘들죠."

사랑하던 사람을 잃는 건 어떤 느낌일까. 그건 분명 부모나 가족과는 또 다른 아픔일 것이다. 태진이 상태가 단번에 이해됐다.

"그 뒤론 실제로 일이 바쁘기도 했지만 완전 파묻혀 살아서 사실 결혼도 못 할 거라고 생각했는데."

"저도요."

"네?"

"누가 봐도 빈틈이 없는 남자잖아요. 계속 혼자일 거라고 생각했었어요."

지환이 어리둥절한 표정을 지었다. 결국 문형은 솔직한 심정을 말했다. 누군가를 좋아하지도 못했을 거라고 생각했다. 그저 처음부터 일만 하기 위해 태어난 사람일 거라고 생각했다. 태진도 그저 평범한 남자였을 뿐인데. 남들이 흔히 겪지 못하는 일을 겪은 것뿐이었다.

"그런 남자를 문형 씨가 흔들었네요."

아니다. 두 사람은 그저 계약 관계일 뿐이었다. 말을 하지 못하는 문형은 그저 웃을 수밖에 없었다.

"그나저나 태진이 완전히 도둑놈이네. 어떻게 이런 어린 아가씨를 확 낚아챌 생각을 해. 저래 봬도 저놈이 자기 사람이라면 끔찍이 아껴요. 절대 다른 여자 문제로 속 썩일 일은 없을 겁니다. 믿어도 돼요."

보통의 약혼자였으면 저 말에 무척이나 기뻤을 것이다. 그럼 그녀도 여기서 좋은 감정을 비춰야 할까?

"이런, 내가 눈치 없이 너무 오래 문형 씨 잡고 있었네. 무슨 일 있으면 호출해요. 눈이 아주 태진이한테서 안 떨어지시네."

태진에 대한 생각을 많이 하느라 쳐다본 것뿐이었지만 지환은 착각을 한 모양이었다. 차라리 착각을 해 주는 편이 편했다. 지환이 병실에서 나가자 일어서던 문형이 서둘러 주머니에서 휴대폰을 꺼냈다.

―여보세요?

"잤어?"

―아니, 씻고 나와서 잠깐 친구와 통화 좀 했어. 왜 이렇게 안 올라와?

"사…… 아니, 태진 씨가 갑자기 아파서 병원에 왔어."

―병원? 많이 아파?

"좀 무리했나 봐. 내일 봐서 전화할게. 편하게 친구들 만나고 있어."

―나도 병원 가야 하는 거 아냐?

"아냐, 부담스러워 할 거야. 내가 봐서 내일 전화할게. 좀 쉬어."

—언니, 괜찮아?

"그럼. 끊을게, 들어가 봐야겠다."

—알았어. 내일 전화해.

"응."

전화를 끊고 유리문을 열었다. 아직 열이 있는 것인지 태진은 색색거리는 소리를 내며 잠들어 있었다. 그러고 보니 태진은 불면증이 심하다고 했었다. 차라리 아파서 약 기운에 정신없이 자는 게 좋을 것 같았다. 이렇게 아파 쓰러져 잠이 들어 있는데도 잘생긴 얼굴은 흐트러짐 하나 없었다.

태진은 늘 바쁜 사람이었다. 몸을 한계까지 몰아넣으니 한 번씩 크게 앓아도 이상할 게 없었다. 그동안 모자랐던 수면을 조금이라도 보충을 하는 게 아닐까 생각될 정도였다.

열이 올라 쌕쌕대는 소리만 아니었다면 태진이 제대로 숨을 쉬고 있는 것인지 의심될 정도였다. 그만큼 미동도 없이 잠이 들어 있었다. 침대 옆으로 가까이 다가간 문형이 링거 줄을 보았다. 느린 속도로 약이 떨어지고 있었다.

안색은 거의 평소처럼 돌아왔지만 입술은 아직도 새빨간 색이었다. 저 입술이 그녀의 목덜미에 닿았다. 그러고 보니 입술이 닿았던 곳이 따끔거리는 것도 같다. 저도 모르게 손을 들어 올려 그 부분을 쓸었다.

느낌만이 아닌 모양이었던지 목덜미를 손으로 쓸자 따끔거림이 느껴졌다. 태진이 갑자기 쓰러졌을 때 생채기라도 난 듯싶었다.

잠시 망설이던 손을 내려 몇 번이나 주먹을 쥐었다 펴기를 반복했다. 그리고 이내 결심한 듯 태진의 이마로 손을 가지고 갔다.

열이 나는지 머리카락이 살짝 젖어 있었다. 열만 재고 머리카락을 살짝 쓸어 줄 생각이었다.

탁.

손목이 얼굴 바로 위에서 잡혔다.

"가지 마."

심장이 툭, 떨어졌다.

잡힌 손목이 아팠다. 살다 보니 태진의 약한 모습을 다 보게 될 줄이야. 애원하고 있는 목소리는 어딘가 간절해 보였다.

문형은 그저 잠꼬대일 거라고 생각했다. 사람은 아플 때면 마음이 약해지게 되어 있다. 과거의 상처가 드러나는 꿈에선 더더욱 약해진다. 태진이 애타게 잡는 이, 어차피 답은 하나밖에 없었다.

잠시 망설였다. 다행히도 자신이 생각한 대로 지나가는 잠꼬대였던 듯 태진의 손에서 힘이 빠졌다. 조심스레 태진의 손을 잡고 내려놓은 뒤 이마로 손을 가져갔다. 처음보단 열이 많이 내렸다. 더 이상 식은땀도 흘리지 않는 것 같아 다행이었다.

시트를 다시 한번 정리한 문형은 소파가 있는 공간으로 나와 휴대폰을 들었다. 인숙이 걱정을 할까 봐 어떻게 설명해야 할지 잠시 망설였다.

—그래, 문형아. 동생은 잘 만났어?

"네. 회장님은요?"

—기어이 곶감 세 개나 드시고 주무셔. 그렇지 않아도 태진이에게 연락 받았어. 동생하고 이야기 많이 나눠.

"그게⋯⋯."

―무슨 일 있니?

입술을 깨물다 슬쩍 뒤를 돌아보았다. 태진은 꼭 밀랍인형처럼 보였다. 아무리 열이 내려갔다고 해도 평소와는 확실히 달랐다.

"갑자기 사장님이 고열로 쓰러지셔서 병원으로 왔어요."

―어머, 태진이가? 세상에 내 정신 좀 봐. 이맘때쯤 꼭 앓고 지나가는데. 요즘 윤서 학원 때문에 정신이 없었네. 어디로 갔니? 한국대 병원으로 갔어? 거기 손지환이라고 내과 의사 있을 텐데.

"그렇지 않아도 그분이 오셔서 진찰하고 가셨어요. 지금은 열도 많이 내렸고."

―어휴, 늦봄마다 한차례 지나가는 열병 같은 거야. 다음 주가 태진이 부모님 기일이거든.

"부모님이 같이 돌아가셨어요?"

보통 부모님의 기일이 같진 않았다. 물론 그녀는 어느 순간 자신의 부모님의 기일이 같은 날이 아닐까 문득 생각하게 되었지만.

―태진이가 제대로 말 안 해 줬지?

태진은 스쳐 지나가듯 말을 하긴 했다. 부모가 옆구리에 각자의 애인을 끼고 죽었다고. 하지만 그게 같은 날이라고는 말을 하지 않았다.

―교통사고로 그렇게 됐어.

"아⋯⋯."

―그리고 이달 말에 내가 말했지? 태진이 예전 여자 친구 기일이기도 하고. 모두 5월에 겹쳐서 그런지 크게 아파.

태진은 자신의 부모를 부모 같지 않은 사람들이라고 했다. 그럼에도 역시 부모를 잃는다는 건 슬픈 일일 것이다. 게다가 사랑했던 사람도 5월에 떠났으니 숨이 넘어갈 듯 앓는 것도 이해가 되었다.

—이제 문형이가 있으니까 점차 좋아질 거라고 생각해.

저 사람에게 약한 모습은 어울리지 않는다. 그래서 태진이 아프지 않았으면 좋겠다는 생각이 들었다. 정말 결혼까지 생각할 만큼 좋은 사람을 만났더라면 점점 좋아졌을지도 모른다. 하지만 자신에겐 그럴 힘이 없었다.

"제가 지켜볼게요."

—괜찮으면 아침에 그 앞 죽집에서 미음 좀 사다 줄 수 있을까?

"미음이요?"

—꼭 그렇게 하루 꼬박 앓고 난 다음엔 먹는 걸 모두 토해. 미음밖에 못 먹거든.

"그럴게요."

—그래, 그럼 문형이가 고생 좀 해 줘. 오랜만에 동생 들어왔는데 미안해서 어쩌지. 참, 회장님도 너무 걱정하지 말고.

"네. 그럼 주무세요."

통화를 끊고 다시 한번 진동 모드를 확인한 뒤 안으로 들어갔다. 침대 옆의 의자에 걸터앉아 다시 안색을 살폈다. 태진은 낮은 소리로 신음을 뱉고 있었다. 저렇게까지 앓으며 아플 정도라면 아직도 그 슬픔이 가시지 않았다는 것일까?

의자를 조금 더 앞으로 끌기 위해 손을 매트리스 위로 올려놨을 때였다. 뜨거운 태진의 손이 그녀의 손등을 덮어 왔다.

늘 느끼는 것이지만 태진의 손은 얼굴과는 다르게 굳은살이 많고, 상처가 많았다. 손가락이 길고, 커다란 손은 강인해 보이기도 했다.

이렇게 앓고 있는 사람의 손을 차마 뿌리칠 수는 없었다. 다른 손을 들어 태진의 손등을 덮고 다독였다. 열이 빨리 내려야 자는데 조금 더 수월해질 것이다. 평소에 잘 자지 못하니 이럴 때라도 편히 자야 할 텐데.

일정한 간격으로 태진의 손등을 다독이며 얼굴을 보았다. 꾹 다문 채 힘을 주고 있던 턱의 근육의 어느 순간 많이 풀어진 게 보였다. 입술이 살짝 벌어진 태진은 더 이상 앓지 않고 숨을 쌕쌕 몰아쉬고 있었다.

"다행이다."

이제 약이 듣기 시작하는 모양이었다. 그 모습을 보다 보니 자신도 긴장이 풀린 건지 순식간에 잠이 몰려오기 시작했다. 어제 문호를 만난다는 생각에 설레어 잠을 설친 탓도 크고.

손등을 덮고 있던 손을 내려놓았을 때 그제야 태진의 네 번째 손가락에 낀 반지가 보였다. 조금은 두꺼운 백금에 그녀와 같은 핑크 다이아몬드가 작게 박혀 있는 반지였다. 약혼반지는 대체적으로 같이 끼지는 않지만 요즘은 많이들 하는 추세라는 말에 태진은 망설임 없이 반지를 집어 들었다.

작지만 은은한 다이아몬드는 자신의 아름다운 색을 뽐내고 있었다. 그리고 그 빛이 태진의 손에 잘 어울렸다. 조금 거칠어서 그렇지 워낙 길쭉길쭉한 손가락이라 그런지 두꺼운 반지도 괴리감 없이 어울리는 모습이었다.

태진의 손에 가려진 자신의 왼손에도 약혼반지가 끼워져 있다.

이제껏 태진과 그저 갑을 관계 그 이상 이하도 아니라고 생각했었다. 그런데 태진의 손가락에 끼워진 반지를 보자 앞으로 5년을 함께해야 하는 동지라는 생각이 확고해졌다.

이 결혼으로 얻는 게 더 많을까, 잃는 게 더 많을까. 문형은 천천히 상체를 내려 엎드렸다. 태진은 잃을 게 더 많고 자신은 얻는 게 더 많은 결혼이었다.

✛　　✚　　✛

손가락이 움직이는 게 느껴졌다. 온몸은 찌뿌둥하고 등이 결리는 것 같았다. 가까스로 눈을 떴을 때 매트리스 위에 얼굴만 댄 채 엎드려 잤던 기억이 났다. 그리고 동시에 태진과 눈이 마주쳤다.

눈에 핏발이 서 있긴 했지만 태진은 거의 평소와 다름없는 모습이었다. 놀라서 자리에서 벌떡 일어나고 말았다. 태진도 이제 막 깬 건지 상황 판단이 잘 되지 않는 듯했다.

"그게…… 어제 차에서 이야기하다가 갑자기 쓰러지셔서요. 가까운 병원이 한국대병원이라 왔는데 마침 손지환 선생님이 보셨고요."

태진이 살짝 인상을 찌푸렸다. 그런데 태진의 시선이 그녀의 얼굴이 아닌 조금 더 밑에 있었다. 왜 그런가 싶어 문형이 고개를 숙였다. 여전히 그녀의 손이 태진에게 잡힌 채였다.

"이건 사장님이 잡으신 거예요. 가지 말라면서."

어쨌거나 가지 말라고 했던 건 이보다 더 전에 있었던 일이었지만 어차피 다 같은 시간대에 일어난 일이었다.

툭.

태진이 손을 놓자 그녀의 손도 힘을 잃은 듯 아래로 뚝 떨어졌다. 뜨거운 손이 계속 잡고 있어서였을까? 갑자기 온기가 사라지자 손등은 서늘한 느낌이 들었다.

"내가?"

"네. 제가 잡은 모양은 아니었잖아요?"

그녀가 손등이 아닌 손바닥을 올려놓았더라면 큰일 날 뻔했다. 그럼 그녀가 억지로 손을 잡았다고 태진이 오해를 했을 것이다.

"미안."

태진이 바로 인정하고 사과할 거라고는 생각하지 못했다.

"괘, 괜찮습니다."

괜히 헛기침을 하며 손바닥을 허벅지에 문질렀다. 왠지 식은땀이 묻어나는 듯했기 때문이었다.

"밤새 불편했을 텐데 호텔로 돌아가서 쉬어."

"네?"

"3일간 휴가란 소리야."

어제 그렇게 쓰러지고 아팠던 사람이 맞을까? 태진은 평소와 거의 비슷했다.

"아마 문호는 시차 때문에 오후까지 잘 거예요. 참, 미음 드셔야 한다고 했는데. 가서 사 올게요."

"알아서 먹을 테니 그냥 들어가."

더 말을 하기도 귀찮다는 얼굴로 태진이 낮은 한숨을 뱉었다.

"아뇨."

"뭐?"

"손지환 씨는 이태진 씨가 절 열렬히 사랑해서 결혼을 하는 걸로 알고 있어요. 그런데 제가 여기서 아픈 약혼자를 두고 그냥 가면 뭐가 되는데요."

그녀는 어제 결심했다. 이제 태진에게 동지 의식을 느끼고 이 결혼 생활을 이어 나가는 동안 자신의 역할을 확실히 하겠다고.

"지환이 형이 또 쓸데없는 말을 늘여 놓은 모양이네."

"몇 가지는요."

"무슨……. 아냐, 그럼 미음 부탁 좀 할게."

고개를 끄덕인 문형이 지갑만 든 채 병실을 빠르게 빠져나왔다. 태진은 대체 무슨 이야기를 들었냐고 물을 모양이었다. 그녀가 혹시라도 이것저것 캐물을까 봐 말을 아낀 것일까?

"어? 문형 씨."

복도에서 걸어오는 지환이 보였다. 어젠 정신이 없어서 몰랐는데 지환은 키도 크고, 어깨도 넓은 데다 얼굴도 준수하게 생겨 인기가 많을 것 같았다. 아마 태진이 지환처럼 조금은 유쾌한 성격이었다면 관계를 이어 나갈 때 훨씬 편안했을 텐데.

"안녕하세요."

"간호사 선생님께 이야기 들었어요. 열 다 내려가고 괜찮아졌다고."

"네. 들어가 보세요."

"어디 가요?"

"병원 앞 죽집이요. 태진 씨가 오늘은 미음밖에 못 먹는다고 해서."

"아, 그럼 같이 가요. 날을 새고 논문만 썼더니 뱃가죽이 등에 붙을 지경이네."

뭐라 말을 할 틈도 없이 지환은 그녀를 엘리베이터 안으로 끌어들였다. 지환은 분명 태진의 상태를 확인하러 온 게 아니었나. 왜 갑자기 그녀와 죽집으로 동행을 하겠다는 걸까.

"태진 씨가 기다리는 것 같던데."

"그 지겨운 얼굴 잠깐 늦게 보면 어때요."

"저한테 뭐 하고 싶은 말이라도 있으세요?"

"이야, 눈치가 귀신이네."

지환의 눈에 호기심이 가득했다.

괜찮다고 하는데도 불구하고 지환이 계산을 했다. 어차피 그녀가 가지고 있는 카드는 태진의 것이었고, 지환의 죽까지 사 주어도 큰 문제는 없었다. 10분 정도 걸린다는 말에 테이블에 자리를 잡고 앉는데 지환이 생글거리며 웃고 있었다.

"새벽에 보니까 뜨겁던데."

"네?"

"태진이 녀석 스킨십 병적으로 싫어하는데 손 놓을 생각을 안 하던데."

"그건……."

문형이 말을 하려다 입술을 다물었다. 어차피 두 사람은 약혼을 한 상태였고 그렇게 있었다고 한들 문제가 될 건 없었다.

"내가 손만 대려고 해도 질색을 하는 녀석이거든요."

그거야 지환이 연인이 아니니까 그런 게 아닐까? 대부분의 남자들은 여자 친구가 아닌 사람과 하는 스킨십을 싫어했다.

"그거 보니까 안심이 되네요."

"안심이요?"

"워낙 까다롭기도 한 놈이고, 두드러기 날 정도로 누군가와 닿는 것도 싫어하는 녀석이잖아요."

그동안 같은 집에서 살았다고 하더라도 그녀는 태진에 대해서 잘 몰랐다. 아는 것이라곤 옷이나 신발 사이즈, 복숭아 알레르기가 있어서 집에선 복숭아가 금지라는 것 정도였다.

덕분에 윤우에게 선물을 받았던 복숭아 향이 나는 향수도 유리에게 주었다. 분명히 복숭아 털에 알레르기가 있는 것일 테지만 알레르기가 있는 사람들은 대부분 향도 싫어했으니까.

태진이 너무도 자연스럽게 손을 잡거나 어깨를 감싸 안아 스킨십을 병적으로 싫어한다는 것도 몰랐다. 연기력이 타고난 것이라고 해야 할까. 그 정도면 이 결혼에 노력을 쏟는 태진을 인정해 주어야 할 것 같았다.

"그러게요."

"그런데 왜 두 사람 사귀는 느낌이 잘 안 나지?"

잠깐이었지만 지환의 얼굴에서 웃음기가 사라졌다. 아주 잠깐이었지만 문형의 그것을 놓치지 않았다. 저렇게 사람 좋은 듯 웃고 있지만 사실은 날카로운 사람인 걸까?

"사실 저도 아직 태진 씨가 어색하거든요."

"어색?"

"아직 만난 지 반년도 안 됐잖아요. 좋아하는 것과는 별개거든요."

"아, 그럴 수도 있겠구나. 친해지는 게 좀 어려운 타입이긴 하죠. 그래도 보통 사귀는 사이라면 스킨십 덕분에 빨리 친해지던데."

그의 말속에 담긴 의미를 바로 알아들었다. 문형도 친구들에게 듣기는 했다. 어색하다가도 관계를 맺고 나면 급격히 친해진다고 했었다.

그가 의심을 하는 건 당연했다. 지환은 태진의 친한 형이다. 그러니 갑자기 결혼을 하겠다고 하는 태진을 이해하지 못할 수도 있다. 그것도 나이 차가 많이 나고 빚까지 지고 있었으니까.

"차차 나아지겠죠."

"포장 다 됐습니다."

서둘러 자리에서 일어났다. 엘리베이터 앞으로 걸어가자 지환은 그녀의 손에 미음과 전복죽이 들었다는 종이 가방 두 개를 들려 주었다.

"전 미음만 시켰는데요."

"그럼 문형 씨는 굶을 거예요? 부담 갖지 말고 먹어요. 내가 이래 보여도 꽤 고연봉자거든. 이따가 병실에 들를게요."

처음엔 지환이 죽을 세 가지나 골라서 많이 먹는 사람인가 싶었다. 그런데 전복죽은 그녀를 위해 따로 시킨 모양이었다.

"고맙습니다, 잘 먹을게요."

이미 걸어가고 있는 지환의 등 뒤로 인사를 했다. 지환이 살짝 돌아서며 고개를 숙여 인사하고 이내 코너로 사라졌다.

다시 병실로 돌아오자 태진은 창가 앞에 서서 창밖을 보고 있었다. 무슨 생각을 하는 것인지 그녀가 온 것도 느끼지 못한 듯했다.

"미음 사 왔어요."

그녀의 목소리에 태진이 천천히 뒤를 돌아보았다. 세수를 하고 나온 것인지 머리카락이 아직 젖어 있는 게 보였다. 얼굴색은 평소처럼 돌아왔으니 아직 식은땀이 나는 건 아닐 듯했다. 입술이 여전히 붉은 건 그대로였다.

자꾸 입술로 시선이 향해 아차, 싶었다. 민망함에 저도 모르게 손을 들어 올려 어제 태진의 입술이 닿았던 곳을 긁적였다.

"가다가 손지환 선생님 만났는데 죽을 사 주셨어요."

"이것저것 캐묻진 않아?"

침대에 다시 앉을 줄 알았지만 태진은 식탁 앞으로 앉았다. 4인 정도가 앉을 수 있는 식탁이 따로 준비되어 있는 것도 역시 놀라웠다.

"그냥……."

"원래 말이 좀 많은 양반이거든."

"이태진 씨가 까다롭다는 것 정도?"

태진이 픽 웃으며 죽을 꺼내 들었다. 그리고 그녀의 앞으로 전복죽을 먼저 내밀었다. 이런 것을 보면 확실히 매너가 좋은 남자였다.

"스킨십 병적으로 싫어하신다는 것도요."

막 미음을 한 수저 뜨던 태진이 가볍게 고개를 끄덕였다.

"그런데 저한텐 잘하셔서 정말 이 결혼에 노력 많이 하신다 싶었어요."

"원래 결혼이라는 건 노력에 의해 되는 거거든."

"결혼해 본 적도 없으면서."

"누가 그래?"

"네?"

막 숟가락을 들고 죽을 뜨던 문형의 손이 그대로 멈췄다.

"내가 결혼 안 해 봤다고."

"했어요?"

"왜? 이혼남이라고 하면 무를 건가?"

물론 그건 아니다. 어차피 두 사람은 정말로 사랑에 의해 결혼을 하는 게 아닌 비즈니스의 일환이었으니까.

"그건 아니지만……."

"농담이야."

농담도 진담처럼 하는데 어떻게 받아치라는 걸까. 문형이 입술을 삐죽이며 죽을 입으로 가져갔다.

"웃, 뜨거워."

혀를 찬 태진이 자리에서 일어나 냉장고에서 생수를 꺼내 건네주었다. 서둘러 병을 받은 뒤 물을 마시며 입안을 식혔다.

"천천히 먹어."

"누구 때문인데."

저도 모르게 볼멘소리로 말했는데도 태진은 들은 척도 하지 않았다.

"들었어요."

"뭘?"

"부모님하고 예전 여자 친구."

어딘지 씁쓸해 보이는 얼굴이었다. 괜한 말을 꺼낸 것일까. 하지만 그녀도 어느 정도 사정을 알고 있어야 다른 사람과 혹시라도 말이 나왔을 경우 수월하게 넘길 수 있을 것 같았다.

"앞으로 원하든 원치 않든 저도 이태진 씨 주변 사람들을 만나게 될 거고 그런 이야기가 나오면 그냥 웃어넘길 수가 없잖아요."

어느 정도 이해한다는 듯 태진은 가볍게 고개를 끄덕였다.

"부부의 인연이라는 게 참 끈질기다고 생각하지 않아?"

"끈질겨요?"

"전생의 악연을 끊기 위해 부부가 된다고 하잖아. 처음엔 무슨 그런 말이 다 있나 했는데 우리 부모를 보고 있으면 정말 딱 그런 것 같거든. 하필 각자 옆구리에 애인을 낀 상태로 고속도로 휴게소에서 만났던 모양이야."

언젠가 그런 말을 들어 본 적이 있는 것도 같다. 옷깃만 스쳐도 인연이라는데 부부가 되려면 전생에 어마어마한 관계로 얽혀 있어야 한다고.

"남자들끼린 으레 그런 게 있었나 보지. 서로 지기 싫었는지 속도를 내다 부딪쳐서 네 사람 다 그 자리에서 사망."

이런 말을 하는데 어떻게 반응을 해야 할까. 할 말을 차마 찾지 못하고 그저 계속 태진의 이야기를 듣는 수밖에 없었다.

"아버지도 어머니한테 미련이 남았었나 보지. 그런 멍청한 짓을 다 하고."

팔짱을 낀 채 태진은 자조적인 미소를 짓고 있었다.

"혜린이는……."

태진은 잠시 말을 끊었다.

"어렸을 때 백혈병을 앓았어. 완치가 됐었고. 같은 고등학교를 나왔는데 전교 회장을 할 정도로 밝고 추진력도 있는 사람이었거든."

인숙이 그랬다. 혜린은 밝고, 명랑한 사람이었다고. 오랫동안 태진을 쫓아다녔는데 그렇게 거부를 당했어도 지친 적이 없었다고 말이다.

늘 날카롭다고 생각했던 태진의 눈매가 지금은 살짝 풀려 있었다. 사랑하는 사람을 떠올리면 저런 눈을 할 수 있는 걸까?

"차 부장 사촌 여동생이라 내가 더 모질지 못한 것도 있었지."

거짓말. 아무리 친한 사람과 엮였다고 하더라도 태진은 마음에 들지 않으면 상대도 안 할 사람이었다.

"재발했어. 그리고 부모님 기일 이틀 뒤에 죽었고."

표정과 다르게 목소리는 무척이나 덤덤했다. 이제는 익숙해진 걸까, 아니면 무뎌진 걸까.

"지환 형이 혜린이 이야기까지 해?"

"아뇨. 그건 이모님께 짧게 들었어요."

살짝 눈썹을 치켜뜬 태진이 픽 웃었다.

"이모님이 사람 잘 못 믿고 안 좋아하는데 많이 친해진 모양이네."

자랑은 아니지만 그녀는 이제껏 사람들과 친해지는데 많은 시간이 걸리지 않았다. 다만 앞에 앉아 있는 태진만이 유일하게 친해지기 어려운 사람이었다.

"손 선생님은 우리가 어색해 보인다고 하던데요."

"친한 게 더 이상한 거 아닌가?"

"스킨십 하는 사람이라면 그렇게 안 보일 거라던데요."

태진이 잠시 멈칫했다. 그녀가 하고자 한 말을 정확히 이해한 듯 보였다. 드디어 한 방 먹였다는 생각에 속으로 웃으며 이번엔 죽을 후후 불어 입에 넣었다.

"친해지고 싶다는 뜻이야?"

"네? 누가 그렇게……."

"섹스 정돈 나도 할 수 있어."

저도 모르게 입을 쩍 벌리고 말았다. 두 사람을 결혼을 하기로 한 사람들이 맞다. 하지만 당연히 조건에 의해 하는 것이니 부부 관계에 대해 크게 생각을 해 보지 않았다. 이제야 태진이 말했던 '5년은 생각보다 길어' 라는 뜻이 이해가 되었다. 게다가 태진은 자신도 그렇지만 문형에게도 외도 상대가 생기면 안 된다고 했다.

"저기 사장님."

"그 사장님 소리 좀 안 할 수 없어?"

태진은 처음부터 사장님이라는 소리를 싫어했다. 약간 짜증을 내는 말투가 섞여 있었다. 앞으론 신경을 써서 태진을 불러야겠다고 생각했다.

"만약에 태진 씨에게 외도 상대가 생기면요?"

"뭐?"

"제가 바람피우면 추방당한다고 했잖아요. 태진 씨가 바람을 피우면요?"

"내가?"

"제가 생각이 짧았어요. 아직 한창일 시기고 욕구도 그럴 텐데. 저희 5년이나 부부여야 하잖아요."

태진이 등받이에 등을 편히 기대고 문형을 보았다.

"그래서."

"그래서요?"

"하자는 소린가?"

그런 뜻으로 물어본 게 절대 아니었다. 태진도 욕구를 충분히 느낄 수 있는데 그는 어떻게 하겠냐고 물은 것뿐이었지. 표정을 보아하니 이번엔 농담도 아닌 모양이다. 아니, 그의 표정을 종잡을 수가 없다.

"그럴 마음이 들면 말해."

"네? 지금 농담하시는 거죠?"

"진담이야."

갑자기 왜 이야기가 이리 튀었더라? 아니, 정확히는 자신이 먼저 말을 꺼낸 게 맞다. 죽을 사러 갈 때 지환만 만나지 않았더라도.

아무리 죽이라고 하더라도 넘어갈 것 같지 않았다. 그녀와 다르게 태진은 미음조차도 꼭꼭 씹어 먹고 있었다. 입맛이 없어 그대로 뚜껑을 닫았다.

"더 먹어 두지 그래."

"입맛이 없어서요."

"왜?"

왜냐니. 왜 입맛이 없는지 뻔히 알면서 왜 묻는 걸까.

"가능해요?"

"뭐가?"

"마음이 없는데도 그런 게 가능하냐고요, 이태진 씨는."

"안 될 건 또 뭔데."

"네?"

그녀는 지극히 도덕적으로 살아왔다. 서로 감정을 느끼고 사랑을 해야 할 수 있는 게 아니던가. 이제껏 그녀는 그렇게 배워 왔고, 또한 그런 사람들만 보아 왔다.

"섹스가 뭐 별거라고. 그냥 서로 즐거우면 그만이잖아."

물론 사람마다 가치관이 다르다. 태진은 그렇게 생각을 하면서 자라 온 것일 뿐이었다. 여기서 말이 길어져 봤자 더 말문이 막힐 걸 알아 문형은 입을 다물었다.

"휴가라고는 했지만 저녁에 시간 괜찮나?"

"저녁이요?"

"사무실에서 약속이 있거든. 8시에."

"무슨 일인데요?"

"그때 샀던 '자유'를 팔 거거든."

고개를 끄덕였다. 어차피 그녀는 그러기 위해 고용된 사람이었다.

"동생하고 시간 보내야 하는데 미안하게 됐어."

이럴 때마다 새삼 놀라게 된다. 어쨌거나 많은 빚을 지고 있는 건 그녀였는데 태진은 말뿐인 미안함이라고 해도 그것을 꼭 짚어서 말해 주었다.

"아닙니다. 그러기 위해서 일하는 건데요."

"일어서지. 호텔까지 데려다줄게."

"손 선생님 만나고 가시는 거 아니에요?"

서둘러 주변을 치우려는데 태진이 주변을 둘러보았다.

"놔둬. 알아서 치울 거야. 내 키는?"

"아, 여기요."

주머니에서 꺼낸 차 키를 태진에게 건네주었다. 이렇게 함부로 퇴원을 해도 되는 걸까? 하지만 태진은 병실을 나서는데 거리낌이 없었다.

"야, 이태진."

엘리베이터 앞에 서서 문이 열렸는데 지환이 서 있었다. 태진은 아랑곳 않고 팔을 뻗어 문형의 손을 잡고 엘리베이터 안으로 들어섰다. 역시 이런 스킨십은 아직 어색하다. 최대한 자연스럽게 보이기 위해 입가에 살짝 힘을 주며 웃었다.

"너 왜 주치의 의견도 안 듣고 멋대로 나가? 이대로 가시면 안 되는 거 아닌가?"

"늘 이러는데 무슨 수작이야."

"수작은 무슨. 내 생전 우리 태진이가 결혼한다는 여자를 다 보고. 감개무량이다. 그러니 이 형이 한턱 쏘게 해 줘야지."

"나중에 해. 차 부장하고 같이."

"가만 보면 넌 규원이만 챙기는 경향이 있어. 이 형 섭섭하게."

귀찮다는 듯 얼굴을 찌푸리는 태진을 보면서도 지환은 계속 놀리고 있었다. 그냥 손을 잡고 있을 뿐인데 땀이 차는 것 같아 슬쩍 빼려고 했다. 하지만 손이 빠져나가기 전에 태진은 힘을 주더니 아예 깍지를 끼며 더 단단히 잡아 왔다.

찝찝해서 손바닥이라도 한 번 쓸어내리려고 했던 건데. 조금 더 힘을 주자 태진이 고개를 숙이며 눈을 맞췄다.

"왜?"

"아니에요."

차마 말을 할 수 없어 웃을 수밖에 없었다.

"문형 씨, 저 초대할 거죠?"

"네?"

그 순간 엘리베이터 문이 열렸다.

"간다."

태진은 서둘러 엘리베이터에서 내렸고 문형은 얼떨결에 따라갈 수밖에 없었다. 오늘 태진의 기분이 가라앉은 건 어쩔 수 없다고 생각했다. 지환이나 인숙에게 자신에 대한 이야기를 들었다는 것을 알게 되었는데 기분이 좋을 리가 없었다.

어쩌면 사실 숨기고 싶은 이야기가 아니었을까? 인숙이나 지환은 당연히 그녀가 태진과 사랑해서 결혼을 하게 되었다고 알게 되었으니 자연스럽게 말을 꺼냈을 것이다. 태진도 그 상황을 머리로는 이해하면서도 마음으론 받아들이지 못하는 것이 아닐까 생각됐다.

"태진 씨."

앞서 걷던 태진이 뒤를 돌아보았다.

"이제 그만 손 놓아주셔도 될 것 같은데."

태진의 시선이 그녀의 얼굴에서 잡고 있는 손으로 내려갔다. 깍지를 끼고 있는 손이 두 사람과 어울리지 않았다. 그가 손을 놓자 식은땀이 배어 있는 손바닥을 허벅지에 문질렀다. 자연스럽게 조수석 쪽으로 간 태진이 문을 열고 그녀가 오기를 기다렸다.

"이렇게 안 해 주셔도 돼요."

차에 올라타며 말을 했는데 태진은 대답을 하지 않고 차 문을 닫은 뒤 보닛을 돌아왔다. 운전석에 올라타던 태진이 그녀가 조절을 해 놓은 시트를 다시 버튼을 눌러 자신의 키에 맞추었다.

"룸미러도 보셔야 돼요."

룸미러를 맞춘 태진이 이내 시동을 걸고 핸들을 돌렸다. 어쩌면 그녀가 혜린이 있어야 할 자리를 빼앗았다고 생각하는 게 아닐까?

"서문형은?"

"네?"

"어떤 남자들을 만났는데 그런 매너도 아닌 것에 불편해하는 건데?"

태진에겐 먼저 차 문을 열어 주는 것이 매너도 아닌 일반적인 행동인 모양이었다. 그녀가 누굴 사귈 때야 워낙 어렸거니와 시간도 짧았다. 그리고 전 남자 친구에겐 차도 없었고 그녀에게 차가 있었다.

"나도 어느 정도는 알아야지. 나유리 씨나 동생이 물으면 어느 정도 답을 해야 할 거 아니야."

"짧게 사귀었어요. 그게 다고."

"그렇게만 알아 두는 걸로 하지, 그럼."

"그래도 돼요?"

"질투가 많아서 듣기 싫어했다고 해."

사실 귀찮아서 그녀의 이야기를 제대로 들을 생각도 없는 게 틀림없었다. 태진에게 사업이나 을복 말고 흥미를 끄는 것이나 있을까?

"그럴게요."

대답을 하고 창밖으로 고개를 돌리니 교통 상황이 보였다. 출근 시간이라 두 사람은 도로에 갇힌 것이나 다름없었다.

"그럼 저도 그렇게 할게요."

"그렇게 해."

"쉽네요."

"어려울 거 없지."

태진에겐 이 결혼 역시 사업의 일환일 뿐이다. 어쩌면 사업보다 더 쉬운 일일지도 모른다. 그녀는 인생을 뒤흔드는 일을 올해 내내 겪고 있는데. 태진에게도 폭풍 같은 일들이 일찍 들이닥쳤다. 시간이 흐르면 단단해질 수 있는 걸까? 어쩐지 태진이 부러워졌다.

"뭘 그렇게 웃어?"

저도 모르게 웃었던 모양이다.

"이태진 씨가 부러워서요."

"부러워?"

"단단해 보이거든요. 그렇게 놀라는 일도 없는 것 같고. 그냥 모든 걸 흘러가는 대로만 보고 있는 것 같고. 이태진 씨처럼 되고 싶다고 생각했어요."

"나처럼?"

"많은 것들을 겪고 내면이 단단해진 것 같아서요. 나도 언젠간 그렇게 될 수 있을까 생각한 거예요."

태진이 핸들을 긴 손가락으로 툭툭 두드렸다.

"서문형도 그렇다고 생각해."

"제가요?"

"보통 그 나이에 그렇게 침착하기 쉽지 않거든. 어쩔 땐 어른처럼 느껴질 때도 있어."

"온실 속의 화초라고 생각한 건 아니고요?"

"처음엔 그랬지. 그런데 정말 온실 속의 화초였다면 내 앞에 당당히 얼굴 들고 오지도 못했을 거야."

처음 태진을 보았을 때가 생각났다. 그는 마치 거인 같았다. 그리고 아주 높은 곳에서 그녀를 내려다보고 있는 것처럼 보였다. 그런 그에게 자신이 당당해 보였던 것일까?

어느새 태진의 차가 호텔 로비로 들어서고 있었다.

"오늘 외출할 건가?"

"아뇨. 문호를 오늘까지 더 쉬게 해 주고 싶어요."

"그럼 5시까지 올게."

"약속 시간은 8시 아닌가요?"

"그 차림으로 올 건가?"

태진의 말에 고개를 숙여 제 옷차림을 살펴봤다. 그녀는 청바지에 흰 티를 입고 있었다. 아마 태진을 찾아오기로 한 손님들은 예사 사람들이 아닐 것이다.

"제가 집에 들러서 옷 챙겨 오면 돼요."

"그럼 집에 있어. 거기로 갈 테니까."

"네."

문형이 차에서 내리자 태진이 핸들을 돌렸다. 어차피 결혼을 하게 되면 문형이 좋든 싫든 자신의 주변 사람들을 겪긴 했어야 했다.

어차피 부모란 사람들을 부모라고도 생각하지 않으니 딱히 말하는 데는 거리낌이 없었다. 하지만 역시 혜린에 대해 말을 하는 것은 마음에 걸렸다.

이미 세상에 없는 사람을 언급하는 건 참 많은 생각을 가지게 했다. 그 사람에 대해 어떤 말을 하든 결례가 되는 건 아닌지 한참 생각을 해야 했기 때문이다. 어차피 알게 될 일이라면 문형에게 조금 더 자세히 말해 주어야 했다.

어쩔 수 없이 입을 떼려는데 문형도 질투가 많아 듣지 않는 것으로 한다고 하여 더 길게 설명할 필요는 없었다. 이럴 때 보면 머리 회전이 좋고 눈치가 빨라 다행이었다.

9시 정각.

1초의 오차도 없이 벨 소리가 울렸다.

"여보세요."

─어디십니까?

"사무실 들어가는 중."

─오늘까지 쉬지 그러십니까.

"누구야?"

─양 여사님께 들었습니다.

하루 이틀 정도의 차이였지 그가 이맘때 쓰러지는 건 늘 있는 일이었다. 문형과의 결혼 때문에 신경을 쓰느라 그 시기를 놓치고 있었다. 보통 이럴 때가 거의 없었는데. 요즘 일이 많아 확실히 평소보다 정신이 없긴 했었다.

"이제 괜찮아. 누가 간호를 충실하게 해 줘서."

─서문형 씨 말입니까?

태진이 픽 웃었다.

─태진아.

규원이 그의 이름을 부를 때면 이상하게 꼭 아버지에게 혼나기 직전의 느낌이었다. 아마 아버지가 제대로 된 역할을 했더라면 규원 같지 않았을까?

"말해, 형."

두 사람은 사무실이나 일을 할 땐 철저한 사장과 부하 직원의 관계였다. 이런 식으로 규원이 말을 놓을 때는 많지 않았다.

—이제 편해져도 돼.

태진이 낮게 한숨을 뱉었다.

5. 견디는 방법

"나도 덕만이 따라갈 거야."

오늘따라 을복은 이상하게도 문형의 옆에 붙어 떨어지지 않으려고 했다.

"회장님, 오늘은 그냥 저하고 있어요."

"덕만이가 또 혼자 오라버니 만나러 가는 거잖아. 나쁜 년, 혼자서만 분칠하고."

난감한 얼굴로 인숙이 웃었다. 평소보다 증상이 심각한 것은 아니었다. 오늘은 을복의 컨디션이 굉장히 좋은 편에 속했다. 아무래도 태진에게 집 안으로 들어오지 말라고 이야기를 해야 할 것 같았다. 저도 모르게 시계를 보자 날카로운 을복의 눈초리가 따라왔다.

"7시에 만나기로 했구나?"

현재 시간은 오후 6시 40분을 넘어가고 있었다.

"그런 게 아니라……. 저녁 먹을 시간이 되어서요."

"나도 갈 거야."

평소엔 밥 이야기가 나오면 을복은 앞뒤 보지 않고 부엌으로 달려갈 정도로 식탐이 강했다.

"치킨 시켜 드릴게요. 우리 회장님 양념치킨 좋아하시잖아요."

"덕만이 따라간다니까."

이제는 을복이 울먹거리기 시작했다. 문형이 재빨리 백에서 립스틱을 꺼내 을복의 손에 쥐여 주었다.

"이걸로 좀 바를까요?"

"분은?"

팩트도 꺼내 을복의 손에 쥐여 주자 그제야 만족스러운 얼굴로 웃었다.

"거울! 거울 가져올게요."

그렇게 말하며 인숙을 보았다. 인숙은 고개를 끄덕이고 얼른 나가라는 듯 손짓을 했다. 다행히도 을복은 팩트에 달린 작은 거울을 보며 즐거워하고 있었다. 결국 구두를 손으로 집고 조심히 그러나 빠르게 달려 나올 수밖에 없었다.

"뭐 하는 거야?"

막 정원으로 들어서던 태진이 맨발로 뛰어나오는 문형을 보며 살짝 인상을 찌푸렸다.

"안 돼요, 빨리 나가요."

구두를 그대로 손에 든 채로 나가려고 했지만 태진은 집 안으로 들어가려고 했다.

"안 된다니까요."

태진의 팔을 끌어 잡고 서둘러 계단을 내려갔다. 바로 갈 생각이었는지 태진의 차는 대문 바로 앞에 세워져 있었다.

"무슨 일인데 그래?"

"회장님이 계속 저 따라간다고. 화장품으로 일단 혼 좀 빼놓고 몰래 나온 거란 말이에요."

태진이 조수석 문을 열며 문형을 위아래로 훑었다. 그제야 문형은 자신이 아직도 구두를 신지 못한 상태라는 것을 깨달았다. 구두를 바닥으로 놓는데 태진이 허리를 숙이며 구두를 들었다.

"일단 신지 말고 앉아."

발은 흙과 잔디에서 튄 물 때문에 엉망이었다. 아무래도 스타킹을 벗어야 할 것 같았다. 태진이 보닛을 돌아오는 동안 재빠르게 벗어 낼 수 있을까? 그 생각을 하는 사이 태진은 운전석으로 돌아와 앉아 있었다.

"여분 스타킹은?"

"없습니다."

이런 일이 생길 거라고는 단 한 번도 생각해 보지 않았다. 그렇다고 평소에 그런 것들을 챙겨 다니는 타입도 아니었다.

사무실에 도착하면 화장실에 들러 일단 발이라도 씻고 맨다리에 구두를 신어야겠다고 생각했다. 그런데 차가 얼마 가지 않아 멈춰 섰다.

차에서 내린 태진이 들어간 곳은 편의점이었다. 다행이다. 그래도 센스가 있는 남자라서.

지금이 기회인 것 같았다. 주변을 둘러보니 다행히 걸어 다니는 사람이 없었다. 하필 타이트한 치마를 입었다.

덜컥.

옆에서 들리는 소리에 놀라 그대로 멈추고 말았다. 치마는 허벅지 끝까지 거의 올라가 있고, 스타킹은 허벅지 반쯤에 걸친 채였다. 두 사람이 굳은 채 시선을 돌리지 못했다. 정확히 태진의 시선은 그녀의 다리에 가 있었고 문형의 시선은 그의 얼굴에 가 있었다.

"아……."

태진의 낮은 목소리에 정신을 차리고 재빨리 치마를 끌어 내리기 위해 애를 썼지만 타이트해서인지, 그것도 아니면 긴장을 해서인지 잘 내려가지가 않았다. 다행히 태진은 운전석 위로 스타킹과 물티슈를 두고 문을 닫았다. 뒤를 향해 돌아서 있는 태진을 보며 짜증이 섞인 한숨을 뱉었다.

확실히 태진은 센스가 좋은 남자였다. 물티슈를 이용해 발을 깨끗이 닦아 내었고 스타킹은 일단 백에 넣어 두었다.

사무실로 가는 길은 러시아워로 인해 꽉 막혀 있었고 어색한 침묵만이 부유했다. 태진은 아무렇지도 않은 것처럼 보여 민망한 건 자신의 몫이었다.

"동생은?"

"친구들 만난대요."

"돈은 있나?"

그 생각을 못 했다. 아침에 호텔에 들렀을 때 문호가 자고 있는지 전화도 받지 않아 그냥 차만 가지고 빠져나온 뒤였다. 그리고 오후에 전화가 와 친구들과 오랜만에 만난다는 말에 내일 보자고 했다.

"카드라도 주는 건데 그랬군."

"네?"

"뭘 그렇게 놀라? 처제면 가족인데 그 정도는 챙길 수 있어."

설사 주었다고 해도 문호는 부담스러워 카드를 받지 못했을 것이다. 하지만 태진이 그렇게라도 생각해 주는 게 고마웠다. 명목상 결혼할 상대가 필요하지만 그 여자가 꼭 자신일 필요는 없었다. 어쨌거나 이 결혼을 훨씬 많은 이득을 보는 사람은 태진이 아니라 자신이었다.

"고마워요."

"내가 더 고맙지."

어쩐지 처음 만났을 때보다 태진을 더 종잡을 수가 없었다. 차는 가다, 서다를 반복했다. 사무실까지 약 1km가 남아 있어 시간은 충분했지만 역시 조금 전 스타킹 사건으로 인해 자꾸만 긴장이 되어 숨도 제대로 못 쉴 지경이었다.

"뭘 그렇게 긴장해?"

"아닙니다."

"아니긴."

다행히 그때부터 차가 매끄럽게 빠져 태진의 차가 건물 앞에 세워졌다. 그날 이후 사무실에 들어가는 건 처음이었다. 그때와는 전혀 다른 느낌을 받았다.

정말 눈앞에 보이는 것이 없는 날이었다. 그땐 이런 어마어마한 빌딩이라는 것도 몰랐다. 경비가 삼엄했는데 대체 어떤 정신으로 그렇게 올라갔던 것일까.

"어서 오십시오."

경호 직원들이 고개를 숙이며 인사를 했다. 이미 규원도 나와 두 사람을 기다리고 있었다.

"안녕하세요."

규원을 향해 인사를 하자 살짝 숙여 보이는 것이 다였다. 그래도 그동안 나은을 통해 규원과도 제법 가까워졌다고 생각했었는데. 오랜만에 만나면 규원은 언제 그랬냐는 듯 데면데면하게 굴었다. 태진의 곁에 있는 사람들은 죄다 친해지기 어려운 사람들뿐인 것 같았다.

"조금 전 사모님 도착하셨습니다."

"또 무슨 꼬투리를 잡으려고 이렇게 일찍 온 거야."

태진의 걸음이 빨라졌다. 대기되어 있는 엘리베이터에 올라타자 순식간에 올라가기 시작했다. 맨 위층으로 가는 건 처음이었다. 엘리베이터 문이 열리자 카펫이 깔려 있었다.

"서문형."

"네."

"화장실 들렀다 와."

늦었다는 말에 그녀는 스타킹을 신는 것도 잊고 바로 따라갈 뻔했다.

"네."

왼쪽 복도 끝으로 보이는 화장실로 재빨리 걸어갔다. 아무리 명품이라고 하더라도 역시 새로 신는 구두는 아픈 법이었다. 파우더룸에 구비되어 있는 의자에 앉아 구두를 벗자 뒤꿈치에 살짝 생채기가 생겨 있었다.

"밴드라도 챙겨서 나올걸."

후회했지만 어쩔 수 없었다. 오늘 집으로 돌아가면 뒤꿈치는 다 까져 있을 것임이 분명했다. 어차피 이 층엔 아무도 오지 못할 것을 알아 화장실 칸 안으로 들어가지 않고 그대로 스타킹을 꺼내 신었다.

이렇게 치마가 잘 올라가고 내려가는데 대체 아깐 왜 그랬던 것일까. 창피해서 그대로 혀를 꽉 깨물고 싶었다. 옷매무새를 다시 한번 확인하고 화장도 살폈다. 을복에게 화장품들을 주고 와 어차피 수정할 수도 없었다. 다행히 립스틱이 번지지도 지워지지도 않은 상태였다. 수정을 할 수 없으니 조심해야겠다는 생각하며 다시 조심스레 구두를 신었다.

"으……."

알싸한 아픔이 뭉근히 올라왔다. 최대한 발 앞쪽으로 힘을 준 뒤 조심스레 걸었다. 다행히 복도부터는 카펫이 깔려 있어 걷는 게 조금은 편했다. 안쪽도 카펫이 깔려 있으면 좋으련만.

코너를 돌아 나오자 문 앞엔 규원이 서 있었다. 그녀가 오기를 들어가지 않고 기다린 모양이었다. 하긴, 규원이 없었더라면 이중에 어떤 문으로 들어가야 할지 한참 동안 고민했을 것이다.

"대원그룹 사모님입니다."

"네."

문형이 앞에 서자 규원이 짧게 노크를 한 뒤 문을 열었다. 은은한 간접 조명이 켜져 있는 공간은 생각보다 넓었으며 꽤 많은 작품들이 있어 저도 모르게 놀라고 말았다. 전시 중인 갤러리라고 생각해도 손색이 없을 정도였다.

탁.

규원은 들어오지 않고 그대로 문이 닫혔다.

소파에서 일어난 태진이 문형을 바라보았다. 문형은 최대한 조심히 앞으로 걸어갔다.

"제 약혼녀입니다."

"세상에, 내가 우리 이 사장 약혼녀를 다 만나네. 반가워요, 한지희라고 해요."

"서문형입니다."

고개를 숙여 인사를 한 뒤 지희의 손을 가볍게 잡고 놓았다.

"세상에 피부 좋은 것 봐. 어려서 그런가? 평소 관리는 어떻게 해요?"

"말씀 편히 하십시오."

"그럼 그럴까? 다니는 숍 있으면 공유하자고."

얼굴에 상당히 공을 많이 들이는 모양이었다. 분명 풍기는 분위기는 육십이 넘었을 것 같은데 얼굴엔 주름 하나 없이 팽팽했다. 시술을 받지 않고는 불가능했다.

"다니는 곳은 없습니다."

"어머, 젊은 아가씨가 지금 나 경계하는 거야?"

"네?"

"농담이야, 농담. 그렇게 작품 보는 눈이 뛰어나다면서? 이번 '자유' 발견한 것도 문형 씨라고 들었어."

"과찬이십니다."

누군가에게 이런 칭찬을 들을 때마다 몸 둘 바를 몰랐다. 그녀는 그저 스스로 감이 좋을 뿐이라고 생각했다. 지희가 걸음을 옮기자 두 사람도 곧 뒤를 따랐다.

'자유' 앞에 선 지희는 감상을 하며 흐뭇한 미소를 지었다.

"커플들이 보러 가서 이렇게 좋은 작품을 낚아챈 건가? 이 사장, 내가 은근히 샘하는 거 알지?"

"적정 가격에 맞춰 드리겠습니다."

"앞으로 몸값이 상상 못 할 만큼 뛸 텐데. 그래선 안 되지. 안 그래, 문형 씨?"

"가치는 작품이 가지는 거니까요."

"그나저나 두 사람 꽤 열렬한가 봐?"

"네?"

"문형 씨, 왼쪽 목에 있는 키스 마크."

목덜미로 싸늘한 시선이 느껴졌다.

"나야 충분히 이해하지, 그런데 되도록 가리는 게 좋겠어."

"잠시 실례하겠습니다."

고개를 꾸벅 숙인 문형이 서둘러 나와 화장실을 향해 걷기 시작했다. 규원이 의아한 얼굴로 그녀를 보았지만 지금은 설명할 시간이 없었다.

거울 앞에 서 왼쪽 목덜미를 보았다. 확실히 남들이 보면 오해할 만한 위치에 비슷한 생채기가 생겨 있었다. 눈을 감고 낮게 숨을 뱉었다. 이건 분명 태진에 의해 생긴 것이었지만 그는 그것을 알지 못할 것이다.

태진이 어제 쓰러지며 그녀의 목덜미에 입술이 닿았을 때 따끔한 기분이 들기는 했었다. 하지만 신경을 쓰고 싶지 않아 씻으면서도 이 부분을 잘 보지 못했다.

"벌레한테 물렸다는 변명은 됐고."

뒤에서 들리는 목소리에 놀라 눈을 번쩍 떴다. 태진은 아치형 문틀에 팔짱을 낀 채 삐딱하게 서 있었다.

"여기 여자 화장실이에요."

"우리 둘밖에 없지."

"그리고 이건…… 태진 씨 때문이에요."

"내가?"

도무지 믿기 힘들다는 듯 태진이 미간을 찌푸렸다. 기억을 되짚어 보는 게 분명했다.

"설마 내가 정신을 잃으면서 서문형을 덮치기라도 했단 소리야?"

"비슷해요."

어이가 없는지 태진이 고개를 가볍게 흔들며 웃었다. 어쨌거나 그녀는 앞으로 고꾸라지는 그를 받아 내기 위해 팔을 뻗던 중 당한 것이었으니 비슷한 맥락이었다.

"어디 봐."

몸을 똑바로 세운 태진이 뚜벅뚜벅 걸어왔다. 자신보다 훨씬 키가 크고, 덩치가 좋은 태진이 빠른 걸음으로 다가오자 충분히 위협적으로 느껴져 저도 모르게 뒤로 물러났다. 하지만 뒤는 파우더 룸의 화장대로 더 이상 물러날 곳은 없었다.

반 발자국쯤 떨어진 곳에 선 태진이 그녀의 턱을 가볍게 쥐고 오른쪽으로 돌려세웠다. 저도 모르게 숨을 멈췄다.

"이에 긁혔나."

어쩐지 손가락을 댔을 때 쓰라림이 느껴진다 했다. 하지만 지금

은 당장 가릴 밴드 같은 것도 갖고 있지 않았다. 그때 태진의 얼굴
이 목덜미로 더 가까이 다가오는 게 측면의 거울을 통해 보였다.
폐는 빨리 산소를 달라 외쳐대고 있었지만 그녀는 여전히 숨을 쉬
는 것도 잊은 채 거울 속의 태진의 옆모습을 뚫어져라 보았다. 마
치 마비가 된 듯 몸이 움직이지 않고 있었다.

"내 뺨이라도 후려치지 그랬어."

"네?"

본능적으로 숨을 옅게 쉴 때 태진이 그녀의 허리를 잡아 화장대
위로 그대로 올려 앉혔다.

"뭐 하는……."

한쪽 무릎을 꿇고 앉은 태진이 그녀의 구두를 조심스레 벗겨 내
었다. 그제야 뒤꿈치에 알싸한 아픔이 느껴졌다. 그녀의 발은 태
진의 허벅지 위로 올라가 있었다.

"꼭 왼쪽 발만 그래요. 새 신발을 신으면."

왼쪽 발이 조금 더 큰 것인지 꼭 새 신발을 신을 때면 이렇게
상처가 나곤 했다. 의자를 끌고 와 그녀의 발을 올려놓은 뒤 태진
이 세면대 쪽으로 향했다. 물소리가 잠시 나더니 다시 돌아온 태
진의 손엔 물에 적신 손수건이 들려 있었다.

"제가 할게요, 들어가 보세요."

"적정 가격에 넘기기로 했어."

"네?"

"언제 한 번 시간 나면 서문형을 초대하고 싶다던데."

태진은 자연스럽게 그녀의 발을 들고 의자에 앉은 뒤 다시 허벅
지에 놓았다.

"저를 초……. 윽!"

차가운 손수건이 닿자 쓰라림에 저도 모르게 인상을 찌푸리고 말았다. 찌르르, 아픔이 몰려오자 저도 모르게 발을 잡아 빼려고 했다. 하지만 태진이 아프지 않게 그녀의 발목을 쥐고 놓아주지 않았다.

"가만있는 게 좋을 걸. 생각보다 피부가 많이 벗겨졌어. 여우 같은 양반이지. 뻔히 고용하는 감정사가 있으면서 서문형을 빌려 달라? 그것도 내가 자기가 사들인 작품에 눈독 들일 것 같은지 서문형만 초대하는 꼴이란."

그 말은 지희가 그녀의 눈을 인정한다는 소리였다. 별거 없는 잔재주로 생각했었고 그런 자리에 가면 '어린애가 뭘 안다고 설쳐' 와 같은 눈초리를 받았었다. 어쩌면 그래서 서 사장의 칭찬에도 그런 자리를 더 회피했던 것인지도 모르겠다.

태진의 앞에서 아무렇지도 않게 작품에 대해 말을 할 수 있는 건 그가 이제 만났던 다른 사람들과 달랐기 때문이다. 그녀가 하는 말에 경청해 주고 별다른 의심을 하지도 않았으며, 인정해 주기까지 했다.

새삼 신기하다. 그녀의 잘못이 아니라고는 하지만 그에겐 엄청난 빚을 졌으며 그저 별 볼 일 없는 대학원생일 뿐이었다. 태진이 아니었으면 그런 고위층들만 모이는 자리에 가서 작품을 따로 볼 일도, 이런 자리에 초대될 일은 더더욱 없었을 것이다. 태진 덕분에 견문을 넓히고 있었다.

"얼굴 뚫리겠어."

"네?"

"할 말 있으면 해. 그렇게 보지만 말고."

저도 모르게 태진을 바라보고 있던 모양이었다. 고개를 저으며 정신을 차리는데 자세가 무척이나 불편했다. 그녀는 타이트하긴 했지만 짧은 치마를 입은 채 화장대에 걸터앉아 있고 태진은 바로 앞 의자에 앉아 그녀의 상처를 살피고 있었다.

"들러붙으면 더 곤란하겠는데."

"네?"

"좀 찢을게."

뭐라고 대답을 하기도 전 태진은 발목 부근의 스타킹을 찢어 냈다. 피가 굳어 들러붙어 있던 것인지 뜯어지는 순간 다시 쓰라림이 몰려왔다.

발작하듯 몸을 움직이다 이내 그대로 멈추고 말았다. 그녀의 발이 정확히 그의 다리 사이에 눌린 탓이었다. 저도 모르게 굳어 그저 입만 쩍 벌릴 수밖에 없었다.

태진도 순간 상황 판단이 잘되지 않았던 것인지 그녀의 발목을 잡고 있던 손에 조금 더 힘을 주었다.

"아……."

발목에서 느껴지는 아픔에 저도 모르게 새된 비명을 지르자 태진이 재빨리 힘을 빼며 그녀의 다리를 치워 냈다.

"죄송……합니다."

얼굴도 제대로 들지 못하고 고개를 푹 숙이고 말았다. 그런데 앞에서 태진이 픽 웃는 소리가 들렸다.

"실수 가지고 뭘 그렇게 의기소침해?"

아무리 실수라지만 중요 부위에 닿았는데 어떻게 아무렇지도 않을 수가 있을까. 반대로 태진의 손이 이런 식으로 그녀의 가슴에 닿았다면 그녀는 바짝 얼었을 것이다. 남자라서 상황을 받아들이는 게 조금 다른 건가?

"아무래도 내 사무실로 가서 약 좀 발라야겠어."

태진의 말에 고개를 돌려 뒤꿈치의 상처를 보았다. 생각보다 피부의 허물이 더 크게 벗겨져 벌건 살이 보일 정도였다. 그러니 이렇게 아팠지.

"걸을 수나 있겠어?"

"걷는 건 문제없어요."

"아니, 그 신발은 못 신을 거 아니야."

그렇게 말하며 태진이 자신의 구두를 벗었다.

"신고 끌듯이 걸어."

"그냥 제가 맨발로 걸을게요."

서둘러 화장대에서 내려오기 위해 발을 바닥에 딛자 생각보다 더 큰 고통이 밀려왔다. 새 신발을 신으며 이렇게까지 상처가 난 적은 처음이었다. 그때 허리를 숙인 태진이 문형의 구두를 들어 그녀의 손에 쥐여 주곤 자신의 구두를 다시 신었다.

그래, 차라리 자신이 맨발로 걸어가는 게 나았다. 너덜너덜해진 스타킹의 꼴이 우습긴 하⋯⋯.

순간 놀라 소리도 지르지 못하고 태진을 보고 말았다. 몸이 붕 뜬 느낌이 들더니 태진이 앞으로 그녀를 안아 올렸기 때문이었다.

"불편하니까 목에 팔 감아."

"사, 사장님."

"빨리."

다소 귀찮은 듯한 말투를 뱉는 태진을 보던 시선을 거두고 팔에 목을 감았다. 그러자 안기 더 쉬워진 듯 태진은 조금 더 그녀를 끌어안고 걷기 시작했다. 이대로 밖으로 나가면 규원을 어떻게 봐야 할까. 두려움에 저도 모르게 눈을 질끈 감았다.

"안겨서 자란 말은 아니었어. 버튼 좀 누르지?"

눈을 번쩍 뜨자 어느새 엘리베이터 앞에 있었다. 빨리 팔을 뻗어 내려가는 버튼을 눌렀다. 왜 이렇게 태진의 앞에만 있으면 어린애처럼 굴게 되는지 알 수가 없었다.

"몸에 힘 좀 빼. 안기 불편해."

이 상황에서 긴장하지 않는 게 더 이상하지 않을까? 침을 꿀꺽 삼키며 열리는 엘리베이터 안으로 들어서자 이번엔 빠르게 사무실의 층수를 눌렀다. 빨리 닫힘 버튼을 누르고 싶었지만 그건 아래에 있어 팔을 뻗기가 불가능했다.

아무리 남자의 근육이 여자완 다르다지만 그녀는 170cm의 장신이었다. 같은 무게라도 키가 작은 사람과 큰 사람을 드는 건 체감부터 다르다. 그런데 태진은 안색 하나 변하지 않았다.

"사장……."

비서실 문이 열리자 안 비서가 놀란 눈으로 두 사람을 바라보았다. 문형은 쥐구멍이 있다면 당장이라도 들어가고 싶은 심정이라 그대로 고개를 푹 숙이고 말았다.

"뭐 해, 빨리 문 열어."

"네? 아, 네."

안 비서가 문을 열자 그녀가 다치지 않게 조심스레 몸을 돌려 사무실 안으로 들어왔다. 태진은 문형을 조심스레 소파에 내려놓았다.

"서문형."

"네."

"뭐 해, 팔 안 풀어?"

정신 좀 차리자, 서문형.

너무 당황해 소파에 앉게 된 것도 느끼지 못한 채 태진의 목을 계속 끌어안고 있는 상태였다. 덕분에 태진은 바닥에 한쪽 무릎을 꿇은 채로 그녀에게 잡혀 있었다.

"죄송합니다."

서둘러 팔을 푸는 순간 날카로운 힐의 끝이 태진의 왼쪽 목가를 스쳤다. 순식간에 붉어지더니 찢어진 건지 피부로 피가 스며들었다.

"어……."

태진은 별거 아니라는 듯 목가를 대충 쓱 훑어내었다.

"저기……."

"복수하는 건가?"

복수라니.

왜 태진이 그런 말을 했는지 이해가 됐다. 그녀의 목에 남은 상처와 태진의 목에 남은 상처가 비슷했다.

"안 비서, 구급상자는?"

"이쪽에 있습니다."

바로 서랍을 연 안 비서가 태진에게 구급상자를 건네었다.

"안 비서, 퇴근해."

"네?"

"차 부장도 퇴근했으니까 하라고."

"하지만……."

"내가 정리하고 갈 테니까 퇴근해."

"알겠습니다. 그럼 먼저 들어가 보겠습니다."

고개를 꾸벅 숙인 안 비서가 곧 사장실을 나갔다. 사실 둘만 남기고 가지 말아 달라고 하고 싶었다. 본능적으로 느낀 것일지도 모르겠다. 오늘따라 이상하게 태진과의 거리가 가까워진 느낌이다. 그게 성적 긴장감이라는 것을 모르지 않는다. 그저 본능적으로 느낄 수 있었다.

두 사람을 에워싼 공기는 팽창하여 누군가 살짝 건드리기만 해도 터질 것 같았다. 하지만 여유로운 혹은 아무렇지 않아 보이는 태진의 얼굴을 보니 그녀 혼자서만 이상한 기류를 느끼고 있을지도 모르겠다는 생각을 또 떨칠 수가 없다.

그녀의 앞에 앉아 심각한 표정으로 상처를 치료하고 있는 태진의 얼굴은 사뭇 진지해 보였다. 다친 건 그녀였는데 소독을 할 때 자신이 쓰라린 표정을 짓는 것도 의외였다. 다른 사람이 다쳐도 무감할 것 같았는데.

"안 아파?"

"네?"

"이렇게 소독약을 들이붓는데 안 아프냐고."

그 말에야 태진의 얼굴에서 시선을 돌려 상처가 난 곳을 보았다. 소독약을 바른 뒤인지 거품이 올라오고 있었다. 눈으로 보고 나서야 쓰라림이 느껴졌다.

평소엔 조금만 다쳐도 엄살을 부리곤 했었다. 그런데 부모님의 사건 이후로 신체 어딘가가 끊긴 느낌이 들 때가 있었다. 아니, 그래야 했다. 태진 때문에 이러는 게 아니어야만 했다.

앞으로 5년이다. 그 5년이나 태진의 옆에 있어야만 한다. 차라리 태진이 사귀었던 여자가 살아 있었더라면 더 나았을 것이다. 죽은 사람을 이길 힘 같은 건 없다.

"아프긴 아픈 모양이네."

아프다. 상처가 아픈 것인지, 가슴이 아픈 것인지는 모르겠지만.

티슈를 몇 장 뽑아 든 태진이 그녀의 앞으로 그것을 건네고 있었다. 하지만 문형은 아무 말 없이 태진의 손에 들린 티슈만 물끄러미 바라보았다.

"눈물 좀 닦아 내지?"

그제야 태진이 티슈를 뽑아 건넨 이유를 알게 되었다. 서둘러 태진의 손에서 티슈를 받아 내고 그 순간 발을 빼냈다.

"제가 해도 돼요."

"병원으로 갈까?"

"이까짓 상처로 무슨 병원을 가요."

테이블에 있는 상자를 끌어 연고를 넓게 펴 바른 뒤 밴드 두 개를 연이어 붙였다. 따끔거렸지만 참을 수 있는 정도였다.

"태진 씨도 이쪽으로 앉으세요."

그저 요즘 마음이 약해진 것뿐이었다. 그리고 태진이 의외의 모습을 보여 마음이 잠깐 흔들린 것뿐이라고 생각하기로 했다. 여기서 태진을 짝사랑까지 한다면 자신이 너무 불쌍하고, 초라하고, 비참했다.

그녀가 절뚝거리며 일어나자 태진이 책상 아래에서 슬리퍼를 들고 왔다.

"좀 크지만 구두보단 나을 거야."

고개를 끄덕이고 슬리퍼를 신자 태진이 방금 전 그녀가 앉았던 곳으로 앉았다. 솜에 소독약을 묻혀 태진의 목덜미에 있는 상처에 조심히 가져다 댔다. 따끔할 게 분명한데도 태진은 조금 전과는 달리 미동도 없었다. 서둘러 연고를 바르고 밴드를 붙이려는데 태진이 막아 세웠다.

"밴드는 무슨, 됐어."

"하지만 부위도 그렇고……."

"내겐 좋은 일 아닌가?"

"좋은 일이요?"

"나와 결혼할 사람이 이렇게까지 집착적이니 건드리지 않는 게 좋을 거라고 광고하는 꼴이잖아."

그동안 얼마나 많은 사람들에게 결혼에 대한 압박을 받았던 걸까. 태진에겐 결혼이 필요한 선택이었을지도 모르겠다는 생각이 들었다. 왜 그가 다급하게 결혼을 밀어붙였는지, 성대하게 할 거라고 했는지 이제야 이해가 갔다.

"덕분에 비싼 값에 팔렸으니 이번 달 보너스 기대해 봐도 좋을 거야."

"하나라도 더 가지고 있으면 가치가 올라갈 텐데 아깝지 않아요?"

"감당하기 힘들어지기 전에 처분하자는 게 내 생각이야. 괜히 값 올리겠다고 잴수록 사람은 구차해지거든."

태진은 가치를 아는 사람이다. 그리고 자신은 그것을 적정 수준에 팔아넘기고 그런 것은 처음부터 없었다는 듯이 행동한다.

사람들은 무엇인가를 포장한 것을 더욱 좋아한다. 그리고 그것에 더 많은 시간과 돈을 할애한다. 세상의 모든 장사치는 값을 더 높이 받기 위해 그런 정성을 들였다. 그것은 천정부지 값이 솟을 때가 있기도 했고, 곤두박질칠 때도 있었다. 태진은 그 어느 것도 보기 싫은 모양이었다.

그러니 감당하기 힘들어지면 버린다는 뜻과 다름없었다. 혜린이라는 사람이 죽고 나서 그렇게 바뀐 것일까? 어쩌면 그럴지도 모른다는 생각이 들었다.

"호텔로?"

"아뇨. 친구들하고 강릉 여행 갔어요."

원래 그녀와 함께 가기로 한 여행이었다. 실제로 태진은 3일간 휴가를 주었지만 갑작스런 지희의 요청으로 이렇게 함께 올 수밖에 없었다.

머릿속이 복잡했다. 별로 느끼고 싶지 않았던, 아니면 외면하고 싶었던 스스로의 감정을 깨닫고 이렇게 혼란스러운 것일지도 몰랐다.

"휴가가 이틀 더 남았다면 제 마음대로 써도 될까요?"

"그래. 오늘은 미안했어."

자리에서 일어난 태진이 금고 앞으로 걸어갔다. 따로 제작한 금고는 태진의 손바닥 전체가 인식되어야 열린다고 했었다. 보통 누군가가 있을 땐 그 금고를 절대 열지 않는다고 했었는데 그것도 아닌 모양이었다. 그녀의 앞에서 아무렇지 않게 금고를 여는 것을 보니.

특별한 게 있나 싶었는데 상자 하나와 몇 가지 서류나 수표, 현금 정도가 들어 있었다. 봉투에 돈을 넣은 태진이 금고를 닫은 뒤 그녀에게로 그것을 내밀었다.

"휴가니까 편하게 써."

"아뇨, 주시는 월급도 충분하고 괜찮습니다."

"결혼 전 혼자 보낼 수 있는 유일한 휴가야. 그냥 부담 갖지 말고 써."

그녀가 받을 생각이 없다는 걸 알았는지 태진은 핸드백을 들어 그 안으로 봉투를 넣었다. 당연히 핸드백을 줄 거라고 생각했는데 태진은 줄 생각이 없어 보였다.

"다시 안아 줘?"

"네? 혼자 걸을 수 있어요."

"그럼 잡아."

태진이 바닥에 놓인 그녀의 구두를 대충 옆으로 치워 버리더니 자연스럽게 팔짱을 낄 수 있게 팔을 벌려 주었다.

"구두는⋯⋯."

"저런 굽 높은 걸 뭐 하러 신어? 낮고 편한 걸로 신고 다녀, 앞으론."

"그러죠."

이것도 다 태진의 지시로 안 비서가 모두 사다 나른 것들이었다. 어차피 그녀가 태진과 부부로 지낼 동안엔 걸치는 것도 모두 신경을 써야 했다. 오늘 준 봉투는 그가 말한 것들을 위해 써야겠다고 생각했다.

커다란 슬리퍼를 끌고 신는 건 의외로 불편했다. 태진은 그녀의 걸음 속도에 맞춰 최대한 느리게 걷는 것 같았지만 역시 속도를 따라가기 버거웠다. 그렇다고 좀 더 천천히 걸어 주면 안 되냐고 말을 하는 것도 싫었다.

가까스로 엘리베이터에 올라타 몸을 벽에 기댄 뒤 까치발을 서자 저도 모르게 입에서 신음이 흘러나오고 말았다. 벌어졌던 상처가 접혔기 때문이었다.

"으……."

슬쩍 고개를 돌린 태진이 그녀의 발을 보았다. 밴드에 이미 피가 묻어 나와 번지고 있었다. 얼마 가지 못해 밴드가 떨어져 나갈 것 같았다.

"잡아."

"괜찮습니다."

"고집은."

혀를 한 번 찬 태진이 엘리베이터가 로비에 멈춰 서자 열림 버튼을 누르고 그녀가 천천히 내릴 수 있도록 봐주고 있었다. 역시 다시 발을 딛는 게 무섭기는 했다. 발바닥에도 수포가 생겨서 따끔거렸다. 하지만 이를 꽉 깨물고 거의 다리를 끌다시피 해서 걷기 시작했다.

이 시간의 건물은 쥐 죽은 듯 조용했다. 다만 경비를 보던 경호원만이 우두커니 자리를 지키고 있었다. 두 사람을 발견한 경호원이 자리에서 일어나 고개를 꾸벅 숙여 인사를 했다. 태진도 가볍게 고개를 끄덕여 인사를 받아 주었다. 이럴 때 보면 확실히 권위적이거나 안하무인인 성격은 아니었다.

“태진 씨.”

결국 문형이 태진을 불러 세웠다. 태진은 알겠다는 듯 다시 팔짱을 낄 수 있게 팔을 벌려 주었다.

그가 슈트 차림에 핸드백을 들고 있는 모습에 경호원은 어찌할 바를 모르고 문형과 태진을 번갈아 보고 있었다. 달려와서 그녀의 핸드백을 들어야 하는 건지, 아닌지 판단이 서지 않는 모양이었다.

태진은 그런 모습은 신경 쓰지 않는 듯했다. 그저 문형이 자신의 팔을 잡지 않자 뭐 하냐는 듯 그녀를 돌아보았다.

서둘러 태진의 팔을 붙잡은 문형은 다시 움직이기 시작했다. 부지런히 움직이는 것 같은데 아직도 로비를 벗어나기는 멀어 보였다. 태진이 답답해하는 심정도 이해가 갔지만 그렇다고 누가 볼지 모르는 곳에서 안겨 가기란 그녀의 성격상 힘들었다.

“어디로 갈 거야?”

“친구 집으로 갈 거예요.”

“집에 들러서 차 가지고? 그 발로 운전하는 건 무리 같은데.”

“바로 갈 거예요. 택시 타면 되니까 신경 쓰지 않으셔도 돼요.”

“나유리?”

“네.”

어차피 그녀에게 가족 같은 친구가 단 하나뿐인 건 태진도 잘 알고 있는 사실이었다.

“데려다줄게.”

“아뇨, 괜찮…….”

순간이었다. 막 로비를 벗어나 계단만 내려가면 된다는 생각에 다리를 더 빨리 뻗을 때 아픔에 저도 모르게 휘청했다. 잡고 있던 그의 팔도 놓쳐 버려 이대로 쓰러지겠구나 싶던 찰나 태진이 허리를 낚아채 그녀를 끌어안았다.

하체가 완전히 닿았고, 평소와 다른 느낌이 느껴지자 저도 모르게 일순 긴장하고 말았다.

"자극하는 거 일부러야, 실수야?"

얼굴이 확 달아올랐다. 누군가의 앞에서 실수를 하고 싶어서 하는 사람은 없다. 그리고 평소보다 더 많은 실수가 나오는 이유는 역시 인정하기 싫지만 상대가 다름 아닌 태진이었기 때문이었다.

손으로 태진의 어깨를 밀어 떨어지고 싶었지만 생각보다 허리를 붙들고 있는 힘이 강해 꼼짝할 수도 없었다. 태진이 그렇게 힘을 주어 잡고 있는 것도 아닌 것 같은데 말이다.

"놔주세요."

"그러니까 그냥 좋게 안겨서 가지. 무슨 고집을 그렇게 부려."

결국 태진이 조심스레 그녀의 팔을 잡고 똑바로 설 수 있도록 만들어 주었다. 그러면서도 그녀의 상처 부위를 다시 한번 살피는 것을 빼먹지 않았다. 그리고 곧 낮은 한숨을 뱉었다.

어제 쓰러질 정도로 아팠던 사람이라는 것을 잊을 뻔했다. 태진의 체온이 높은 편이 아니라면 아니, 보통 사람이라면 그녀의 팔을 잡고 있는 손이 이렇게 뜨겁진 않을 것이다.

저도 모르게 손을 뻗어 태진의 이마를 짚었다. 순간 태진이 고개를 꺾으며 그녀의 손을 피하려고 했다. 하지만 진득한 땀이 이미 손바닥에 묻어 나왔다.

"가만히 좀 있어 봐요."

목소리가 커진 문형 때문에 놀란 건지 태진이 멈칫하며 그녀를 바라보았다. 문형은 인상을 찌푸리며 다시 한번 그의 이마를 짚었다. 확실히 후끈할 정도로 열이 올라왔다.

"이제껏 참았어요?"

"이 정도쯤은 괜찮아."

아픈 것을 외면하고 싶은 사람처럼 보였다.

"병원으로 가요."

"됐어. 가서 약 먹고 자면 돼."

"나한테 고집 부린다더니 태진 씨도 마찬가지네요."

"택시 잡아 줄게."

"그냥 제가 운전할게요."

절뚝이는 걸음으로 운전석 쪽으로 걸어갔다. 태진은 멍하니 문형을 보고 있었다.

그녀가 운전석에 올라타 태진을 보았다. 그는 정신을 차리려는 것인지 머리를 몇 번이나 흔들며 이마를 한 번 짚었다. 순간 휘청거리는 것을 보며 몸이 반사적으로 튀어 나가려고 했다.

하지만 태진은 다시 몸에 힘을 주는 듯하더니 걸어와 차에 올라탔다.

시트를 조금 뒤로 눕힌 뒤 안전벨트를 한 그의 얼굴색이 평소보다 조금 붉어져 있었다. 지희의 앞에선 정신력으로 버티고 있던 모양이다. 하얗게 질려 있던 어제보단 나아 보였지만 아파 보이는 건 변함없었다.

"일단 병원으로 가요."

"내비게이션 3번 주소로 가."

목소리는 평소와 크게 다름이 없어 보인다. 아픈 걸 평소에도 숨기는 게 익숙한 사람처럼 느껴졌다. 스스로 강해 보여야 한다고 생각하는 걸까? 어쩐지 처음으로 태진에게 측은지심의 연민이 느껴지는 것 같았다.

내비게이션 주소를 찍고 천천히 핸들을 돌렸다. 페달을 밟을 때마다 상처 난 부위가 조금씩 아릿했지만 피가 굳었는지 차차 괜찮아졌다. 고개를 돌리니 태진은 쌕쌕 소리를 내며 잠이 들어 있었다.

신호에 걸렸을 때 조심스레 태진의 코앞으로 손가락을 가져갔다. 입에서 나오는 숨이 거리가 있음에도 열기가 고스란히 느껴질 정도였다.

"대체 어떻게 참은 거야."

정말 병원으로 가지 않아도 될까, 걱정되었다. 하지만 태진의 성격을 알고 있어 그녀는 일단 주소가 찍힌 곳으로 차를 몰았다. 그곳에 가서도 태진이 정신을 차리지 못하면 인숙이나 규원에게 연락해 지환의 번호를 알아내면 될 터였다. 신호가 뚫리자 문형은 페달에 힘을 주었다.

다행히 도착해서 태진은 스스로 걸어 들어갔다. 하지만 방으로 들어가지도 못하고 소파에 그대로 쓰러졌다.

순식간에 기절하듯 잠든 태진을 보고 주변을 둘러보았다. 아파트는 큰 평수를 자랑하듯 부엌과 거실의 공간이 따로 나뉘어져 있었다. 그리고 거실엔 이젤들이 세워져 그 위론 하얀 천이 덮여 있었다.

태진이 그림만 따로 보관하는 집이라도 되는 건가 싶었다. 거실의 창은 암막 커튼이 쳐져 있었고 조명은 간접 조명이었다. 그리고 적절히 습도 조절이 되는 기계까지 놓여 있는 것을 보니 천으로 가려진 것들은 태진이 아끼는 그림들인 모양이었다. 하지만 이러고 있을 때가 아니었다.

집엔 이젤과 소파를 빼곤 별다른 것들이 없었다. 폴딩 도어를 조심스레 열어 부엌 공간으로 들어섰지만 이곳 역시 마찬가지였다.

싱크대 앞으로 가 서랍을 열자 해열제와 진통제가 보였다. 빌트인인 정수기에서 미지근한 물을 받고 거실로 나가 태진의 앞으로 앉았다.

너무 곤하게 자고 있지만 약이라도 먹어야 했다.

"이태진 씨."

하지만 태진은 일어날 생각도 하지 않았다. 조금 세게 흔들어 깨워야 하나. 아니면 지금이라도 지환을 불러야 하는 것일까. 결국 인숙이 걱정을 할까 우려되어 규원에게 전화를 걸었다.

―네, 차규원입니다.

"부장님, 저 문형인데요."

―편히 말씀하십시오.

"한국대병원의 손지환 선생님 번호 좀 알 수 있을까요?"

―사장님 아직도 열 계속 납니까?

"네."

―해열제 먹으면 될 텐데. 보통은 이틀 정도 앓고 다행히 컨디

션 회복하시거든요. 거기 어딥니까?

"청담동이요. 사장님이 여기로 오자고 하셔서."

—부엌 들어가서 제일 첫 번째 칸 위에 보면 액상으로 된 해열 제 있습니다. 그거 먹이고 그냥 주무시게 두면 됩니다. 아니면 제 가 가겠습니다.

안 된다. 오늘은 나은과 함께 오랜만에 부모님 댁에 간다고 들 었었다. 지방인 데다 기차도 가지 않는 곳이라 무척이나 멀다고 들었던 기억이 났다.

"지금 나은 언니 집에 가고 계신 거 아니에요? 제가 먹이고 지 켜볼게요."

—그럼 부탁드리겠습니다. 그렇게만 되면 내일 문제없이 일어 나실 겁니다. 일단 해열제 먹이고 한두 시간 정도 지켜보고 연락 주십시오. 혹시 모르니 손 선생 번호는 남겨 두겠습니다.

"네, 감사합니다."

전화를 끊고 다시 자리에서 일어나 부엌으로 들어갔다. 규원의 말처럼 첫 번째 서랍을 여니 액상으로 된 해열제가 보였다. 문제 는 이것을 어떻게 마시게 하냐는 것이었다. 잠시 고민하다 태진의 목 뒤로 팔을 넣어 고개를 들게 만들었다.

"사장님."

"하……."

목 뒤를 받치고 있는 것뿐인데 태진의 열기가 고스란히 느껴졌 다. 아무래도 약을 먹인 뒤 수건에 찬물이라도 적셔서 보이는 곳 을 닦아 내야 할 것 같았다.

"눈 좀 떠 봐요, 약 먹어야 해요."

태진은 눈을 뜰 생각도 하지 않았다. 결국 그렇게 태진의 고개를 받친 채로 규원에게서 받은 지환의 번호로 전화를 걸었다. 하지만 응급 환자라도 있는 것인지 지환은 전화를 받지 않았다.

규원의 말을 믿는 수밖에 없었다. 어쨌거나 해열제를 먹이면 다음 날 괜찮아진다고 하니. 애초에 그냥 다시 병원으로 갈 걸 그랬다고 후회했다.

"사장님, 이태진 씨."

이름을 불러보았지만 태진은 낮은 신음만 뱉을 뿐 눈도 뜨지 못했다. 입으로 해열제가 든 병을 가져갔지만 태진은 그것을 피하기만 했다. 결국 다 쏟아 버려 먹이는 것을 실패해 다시 병을 가져왔다. 이대론 계속 씨름만 할 것 같았다.

어쩔 수 없었다. 눈을 질끈 감은 문형이 입으로 해열제를 가득 머금었다. 그리고 태진의 턱을 잡고 손가락으로 입술을 열었다. 다행히 태진은 입을 살짝 벌려 주었다. 그대로 입을 맞추어 약을 흘려보내려고 하는데 그의 입이 닫혔다.

닿은 입술이 뜨거웠다. 다시 손가락을 넣어 태진의 입술을 벌리려고 한다면 약이 그대로 흘러내릴 것 같았다. 하는 수 없이 혀로 태진의 입술을 파고들었다. 다행히 태진의 입술이 벌어지고, 맞물려 있던 이가 열렸다.

꿀꺽.

약을 삼키는 소리가 나자 천천히 혀를 빼고 고개를 들었다. 태진의 입술이 약과 그녀의 체액으로 번들거리는 것 같았다. 손을 뻗어 태진의 입술을 재빨리 닦아 내고 자리에서 일어나 욕실로 들어갔다.

세면대 앞에 서서 거울을 보자 꼭 태진의 얼굴처럼 자신의 얼굴이 붉어진 게 보였다.

"키스 같은 거 아니야. 정신 차리자, 서문형."

어차피 태진은 정신이 없어 일어나 봤자 기억도 못 할 것이다. 몇 번이나 한숨을 뱉어 내고 찬물에 수건을 적셔 냈다. 물을 담을 대야 같은 게 있으면 좋을 것 같았지만 그런 게 있을 리 만무했다.

수건을 적셔 나온 뒤 부엌으로 가 정수기에서 얼음을 컵에 받아 왔다. 해열제를 먹은 지 얼마 되지 않았지만 힘겹게 쌕쌕거리던 숨이 조금은 안정된 것 같기도 했다.

태진의 상체를 일으켜 재킷을 벗겨 낸 다음 셔츠를 단추를 하나씩 풀기 시작했다. 단추를 모두 풀어 얼굴부터 흘러내린 땀을 닦아 내려갔다.

목덜미는 최대한 조심히 닦아 내려고 노력했다. 워낙 열이 많이 나는 부위인데 갑자기 차가운 게 닿으면 보통 사람들은 피하려고 하기 마련이었다. 다행히 태진은 밀어내지도 움직이지도 않았다.

서둘러 손을 움직이기 시작했다. 단단한 몸을 직접 손으로 닦아 내는 게 생소하기도 하고, 왠지 부끄럽기도 했다.

"정신 좀 차리자, 서문형. 지금 환자 상대하는 거야."

스스로를 채찍질하듯 말을 뱉고 태진의 등으로 슬쩍 손을 밀어 넣어 등에 배인 땀도 모두 닦아 내었다. 그리고 마른 수건으로 다시 한번 모두 닦아 낸 뒤 덮을 게 없나 주위를 두리번거렸지만 있을 리가 없었다.

수건에 얼음을 끼워 넣어 태진의 이마에 올려 두고 잠시 고민을 하다 소파에 올라와 옆으로 누웠다. 소파가 싱글 침대와 비슷한 넓이라 가능한 일이었다.

문형은 하는 수 없이 태진의 몸을 끌어안고 재킷을 덮은 뒤 체온을 나누어 주었다. 제발 심장이 진정하길 바라며.

언제부터였을까. 다섯 살? 여섯 살? 그때부터 그녀는 혼자 자기 시작했다. 그 뒤론 딱히 누군가와 붙어서 자 본 기억이 없었다. 그래서 지금 느껴지는 따뜻함이 좋았다.

그래, 기억이 난다. 어릴 때 할머니 집에 커다란 셰퍼드인 영석이가 있었다. 작은 강아지를 데리고 왔던 사람의 이름이 영석이라며 그대로 이름이 됐다.

할머니 집에만 가면 영석이와 함께 자겠다며 고집을 부렸다. 겨울을 빼고는 집 밖에서 자던 영석이를 억지로 끌고 와 늘 함께 잤었다.

따뜻한 체온이 느껴지는 게 너무 오랜만이라 위로를 받는 것 같았다. 그녀가 중학생 때 영석이는 수명을 다하고 무지개다리를 건넜다. 그때 얼마나 아팠는지 3일을 내내 앓았었다.

요즘 누나가 힘든 것을 알고 영석이가 꿈에서라도 찾아온 모양이었다. 영석이는 무지개다리를 건넌 뒤 한 번도 꿈에 나온 적이 없었다.

"영석아. 조금만 더, 응?"

빠져나가려고 발버둥을 치는 영석이를 두 팔로 있는 힘껏 끌어안았다.

두근두근.

이상하다. 영석이의 심장 박동은 인간보다 훨씬 빨랐다. 그런데 이 일정한, 훨씬 느린 속도는 뭘까?

무언가 이상해 손으로 더듬거렸다. 이상하게 손에 잡히는 털이 없다. 오히려 딱딱했다. 딱딱?

놀란 문형이 눈을 번쩍 떴다. 눈앞에 보이는 건 피부색이고……. 고개를 슬쩍 올리니 어이가 없는 표정을 하고 있는 태진이 보였다.

"어, 어?"

놀라서 버둥거리는데 몸이 뒤로 휘청 넘어갔다. 소파에서 떨어지겠구나 눈을 질끈 감은 순간 태진이 그녀의 몸을 끌어안았다. 밀착되는 느낌이 평소와 달랐다. 그가 상체는 벗고 있어서일 수도 있었지만 역시 생리적인 하체 반응 때문이었다. 저도 모르게 엉덩이를 뒤로 쭉 빼고 말자 태진이 픽 웃으며 그녀의 허리를 놓아주었다.

거의 미끄러지듯이 소파에서 내려와 앉은 문형이 고개를 올려 태진을 보았다. 어제까지 그렇게 아팠던 게 거짓말인 것처럼 그의 얼굴은 멀쩡해 보인다. 게다가 더 이상 땀을 흘리지도 않았다. 혹시 몰라 저도 모르게 손을 뻗어 다시 태진의 이마를 짚었다.

"다행이다."

다행히도 태진의 이마는 어제완 반대로 조금 서늘한 상태였다.

"고마워."

"네?"

"간호한 거 아니야?"

"아, 그게 해열제까지……."

입에서 입으로 전해 주었던 게 떠오르자 얼굴이 훅 붉어지는 것 같았다. 그때 태진의 시선이 바닥에 구르고 있는 해열제 병으로 향했다.

"왜 두 병이야?"

"한 병은 먹이는 게 실패해서요."

"먹이는데 힘들었을 텐데, 고생했겠네."

확실히 고생을 하기는 했다. 아마 태진은 어떤 식으로 자신이 해열제를 마셨는지 생각도 하지 못할 것이다. 어차피 그 기억은 혼자만 묻어 두면 될 일이었다.

"네, 조금……."

"내가 여기로 가자고 했던 것까진 기억이 나는데……."

이제야 인숙이 말했던 아파트인가 싶다. 예전에 혼자 살던 아파트를 지금은 태진이 물건들을 쌓아 둔다고 했었던. 하지만 천이 씌워진 이젤을 빼고는 다른 물건들은 보이지 않았다.

"여기까지 잘 걸어 들어왔어요. 제가 부축하기는 했지만."

그 말에 태진이 문형을 위아래로 쭉 훑었다. 뭐라도 묻은 것일까? 고개를 숙여 자신의 몸을 훑던 문형이 허벅지 반 이상 올라와 있는 치마를 보았다. 아무렇지 않은 척 일어나며 치마를 잡아당겨 내리고 해열제 병을 집어 들었다.

"생각보다 힘이 세네."

"회장님 상대하면서 제 체력도 좋아졌거든요."

"확실히 그런 모양이네."

태진이 자리에서 일어나며 셔츠를 걸쳤다. 다행히 태진은 그녀가 체온을 나누어 주기 위해서 자신을 안고 잤다는 것을 아는 모양이었다.

"그냥 두고 가지 그랬어."

"열이 그렇게 펄펄 끓는 사람을 두고 어떻게 가요."

"아픈 사람 두고 잤잖아."

요즘 확실히 잠이 모자라긴 했다. 오랜만에 푹, 그것도 오랫동안 자서 그런지 미세하게 오던 두통도 사라져 오히려 머리가 맑았다.

"죄송합니다."

맞다. 시간차를 두고 태진의 열이 내리는지 체크를 했어야 했는데. 오히려 자신이 체온을 얻으며 푹 잠들고 말았다.

"농담이야."

늘 생각하지만 태진의 농담은 농담이 아닌 것 같다. 사람을 놀리는 것도 아니고.

"오늘 저녁 어때?"

"뭐가요?"

"나유리. 시간 괜찮으면 저녁 같이 할까 싶은데."

"그래도 될까요?"

"왜? 긴장해야 해? 서문형 빼앗아 가는 도둑놈이라서?"

이제야 태진의 원래의 컨디션으로 돌아왔다는 걸 알 수 있었다. 고개를 돌려 시간을 확인하자 벌써 10시에 가까워져 있었다.

"연락해 볼게요. 어디 가세요?"

"씻고 나올게."

"네?"

이 상황에서 갑자기 씻는다고?

"닦아 냈다고 해도 땀 흘려 찝찝하잖아."

"아, 네."

"무슨 상상을 한 거야?"

상상 같은 건 전혀 하지 않았다. 하지만 여기서 또 버럭 한다면 태진의 놀림감이 되고 말 것이다.

"참."

막 방문을 열던 태진이 뒤로 돌아섰다.

"네."

"영석이가 누구야?"

"그게……."

"애타게 부르면서 더듬는 바람에 내가 좀 흥분했거든. 그래서 닿았던 건데, 이해하지?"

태진의 말에 문형의 시선이 저도 모르게 그의 얼굴에서 다리 사이로 가고 말았다.

✛   ✢   ✛

유리는 오늘 일이 없다며 점심을 같이 먹으면 안 되냐고 성화였다. 결국 태진이 점심으로 약속을 잡았다. 한식, 일식, 중식 중 뭐가 좋으냐는 물음에 유리는 답할 필요도 없다는 듯 한식을 골랐다. 초밥이나 짜장면은 질리도록 먹는다면서.

아마 다른 사람들이었다면 당일 한정식집 예약이 힘들었을 것이다. 하지만 태진의 지시에 곧바로 예약이 되었고 장소를 알려주자 유리는 3개월 전에 예약해도 될까, 말까 한 곳이라며 들떠서 좋아했다.

"우리 회장님 왜 또 삐치셨을까. 오늘 다녀와서 꼭 같이 목욕해요, 네?"

문형이 씻고 옷을 갈아입기 위해 집에 들렀을 때부터 을복은 목욕을 하자고 난리였다. 외출 때문에 못 한다는 문형의 말에 삐쳐서 벌써 10분째 울고 있었다.

"초콜릿 간식 사 올게요."

"초콜릿?"

역시 을복을 달래는 데는 먹는 것, 그중에서도 초콜릿이 최고였다.

"그 초코 아이스크림도 좋아하시죠? 그것도 사 올 테니까 먹으면서 목욕해요."

"빨리 와야 돼."

"그럴게요."

"찌찌도 만지게 해 줄 거야?"

난감하다. 바로 뒤에 태진이 있었기 때문이었다. 저도 모르게 식은땀이 다 나는 것 같았다.

"알았으니까 밥 잘 드시고, 잘 기다리고 계셔야 해요."

"빨리 와. 밥 먹기 전에 와."

"그럴게요."

이제 어느 정도 을복을 달래는 기술을 터득했다.

"자, 그럼 우리 회장님 좋아하시는 전복 밥 먹으러 갈까요?"

인숙이 그렇게 말하며 빨리 나가라는 듯 고갯짓을 했다. 문형은 서둘러 안방에서 빠져나왔다. 치매 환자다 보니 또 어떻게 떼를 쓸 줄 몰라 정원까지 도망치듯 한걸음에 달려 나왔다. 그녀가 그러든 말든 태진은 유유자적해 보였다.

"솜씨가 많이 늘었네."

"회장님이요? 공력이 조금 붙은 탓이죠, 뭐."

이젠 어느 때 을복이 짜증을 더 많이 내고, 화를 내는지 알게 되었다. 아직도 토끼 인형을 들고 움직이지는 못하지만 쓰다듬을 수 있을 정도는 되었다. 그 모습을 보았을 때 인숙이 얼마나 놀랐는지 모른다. 자신도 만지지 못하게 하는 것이라면서.

태진은 자연스럽게 차 문을 열어 주었다. 요 며칠 계속 붙어 있었던 탓인지 이제 더 이상 태진이 불편하지 않았다. 사람이란 참 이상하다. 지난 몇 개월을 데면데면했는데 며칠 붙어 있었다고 이렇게 가까워진 느낌이 들다니.

그도 그렇게 생각할까? 문득 든 생각이었지만 차마 묻지는 못했다.

"토끼 인형 만질 수 있다며?"

"쓰다듬는 정도만요."

"대단하네. 나도 못 만지는 걸."

왠지 인정을 받은 느낌이라 저도 모르게 어깨가 으쓱 올라가는 것 같았다.

"딸을 잃은 할머니가 그 딸을 위해서 직접 만들었던 거야."

"아……."

왜 을복이 그토록 다 낡은 토끼 인형을 아끼는지 이제야 이해가 됐다.

"토끼 인형이 둘이던데요?"

다른 인형은 귀가 떨어져 처음엔 곰 인형인 줄 알았다. 그런데 그것 역시도 사실은 토순이 동생이라는 을복의 말에 그 뒤론 토남이라고 불러 주고 있었다.

"그건 할머니가 날 위해 만드신 인형이고."

"그걸 태진 씨가 가지고 다녔어요?"

"내 애착 인형이었어."

거짓말.

왠지 모르겠지만 태진에게 어린 시절이 있었다는 건 도무지 상상이 가지 않았다. 그러니까 그냥 태어났을 때부터 왠지 지금과 같은 성인이지 않았을까, 하는 말도 안 되는 생각이 이어졌다.

"뭘 혼자 그렇게 웃어?"

"왠지 태진 씨는 태어났을 때부터 어른이었을 것 같거든요."

"내가?"

태진이 어이없다는 듯 웃었다.

"겁도 많고, 울기도 많이 울었어. 몸집도 작았고."

"거짓말. 몸은 무슨 운동이라도 한 것처럼……."

문형이 서둘러 입을 다물었다. 이랬다간 어제 벗은 그의 몸을 샅샅이 본 것을 그대로 말할지도 몰랐다.

"그 인형 없인 정말 잠도 못 잤어. 거짓말 같겠지만."

을복에게 그 토끼 인형들은 어떤 존재가 된 것일까. 문형은 고개를 돌려 태진의 얼굴을 살폈다. 그리고 저도 모르게 손을 뻗어 다시 이마로 가져갔다. 탁, 이마에 닿기도 전 손목이 태진에게 잡혔다.

"열 다 떨어졌으니까 이제 이렇게 확인 안 해도 돼."

확실히 남들이 말하는 스킨십을 싫어하는 남자 같았다.

"얼핏 기억이 났는데."

"기억이요?"

"나한테 키스했지?"

말문이 턱 막혔다.

"키스 아니거든요?"

"하긴 했다는 소리네?"

"그건……."

너무 당혹스러우니 화도 나오지 않았다. 그렇다고 얼굴로 열이 쏠리지도 않았고. 그저 어이가 없어서 저도 모르게 몇 번이나 '허, 참' 이라는 단어만 뱉었다.

"그럴 수도 있지 왜 화를 내?"

"그쪽이 절 아파서 쓰러진 사람 덮친 치한 취급했잖아요."

"그쪽?"

"아니, 사장님이……."

어쩔 수 없이 그녀는 약자다. 눈을 살짝 내리깔고 괜히 시선을 피했다.

"그러니까 사장님이 계속 반항하고, 입은 안 벌리고. 약 안 먹으려고 계속 피하고. 결국 최후의 수단이었어요. 그리고 이거 안 보이세요?"

태진의 얼굴 앞으로 엄지를 보여 주었다. 거기엔 아직 약하게 태진이 깨물었던 잇자국이 남아 있었다.

"운전 중인 거 안 보여?"

"죄송해요. 그렇지만 그만큼 억울하다는 소리잖아요. 손가락으로 벌려서 마시게끔 하려고 했는데 손가락을 깨물지 않나."

"잘했어."

"네?"

"고맙다는 소리야."

고맙다는 그러니까 왜 이렇게 돌려 말하는 걸까. 그것도 그녀를 치한 취급 해 놓고서. 이랬거나 저랬거나 그녀는 어제 하루 종일 태진 때문에 몇 번이나 마음을 졸인 사람이었다.

"우리 계약서 좀 추가해도 될까요?"

"뭔데?"

"나중에, 혹시라도 결혼하고 나서 뭔가 좀 달라질 수도 있잖아요."

"들어 보고 결정하지."

그냥 쉽게 넘어갈 사람이 아니다. 그것을 알면서도 물어본 것이었다. '다정하게, 장난스럽게 굴지 말아 주세요'라고 쓰게 된다면 과연 태진은 어떤 반응을 보일까.

어쨌거나 지금은 대화의 방향을 바꾸어야 했다. 어제 약을 넣어 주고 입술을 떼려고 해도 더 달라고 자신의 입술을 빨았던 사람이 누군데. 물론 태진은 수분이 필요해 액체가 들어오자 반사적으로 한 행동이었을 것이다. 덕분에 그녀는 심장이 당장이라도 터질 뻔했지만.

"아직도 말 안 한 거 알아?"

"뭘요?"

"영석이가 누구냐고. 전에 사귄 남자는 이민우, 아니었나?"

이럴 때 그 갭이 느껴지는 것이다. 태진은 그녀를 처음엔 자신의 빚을 떼어 먹고 도망갈지도 모르는 여자로 생각했었다. 그러니 당연히 뒷조사를 했고. 그런데 한 번씩 태진이 확인 사살을 할 때면 그녀는 가슴이 철렁했다.

"겨우 한 달이었는데 그것도 조사에 나왔었나 봐요?"

"그 새끼가 입을 막 놀렸었거든."

"네?"

"모르는 게 차라리 나을 거야."

"무슨 소린지 자세히 설명 좀 해 주세요."

대체 저게 무슨 말일까? 당시의 민우는 상당히 진중했으며 친절했다. 그 나이 또래에서는 흔히 볼 수 없는 어른스러움이 있었다. 어쩌면 자신도 그것에 끌려 사귀게 되었을지도 모르겠다. 아마 민우의 이민이 정해지지 않았더라면 그녀는 헤어지지 않고 꽤오래 사귀었을 것이다.

"그런 생각 안 해?"

"무슨 생각이요?"

"때론 모르는 게 나을 때도 있다는 거."

"저랑 관련된 일이니까 알고 싶은데요."

문형이 원래 회피하는 성격이 아니라는 건 알고 있었다. 그러니 저 어린 나이에 부모의 빚을 갚겠다며 당당히 자신을 찾아왔을 것이고.

지난 며칠간은 보이지 않아야 할 모습을 보였다. 그래서 괜한 민망함에 이런저런 장난을 쳤던 건데 문형은 의외로 반응이 빨랐다. 그 모습이 재밌어서 저도 모르게 더 놀리게 되었는데 괜한 예전 남자 친구 이야기를 꺼냈다.

영석이 키우던 개라는 건 잘 알고 있었다. 잠꼬대로 이미 문형이 '내 강아지'라고 말을 했기 때문이었다.

"별로 좋은 이야기는 아니야, 나유리 씨 만나고 듣는 게 어때?"

문형의 눈빛이 조금 전과는 다르게 풀이 죽어 있었다. 태진이 실수했다는 생각에 슬쩍 입술을 깨물었다. 입술을 슬쩍 훑고 신호에 걸리자 차를 세운 뒤 문형을 다시 보았다. 그런데 왜 하필 저 붉은 입술이 눈에 들어오는 걸까.

오늘은 편하게 입고, 화장도 하지 않았다. 그런데 꼭 립스틱이라도 발라 놓은 듯 선명한 분홍빛이다. 거기다 반짝이며 빛나 보이기도 하고.

어제는 정신조차 차리기 힘들었다. 그런데 왜 눈을 감고 가까이 다가오는 문형의 모습만은 생생히 보였을까.

처음엔 꿈인 줄 알았지만 아침에 일어나 반라가 된 자신의 몸에 딱 들러붙어 있는 문형을 보고 꿈이 아니라는 것을 알았다.

아파서 앓을 때면 제대로 해열제를 먹이지도 못한다며 인숙이나 규원이 쩔쩔맸었다. 역시 쉽게 먹이게 하려면 그 순간 그 방법밖에 없었을 것이다. 어쨌거나 고마워해야 할 일이었지만 왠지 감정이 휘둘리고 있는 것 같아 기분이 좋지가 않다.

그것도 한참이나 어린 여자애에게.

"쯧."

태진이 저도 모르게 혀를 차자 문형의 작은 어깨가 살짝 움찔거렸다. 어쩌다 그런 새끼랑 사귀게 된 것일까.

"남자 보는 눈도 없지."

저도 모르게 낮게 읊조렸지만 문형에게선 아무런 반응이 없었다. 혼자만의 세계에 빠진 모양이다.

빵.

어느새 녹색불이 들어왔고 출발하지 않자 뒷 차가 클랙슨을 누른 모양이다. 태진이 페달을 밟은 발에 힘을 주었다.

✟　　　✤　　　✟

유리는 태진을 뚫어져라 바라보고 있었다. 문형이 민망할 정도였는데 정작 태진은 아무렇지도 않아 보였다. 오히려 많이 먹으라며 유리의 앞으로 접시들을 밀어 줄 정도였다. 워낙 이런저런 많은 인간 군상을 겪어 봐서인지 태진은 확실히 사람을 대하는 것이 유연했다.

처음엔 그저 무서운 상대라고만 생각했었는데 지금은 언제 그랬냐는 듯 그저 그 나이 또래의 남자로 보였다. 물론 그가 가지고 있는 분위기는 여전했지만. 그렇다고 태진이 쉬운 상대라는 뜻은 아니었다.

"무례했다면 죄송해요. 워낙 전설로 남은 선배님이시기도 하고, 또 우리 문형이 많이 좋아해 주시니까 저도 모르게 신기했나 봐요."

유리의 말발 또한 그 누구에게도 뒤지지 않을 만큼 유창했다. 그런 유리의 말에 태진은 그저 웃었다.

"사실 한 대 맞을 각오도 했는데 말입니다."

"맞아요?"

"도둑놈이 문형이 낚아채 간다고."

그녀의 이름을 성을 빼고 불렀던 게 처음인 것 같다. 그것을 아는지 모르는지 태진은 여전히 태연했고, 유리는 잔뜩 호기심을 가진 눈을 숨기지 못했다. 이름만 불리자 급속도로 훅 친해진 기분이 드는 건 왜일까. 태진은 그저 유리의 앞에서 연기를 하는 것뿐이었는데.

"스타일링이 딱 정석 회사원처럼 맞아떨어져서 그렇지 동안이신데요? 우리 또래라고 해도 믿겠어요."

"칭찬 고맙습니다."

"그리고 그냥 앞으로 처제 대하듯 편히 말씀하세요. 저도 문형이하고 가족이나 마찬가지거든요."

"그럼 나야 편하지."

보통 한 번쯤은 다음에 하겠다거나, 다시 한번 허락을 구하곤 했다. 하지만 태진은 어차피 그런 것들은 시간 낭비라는 듯 바로 말을 놓고 여전히 눈치를 보느라 제대로 먹지 못하는 문형의 앞 접시 위로 음식을 놓아 주었다.

"선배님이라고 불러도 되는 거죠?"

"편한 대로."

애초에 태진은 자신이 나이가 많다거나, 직급이 있다고 해서 대접을 받는 것을 좋아하는 사람은 아니었다. 그녀에게도 그냥 편하게 이름을 부르라고 하지 않았던가. 우리나라에서 특히나 남자들이 그렇게 서열에 집착하지 않는 경우는 없었다. 오늘 보니 확실히 태진은 사람들의 급을 나누지도, 그렇다고 콧대를 세우지도 않았다.

"사실 제가 예전에 선배님 그림을 본 기억이 있거든요."

막 찻잔을 들던 태진의 움직임이 멈칫했다. 아주 잠깐이라 유리는 눈치채지 못했을 것이다. 하지만 문형의 눈엔 보였다.

"내 그림?"

"네. 선배님께서 다니시던 고등학교에 사촌오빠도 다녔었는데 축제에 내놓으신 그림 봤어요. 어마어마하게 큰 그림. 그게 갑자기 팍 떠오르는 거 있죠."

태진은 을복의 추천에 의해 입시 미술 정도로만 그렸다고 했었다. 물론 그 말을 곧이곧대로 믿는 건 아니었다. 다만 그녀는 단한 번도 태진이 어떤 그림을 그렸는지 보지 못했다. 유리나 윤우는 태진이 누드만 그렸었다고 했다. 설마 태진이 고등학생 때에도 누드를 그렸을까?

"기억해 주니 영광이라고 해야 하나."

"그래서 학교 찾아가 봤었거든요. 다시 보려고. 그런데 이미 선배님이 가져가셨다고 하더라고요?"

"별로 자랑할 만한 솜씨는 안 되거든."

거짓말이다. 태진이 그림을 모두 찢어 버렸다고 했을 때 윤우는 엄청나게 흥분했었다. 정말 그 차분한 정윤우 교수가 맞나 싶을 정도로. 그만큼 윤우의 눈에도 태진의 그림이 가치가 있었다는 뜻이었다.

"내가 고2 때 그린 그림이었으니 초등학생에겐 어마어마하게 크게 보였을 수도 있겠네. 별거 아닌 그림이야. 지금은 돈놀이를 하는 사람이고."

"저도 그림 그리는 사람이거든요? 문형이처럼 작품을 볼 줄 아는 눈을 못 가졌지만, 그 그림을 그린 사람의 재능쯤을 알 수 있죠."

유리는 갑자기 왜 저런 이야기를 꺼내는 것일까? 이미 태진은 더 이상 그 그림에 대한 이야기가 듣기 싫다는 듯이 굴고 있었다. 그리고 유리는 원래 눈치가 빠른 애였다. 태진이 화제를 돌리려고 하는 것을 분명히 알아들었음이 틀림없다.

"누드가 아니던데요?"

태진은 아무 말도 하지 않았다. 표정은 웃는 것도, 그렇다고 굳어 있는 것도 아니었다. 다만 유리가 무슨 말을 하고 싶어 하는지 다소 궁금증이 섞여 있었다.

"선배님 그림. 인상적으로 노란색을 잘 쓰시더라고요. 따뜻했어요, 그림이."

태진이 살짝 눈을 깔았다.

"왜 그렇게 익숙한가, 했는데."

유리가 슬쩍 문형을 보았다. 이젠 유리가 왜 계속 태진의 그림에 대해 말을 하는지 문형도 궁금해졌다.

"정윤우 교수님 그림이던데요? 궁금해지더라고요. 누가 누구의 영향을 받은 건지."

흥미롭다는 얼굴로 태진이 유리를 보았다. 지금 이 세 사람 중에 제일 놀란 사람은 문형이었다. 당사자인 태진이나 알아본 유리나 태연하기 그지없었다.

태진과 은우, 두 사람은 같은 곳으로 배우러 다녔다고 했었다. 방학 때 외국으로 나갔다는 말은 언어를 익히기 위한 게 아니라 그림을 배우러 다녔다는 것일까?

"한국고등학교 공부 잘하기로 유명하잖아요. 정 교수님은 한국 예중에 그다음부턴 해외로 나갔다가 다시 한국 들어온 사람이고.

두 사람 접점은 대학 때 딱 1년 같은데 그게 궁금해서 정 교수님 중학교 때 그림도 정말 어렵게 찾아봤어요."

윤우는 한국에서 다시 나기 힘든 천재 작가라고 불리고 있었다. 약 5년 전부터 몸값은 천정부지 치솟았고 지금은 한국대 최연소 정교수였다. 그런 사람이 누군가의 그림을 모방했다? 그렇다고 태진이 누군가의 그림을 모방해 그렸다고는 더더욱 믿기지 않는다.

"그래서 제 결론은."

"정윤우 몸값, 누가 올렸을 것 같아?"

태진은 등받이에 몸을 편히 기대며 여유롭게 웃고 있었다. 유리는 갑작스러운 태진의 물음에 당황한 모양이었다. 보통 유리는 누군가가 말을 끊어도 아랑곳 않는다. 유리의 머리가 빠르게 회전하는 게 고스란히 보일 정도였다.

"그쯤 해 둬, 한국에 그 정도 젊고 유명한 작가 하나쯤은 있는 것도 괜찮잖아?"

유리의 눈이 가늘어졌다. 그리고 문형 역시 기가 막혀 아예 몸을 틀어 태진을 보았다. 두 사람 모두 당황해 할 말을 찾지 못하고 있는데 태진은 여전히 정갈한 젓가락질로 음식을 나르고 있었다.

"억울하지도 않아요?"

태진의 시선이 돌아왔다. 그의 얼굴엔 딱히 억울함이나 안타까움 같은 건 없었다. 원래대로였다면 윤우가 가지고 있는 모든 타이틀은 태진의 것이었다. 그리고 을복 역시 그런 태진의 모습을 바라지 않았을까?

"내가 억울해야 돼?"

"그거 도둑질이잖아요."

"그림을 그리던 이태진은 이미 지워진 지 오래야. 아무도 찾지도 않는, 그저 한때 미술을 배우던 학생 그 이상 그 이하도 아니야. 그러니까 그렇게 억울할 것도 없어."

유리가 두 사람 사이에서 눈치를 보는 게 느껴졌지만 문형은 신경 쓸 겨를이 없었다. 태진의 반응이 기가 막혀 오히려 화가 날 정도였으니까.

"애초에 내 그림도 그렇게 좋은 건 아니었어. 그걸 정윤우 방식으로 소화해서 잘 풀렸으니 됐잖아."

"훔쳐 간 걸 소화했다고 생각해요?"

"정윤우 몸값 높여 놓은 걸로 됐어."

"왜요? 정윤우 교수님이 언제 진실이 밝혀질지 몰라 끙끙대는 거 보면서 즐기려고요?"

"그게 나쁜가?"

가까워질 것 같으면 다시 멀어지는 사람이다. 그것도 두 배, 세 배는 더 멀리.

"저기…… 제가 괜한 말을 꺼내서……."

"아냐, 말 잘했어. 난 밝히고 싶지 않고 유리 씨는 혼자만의 비밀로 알고 있으면 되는 거고."

"문형인 아닌 것 같은데요."

"비밀로 지켜 주겠지. 남편 될 사람이 시끄러워지는 게 싫다는데."

얄밉게도 이럴 땐 자신의 위치를 다시 한번 각인시킨다. 태진이 싫다고 한다면 문형 역시 별다른 도리가 없었다.

결국 불편한 것도 아닌 그저 답답한 자리가 끝이 보였다. 유리는 그렇게 애원했던 한정식을 먹게 해 주셔서 감사하다며 태진의 손까지 덥석 잡고 흔들었다.

원래 누구나 쉽게 친해지는 유리를 알고 있었지만 다른 사람도 아니고 태진에게도 평소처럼 행동하니 그게 신기하기도 하고 재미있기도 했다.

"참, 이거."

태진이 주머니에서 봉투 하나를 꺼내 유리의 앞으로 내밀었다.

"청첩장은 아닐 거고, 뭘까요?"

장난기 가득한 얼굴로 유리가 봉투를 열어 안에 있는 것을 확인했다. 0이 여러 개가 보이는 건 다름 아닌 수표였다.

"우리 문형이 가족인데 이불은 보내지 못하더라도 옷 한 벌씩은 입혀 드려야지."

"대박. 어떻게 아셨어요? 혼주석에 저희 부모님 앉으시는 거."

"여기로 연락 주면 사람 보내지."

"아뇨, 저희 부모님은 백화점 직접 가는 거 좋아하세요. 제가 친구 잘 둬서 이런 호강을 다 받아 보네요."

언젠가 결혼을 한다면 유리나 유리의 부모님께도 물론 좋은 선물을 하고 싶었다. 그렇지만 이런 식으로는 아니었다.

"우리 문형이 눈에서 레이저 발사되네. 미천한 저는 먼저 물러가 봅니다, 뺏기기 전에."

"유리야, 나유리."

문형이 자리에서 일어나 잡기도 전에 유리가 쏜살같이 방에서 빠져나갔다. 문이 다시 닫히자 문형은 태진의 어깨까지 잡아 돌려 자신을 보게 만들었다.

"지금 뭐 하신 거예요?"

"원래 처가댁에 그 정도는 해. 오히려 약소하게 한 거야."

"그런 거 바라고 하는 결혼 아니에요."

"말했잖아. 대충 넘기는 그런 결혼 아니라고."

이 남자는 지금 시비를 걸고 싶은 것일까, 싸움을 하자는 것일까? 어차피 그녀야 그가 시키는 대로 할 수밖에는 없었지만 이건 너무 과했다.

"너무 과해요."

"정 여사님 정신만 온전하셨다면 0이 하나는 더 붙었을 거야. 그러니 난 약소한 거지."

태진이 빈말로 그런 말을 할 사람이 아니라는 건 알고 있다. 을복이 얼마나 태진을 아꼈는지는 인숙에게 많은 이야기를 들어 익히 알고 있었다.

손자며느리가 들어오면 줄 거라고 패물함도 가득 채워 놨다고 들었다. 그러니 태진의 말처럼 0이 하나 더 붙어도 이상할 건 없었다.

"그냥 서문형이 내게 익숙해져."

익숙해지면? 그다음은 어떻게 되는 걸까? 이태진에게 빠져 허우적거리며 결국 잊지도 못하고, 좋아한다 말도 못하고 그리워하다 죽는 것?

갑자기 다리 밑으로 모든 힘이 빠져나가는 느낌이었다. 결국 이태진이라는 남자를 좋아하게 되었다는 것을 인정할 수밖에 없었다.

의외로 태진은 문호에게도 살갑게 굴었다. 그렇게 바쁜 사람이 직접 시간을 내어 문호와 쇼핑도 해 주고, 밥을 먹어 주기도 했다. 물론 그 쇼핑을 하며 문호보다 문형에게 쇼핑백을 더 많이 안기기는 했다.

"언니, 형부가 언니 정말 좋아하나 봐."

힘들다는 문호의 말에 바로 옆에 있는 백화점 내의 카페에 앉았다. 문호는 이제 거리낌 없이 태진을 형부라고 부르고 있었다.

자리에 앉기 전 전화가 걸려 온 태진이 먼저 시켜 마시라는 말을 하며 유리 난간에 기대어 서 있었다. 문형은 통화하는 그의 뒷모습을 물끄러미 보았다.

지나가는 여자들은 힐끔거리며 태진을 보았다. 카페 안에 있는 주변 사람들도 수근거릴 정도였다. 확실히 키가 월등히 크고, 비율도 모델처럼 좋은데다 이목구비도 뚜렷한 남자라 절로 시선을 끈다.

"처음에 봤을 때 진짜 배운 줄 알았는데. 나도 형부 보면서 갈수록 눈만 높아져서 큰일이야."

뭐가 그렇게 좋은지 문호는 천진난만하게 웃고 있었다. 문호라도 아무것도 모르고 이렇게 행복하기만 하면 될 것 같았는데. 아마 그녀도 감정이라는 게 생기지 않았더라면 속이 이 정도로 복잡하지는 않았을 것이다.

그랬다면 적당히 타협하며 그가 해 주는 것들을 쉽게 받았을 것이다. 어차피 지금 결혼이 제일 필요한 사람은 태진이었으니까.

"유리 언니가 그렇게 칭찬했던 이유가 있었다니까. 오늘도 봤지? 언니 마음에 안 들어 하는 거 같으면 바로 내려놓고, 마음에 들어 하는 눈치면 거리낌 없이 지갑 여는 거. 그거 진짜 좋아하지 않으면 힘들거든."

"연애 박사 나셨다."

"에이, 좋아서 그러지. 좋아서."

문호가 어리광을 피우며 그녀에게 팔짱을 꼈다. 문형은 살짝 흘러내린 문호의 머리카락을 귀로 넘겨 주었다.

"힘들진 않아?"

"응. 내 혈색 봐. 요즘처럼 좋은 적이 없었다니까? 그리고 형부도 언제든 한국 오면 들르라고 나 주치의도 소개해 줬어."

"언제?"

"어제, 언니 유리 언니 만나러 갔을 때."

어젠 학교로 가서 자퇴 신청서를 낼 생각이었다. 학기가 얼마 남지 않았는데 자퇴를 한다는 말에 태진은 의외로 별말을 하지 않았다. 이미 그녀가 교사를 하고 싶다고 말한 것을 존중해 주는 모양이었다. 다만, 우선은 자퇴보단 휴학을 권했다. 물론 문형의 의견을 존중한다고 하면서.

잠시 고민이 되어 유리를 만나 이야기해 보기로 마음먹었다. 물론 유리를 만나 그 봉투의 행방에 대해서도 물어볼 생각이었고. 그러나 유리는 교묘하게 봉투의 행방만은 알려 주지 않았다.

"근데 언니 정말 자퇴할 거야? 형부는 언니가 석사까지 땄으면 하는 것 같던데."

"태진 씨가 그런 것도 말했어?"

"몰랐구나? 나 형부하고 엄청 가까워졌어."

예전부터 문호는 문형에게 결혼을 하지 말고 평생 같이 살자고 했었다. 형부가 생기면 미워질 거라면서. 지금은 언제 그런 말을 했었냐는 듯 태진을 형부로서, 가족으로서 온전히 받아들인 모양이었다.

5년 후, 자신이 이혼을 하게 되면 문호는 또 얼마나 상처를 받을까. 그때도 아마 문호는 언니의 선택을 존중한다고 할 것이다. 아직 멀기만 한 5년 뒤를 생각하니 벌써 속이 아려 오는 것 같았다.

"다행이야, 언니."

"뭐가?"

"좋은 가족이 생겼잖아."

좋은 가족이라. 태진에겐 을복도, 인숙도. 규원이나 나은, 늘보와 윤서까지 있었다. 피가 모두 섞이진 않았지만 태진에겐 가족이나 다름없는 사람들이었다. 그 가족 구성원에 그녀는 그저 스쳐 지나갈 사람일 뿐이었다. 태진은 그녀를 자신의 선 안으로 넣어 줄 사람이 아니었다. 왠지 모를 서글픔이 몰려왔다.

6. 깊이

잠들어 있는 을복을 물끄러미 바라보았다. 그래도 1년 전까지만 하더라도 일주일에 반절 이상은 평소와 같았었다. 1년 사이 무엇을 그렇게 잊고 싶었던 건지 을복은 이제 거의 본래의 모습을 보여 주지 않았다. 태진은 벌써 3개월째 을복의 온전한 모습을 보지 못했다.

문형의 말이 맞다. 같이 보내는 시간을 어떻게 해서든 만들어야 했다. 직원들을 못 믿는 게 아니었다. 그저 을복이 일구어 놓았던 사업을 깎아 먹기 싫어 부지런히 움직였던 것이다.

지금이라도 을복이 키워 놓았던 정도의 사업체만 이끌고 간다면 시간적으로 여유로울 것이다. 하지만 그러기엔 이미 사업이 너무나 크게 확장이 되었고 직원들도 몇 배는 많아졌으며 책임져야 할 일도 많았다.

"이렇게 갑자기 할머니 상태가 안 좋아질 줄 알았다면 조금 더 빨리 결심했을 텐데."

태진의 시선이 을복의 손으로 향했다. 이제 더는 돈을, 장부를 세지 않는 손은 깨끗했다. 마치 새살이 돋아난 것처럼 곱기만 했다.

그는 태어나 처음으로 번 돈으로 을복에게 세 쌍의 금가락지를 해 주었다. 당시에는 네가 쓰기나 할 일이지 뭐 하러 이런 걸 사 왔냐며 나무람을 들었다. 그 말들이 무색하게 을복은 끼고 있던 명품 반지도, 다이아몬드도 필요 없다는 듯 그 금가락지만 하고 다녔다.

하지만 결혼을 하지 않겠다 버티는 손자 녀석이 싫어졌는지 반지는 어느 순간부터 보이지 않았다. 그렇게 목숨처럼 아끼던 물건이었는데.

"조금이라도 정신이 돌아오시면 손자며느리 될 사람 보게 되실 수도 있어요."

어쩌면 태진의 목소리는 애원에 가까웠다. 을복은 자신에게 있어 피를 나누어 가진 유일한 가족이었다. 그렇다고 다른 사람들이 가족이 아니라는 것은 아니다. 다만 을복은 부모보다 더한 존재라 한 번씩 울컥 쏟아지는 슬픔을 감당하기 힘들 때가 있었다.

태진이 조용히 을복의 손을 한 번 쓰다듬고 상체를 일으켰다. 주름진 을복의 뽀얀 이마에 입을 맞추었다. 그가 늘 잠이 들어 있을 때면 을복이 해 주던 행동이었다.

다시 한번 시트를 꼼꼼히 덮어 주고 돌아섰을 때 조용히 문을 닫던 문형을 보았다. 감정이 갑자기 확 치솟는 이유는 무엇일까?

오늘만은 문형을 보고 싶지 않았는데. 태진이 서둘러 을복의 방을 나선 뒤 조용히 문을 닫았다.

"서문형."

막 계단을 올라가려던 문형이 멈칫거리며 뒤로 돌아섰다.

"늦으셨네요."

"20분 뒤에 서재로 와."

"네. 차 드실래요?"

"그래."

소파에 올려 두었던 서류 가방을 들고 계단을 올라섰다. 오늘은 유난히 힘든 날이 있다. 단 한 번도 혜린의 기일을 잊은 적이 없었다. 그런데 이번에는 아침부터 출근하지 않은 규원을 찾았고 삼척에 있다는 말을 듣고서도 바로 알아차리지 못했다.

을복이 치매를 앓게 된 뒤로 부모님의 기일을 챙기는 사람이 없었다. 그리고 부모님의 기일 이틀 뒤가 혜린의 기일이었다. 그럼에도 불구하고 한 번도 잊은 적이 없었는데.

뜨거운 물로 샤워를 한 뒤 침대에 걸터앉아 낮게 한숨을 뱉었다. 원래 사람의 감정은 무뎌지는 것이다. 규원은 섭섭함을 내비치지 않았다. 오히려 잘되었고 앞으로도 굳이 기억할 필요가 없다고 말해 주었다.

똑똑.

노크 소리에 고개를 들었다.

"들어와."

"서재에 안 계셔서요."

아슬아슬하게 트레이를 들고 서 있는 문형을 보고 침대에서 일어나 뚜벅뚜벅 걸어가 문을 활짝 열었다.

"들어와."

머리카락에선 아직 물방울이 떨어지고 샤워 가운 하나만 입은 채 서 있는 태진은 왠지 모르게 아찔하다. 그리고 선뜻 들어가지 못하는 건 왠지 이 방문 너머가 위험한 지대처럼 느껴졌기 때문이었다.

태진은 인내심 같은 것을 보이는 사람이 아니었다. 그녀의 손에 들려 있던 트레이를 들고 안으로 들어가 작은 테이블 위로 올려 두며 리클라이너에 걸터앉았다. 넓은 태진의 방에 있는 가구는 저 1인용 리클라이너와 침대뿐이었다. 설마 저 보고 침대에 걸쳐 앉으라고 하는 것일까?

"안 들어와?"

고갯짓을 하며 태진이 턱 끝으로 침대를 가리켰다. 태진의 침대는 뭔가 비정상적으로 높아 꼭 스툴 위에 앉아 있는 느낌이었다. 아마 자신의 키가 작았더라면 다리가 바닥에 닿지 않고 훅 올라가 꽤 우스꽝스러운 모습을 보였을 것이다.

태진이 잘 우러난 보이차의 색을 확인한 뒤 차를 따랐다. 하지만 두 사람 모두 찻잔으로 손을 뻗지 않았다.

문형은 이 침묵이 왠지 모르게 불편했다. 아니, 정확히는 앞에 있는 태진이 불편한 것이다. 그리고 이 방은 너무나 고요하다. 침을 삼키는 소리까지 들릴 만큼. 혹여나 빠르게 뛰는 심장 소리가 들리는 것은 아닌지 촉각을 곤두세웠다.

"청첩장이 나왔어."

태진이 협탁으로 손을 뻗어 연한 분홍빛 봉투를 들어 문형에게 건네주었다. 결혼에 관한 일은 모두 태진이 처리하겠다고 했다. 그리고 생각보다 결혼 날짜가 빨라 놀라기도 했다.

결혼 날짜는 6월 13일이었고 이제 겨우 2주가 남았다. 이렇게 늦게 청첩장을 돌려도 되냐는 물음에 하루 전날 돌려도 올 사람은 다 온다는 태진의 말에 새삼 그의 영향력을 실감했다.

청첩장을 받아 든 문형이 조심스레 봉투를 펼쳤다. 봉투 색보다 조금 더 짙은 청첩장은 심플하면서도 깔끔했다.

신랑 이태진. 신부 서문형.

신랑과 신부라는 말이 어쩐지 꼭 합성처럼 느껴졌다. 바로 어제 스튜디오 촬영을 했는데 두 사람이 행복하게 웃고 있는 얼굴이 청첩장에 들어가 있었다.

태진은 무엇이든 안 되는 일은 없다고 했다. 아마 보통 사람들이었다면 이런 스피드로 이런 퀄리티의 청첩장을 뽑아낼 수 없었을 것이다.

"잘 나왔네요."

서둘러 청첩장을 다시 정리하고 고개를 드는데 어쩐지 태진의 얼굴이 굳어 있었다. 오늘 좋지 않은 일이라도 있었던 걸까?

태진은 늦든, 늦지 않든 꼭 을복의 방에 먼저 들렀다. 그래도 보통 귀가 시간이 12시를 넘은 적이 없었는데 오늘은 새벽 1시가 되어 들어왔다. 그녀도 늦게까지 책을 읽지 않았더라면 진작 잠이 들었을 시간이었다.

"오늘 정 여사님은?"

"오늘은 손 말고 붓으로 그림 그리기를 해 봤는데 참 좋아하셨어요. 그리고 잠시……."

아주 잠깐이지만 그건 을복의 정신이 돌아왔던 걸까? 그것도 아니면 그냥 치매 노인이 하는 말이었을까.

"잠시?"

"고맙다는 말을 하셨는데 아주 잠깐이라 정신이 돌아오셨던 건지, 아닌지는 모르겠어요."

고마워, 아가씨.

지금도 귓가에 그 나긋나긋한 음성이 들리는 것 같았다. 평소의 을복과는 전혀 다른 목소리였다. 하지만 곧바로 '덕만이 나빠'를 외치는 을복 때문에 순간 자신이 잘못 들었던 것은 아닌지 헷갈릴 정도였다.

"청첩장 더 주시겠어요?"

태진이 허리를 숙이자 가운의 가슴이 벌어지며 탄탄한 상체가 드러났다. 시선을 어디로 돌려야 할지 몰라 고개를 좀 더 숙이다 다시 들었다. 살짝 벌어진 다리 틈으로 보지 않아야 할 것을 본 것 같았기 때문이었다.

설마 속옷도 안 입고? 아마도 아닐 것이다. 속옷도 안 입은 채로 그녀를 방에 들였을 리가 없다.

한가득 묶여진 청첩장을 내미는 태진을 보고 슬쩍 시선을 피했다.

"이렇게까지 많이는 필요 없는데."

"넉넉하게 찍은 거니까 일단 가지고 있어."

그녀의 인맥은 태진에 비할 바가 못 됐다. 스무 명 정도만 채워진다면 다행이라고 안심할 정도로.

서둘러 청첩장을 받고 나가야 할 것 같았다. 계속 신경이 곤두서고 시선이 태진의 다리 사이로 옮겨질 것 같았기 때문이었다.

"청첩장 주시려고 저 부르신 거 맞죠?"

"맞아."

"그럼 이만 나가 보……."

"아니기도 하고."

"네?"

엉덩이를 반쯤 들었던 문형이 저도 모르게 엉거주춤한 자세로 태진을 보고 말았다.

"내가 오늘 기분이 좀 더럽거든."

저도 모르게 침대에 털썩 주저앉았다. 이런 식으로 태진이 자신의 기분을 노골적으로 드러낸 적이 없었다. 그리고 사업적인 이야기도 일절 하지 않았으며 같이 물건을 보더라도 주로 문형 혼자 말하는 식이었다.

"제가 고른 작품에 무슨 문제라도……."

"없어. 그런 건. 오히려 가격이 천정부지로 올라가서 다들 난리가 났지."

얼마 전 그 김홍도의 그림을 꽤 거한 가격에 팔게 되었다며 태진은 문형에게도 봉투를 주었다. 생각보다 훨씬 큰 액수에 받을 수 없다고 말을 하려다 조용히 받아 책상 서랍에 넣어 두었다.

"너무 문제가 없어서 오히려 더 신경 거슬려."

지금 태진이 무슨 말을 하고 있는 것인지 쉽게 이해가 가지 않는다. 그녀가 그에게 조금이라도 도움이 된다면 좋은 일 아니었나? 그런데 대체 왜 신경이 거슬린다고 하는 것일까?

"제가 무슨……. 혹시 정 교수님이 신경 쓰이시는 거라면 제가 유리 단속을……."

"아니. 그건 상관없고."

그녀가 태진의 신경을 거슬리게 한 적이 있었을까? 따지고 보자면 많았을 수도 있다. 한 번씩 그녀는 그러면 안 된다는 것을 알면서도 객기를 부렸기 때문이었다. 물론 그럴 때마다 태진은 신경도 쓰지 않으며 그저 가볍게 웃어 넘겼지만.

왠지 분위기가 위험하다. 빨리 이 방에서 나가야 할 것 같아 다리에 힘을 주며 일어설 때였다. 태진이 바로 일어서며 그녀의 길을 막았다.

"이태진 씨."

"앞으로 내 인생에 서문형이 꽤 간절해질지도 모를 것 같아서 내가 오늘 기분이 좀 더럽거든."

태진이 누군가에게 도움을 받는 것도, 집착을 하는 것도, 그리고 관심을 받는 것도 싫어한다고 들었다. 저 말뜻은 현재 그녀가 작품을 볼 줄 아는 눈이 필요하다는 뜻이었다. 그것뿐임을 알고 있는데도 가슴이 뛰고 있다.

문득 혜린이라는 사람이 궁금해졌다. 인숙의 말에 의하면 참 살갑고, 다정하고, 따뜻한 사람이라고 했다. 다소 무뚝뚝하고 무표정한 태진에게 그런 사람이 잘 어울릴 것도 같았다. 그런 사람이니 태진이 좋아하고 사귀었을 것이다. 아님, 자신이 유리의 성격 반만 닮았더라도 지금보다 상황이 더 나았을지도 모르겠다.

"말씀드렸잖아요. 계약 기간이 끝나면 다신 뵙고 싶지 않다고."

태진은 머리가 좋은 사람이다. 그녀가 그냥 흘리며 말을 했던 것도 허투루 듣지 않는 사람이었다. 그러니 그 이야기도 당연히 기억하고 있음이 틀림없다.

"그래서 기분이 더럽다는 거야."

태어나 많은 것들을 손에 쥐고 있는 사람이었다. 자신의 선에서 어쩔 수 없는 일은 어쩔 수 없지만 그녀 하나 컨트롤하지 못한다고 생각하니 그러는 것일까?

"아직 결혼도 전인데 삐걱거리고 싶지 않습니다."

"마찬가지야."

"그런데 왜 이렇게 시비를 거시는 건데요."

"청개구리 심보인가 보지."

이제 그만 태진이 앞에서 비켜 주었으면 좋겠다. 그녀의 시선엔 태진의 탄탄한 가슴이 보이고 있었다. 간접 조명이 아니었더라면 이미 붉어진 얼굴을 들켰을 것이다.

"비켜 주세요."

왼쪽으로 발을 옮기자 태진이 따라와 다시 막아섰다. 지금 장난을 치고 싶은 건가?

고개를 들어 올려 그를 불만스럽게 올려보았다. 그리고 다시 오른쪽으로 발을 옮기는데 또다시 따라왔다.

"이태진 씨, 지금 뭐 하자는 건데요. 계약이 끝난 후에도 직원으로 있어 달라는 건가요?"

그녀의 물음에도 돌아오는 답은 없었다. 입술을 꾹 다문 채로 그녀를 보고 있었다. 말 그대로 태진은 그냥 보고 있는 것뿐이었는데 왠지 얼굴이 뚫리는 것 같은 기분이었다.

"피곤해요, 나가 볼게요."

막 스치려던 문형의 손이 잡혔다. 아마 손목을 잡거나, 팔을 잡아 세웠다면 그녀는 거칠게 뿌리쳤을 것이다. 그러나 단단하고 거친 손이 제 손을 잡자 왠지 뿌리칠 수가 없었다. 태진이 쓰러졌을 때 잡았던 손이 생각났기 때문이었다.

"누구 말대로 욕구불만인가 보지."

태진이 쓴웃음을 지으며 말했다. 인상을 찌푸린 문형이 그의 얼굴을 올려보았다.

"난 서문형하고 자고 싶어졌어."

순간 심장이 쿵, 소리를 내며 떨어지는 것 같았다. 침착해야 할 필요가 있었다.

"여자가 필요하신 거라면 다른 데에서 알아보세요."

"다른 여자가 아니라 서문형하고 자고 싶어."

덤덤한 척 말하고 있었지만 사실 입술이 바르르 떨릴 지경이었다. 참아 내기 위해 입술 안쪽의 살을 질끈 깨물었다.

"그런 게 목적이셨다면 처음 사무실 들어갔을 때부터 옷 벗으라고 하지 그러셨어요."

태진이 픽 웃었다.

"그땐 서문형을 상대로 내가 설 거라고 생각 못 했거든."

저도 모르게 침을 꿀꺽 삼켰다. 아무리 계약에 의한 결혼이라지만 두 사람은 성인이었고 관계를 맺는다 하더라도 법에 위반되는 건 아니었다.

하지만 몸만 나누는 관계 같은 건 싫었다. 결국 이 두 사람 사이에서 상처를 받을 사람은 태진이 아니라 자신이었다.

"어쩌죠. 제가 경험이 없어서 만족을 시켜드리지 못할 것 같은데."

"나도 썩 자신이 있는 건 아니라."

이 남자에게도 자신 없는 게 다 있을까?

"하나만 물어봐도 되나요?"

"뭔데?"

"왜 하필 저하고 자고 싶은지요. 뒤탈이 없을 것 같은 여자라? 그것도 아니면 쉬워 보여서?"

태진이 손을 놓고 다시 리클라이너에 앉았다. 잡고 있던 손을 놓은 것뿐인데 왠지 허전해졌다. 머리는 당장 이 방에서 나가라 경고를 하고 있다. 하지만 몸은 움직이지 않고 태진의 말을 기다리고 있었다.

사람의 감정이라는 건 참 우습다. 얼마 전까지만 해도 태진을 무서워했으면서 어느 순간 좋아한다고 깨달았고 지금은 저 몸이라도 가졌으면 좋겠다고 생각하고 있다. 스스로도 이런 생각을 하게 될 줄은 꿈에도 생각 못 했다.

심장이 두근두근 뛰었다. 당장이라도 태진이 잘못 생각했어, 나가 보라고 말을 할지도 모른다는 생각이 들었다. 오늘 밤을 기대하는 스스로가 이해가 가지 않으면서도 기다리고 있다.

"벗을까요?"

태진은 물끄러미 문형을 보았다. 얼굴이 새빨개지는 것만 같다. 자고 싶다고 했던 사람은 분명히 태진인데 그녀가 더 원하는 꼴이 된 것 같았다.

"실⋯⋯."

"이리 와."

태진이 마치 잡으라는 듯 팔을 뻗었다. 결국 늪으로 들어가는 사람은 태진이 아닌 문형이었다.

✛　　✛　　✛

눈이 부셔서 인상을 찌푸리며 슬며시 눈을 떴다. 여름이 가까워져 오자 6시만 넘어도 밖이 훤할 정도였다. 평소처럼 기지개를 펴기 위해 팔을 들었다가 다리 사이는 물론 온몸이 저릿저릿해 깜짝 놀라 몸을 움츠리며 눈을 크게 떴다.

시트의 느낌도, 천장의 모습도 익숙한 자신의 방이 아니었다. 맞다, 태진과 어젯밤을 함께 보냈다. 술을 마신 것도 아니고, 취한 것도 아니었다. 아니, 어쩌면 어젯밤의 그 분위기에 취했을지도 모른다.

태진은 일어난 지 오래됐는지 옆자리는 차게 식어 있었다. 어쩌면 태진이 아직 그녀가 자신의 방에 있는 것을 보기 싫어할지도 모른단 생각에 몸을 일으키려고 할 때였다.

달칵.

문이 열리는 소리에 저도 모르게 숨을 멈췄다. 설마 인숙이라면 더는 이 집에서 얼굴을 들고 다닐 수가 없었다. 다행히 방 안으로 들어오는 사람은 땀에 잔뜩 젖은 태진이었다.

시선이 마주치자 문형은 그대로 굳고 말았다. 그는 취침 시간이 몇 시가 되었든 5시면 일어나 조깅을 했다. 비가 심하게 내리지만 않으면 거의 빼놓지 않고 운동을 한다고 인숙이 말했었다.

아무리 그렇다 하더라도 오늘은 고작 두세 시간도 자지 못했을 것이다. 물론 중간에 기절하듯 잠들어 버린 문형으로선 그가 잤는지, 자지 않았는지도 모르지만.

"좀 더 자, 씻고 나올게."

"아뇨, 저도……."

"새벽에 할머니가 절에 가고 싶다고 난리 피우신 통에 이모님이 모시고 가셨어."

"네?"

을복이 보통 고집을 부리면 온 집이 떠내려갈 정도로 시끄러웠다. 물론 방음이 잘되는 집이지만 그 소란을 아예 모르고 잠들었었다니.

"아뇨, 저도……."

"여기 있어."

태진은 말을 더 듣지도 않고 욕실로 들어가 버렸다. 방 안에는 문이 두 개나 있다. 하나는 욕실이었고 하나는 태진밖에 들어갈 수 없는 작업실로 쓰던 방이라고 했다. 방문엔 도어록이 걸려 있었고 태진이 지문을 찍지 않으면 들어갈 수 없다고 했었다. 아직 저 방엔 태진의 그림이 있을까?

물끄러미 문을 바라보던 문형이 침대에서 일어섰다. 아무리 태진이 더 자라고 말을 했지만 이러고 있을 순 없었다. 시트로 몸을 감싸고 자리에서 일어나 자신의 옷을 살폈다. 어젯밤 태진이 마구잡이로 벗겨 내느라 성한 것이 없었다. 그것들을 대충 주워 들고 서둘러 태진의 방에서 빠져나왔다.

제 방으로 들어와 속옷과 갈아입을 옷을 챙겨 들고 안쪽의 욕실로 들어갔다. 이제야 손이 덜덜 떨리기 시작했다. 태어나 그렇게 큰 일탈을 해 본 건 처음이었다. 물론 요즘 같은 시대에 별거 아닐 수도 있지만 문형에겐 아니었다.

차마 다리 사이를 볼 수 없어 뻣뻣하게 고개를 든 채 씻어 내고 서둘러 몸을 닦아 냈다. 늘 보는 자신의 몸인데도 이상하게 마주 할 수가 없었다. 옷을 재빠르게 갈아입고 욕실에서 나왔을 때 문형은 저도 모르게 낮은 비명을 뱉고 말았다.

창가에 서서 밖을 보고 있는 사람은 태진이었다. 인기척을 느낀 태진이 뒤를 돌아섰다. 바지만 걸친 채 팔짱을 낀 상태의 그는 가까이 오라는 듯 고갯짓을 했다.

"식사 준비할까요?"

"엉뚱하게 무슨 소리야, 이리 와."

발이 땅에 딱 붙어 떨어지지 않는 것 같았다. 천근 같은 발걸음을 겨우 옮겼다. 가까이 다가가자 태진은 자연스럽게 그녀를 자신의 앞으로 세우고 끌어안았다. 아직 몸은 아프다고 아우성이다. 물론 태진이 체중을 실어 안은 건 아니었지만 몸은 이미 그의 손길을 느낀 뒤여서인지 예민하게 반응했다.

저도 모르게 신음을 흘릴 것 같아 입술을 질끈 깨물었다. 이 방에서 제일 마음에 드는 건 바로 이 자리였다. 여기에선 정원의 연못이 보인다. 시원하게 뿜어내는 분수의 물줄기도. 그래서 넓은 창틀에 앉아 그 모습을 보면서 차를 한 잔 마시는 것을 좋아했다.

"퇴근하고 들어오면 서문형이 여기 앉아서 밖을 보는 게 보이거든."

그건 몰랐다. 외벽이 튀어나와 있어 이 안에서 볼 수 있는 공간은 한정적이었다. 그 모습이 태진에게 보일 줄 알았으면 이곳에 앉아 시간을 보내는 일은 없었을 것이다.

태진의 손이 자연스럽게 셔츠 안으로 들어와 아랫배를 어루만졌다. 온몸으로 소름이 곤두서는 것 같았다. 물론 그게 싫은 건 아니었다.

"침대에서 기다리라고 했잖아."

그다음을 기대하는 것처럼 침대에서 그를 마주하는 상황은 너무나 민망했다. 어쩌면 태진과 문형, 두 사람 모두 다음에 일어날 다음 순간을 기다렸을지도 모르겠다.

태진이 그녀를 돌려세워 가볍게 안아 창틀에 앉혔다. 아직 다리 사이의 고통이 조금은 불편했다. 가볍게 그녀의 얼굴을 감싸 쥔 태진이 허리를 숙여 입을 맞추었다.

"우리 이태진 사장도 결혼 앞두더니 성격이 많이 말랑해졌어."

요즘 사람들에게 종종 듣는 말이었다. 그렇다고 해서 태진이 그전과 크게 달라진 것은 없었다. 다만 출장을 가거나, 해외를 갈 때면 특산품을 사고 면세점을 잠깐 들르는 정도였다.

NS통신의 박 회장은 그 모습을 보고 많이 씁쓸해했다. 하지만 자신의 막내딸이 고집을 부리고, 그와의 관계를 망쳐 버렸다는 것에 대해서는 따로 변명할 여지가 없었다.

"따님이 제 약혼자에게 더 이상의 결례를 범하지 않았으면 좋겠습니다."

그 말 한마디에 박 회장은 서희의 곁에 사람을 붙여 시시각각으로 보고를 받는 중이었다.

며칠 전 뒤늦게 태진의 결혼 소식을 듣게 된 서희가 문형의 학교까지 찾아가 한바탕 뒤엎었다는 것을 듣고 태진이 이례적으로 약속 없이 박 회장을 찾았기 때문이었다.

그날 일이 있어 늘보를 함께 보내지 않았더라면 서희가 어떤 식으로든 문형을 가만두지 않았을 것임을 알았다. 한 번씩 맞는 예감이라는 게 있다. 좋지 않은 일이 맞는다는 게 문제였지만.

"새신랑 될 거라 그런지 얼굴이 환하네."

지환이 손을 흔들며 다가와 앉았다. 그런 지환을 보며 태진이 피식 웃었다.

"이 형님들 제쳐 두고 먼저 장가가니까 좋냐?"

지환은 옆에 앉은 규원의 어깨를 툭 쳤다. 규원은 사실상 결혼만 안 했을 뿐이지 이미 나은과 혼인 신고를 하고 같이 살고 있었다. 자궁 내막증을 앓고 있는 나은은 치료를 위해 애쓰고 있었고, 임신을 하게 되면 치료가 더 쉬워진다고 해 노력하는 중이었다.

"형은 내가 결혼하는 게 별로 마음에 안 드나 봐?"

"그럼 동생 놈이 먼저 장가가는데 마음에 들겠냐?"

이유를 어느 정도는 알고 있다. 아마 지환은 태진에게 배신감을 느끼고 있을 것이다. 혜린을 먼저 좋아했던 건 지환이었다. 그 감정을 알고 있었거니와 태진은 혜린을 선배 혹은, 규원의 사촌동생 정도로만 보고 있었다.

혜린의 재발을 먼저 알게 된 사람은 규원이었다. 아마 그때 규원이 부탁하며 울지만 않았더라도 혜린과 사귀는 일은 없었을 것이다.

아직도 그때의 일을 지환에게 제대로 설명하지 못했다. 그래서 지환은 몇 년간 태진을 보지 않았던 때도 있었다. 친형제나 다름없는 사람이 좋아하는 여자를 빼앗아 사귀었다는 꼬리표는 꽤 오랫동안 태진에게 붙어 다녔다.

규원은 몇 번이나 사실을 말하길 권했지만 괜한 상처를 들출 뿐이라며 태진이 고개를 저었다. 많은 세월이 지났다. 혜린이 세상을 떠난 지 벌써 10년이다. 지환은 종종 혜린을 잊지 못한 모습을 보였고 이번 기일 역시 기억하지 못하고 넘어갔던 태진에게 무척이나 화를 냈었다.

태진은 지환의 앞으로 청첩장을 내밀었다. 지환은 무성의한 모습으로 청첩장을 대충 훑어보고는 옆으로 내려 두었다.

"손지환."

규원이 낮은 목소리로 지환을 불렀다.

"왜?"

"태진이도 어렵게 결정하고 하는 결혼이야. 좀 성의 있게 대해."

"이보다 더 어떻게?"

이래서 두 사람이 함께 만나는 것을 꺼려 했던 것인데. 두 사람은 무척이나 친한 친구 사이였으나 혜린의 일로 인해 많은 감정이 상했다. 아마 태진만 이 자리에서 빠져 주면 두 사람은 의도적으로 혜린에 대한 기억을 배제한 채 일상의 말을 나눌 것이다. 그러나 지환에겐 태진을 보면 절로 혜린이 떠오르는 모양이었다.

"이런 태도 보일 거면 그냥 가라."

"너무하네, 차규원. 내가 그렇게 속 좁은 놈 같냐?"

"너 속 좁은 놈 맞잖아."

"그거야 그렇지. 그래도 이제 세월도 많이 지났고. 나도 철은 조금 들었다, 인마."

지환이 씁쓸하게 웃으며 태진을 보았다.

"축하한다, 이태진."

"고마워."

"좋긴 좋은 모양이네, 얼굴 좋아 보여. 요즘 잠도 잘 자는 모양이지?"

혜린의 일이 섞이지 않으면 지환은 꽤 포용력이 넓고 시원시원한 성격의 소유자였다. 지환의 말처럼 오랜 세월이 지났고 이제 서서히 마음을 비워 가는 중인 모양이었다. 예전보다 날카로웠던 반응은 많이 유해졌다.

태진이 가볍게 고개를 끄덕였다. 확실히 문형을 안고 난 뒤로는 적어도 네다섯 시간 정도는 꿈도 꾸지 않고 편안히 잘 수 있었다. 그게 어디에서 오는 안정감인지는 모르겠다. 다만 새로운 관계의 가족이 생겼다는 안정 같은 것일까?

"요즘은 꽤."

확실히 잠을 푹 자기 시작하자 안색이 많이 안정되었다. 그 모습을 보고 규원도 다행이라며 태진의 어깨를 두드렸었다.

"제대로 임자 만난 모양이네."

"손지환."

"이 자식 오늘 왜 이렇게 내 이름을 불러."

"태진이 보내고 나하고 이야기 좀 해."

지환이 자리에서 일어섰다.

"옆방으로 가 있을게. 아직은 내가 속이 완전히 넓어지진 못했네."

그렇게 말을 하면서도 지환은 청첩장을 들고 방에서 나갔다. 음식은 앞에 이미 가득 차려진 뒤였다. 하지만 그 어느 누구도 먹을 생각을 하지 못했다.

갑작스럽게 유럽 출장이 잡혀 다녀온 규원은 열흘간 자리를 비운 뒤였다. 그래서 오늘 태진의 안색을 보고 무척이나 안도의 한숨을 쉬었다.

"형도 피곤할 텐데 미안해."

"미안하긴. 진작 말했어야 했어."

"내가 미움 받는 게 낫지."

어쩌면 부모의 죽음을 아주 어렸을 때 겪게 되어 어떤 트라우마가 생긴 것일지도 몰랐다. 실제로 의사도 그렇게 판단했었고. 그 어릴 때의 결핍에서 오는 불면증이 꽤 오랫동안 그를 괴롭혔었다.

부모만이 줄 수 있는 심리적 안정감을 태진은 배우지 못했다. 그것을 늘 을복은 안쓰럽게 생각했다. 하지만 너무 어릴 때 겪은 일이고 철이 들기 전부터 제대로 자지 못했던 태진은 그게 보통 사람이 겪는 일상이라고 생각했었다.

"서문형 씨가 확실히 좋은 기운을 주는 모양이네."

"좋은 기운?"

"나은이가 늘 칭찬해. 문형 씨 보고 있으면 곧고 깨끗한 느낌든다고."

태진이 손가락으로 탁자를 툭툭 내리쳤다. 곧고 깨끗한 느낌이라. 확실히 문형은 요즘 사람들과 다른 모습이 있었다. 아니, 그동안 그가 보아 왔던 여자들과는 완전히 다른 타입이라 그런 건가? 어떤 사람이든, 여자든 남자든 태진을 대하기 무척이나 불편해했다. 제대로 시선도 마주치지 못하면서. 하지만 문형은 달랐다.

"이상하게 서문형을 보면 신경질이 난단 말이야."

스스로 어린애 같은 감정이라는 건 자각하고 있었다. 그런데 이상하게 문형을 대하고 있으면 평소 다른 사람들에게 하는 말투나 행동을 보이지 못했다. 괜히 말을 비꼬기도 하고, 꼬투리를 잡기도 했다.

"신경질?"

규원의 목소리에 웃음기가 배어 있었다.

"서문형이 웃고 있는 거 보면 짜증날 때가 있거든. 그렇다고 웃지 않는 것도 싫고."

"애도 아니고."

직설적인 말을 규원에 듣자 태진이 저도 모르게 웃었다. 확실히 문형을 대할 때 스스로가 애새끼 같다는 느낌을 지울 수가 없었다.

"왜 문형 씨를 택했는지 궁금했거든."

"잊었어? 결혼을 권유한 건 형이었어."

"싫으면 안 할 사람이지, 이태진은."

규원은 어쩌면 자신보다 더 자신을 잘 아는 사람일지도 모른다. 그런 규원의 앞에서 애초에 감정을 숨기거나 거짓말을 하는 건 있을 수 없는 일이었다.

"보통 사람 같았으면 그렇게 다짜고짜 찾아왔을 때 상대도 안 했을 거야, 이태진은."

그 점에 대해선 태진도 인정하는 바였다. 다만 서 사장이 늘 그렇게 칭찬했던 큰딸이 궁금했을 뿐이다. 예전 서 사장의 사무실에 갔을 때 스치듯 본 게 다였던 말간 얼굴의 여자였다. 완전히 어린애 티를 벗지 못했던.

그런데 몇 년 만에 보게 된 문형은 완전히 탈피한 모습이었다. 그리고 그 눈엔 분노가 가득 차 있었다. 서 사장 내외를 잃어 슬픈 건 그녀뿐만이 아니었는데.

그간 서 사장과의 인연을 생각한다면 그쯤의 빚은 탕감해 줄 수도 있었다. 그럼에도 불구하고 가까이 두려고 한 건 어쩌면 그때부터 문형이 궁금해졌기 때문이었을까? 그것도 아니면 이제 막 교복을 벗고 멋을 내기 시작한 문형을 처음 보았을 때부터였을까.

"나는 서문형이 꽤 궁금하거든."

"궁금?"

"아직 어린데 때론 무슨 생각을 하는 건지 읽지 못할 때가 있어."

"그 속마음까지 모조리 읽고 싶다?"

태진은 앞에 있는 도자기 병으로 손을 뻗었다. 하지만 규원이 먼저 병을 들어 태진의 잔에 술을 채워 주었다. 투명한 붉은 빛의 술이 마치 보석처럼 빛나고 있었다. 규원은 다시 병을 태진에게로 건넸다. 태진은 규원의 잔에도 술을 가득 채워 주고 남기지 않고 한 번에 삼켰다.

색과 다른 독한 술이 식도를 타고 넘어갔다. 절로 인상을 찌푸리며 태진은 다시 두 사람의 잔에 술을 채웠다. 연거푸 세 잔을 마시고 나서야 조금은 숨통이 트이는 기분이었다.

"자기 속마음은 전혀 말을 안 하거든."

"너는?"

"난 꺼낼 수 있는 패는 모두 꺼냈어."

"모든 패?"

문형이 물어 오는 것에 대해선 아주 친절히 말해 주었다. 그렇다고 구구절절 자신의 과거를 읊지는 않았다. 문형이 물어 오지도 않았거니와 딱히 말을 하는 것도 싫었으니까.

"왜 손이 다쳤는지, 그림은 왜 그만두게 된 건지 모든 상황을 자세히?"

태진이 살짝 인상을 찌푸렸다.

"형은 시시콜콜 이야기하는 모양이지?"

"말을 하는 것과 하지 않는 건 천지 차이야. 넌 조금 더 그 감정에 대해 진지해질 필요가 있어."

"감정?"

"조금 더 생각해 봐, 네가 왜 문형 씨를 보면 짜증이 나는지."

규원이 마지막 잔을 비우고 자리에서 일어섰다. 하지만 태진은 한참이나 그 자리에서 일어나지 못했다.

청첩장을 받은 친구들이 놀란 얼굴을 숨기지 못했다. 생각해 보면 스물다섯 살의 결혼은 무척이나 이른 일이었다.

"설마, 아니지?"

"서문형. 너 사고 친 거야?"

당장 얼마 남지 않은 결혼 날짜에 다들 그것부터 물어보았다. 친구들 중에 빨리 결혼한 친구들은 죄다 사고를 쳐서 한 결혼이라면서.

"그런 거 아니야. 좀 급해서 그렇게 됐어."

"너 남자 만나는 거 말도 안 했잖아. 올 초까지만 해도 그런 말 없었지 않아? 믿을 만한 사람인 거야?"

고등학교 때부터 모임을 만들어 함께한 친구들이었다. 딱히 연애에 관심도 없었거니와 민우와 헤어진 뒤로 딱히 연애도 그렇다고 소개도 받지 않았던 터라 궁금한 게 많은 모양이었다. 모두의 시선이 유리에게로 돌아갔다.

"너네 누군지 알면 깜짝 놀랄걸? 걱정 마, 내가 보증해."

"유리 넌 만났어?"

"만났지, 그리고 용돈까지 받았어."

"용돈?"

다시 문형을 향해 돌아오는 눈은 어쩐지 동정심을 안고 있었다. 친구들도 대충 기사를 접하며 문형의 부모님 사고 소식을 알고 있었다. 다들 알고 있으면서 그녀가 더 신경 쓰이지 않게 대해 주는 속이 깊은 친구들이기도 했다.

"설마 곧 마흔이고 이런 거 아니지?"

"야, 아니거든? 완전 젊거든? 이태진이라고 수안유통 사장이야. 너희 백화점에 들어가는 '수(樹)' 몰라?"

수안유통은 나무로 만든 식기를 유통하는 회사였다. 태진의 할

아버지가 나무를 만지던 사람이라고 했었다. 그래서 을복은 곧 작은 공장을 하나 인수했다고 들었다. 직접 손으로 만들어 명품 식기라 알려졌는데 태진이 물려받으며 명실상부한 회사로 안정화시켰다.

"대박, 백화점 들어가는 건 장인이 직접 손으로 만든다는 거기?"

"사장? 그럼 나이 대박 많은 거 아니야?"

"결혼식 갔는데 머리 벗겨진 아저씨들만 많으면 어떡해?"

"그래도 동안이지?"

다들 장난을 뱉으며 다소 굳어 있는 문형을 풀어 주려고 했다. 그때 손에 들고 있던 휴대폰에서 진동이 느껴졌다.

"잠깐 나 전화 좀 받고 올……."

"결혼할 사람?"

"그냥 받아, 여기서!"

부담스러워서 받고 싶지 않은데. 잠시 고민을 하던 사이 전화가 끊겼다. 그러다 이내 다시 진동이 울렸다.

"네, 여보세요?"

─어디야?

"학교 앞이요. 친구들 만나서 청첩장 주면서 밥 먹으려고요."

"안녕하세요, 저희 문형이 친구들이에요."

"비싼 얼굴 좀 보여 주시면 안돼요?"

태진이 뭐라 말을 하기도 전에 다들 소리를 지르고 있었다. 당황한 문형이 자리에서 일어나 재빨리 카페 밖으로 나왔다.

"여보세요?"

—말해.

"죄송해요. 친구들이 좀 장난기가 심해요. 밥 먹고 바로 들어갈게요."

—약속 장소는?

"아직 안 정해졌는데 애들 좋아하는 음식 먹을까 해서요."

—주소 보낼 테니 거기로 가.

"아뇨, 괜찮아요."

—내가 인사 간다는 뜻이야.

분명 친구들은 태진이 오면 짓궂은 질문들을 날릴 것이다. 하지만 그렇다고 오겠다는 태진을 말릴 수도 없다.

"친구들이 장난기가 좀 심해요."

—애들 다루는 정도는 나도 해.

애들이라.

그런 애와 결혼을 하자고 한 것도 태진이었고, 밤마다 놔주지 않는 사람도 태진이었다. 그럼에도 불구하고 그에겐 자신도 애로 보이는 걸까?

"결혼식 때 그냥 인사하는 걸로 끝내는 게 어떨까요?"

—여섯 살이나 많은 사람인데 그냥 도둑놈처럼 보이겠지. 그 나이 또래는 다들 그러잖아.

그것에 대해선 뭐라 할 말이 없었다. 친구들도 모두 서른하나라는 말에 순 도둑놈이라는 말을 뱉으며 흥분을 감추지 못했다.

"친구들이 가고 싶어 하는 곳이 있어요. 거기로 그럼 태진 씨가 와요."

태진은 잠시 말이 없었다. 자신의 말을 듣지 않은 것에 대해 지금 인상을 찌푸리고 있을까?

—주소 찍어, 지금 출발해.

예전엔 태진이 용건을 마치면 바로 전화를 끊었다. 하지만 어느 순간부터 그녀가 전화를 끊을 때까지 기다려 주었다. 정말 계속 기다려 주는 걸까 궁금해 10초가 지난 후에 전화를 끊은 적도 있었다. 태진은 정말 그녀가 전화를 끊을 때까지 기다려 주었다.

문형은 전화를 끊고 레스토랑 주소를 보낸 뒤 다시 카페로 들어갔다.

"뭐래?"

"온대?"

"일단 가자, 그쪽으로 오기로 했어."

다들 태진이 온다는 말에 흥분해 서둘러 자리에서 일어나기 시작했다.

"진짜 온대?"

"응."

"대박. 근데 태진 씨가 우리 가는 레스토랑 알아?"

"자기가 오라는 데로 주소 찍어 준다고 했는데 내가 우리 있는 쪽으로 오라고 했어."

유리가 입을 쩍 벌리며 문형의 팔에 팔짱을 꼈다.

"간 크다, 서문형."

"밥 먹고 학교 들러서 자퇴 신청도 해야 하는데 멀리 가기 그렇잖아."

"애들 이제 이태진 씨 보면 뒤로 넘어간다."

유리의 말에 문형이 픽 웃었다. 실물로 보니 훨씬 잘생기고 멋

있다며 유리는 그 뒤로 태진에 대한 칭찬을 아끼지 않았다.

"서문형."

"응?"

"설마 아니지?"

"뭐가?"

"이태진 씨가 좋아졌다거나 하는 거."

아무 말도 하지 않았다. 어차피 유리는 자신을 잘 알고 있다. 무슨 말을 하더라도 얼굴에 모든 게 드러날 것이다.

"대박, 야. 너 진짜야?"

"서로 좋아하지 않기로 했어."

"뭐?"

"나 아마 자기 좋아한다는 거 알게 되면 쫓아낼 걸?"

"고백도 하지 말래?"

"좋아지더라도 숨기래."

기가 막힌 지 유리는 그저 몇 번이나 숨을 턱턱 뱉었다. 앞서가던 친구들은 빨리 오라며 두 사람에게 손짓을 하고 있었다.

"이따 다시 얘기해."

고개를 끄덕였다.

다행히 일곱 명 정도가 들어가는 방이 비어 있는 참이었다. 입구에서 태진을 기다려야 하는지 고민이 되었다. 태진이 아무리 이 대학교를 다녔다고 하더라도 몇 달 만에 상권들이 바뀌는 곳이었다. 이 안까지는 차를 가지고 들어올 수도 없었다.

덕분에 문형은 자리에는 앉지도 못하고 태진을 데리고 오라며 친구들에게 가방만 빼앗겼다.

하는 수 없이 건물 앞에 서서 태진이 오기를 기다렸다. 친구들이 제발 곤란한 질문은 하지 말아야 할 텐데. 벌써부터 걱정이 되는 건 역시 장난기가 심한 친구들을 잘 알고 있었기 때문이었다.

한숨을 내쉬고 고개를 드는데 저 멀리 걸어오는 태진이 보였다. 사람들 틈에 뒤섞여 있는데도 불구하고 한눈에 알아볼 수 있었다. 큰 키에, 몸에 잘 맞는 슈트. 이목구비도 단정한 사람이었다. 사람들의 시선을 받으며 태진 역시 그녀를 발견했는지 시선을 피하지 않고 반듯이 걸어왔다.

"바쁜 거 아니에요?"

"약혼자 친구들 만날 시간 정도는 있어."

태진은 자연스레 손을 뻗어 그녀의 머리카락을 뒤로 넘겨 주었다. 머리가 흐트러졌다는 것도 몰랐다. 어느 순간부터 태진의 스킨십은 너무나 자연스러워졌다. 친구들은 그랬다. 남자 친구와 처음엔 어색해도 일을 치르고 나면 급속도로 친해지고 스킨십 역시 자연스러워진다고.

두 사람 역시 계약으로 묶인 관계였으나 그 밤 이후로 많은 것들이 변했다. 이젠 문형도 자연스럽게 태진의 손길을 받아들였다. 그리고 그런 스스로에게 놀라 한 번씩은 깜짝 놀라기도 했다.

"고등학교 때부터 만든 모임 친구들이에요. 유리도 있고. 그리고 장난기가 많아요."

"여기서 멀지 않은 이탈리안 레스토랑 있어. 지금이라도 옮겨도 돼."

"제 친구들 이런 데 더 좋아해요."

물론 태진이 알고 있는 곳이 더 좋을 것이다. 하지만 부담스러운 마음이 앞섰다. 태진이 고개를 들어 건물을 올려보았다. 표정에 마음에 들지 않는다는 것이 고스란히 드러났다. 하지만 더 문형을 닦달하기 싫은 것인지 자연스럽게 손을 잡고 이끌었다.

계단을 오르기 전 태진이 그녀를 먼저 올라가게 해 주었다. 왜 그런가 싶어 뒤를 돌아보니 남자들이 계단을 오르고 있었다.

"치마가 너무 짧아."

태진이 낮게 귓가에 대고 말했다. 그 순간 등이 오싹했다. 낮은 그의 목소리는 그런 힘을 가졌다.

손으로 엉덩이 부분의 치마를 누르며 계단을 오르자 뒤에서 태진이 웃는 소리가 들렸다. 물론 태진이 뒤에 서 있어서 그 남자들에겐 보이지 않을 것이 분명했지만 신경이 쓰이는 건 어쩔 수 없었다.

완전히 계단을 오르자 태진은 다시 그녀의 손을 자연스럽게 잡으며 레스토랑 문을 열었다. 파티션으로 가려진 공간이라고 하더라도 투명 유리라 안이 잘 보였다. 친구들은 이미 기대하는 얼굴로 두 사람을 보고 있었다. 그리고 태진을 발견하자마자 다들 놀란 표정을 숨기지 못했다.

"안녕하세요, 이태진입니다."

테이블로 다가선 태진이 유리를 뺀 다섯 명에게 명함을 정중히 돌렸다. 다들 태진에게서 눈도 떼지 못하고 엉거주춤 허리만 숙여 인사를 하고는 두 손으로 정중하게 명함을 받고 있었다.

"문형이가 결혼하는 이유가 있었네."

"저라도 당장 할 것 같아요."

주책이다. 하지만 그런 친구들의 반응에도 태진은 비웃거나 당황하지 않았다.

"칭찬 감사합니다. 일단 좀 앉을까요?"

"어머, 우리 봐. 빨리 앉으세요."

"멀리까지 오신 거 아니에요?"

"아닙니다. 좋은 곳에서 모셨어야 했는데 문형이가 여기가 더 좋을 거라고 해서요. 제가 식 끝나고 언제 날짜 잡아 좋은 곳에서 모시죠."

다들 다시 여고생 시절처럼 꺅꺅거리는 소리를 멈추지 못했다. 태진은 자연스럽게 문형이 앉을 의자를 잡아 주었다. 다들 매너도 좋다며 즐거움을 숨기지 못하고 있었다.

"문형이 어디가 제일 좋으셨어요?"

"맞아요, 그렇게 빨리 낚아채 가시는 거 이유가 있을 거 아니에요."

음식을 주문하자마자 질문 공세가 시작되었다. 그때 반쯤 드러난 허벅지 위로 태진의 손이 올라왔다.

테이블 아래로 손이 가려졌다고 해도 음식을 나르는 직원들은 볼 수 있는 일이었다. 하지만 태진은 쉽게 손을 떼지 않았다. 손가락을 슬쩍 움직이며 허벅지 안쪽을 긁기도 하고, 툭툭 두드리기도 했다.

음식이 나오자 잠깐 손이 사라졌지만 다시 식사가 시작되자 태진의 손이 찾아들었다. 그렇다고 더 위로 올라오는 것도 아니라 두고 보고 있었지만 여간 신경 쓰이는 게 아니었다.

무심하게 손가락으로 툭툭 치기도 하고 뭔가를 쓰는 것처럼 긁

적이는 것 때문에 문형은 저도 모르게 한 번씩 다리를 떨었다. 그런 반응을 보일 때면 태진이 낮게 웃었다.

"결혼식 후에 꼭 초대하겠습니다."

식사를 모두 마쳤지만 누구 하나 쉽게 일어나려고 하지 않았다. 상황을 정리한 건 태진이었다. 바로 같은 층에 있는 카페로 옮겨 차와 베이커리까지 모두 계산을 하고 나서 정중히 인사했다.

친구들이 서둘러 문형의 등을 떠밀었고 결혼식 날 보자며 손을 흔들었다. 유리는 멀리서 전화를 하겠다는 손짓을 보였다.

"차 가져왔어?"

"아뇨."

아침엔 을복 때문에 시간이 늦어져 마침 잠시 들렀던 김 기사의 차를 타고 나왔었다.

"마쳐야 할 일은?"

"신청서만 내면 돼요."

"그럼 앞에서 기다리고 있을게."

태진은 자연스럽게 그녀의 가방을 가져가더니 손을 잡고 걷기 시작했다. 이젠 그만 태진의 스킨십에 익숙해질 때도 됐는데 여전히 긴장이 되곤 한다.

"아까 왜 그랬어요?"

"뭐가?"

"거기서 허벅지에 손을 올리면 어떡해요."

지나다니는 사람들이 많아 고개를 숙이며 문형이 작게 말했다. 태진이 무슨 말을 하냐는 듯 고개를 갸웃거렸다.

"무슨 소리야?"

"지금 저 놀려요?"

"무슨 소리냐니까."

"아니, 앞에 친구들도 있는데 허벅지에 손을 올려서 얼마나 당황했는데요."

"내가?"

지금 태진이 장난을 하는 것인지 아닌지도 모르겠다. 이젠 태진이 농담을 하는 것 정도는 구분할 수 있을 거라고 생각했는데.

"정말 기억이 안 나요?"

"내가 허벅지에 손을 올렸다고?"

태진의 시선이 자연스럽게 그녀의 다리를 훑었다. 말 그대로 그냥 훑는 것 정도겠지만 태진의 시선이 닿자 어쩐지 부끄러움이 몰려왔다.

"설마."

"그럼 제가 지금 거짓말하는 걸로 보여요?"

"미안."

"네?"

"앞으로도 내가 그러면 꼬집어."

정말 그녀의 다리를 만지고 있던 자각이 없는 것일까? 너무나 천연덕스러운 태진의 모습에 꼭 자신이 잘못 보고 느낀 것처럼 느껴졌다.

"손 좀 놔요."

"왜?"

막상 그렇게 물으니 할 말이 없었다.

"사람들이 보기도 하고……."

"문제될 거 있어?"

"네?"

"나 몰래 학교에 애인이라도 숨겨 뒀냐고."

예전 같았다면 태진의 이런 말에 크게 당황했을 것이다. 하지만 지금은 그냥 실없이 농담을 던지는 거라는 것을 안다.

"덥잖아요."

"여름은 원래 더워."

"손에 땀나서 찜찜해요."

"난 안 찜찜한데."

애초에 말로 이기는 건 무리였다. 결국 손을 놓는 것을 포기하고 걷기 시작했다.

"차는 어디 뒀어요?"

"저쪽 유료 주차장."

"그럼 가지고 학교로 가요."

"좀 걷지, 뭐. 졸업은 못 했지만 나도 여기 학생이었잖아?"

태진은 1학년을 마치자마자 군 입대를 했다고 했었다. 그리고 군대에서 다치고 난 뒤 복학하지 않고 재활 치료를 병행하며 을복을 돕기 위해 경영 공부를 시작했다고 했다.

왼손으로 그림을 그리던 사람이 왜 붓을 잡지도 못하게 된 것인지 궁금했다. 하지만 왠지 상처를 건드리고 싶지 않아 한 번도 묻지 못했다.

문형은 자신의 손을 잡고 있는 태진의 왼손을 물끄러미 바라보았다. 상처가 옅어져서 몰랐지만 태진 손목 안쪽은 수술 자국이 길게 자리 잡고 있었다. 그래서인지 집에서든, 밖에서든 그가 반팔 소매의 옷을 입은 것을 한 번도 보지 못했다.

"뭘 그렇게 봐?"

"아니에요, 아무것도. 그런데 오늘 무슨 약속 있어요?"

"강민석 화백의 '바다의 남자'를 오늘 팔기로 했거든."

이미 넘어간 줄 알았었다. 그런데 아직 태진이 가지고 있을 줄
은 몰랐다.

"계속 가지고 있었어요?"

"아니, 넘기기 전에 잠시 대여 좀 해 줬어. 그거 보고 싶다고 사
정을 하시는 분이 계셔서."

고가의 그림을 대여하는 건 흔한 일이었다. 하지만 거의 5개월
이나 대여를 했다면 그 값도 만만치 않았을 것이다.

"사 가신다는 분이 흔쾌히 허락하신 모양이에요?"

"그분 부탁이었거든. 예전 은사님이라나 뭐라나."

아, 소리를 내며 고개를 끄덕였다.

"궁금해?"

"네? 뭐가요?"

"내 손 다친 거."

물론 궁금하다. 태진의 목소리엔 고저가 없어 현재 어떤 기분인
지 알기도 힘들었다. 표정 역시 크게 변화가 없다.

"아뇨, 괜찮아요. 괜히 아픈 거 또 상기시키기도 싫고."

"눈은 그게 아닌데?"

갑자기 자리에서 멈춰 선 태진이 가깝게 얼굴을 붙여 왔다. 입
술이 부딪칠 수도 있을 만큼의 가까운 거리였다. 옆에서 지나가던
사람들이 꺄, 소리를 내며 돌아볼 정도였다. 놀란 문형도 뒤로 주

춤 한걸음 물러났다.

"궁금해 죽겠다는 눈이면서."

"사람 놀리는 게 재밌어요?"

"서문형은 반응이 빠르잖아."

생각했던 것보다 태진은 장난도 좋아하는 사람이었다. 물론 그 장난을 남들이 장난처럼 받아들이지 않아서 문제였지만.

"가는 길에 말해 줄게. 들어갔다 와."

어느새 예대 건물 앞에 도착을 했다. 예대 바로 앞엔 커다란 분수가 시원하게 물줄기를 뿜어대고 있었다. 태진은 자연스럽게 들고 있던 가방을 문형에게 건네주었다. 그리고 재킷을 벗어 벤치 등받이에 대충 걸어 두고 셔츠의 단추를 살짝 풀었다. 6월 중순에 가까워지는 날씨는 완연한 여름이었다.

"읽을 책이라도 좀 줄까요? 기다리는 동안 읽으면 좋은데."

"좋아."

그냥 말이나 한 번 꺼내 본 것뿐이었다. 하지만 태진은 바로 벤치에 앉으며 문형을 향해 손을 내밀었다.

"뭐 해? 안 줘?"

서둘러 가방에서 책을 꺼내 태진의 앞으로 내밀었다. 그러고 보니 태진의 방은 모든 면이 책으로 가득 둘러싸여 있었다. 매번 서재를 볼 때마다 늘보는 허세용이라며 웃었고 태진 역시 그의 말에 그저 따라 웃었었다.

하지만 태진이 다독가라는 건 어느 순간 깨닫게 되었다. 그는 집에 와서도 바로 자는 경우가 거의 없었다. 그리고 늘 협탁엔 그가 읽고 놔둔 책들이 주기적으로 바뀌고 있었다. 어쩌면 이것도 이미 읽었을지도 모르겠다는 생각이 들었다.

"혹시 이미 읽은 거면……."

"아냐, 아직 못 본 거야."

태진은 자연스럽게 그녀의 손에서 책을 받아 갔다. 나온 지 오래된 책인데 태진이 아직 읽지 않았다니. 다행이었다. 처음엔 주목을 받지 못했었지만 뒤늦게 인기를 얻게 된 평이 좋은 책이었다.

"신청서만 내면 되는 거라 10분이면 될 거예요."

"천천히 다녀와."

태진이 웃으며 고개를 끄덕였다. 전엔 잘 웃지도 않았던 것 같은데. 요즘의 태진은 웃음이 많아졌다. 다행스러운 일이었지만 문형에겐 그러지 못했다. 태진이 웃거나 부드러운 모습을 보여 줄 때면 가슴 떨림이 한층 심해졌다.

좋아하면 안 되는 상대인 것을 안다. 하지만 때로 태진은 사람을 헷갈리게 만든다. 물론 이 결혼을 진행하기 시작하면서부터 태진은 남들도 속을 정도로 행동하겠다고 했었다. 그런데 그 행동에 이미 그녀도 속아 넘어갈 정도였다.

"정신 좀 차리자, 서문형."

건물 앞에 서서 스스로에게 다짐하듯 말하면서도 다시 몸이 절로 뒤로 돌아가는 건 어쩔 수 없었다. 태진은 한쪽 팔을 등받이에 올린 채 이미 책장을 넘기고 있었다. 집중력이 좋은 남자다. 시끄러운 캠퍼스 내에서도 순식간에 책에 빠져들 수 있다니.

지나가는 사람들의 시선이 태진에게 꽂혔다. 그것도 느껴지지 않는 것일까? 태진은 책에서 1분이 지나도록 눈을 떼지 않았다.

이렇게 계속 태진을 보고 있을 수는 없었다. 서둘러 학과실을 찾아가 인사를 한 뒤 미리 말해 두었던 신청서를 내밀었다.

"아깝다, 문형아."

"시간이 없을 것 같아서요. 사정도 그렇고."

"그냥 휴학하면 되잖아."

"그럼 무조건 돌아와야 하잖아요. 저 선생님하고 싶어 하는 거 아니셨잖아요."

"다 너 교수로 밀었잖아."

그건 그냥 부모님의 바람이었을 뿐이었다. 물론 부모님은 그녀가 선생님을 해도 좋지만 문 교수를 따라 교수직을 했으면 하는 바람이 더 컸다.

어색하게 웃으며 나중에 보자는 말을 돌아설 때였다. 어디서부터 듣고 있었던 건지 윤우가 조금은 심난한 얼굴을 하고 있었다.

결국 교수실로 자리를 옮긴 뒤 차 한 잔을 앞에 두고 침묵을 지켰다. 윤우의 교수실엔 그림들이 많았다. 평소에는 좋아했던 작품들을 보고 문득 화가 치밀어 오르는 건 윤우의 그림 정체에 대해 알게 되었기 때문이다. 그래서 교수실에 오긴 싫었던 건데.

"왜 자퇴까지 하는지 물어도 될까?"

"말씀드렸잖아요."

담당 교수였으니 윤우에겐 통보식으로 자퇴를 하겠다고 미리 말했다.

"결혼 때문이라면……. 이태진이 그렇게까지 융통성 없는 인간은 아니잖아."

"맞아요. 그래서 태진 씨는 계속 졸업까지 권했어요."

"그런데 왜……."

"제가 융통성이 없나 보죠. 가정에 충실하고 싶어서요."

이건 진심이었다. 이제 새로 생길 가족이었다. 단 5년간의 시한부 가족일 뿐이었지만. 을복에게도 잘하고 싶었고 인숙의 가족들에게도 마찬가지였다. 그리고 결혼 생활 동안 태진이 편안했으면 하고 바라게 된다.

"그 녀석하고 만난 지 얼마나 됐다고 그런 결정을 해. 거기다 그 자식 남자로서도 별거 없어."

대체 윤우는 그때도 그렇고 지금도 무슨 말을 하고 싶은 걸까?

"내가 서는지 아닌지 궁금한가 봐?"

뒤에서 들리는 목소리에 두 사람의 고개가 돌아갔다.

한 손엔 그녀가 주었던 책을 들고 터벅터벅 걸어와 옆으로 앉은 태진이 다리를 꼬고 괜히 옆에 있는 천을 들썩였다. 설마 태진이 올 거라고 상상도 못했던 문형만이 놀란 게 아니었다. 그의 등장에 가장 놀란 사람은 윤우였다. 어쨌거나 없는 사람을 뒤에서 씹어 댄 꼴이었다.

"그림도 여전하네. 발전이 없어, 발전이."

거친 손길로 건드린 천이 살짝 걷히자 그림이 반쯤 드러났다. 거기엔 누가 보아도 정윤우의 순백 시리즈의 연작임이 분명한 그림이 있었다.

태진은 누군가에게 감정을 드러내며 적대적인 모습을 보이지 않았다. 하지만 윤우에겐 아닌 모양이었다. 누가 보아도 시비를 거는 게 분명한 모습이었다.

"선배가 나랑 잘 것도 아닌데 뭘 그런 걸 궁금해해?"

순간 교수실이 정적으로 얼어붙었다. 윤우는 자신은 물론 태진의 눈치까지 보느라 얼굴이 붉어진 채 이마에 식은땀까지 보일 정도였다.

"사람이 적당한 수준에서 그냥 넘어가 줬으면 조용히 살 수는 없어? 그 방법이 정윤우 작품을 지키는데 더 도움이 될 것 같은데."

"이……태진."

"교수님이 돌아가셔서 더는 증언해 줄 사람이 없을 거라 생각하고 그러는 건가? 마음은 불편하지만 결국 증거는 없으니까?"

"너 지금 무슨 소리를……."

"서문형도 이미 알고 있으니 그렇게 연기할 필요까진 없고."

윤우의 얼굴이 문형을 향해 돌아왔다. 왠지 윤우를 보고 있자면 화가 날 것 같아 문형은 시선을 피했다.

"자기 식대로 소화했다고 하더라도 그거 역시 재능이야. 나 그걸로 딴지 걸고 싶은 생각도 없고. 정윤우의 순백 시리즈, 누가 몸값을 올려놨다고 생각하는 거야?"

"너……."

윤우 또한 그것까진 몰랐던 모양이었다.

"어느 정도 자기 합리화를 했겠지. 모방은 했지만 결국은 내 식대로 그려 소화했고 예술적으로도 인정받았다."

팔짱을 낀 채로 태진은 팔뚝을 손가락으로 툭툭 쳤다.

"추락도 순간이라는 걸 늦게 전에 좀 알았으면 좋겠는데."

상대방을 누르는 것도 어쩐지 태진답다고 해야 하는 걸까? 태진은 그녀의 가방을 가져가 안에서 청첩장을 꺼내 윤우의 앞으로 내밀었다.

"시간 남으면 와서 축하해 주든가, 안 오면 더 좋고."

태진이 자리에서 일어났다.

"더 할 말 남았으면 밖에서 기다리지."

"그럼 1분만 기다려 주세요."

고개를 끄덕인 태진이 교수실에서 나가며 친절히 문까지 닫아 주었다. 그녀가 신청서만 내고 오면 된다고 했는데 시간이 걸리자 찾아 들어온 모양이었다.

패배감인 건지, 두려움 때문인 건지 윤우의 두 주먹이 부들부들 떨리는 것이 보였다.

"전 사실을 알게 되기 전까지 교수님의 그림을 참 좋아했어요. 어떻게 저런 따뜻한 느낌을 갖게 해 주는 그림을 그릴 수 있는 걸까. 그런데 왜 따뜻한 그림 속에 공허함이 있는 걸까. 그런데 사실을 알고 나서 그 공허함이 뭔지 알게 됐네요."

문형이 고개를 돌려 반쯤 드러난 그림을 보았다. 아마 태진이 손을 다치지 않았더라면 계속 저런 그림을 그렸을까? 오리지널이 가지고 있는 힘은 다르다. 태진의 그림을 더는 볼 수 없는 것이 안타까웠다.

"태진 씨는 아마 이 일을 공론화시킬 생각이 없을 거예요. 교수님이 쓸데없이 태진 씨를 들쑤시고 다니지 않는다면."

문형은 스스로에게 이런 냉정한 모습이 있다는 것에 놀랐다. 윤우 역시 얼이 빠진 얼굴로 문형을 보고 있었다.

"물론 저도 떠들고 다닐 생각은 없어요. 이건 나이도 어리고 볼 것도 모르는 어린애가 하는 말이니 안 들으셔도 돼요. 이제 교수님 그림을 그리시는 게 좋겠어요."

윤우도 태진이 자신의 그림을 모두 찢어 버렸다고 했을 때 화를 냈다. 그건 역시 윤우도 태진의 그림을 아끼고 잃고 싶지 않았던 건 아닐까.

말 한마디 하지 못하는 윤우를 두고 자리에서 일어난 문형이 교수실을 빠져나왔다. 벽에 기대어 서 있는 태진은 스스로는 아니라고 하지만 학교에 잘 어울리는 사람 같았다. 다시 재입학을 하는 것을 권유하고 싶을 정도로.

몸에 맞는 슈트가 아닌 가벼운 후드티에 청바지 혹은 면바지만 입더라도 그는 학생처럼 보일 것이다. 그 모습을 보지 못했던 게 왠지 아쉬웠다.

태진은 그녀를 향해 손을 뻗고 있었다. 당장 와서 잡으라는 소리였다. 하지만 문형은 움직이지 않고 그저 물끄러미 바라보았다.

"안 잡아?"

"잡고 싶은 사람이 와서 잡아요."

문형의 말에 태진이 기가 막힌 듯 웃더니 다가와 손을 잡았다. 그리고 다시 두 사람은 천천히 복도를 걷기 시작했다.

"태진 씨가 찾아올 줄은 몰랐어요."

"금방이면 된다고 했는데 거의 반을 읽을 때까지 안 오던데?"

시간이 그렇게 흐른 줄은 몰랐다. 윤우와 마주 앉아 침묵을 지켰던 시간이 길었던 모양이다. 캠퍼스를 지나쳐 주차장으로 가는 길은 무척이나 짧았다. 캠퍼스가 작지도 않았는데 태진과 함께 걷는 것만으로도 시간이 그저 훅 지나가는 것 같았다.

"약속 시간에 늦는 거 아니에요?"

"약속 시간은 9시야."

태진은 늘 바쁜 사람이었다. 시간을 분 단위로 쪼개 쓰는 사람처럼. 그런데 지금은 여유로워 보였다.

"바쁘지 않아요."

"차 부장이 내게 휴가를 줬어."

"휴가요?"

"결혼 앞둔 새신랑이 너무 바쁜 것 같다면서."

그렇다 하더라도 결혼은 얼마 남지 않았다. 두 사람을 을복 때문에 신혼여행을 가지 않으려고 했다. 하지만 인숙이나 김 기사, 규원과 나은이 절대 안 된다며 말렸다. 세상에 단 한 번뿐인 신혼여행을 어떻게 가지 않느냐면서.

결국 두 사람은 딱 하루, 별장에서 자고 오는 것으로 신혼여행을 대신하기로 했다. 그것도 절대 안 된다는 사람들의 만류가 있었지만 이번엔 태진이 뜻을 굽히지 않았다. 결국 규원이 휴가를 준 것도 따로 신혼여행을 가지 않아 비는 시간이 있었기 때문일 것이다.

"정말 신혼여행 안 가도 괜찮겠어?"

"네."

태진과 단둘이 낯선 곳에서 며칠씩이나 견딜 자신이 없었다. 요즘은 매일같이 몸을 섞고, 한 침대에서 잠이 들지만 그건 어디까지나 집이었기 때문에 마음을 다잡을 수 있었다.

낯선 공간으로 가서 태진과 며칠 내내 함께한다면 제 마음은 멋대로 커져서 나중엔 제대로 숨길 수도 없을지 몰랐다.

"내일 유리네 집으로 가서 자고 식장으로 온다고."

"네."

"꼭 그렇게까지 해야 돼?"

태진이 약간은 불만스러운 표정을 지었다.

"드레스 볼 때 얼마나 민망했는지 알기나 해요?"

가슴에 남겨진 키스 마크 때문에 문형은 무척이나 부끄러워했다. 직원은 자주 겪는 일인 것인지 가슴이 드러나지 않는 드레스로 골라 주었다. 그리고 결국 노출이 없는 드레스로 고르게 되었다.

태진이 결혼식 날까지 그녀를 찾지 않을 리가 없다고 생각했기 때문에 내린 결정이었다. 메이크업으로 가려진다고 말을 했지만 되도록 조심하는 게 좋겠다는 직원의 말에도 그저 웃을 수밖에 없었다.

그래서 태진이 목덜미나 팔뚝 같은 곳에 입을 맞추려 들면 의식적으로 피하고 있었다. 목덜미에 키스 마크가 남았을 때 유리한테 들키는 통에 진땀을 빼야 했다.

주차장에 도착해 태진은 자연스럽게 문형을 먼저 태우고 보닛을 돌아왔다.

"손 안 댈게."

벨트를 매며 태진이 천연덕스럽게 말했다.

"이제 안 속아요."

그녀도 태진을 대하는데 이제 공력이 붙었다. 태진의 말에도 쉽게 넘어가지 않을 정도는 되었다.

"설레는 마음으로 참아 보지."

단둘만 있을 땐 그런 연기를 하지 않아도 되는데. 태진은 자신이 별 뜻 없이 하는 말에 그녀야 말로 얼마나 설레게 하는지 꿈에도 모를 것이다.

태진과 비슷한 나이였다면 그녀 역시 태연하게 연기를 할 수 있었을까? 마음이 멋대로 가는 것을 다잡고서? 그런 어른이라면 얼마나 좋을까. 하지만 그녀는 이제 겨우 스물다섯의 어른도 그렇다고 어른이 아닌 것도 아닌 애매한 나이였다.

"사무실에서 보는 건가요?"

그가 가볍게 고개를 끄덕였다. 하지만 태진의 차가 향하고 있는 곳은 사무실이 아니었다. 오히려 전에 그녀가 한 번 가 보았던 태진의 아파트로 향하는 길이었다.

"그런데 왜 이 길로……."

"아직 시간 남았잖아."

일순 문형이 아랫입술을 깨물었다.

감정이라는 건 참 우스웠다. 가벼운 여자로 보이는 건 싫다고 했음에도 먼저 옷을 벗었다.

물론, 먼저 제안을 했던 건 태진이었으나 행동을 한 건 문형이다. 그때로 다시 돌아간다 해도 똑같이 행동할 것이다. 그런데 왠지 모르게 서글퍼지는 건 이제 자신은 태진에게 파트너 그 이상도, 이하도 아니게 느껴진다는 것 때문이었다.

"별로 하고 싶은 기분이 아니에요."

문형의 말에 태진이 웃음을 터트렸다. 이젠 왠지 화가 나는 것 같았다. 그녀가 하는 말은 무시해도 될 정도로 가벼운 것일까? 아니면 그저 개가 짖는 것처럼 드는 것일까?

"서문형, 기대했어?"

"네?"

"누가 지금 우리가 섹스 하러 간다고 했어?"

아니란 말인가? 얼굴로 열이 확 올라붙었다. 어쩌면 태진보다 더 욕구 불만이 있는 건 자신이 아닐까?

쥐구멍이 있다면 당장이라도 숨어 들어가고 싶을 정도였다. 태진은 여전히 재미있는 듯 웃고 있었다.

"그림을 좀 보여 줄까 해서."

태진의 아파트엔 천이 덮인 수많은 이젤들이 있었다. 그가 아끼던 그림인 것일까?

"내 그림."

기대에 차 있던 문형의 눈이 놀라움으로 바뀌었다.

태진의 그림을 보게 되는 일이 생긴다면 무척이나 떨릴 거라고 생각했다. 하지만 엘리베이터를 타고 현관 앞까지 가는 동안 생각보다 스스로 덤덤한 모습에 되려 놀랐다. 물론 태진이 평소와 다름없는 모습이라 덩달아 차분해질 수 있었는지도 모른다.

그날은 너무 당황해서 몰랐는데 중문을 열자 캔버스 특유의 냄새가 훅 풍겼다. 누드를 그려도 거의 드로잉을 했다고 들었다. 아니면 누드를 그린 건 얼마 되지 않았다는 소리일까?

"거실엔 내 그림이 없어."

저도 모르게 거실에 있는 이젤 앞에 서서 천을 걷어 내려고 했다. 태진의 말에 멋쩍게 웃으며 가방을 내려 두고 그를 따라 걸어갔다. 제일 안쪽 방문을 열고 조명이 들어오자 벽에 걸린 그림들이 한눈에 들어왔다.

제대로 걸린 것도 아니었다. 벽에 기대어 세워져 있거나, 대충 테이프를 이용해 벽에 붙여 놓은 그림들도 있었다. 생각보다 작품의 수가 없었다. 정말 태진의 말처럼 그는 자신이 그렸던 그림을 찢어 버린 모양이었다.

그중에서도 가장 큰 그림 앞으로 걸어갔다. 태진의 키와 거의 비슷한 캔버스에 거려진 그림은 유리의 말이 맞았다.

해바라기를 그렸음이 분명하지만 꼭 태양을 앞에 두고 서 있는 것만 같았다. 저도 모르게 눈물이 차올랐다. 이건 태진의 그림이라서가 아니라 이 작품에 대한 감동이었다.

갖가지의 노란색이 잔뜩 어우러진 거대한 해바라기는 그대로 사람을 감싸 안는 것 같았다. 태진이 가까이 다가와 그녀의 옆으로 서며 어깨를 끌어안았다.

어쩌면 태진도 자신의 그림이 주는 느낌을 알고 있는 게 아닐까? 이 그림을 직접 그린 사람에게 안기는 건 이 그림에게 안기는 것과 같았다.

"마지막으로 완성한 그림이야. 휴가를 나와서 4박 5일 내내 그렸거든."

이 크기의 그림이라면 잠도 제대로 자지 못하고 그렸음이 분명하다. 태진은 그때 무슨 생각을 하며 그림을 그렸던 걸까.

"이 그림에 안기는 느낌이 들었어요."

태진은 소리 없이 웃었다. 그리고 고개를 숙여 자연스럽게 그녀의 관자놀이에 부드럽게 입을 맞추었다. 이런 다정한 스킨십이 가슴 떨리게 좋기도 했고, 서글프기도 했다. 언젠가 태진에게 정말 사랑하는 사람이 생긴다면 이 모든 것을 그 여자가 받게 될 것이다.

"눈물까지 흘려 줄 거라고 생각 못 했는데."

두 가지가 섞인 감정이 흘러내렸다. 그림에 대한 감동과 질투로 인한 추악함이. 하지만 차마 태진에겐 말을 할 수 없어 그저 웃는 것으로 대신할 수밖에 없었다.

태진이 간이 의자를 가져왔다. 두 사람은 그 그림을 앞에 두고 나란히 앉았다.

이 그림을 보면 볼수록 왜 윤우가 모방을 하면서도 태진의 그림을 사랑할 수밖에 없었는지 알게 되었다. 그의 재능이 욕심났을 것이다. 맨 아래, 적어 놓은 날짜를 보면 윤우가 순수 시리즈를 세상에 내놓기 5개월 전이었다.

더는 태진이 그림을 그릴 수 없게 되자 이 다채로운 색 조화에 욕심이 났던 윤우는 결국 유혹을 뿌리치지 못했음이 틀림없었다. 그림을 그리는 재능은 무척이나 부럽고도 무서운 것이었다.

"군에서 훈련 중 낙하 사고가 일어났어. 워낙 순식간이었고 그대로 떨어졌다면 후임은 죽을 거라고 생각해서 팔을 뻗었지. 5m나 되는 높이였는데 머리부터 떨어질게 분명했거든. 생각보다 많이 다치진 않았어. 그냥 팔이 꺾이고, 정강이뼈가 부러진 정도로 미비했지. 그런데 신경이 뒤틀렸어."

태진은 여전히 팔짱을 낀 상태로 그림을 보고 있었다. 그의 오른쪽 손가락은 여전히 메트로놈처럼 일정한 간격으로 툭툭 치고 있었다.

"인대는 아예 나간 상태고. 신경을 붙이는 수술에 오랜 시간이 소요됐지. 미국으로 건너가 재활을 1년 내내 받았는데도 힘이 제대로 안 들어갔거든. 결국 장애 판정을 받았지."

태진은 가진 걸 셀 수 없을 정도로 유복한 생활을 한 사람이었다. 그런 사람에게 장애 판정은 어떤 시련을 가져왔을까. 그리고 그것을 어떻게 이겨 냈을까. 어쩌면 태진은 일을 하면서 그 상실감을 극복했을지도 모른다.

"난 내가 그림을 좋아했을 거라곤 생각 못 했어."

문형이 고개를 돌려 태진을 보았다. 그의 얼굴은 여전히 자신의 그림을 향해 있었다. 하지만 그림을 보고 있는 건 아니었다. 이런 그림을 그리는 사람이 그림을 좋아했을 거라고 생각하지 못했다니.

"재활을 하고 조금 더 노력하면 될 거라고 생각했는데. 디테일하게 그릴 수 있는 게 뭐가 있을까 생각하다 누드를 그리는 게 좋겠다고 판단한 거야. 그때부턴 닥치는 대로 모델을 구하고 그리는 걸 반복했거든. 할머니는 그냥 지켜보기만 하셨지. 내가 스스로 포기할 때까지 시간을 주신 거야."

윤우는 태진을 시기했고, 어떻게든 추락시키고 싶었을 것이다. 그리고 문형에게 관심이 있었으니 태진과 가까워지는 것을 원치 않았을 테고. 그런 식으로라도 말을 해서 멀어지게 만들고 싶어 했을 것이다.

태진이 팔을 뻗어 스케치북 하나를 들었다. 그리고 문형에게 건네주었다. 문형은 천천히 한 장씩 넘기기 시작했다. 아주 엉망인 그림들이 페이지에 가득했다. 선들이 흔들리는 건 제대로 힘이 들어가지 않다는 것을 뜻했다.

사실 처음엔 연필을 쥐는 것조차도 힘들었을 게 자명했다. 그리고 선 하나를 그리게 되기까지 역시 쉽지 않았을 터였다. 한 장 한 장 넘길 때마다 태진이 얼마나 연습을 했는지 점점 그림이 완성되어 가고 있었고 있었다. 아마추어였다면 아마 상당한 수준급의 드로잉이라고 했을 것이다. 하지만 그는 전공자였고, 이 정도 그림으론 더 이상 붓을 드는 것을 생각할 수 없었음이 분명했다.

"붓을 놓기로 했을 때, 철이 들고 처음으로 울어 본 것 같아. 할머니 품에 안겨서, 어린애처럼."

그날이 고스란히 떠오르는 모양인지 태진의 눈이 가늘어졌다. 주먹으로 턱을 괸 채 낮게 웃었다.

"사실 나도 이 방엔 굉장히 오랜만에 들어와 보는 거거든. 난 다 털었다고 생각했는데, 막상 그림을 보게 되면 그게 아닐까 봐서."

태진은 자연스럽게 웃고 있었다. 털어 낸 게 아니면 절대 저렇게 웃을 수 없을 것이다. 이제 태진은 과거를 과거로 볼 수 있게 된 것임이 틀림없었다.

"이 방을 다시 열게 된다면 당연히 내 옆엔 할머니가 있을 거라고 생각했어. 그것도 아니면 늙어 버린 나 혼자만이 서 있거나."

태진의 미래가 기대된다. 그는 나이가 들어서도 근사할 것이다. 비록 태진의 그 모습을 자신이 볼 수 없다는 게 안타까웠지만.

그런데 왜 태진은 그녀를 데리고 이곳을 오기로 마음먹은 것일까? 문형도 평생 태진의 그림을 보지 못할 것이라고 생각했다. 태진이 자신의 모든 그림을 찢어 버렸을 거라고 생각했으니까.

"태진 씨, 방 안쪽의 다른 방에는 그림이 없어요?"

"있긴 있어. 학교도 들어가기 전에 벽에 마구잡이로 그렸던 것들. 거기가 내 놀이터였거든."

을복은 벽에 그림을 그리는 것을 무척이나 좋아했다. 그리고 몇 번이나 '진이랑 그리는 게 제일 좋아'라고 말을 했었다. 그 '진'이 누군지 몰랐었는데 이제 보니 어린 태진을 뜻하는 것이었나 보다.

"어렸을 때 진이라고 불렸어요?"

"이모님이 말해 줬나?"

"아뇨. 회장님께서 벽에 그림을 그릴 때 한 번씩 '진이랑 그리는 게 제일 좋아' 라고 하셨거든요. 누군지 알 수 없어 그냥 넘겼었어요."

태진의 입술이 부드럽게 호를 그렸다. 자신의 어린 시절을 기억해 주는 을복을 떠올리고 있는 게 틀림없었다.

"거제 분이셔."

그녀는 을복의 고향이 거제라는 사실을 몰랐다. 그도 그런 것이 을복은 한 번도 사투리를 쓰지 않았기 때문이었다.

"그래서 진이, 숙이. 그렇게 불렀지. 경상도 분들이 그런 식으로 이름의 끝 자를 부르신다고 했거든."

을복은 태진에게 소중한 존재였다. 그저 생각을 떠올리는 것만으로도 부드러운 미소를 짓게 할 만큼.

"다섯 살 때였나? 벽에 그림을 그린다고 아버지께 많이 혼난 날이 있었어. 내 기억이 맞다면 태어나 처음 보게 된 아버지였지. 날 낳자마자 어머니와 헤어지고 집을 나갔었으니까."

태진은 여전히 웃고 있었다. 과거의 그 모든 잔상을 털어 내 버리기라도 하는 것처럼.

"할머니는 아버지를 내쳤어. 너와 내 인연은 여기까지라면서. 부모에 대한 애정도 없던 손자가 자신 때문에 부모를 싫어하게 된 건 아닐까 늘 전전긍긍하셨어. 내 부모님은 할머니뿐이라고 입이 닳도록 말을 했는데도 말이야."

효심이 깊은 사람이다. 그런 태진에게 을복의 치매 판정은 청천

벽력이었을 것이다. 사업을 궤도로 막 올리기 시작하던 때 을복에게 치매가 찾아왔다고 했었다. 태진은 또 한 번 그 시련을 오롯이 혼자 견뎌야만 했을 것이다.

처음 '학대 흔적'을 유난히 강조했던 태진이 충분히 이해가 갔다. 문형은 팔을 뻗어 태진의 손을 잡았다. 그는 자신의 손을 잡고 있는 문형의 손을 물끄러미 바라보았다.

"혼자 견뎌 내기 힘들었을 거예요."

"서문형은?"

부모님을 순식간에 잃은 그녀의 심정을 묻고 있었다. 실종이라고는 하지만 가망이 없어 스스로 체념한 순간 정말 많이 울었다. 그 울음 속에 그녀는 비로소 마음을 내려놓을 수 있었다.

"저에겐 문호도 있고, 유리와 유리의 가족들도 있으니까요. 그리고 오히려 인정하고 나면 오히려 마음이 후련해지는 것 같아요."

그랬다. 처음엔 태진만 보면 화가 나는 것 같기도 하고, 감정을 주체할 수 없는 것 같기도 했다. 결국 그를 좋아한다는 것을 스스로 인정하고 나서야 그 이유 없는 화가 수그러들었다.

시선이 느껴져 문형이 고개를 들어 태진을 보았다.

"그걸 안다면, 서문형."

태진이 팔을 뻗어 그녀를 자신의 허벅지 위로 앉혔다. 갑작스러움에 뭐라 할 틈도 없이 태진이 다시 시선을 맞춰 왔다.

"날 혼자 견디게 하지 마."

7. 흩어져

말을 하지 않아도 통하는 게 있다. 실제로 그런 건 없다고 생각했었지만 그저 눈빛으로도 알 수 있었다.

사실상 태진은 고백에 가까운 말을 했다. 직접적으로 좋아한다는 말을 한 것은 아니었지만 문형은 그렇게 받아들였다. 순간 너무 당황해 할 말을 찾으려 했지만 안 비서에게 전화가 와 서둘러 사무실로 자리를 옮겼다. 사무실로 가는 내내 태진은 그녀의 손을 잡고 있었다.

오늘 아침, 서 의원의 초대를 받아 정치계 사람들을 만나러 나가면서도 태진은 무척이나 아쉬워했었다. 그녀를 끌어안고 몇 번이나 얼굴 곳곳에 입을 맞추다 결국 인숙에게 들키게 되었을 때야 집을 나섰다.

"태진이가 저렇게 안달 내 하는 모습 처음 봐. 보기 좋네."

얼굴이 자꾸 붉어서 터질 것 같은 지경인데 인숙은 계속 태진의 아침 행동을 말하고 있었다.

"물 다 받아졌어."

"네."

인숙과 함께 조심스레 을복을 욕조로 옮겼다. 을복은 이 근래 식단 조절이 잘되어 살이 조금 빠졌다. 그리고 하루에 한 번씩 하는 반신욕도 도움이 되는 것 같았다.

그전엔 마음대로 토라져서 나가 버리기도 하고 입욕제 색이 마음에 안 든다고 난리를 친 적도 있다고 했었다. 하지만 문형과는 그런 일 없이 매일 30분씩은 적당히 미지근한 물에서 어린아이처럼 재미있게 놀았다.

"덕만이 다쳤어?"

을복의 말에 문형이 고개를 숙였다. 가슴 쪽에 있는 키스마크를 보고 을복이 호, 입김을 불어 주었다. 물론 을복은 사실을 모를 테지만 이상하게 부끄러움이 몰려왔다. 그러니까 조심 좀 해 달라고 했는데.

"누가 그랬어?"

"그냥 부딪쳤어요."

"아파?"

"조금이요."

할머니가 있었으면 이런 느낌이었을까? 늘 을복을 볼 때면 그런 생각이 들었다. 할머니가 있었으면 이런 느낌이지 않았을까. 사업가인 을복은 늘 엄했다고 했다. 그리고 태진은 말을 잘 듣는 손자였고.

두 사람은 평범한 할머니와 손자 사이이고 싶은 적이 없었을까? 태진은 조금이라도 을복이 정신이 있었을 때 결혼을 했으면 좋았을 거라고 했다. 그때 처음으로 문형은 자신이 늦게 태어난 것을 후회했다. 몇 년이라도 일찍 태어날 수 있었다면 태진을 빨리 만날 수 있지 않았을까?

"내가 때려 줄게."

"못 때리실 텐데."

"아니야, 덕만이 괴롭히는 놈들은 내가 맨날 돌 던져 줬잖아."

남편을 두고 라이벌이라고 했던 덕만을 그래도 많이 좋아했던 모양이다. 어린 시절, 가난 때문에 덕만을 추억할 수 있는 제대로 된 사진조차 없었다고 했다. 그래서 덕만이 시집을 가던 날 같이 찍은 사진이 유일하다고 했다. 을복은 베개 밑에 명우, 덕만과 찍은 사진을 마치 보물처럼 숨겨 놓았다.

치매란 나쁜 것을 잊고 과거의 좋은 것만을 기억하고 싶어 걸리는 것일까? 어떤 상태라도 좋으니 부모님이 살아 계시면 좋을 텐데.

부모님에 대한 기대를 내려놓는다고 해도 쉽지가 않았다.

"복숭아 먹고 싶어."

"그럼 이제 씻고 나갈까요?"

복숭아 향이 나는 입욕제를 썼더니 당장이라도 을복이 목욕 물을 마실 것 같았다. 두 손으로 분홍빛 물을 가득 담는 것을 보고 서둘러 인숙을 불렀다.

"문형아, 울어?"

"아뇨, 물이 들어갔나 봐요."

서둘러 눈가를 훔쳐 냈는데 다시 눈물이 와락 쏟아졌다. 부모님에 대한 그리움을 꾹꾹 눌러 참아왔던 게 결국 터져 버리고 말았다.

✛　　✢　　✛

정치권 인사들을 만나는 건 무척이나 피곤한 일이었다. 그들은 마치 뱀들 같아서 어떤 말이나 행동이라도 실수를 하면 안 됐다. 특히나 꼬투리를 잡고 물고 늘어지기를 좋아하는 사람들이었다.

말론 젊은 사람이 수완도 좋다고 하면서도 어떻게든 그를 먼저 누르고, 후려치려고 했다. 그들만큼 연륜이 쌓이진 않았다고 해도 태진 역시 사업을 하며 갖가지 많은 사람들을 만나 노련해졌다. 쉽게 흥분을 하는 성격도 아니었고, 적재적소에 맞는 농담으로 분위기를 살릴 줄도 알았다.

몇몇은 태진을 마음에 들어도 했지만 다른 몇몇은 계속해서 의심을 하고, 미덥지 않은 눈을 했다.

"쥐새끼 같은 것들."

차에 올라타 문이 닫히자마자 넥타이를 벗어 던지며 욕설을 뱉었다. 당장 내일이 결혼식이라는 그를 접대를 하겠다며 자연스럽게 룸으로 끌고 가려고 하지 않나, 심지어는 자신의 딸을 소개해 주겠다는 인간도 있었다.

많은 현금을 보유하고 있고, 가지고 있는 물건들을 세탁해 주는 것에도 탁월한 인물인 태진을 놓치는 건 그만큼 아까워 보였다.

아마 서 의원이 아니었다면 그냥 적당히 인사만 한 채 빠져나왔을 것이다.

"수고하셨습니다."

"차 부장은?"

"공항에서 지금 사무실로 오고 계시답니다."

규원은 오늘 외국으로 보내야 할 물건 때문에 인천으로 나가 있었다.

"안 비서."

"네, 사장님."

"애인 안 만들어?"

아주 잠깐이지만 차가 꿀렁이는 것 같기도 했다. 하긴, 그동안 이성 문제를 가지고 말을 했던 적이 한 번도 없었다. 생각해 보면 규원은 12년 동안 나은과 함께했고, 늘보는 늘 여자 친구가 바뀌었지만 안 비서에게 애인이 있던 것을 본 적이 없었다.

급한 일이 생겨 갑자기 불러내도 안 비서는 총알처럼 날아왔다. 안 비서는 예전 을복이 사업을 맡고 있을 때 신임하던 비서의 조카로 중학교 시절부터 보아 왔다. 동생이었지만 때론 형같이 속이 깊은 사람이었다.

"사장님이 행복해지는 모습 보면 생각해 보겠습니다."

"또 능구렁이처럼 잘도 빠져나가네."

그렇게 오랫동안 알고 지내 왔어도 때론 안 비서가 무슨 생각을 하는지 알 수가 없을 때가 많았다.

"사모님은 나유리 씨 댁으로 출발하셨다고 합니다."

"그냥 형수라고 해."

"알겠습니다."

태진은 둘이 있을 땐 사장 같은 호칭을 병적으로 싫어했다. 어차피 처음부터 이 자린 자신의 자리가 아니라고 늘 생각했기 때문에 더 그런 것일지도 몰랐다.

"요즘 얼굴빛이 좋아 보이셔서 다행입니다."

"그동안 내가 당장이라도 죽을 낯을 하고 있었나 보지? 만나는 사람마다 죄다 그러네."

"잠도 제대로 못 주무시니 늘 눈엔 핏발이 서 있고, 안색이 창백해 보일 때도 많았습니다."

안 비서의 말에 고개를 돌린 태진은 차창에 비친 자신의 얼굴을 보았다. 확실히 스스로도 거울을 볼 때 얼굴이 나아졌다는 것을 느꼈다. 볼에 가죽만 잡힐 정도로 마른 모습이었는데 요즘은 어떻게 보면 부드러워진 듯도 했다. 예전엔 눈에 잔가시들이 잔뜩 박혀 눈꺼풀을 닫으면 따끔한 느낌이었는데 요즘은 그런 것도 느끼지 못했다.

사람에게 있어서 잠이 제일 중요한 보약이라고 하더니. 을복의 말은 틀린 게 하나도 없었다. 불면증은 그저 습관과도 같은 것이라 모든 사람들이 그런 피곤을 달고 산다고 생각했었다.

기억도 나지 않을 때부터 태진은 혼자서 잠들었다. 그러니 그가 심각한 불면증을 앓고 있다고 사람들은 짐작도 하지 못했었다.

원래 잠이 많은 타입은 아니었으나 정말 그땐 하루 두세 시간을 겨우 자며 생활했었다. 거기에 그 시간조차 악몽이 똬리를 틀고 그를 놓아주지 않았었다. 문형을 안고 나서는 다섯 시간은 꿈도 꾸지 않고 충분히 잠이 들었으니 좋아질 수밖에 없었다.

사무실에 도착해 올라가는 동안에도 안 비서는 신혼여행에서 돌아와 확인해야 하는 일들을 읊고 있었다. 언젠 신혼여행을 길게 가야 한다고 규원과 함께 동조를 했으면서.

그나마 달라진 건 그가 결혼을 하기 전과는 확연히 변화된 저녁 스케줄이었다. 오후 7시 이후로는 스케줄이 없는 것을 보니 안 비서 나름대로 신경을 쓴 듯했다.

"저녁 약속들은?"

"중요한 약속들은 오후로 옮겼습니다. 저녁 이후 약속들은 차 부장님이나 제가 충분히 해결할 수 있는 선으로 잡았고요."

"너무 신경 쓰는 거 아니야?"

사장실로 들어가지 않고 태진이 안 비서의 책상에 엉덩이를 걸쳐 앉았다. 워낙 깔끔한 성정을 가진 터라 안 비서의 책상은 불필요한 것들이 없었다. 오히려 사람이 쓰는 책상이 맞나 싶게 허전한 느낌이 가득이었다.

"아파트 정리는 다음 주 내로 이루어질 겁니다."

아파트에 있는 작품들은 모두 보관실로 옮기기로 했다. 그가 그린 해바라기는 문형에게 결혼 선물로 주었다. 그림을 그리기 시작한 이래로 처음으로 밥도 먹지 않고, 잠도 자지 않으며 며칠 내내 꼬박 그렸던 작품이었다. 마지막으로 그리게 될 그림이라고 스스로 직감했었던 것처럼.

"인테리어는 3주 정도 소요될 것으로 예상됩니다."

언젠간 문형과 함께 들어가서 살게 될 집이라고 정한 곳이다. 보통 그는 미래를 생각하지 않는다. 당장의 현실이 제일 중요하다고 생각했다. 미래를 꿈꾸는 건 자신에겐 사치라고 생각했었다.

그런데 문형과 있으면서 자연스럽게 미래를 떠올리게 된다.

"서재는 각별히 신경 써 달라고 해."

"알고 있습니다."

문형은 언젠가 자신이 책을 가득 쌓아 두고 볼 수 있는 서재를 갖고 싶다고 했었다.

"사장님."

"말해."

"사장실 들어가셔서 결재 사항 사인만 하시고 이만 퇴근하셔서 됩니다. 이미 확인 다 끝났습니다."

"왜 그렇게 보내고 싶어 안달이야."

"내일이 결혼식 아닙니까. 설마 본가 들어가셔도 형수님 없으셔서 그러신 겁니까?"

어쩐지 정곡을 찔린 느낌에 태진이 피식 웃으며 자리에서 일어났다.

"안주원."

"네."

"너도 애인 만들어. 생각보다 훨씬 좋아."

노골적인 태진의 발언에 놀란 듯 안 비서의 눈이 커져 있었다. 픽 웃으며 돌아서려는데 문 앞에 굳은 채 서 있는 규원이 보였다.

"뭐야, 다들 내 말에 그렇게 놀라서."

"사장님. 저……."

규원이 무엇인가를 말을 하려다 입을 다물었다.

"무슨 일인데?"

"아닙니다."

별말이 아니었던 것인지 규원이 입을 굳게 다물었다. 태진은 행복에 설레 규원의 말을 듣지 않은 것을 곧 후회했다.

✢   ✤   ✢

결혼식이라는 것이 이 정도로 정신없이 지나가는 일이라고 생각도 하지 못했다. 찾아오는 사람들에게 인사를 하고, 식장에 들어서고 사진까지 찍고 나니 어느샌가 끝나 있었다. 웨딩카도 없냐며 친구들은 실망한 기색이 역력했지만 문형은 당장이라도 쓰러져 자고 싶을 정도로 지쳤다.

그런 문형의 모습을 눈치챈 것인지, 태진 역시 피곤해서 그런 것인지 다녀와서 만나자며 서둘러 차에 올라탔다.

아침부터 준비를 하고 바로 식을 치르느라 두 사람은 오늘 만나고 나서도 제대로 대화조차 하지 못했다. 새삼 긴장이 되는 것 같아 문형은 괜히 손에 쥐고 있는 치마 끝을 잡아당겼다.

신부 화장이 너무 무거운 것 같아 따로 부탁을 해서 이미 지워낸 뒤였다. 짧은 단발이라 따로 꾸미지 않고 뒤로 단정하게 묶은 것이라 다행이었다. 어쨌거나 순탄하게 결혼식이 지나간 것 같아 낮게 숨을 뱉었다.

"왜? 후회돼?"

예전 같았더라면 태진의 저 말에 긴장을 했을 것이다. 하지만 지금은 그가 농담을 하는 것이라는 걸 알고 있다.

"제 나이가 좀 어리잖아요?"

"나도 어린 축이야."

요즘 대부분 결혼을 늦게 하는 추세였다. 두 사람은 어린 신랑, 신부라 그런지 얼굴이 더 환하다는 말을 많이 들었다.

"그래도 서문형이 더 아깝긴 하지."

"웬일로 순순히 인정해요?"

"많은 것을 겪어 볼 수도 있는 기회를 내가 **빼앗아** 버린 건 아닌가 하는 생각이 들어서."

태진은 어린 나이에 많은 변화를 겪었다. 평생을 할 거라고 생각했던 일까지 하지 못하게 되면서. 각자의 아픔은 비교할 수 없었지만 문형 역시 자신의 인생이 완전히 뒤바뀌게 된 일을 경험했다.

상대가 태진이 아니었더라면 자신은 다신 올라서지 못할 구렁텅이로 **빠졌을**지도 모른다. 처음 태진을 원망했던 마음은 완전히 사라졌다. 그땐 누군가를 원망함으로써 힘을 얻었던 것도 같다.

창밖으로 보이는 푸르른 나무들이 꼭 그림같이 보였다. 마치 긴 악몽을 꾸고 일어난 것 같은 느낌이었다.

"태진 씨야말로 후회하는 거 아니에요?"

"후회?"

"더 좋은 집안, 더 좋은 여자 만날 기회도 많았잖아요."

"그럴지도 모르지."

스스로 말을 던졌지만 순순히 인정하니 또 마음이 상하는 건 어쩔 수 없다. 예전엔 이러지 않았던 것 같은데 지금은 질투라는 감정이 불쑥불쑥 치고 올라와 스스로도 놀랄 정도였다.

"그런데 알다시피 이태진 성질머리를 받아 줄 사람은 서문형뿐이라서."

"태진 씨는 자기 성격이 안 좋다고 생각해요?"

"좋진 않잖아."

대체 태진은 어느 정도여야 사람들의 성격이 좋다고 생각하는 걸까?

그녀는 이제껏 많은 사람들을 만나면서 태진처럼 차분하고, 인내심 많고, 매너가 좋은 사람을 거의 만나 보지 못했다. 물론 상사로 생각하면 태진은 다소 딱딱한 것 같았지만 제대로 줄 건 주고 얻을 건 얻는 사람이었다. 적정한 선에서 자신이 손해를 보더라도 관계를 더욱 돈독히 유지시켜 나가는 사람이었다.

서 사장 역시 사업가였다. 그리고 태진의 태도를 늘 높이 샀다. 비록 나이가 어리지만 배울 게 많은 사람이라면서.

"아닌데, 태진 씨 성격 좋은데."

"그렇게 봐 줘서 고맙고."

입매를 살짝 끌어 올리며 웃는 저 모습이 좋았다. 처음엔 워낙 표정 변화가 없는 사람이라 과연 웃을 수 있는지 의심스러웠는데.

그때 눈가에서 태진의 손길이 느껴졌다. 놀라서 고개를 돌리자 태진은 자연스레 그녀의 왼손을 잡아끌어 자신의 허벅지 위로 올려놓았다. 오늘 새로 낀 결혼반지의 무게가 단숨에 느껴졌다.

"어제, 울었어?"

"티 나요?"

"아침에 봤을 때 좀 부었다고 생각했어."

그녀는 체질적으로 잘 붓는 사람이 아니었다. 어젠 정신이 없이 을복의 품에 안겨 울었고, 유리의 집으로 가서도 이야기를 나누다 몇 번씩 눈물을 쏟아 내고 말았다.

"역시 결혼이 후회되는 건 아닌가 싶어서 쉽사리 물어보지 못했거든."

"왜요? 싫다고 하면서 도망갈 것 같았어요?"

태진은 말을 하지 않고 정면 주시에 집중했다. 설마 정말 그녀가 결혼을 후회해서 운 것이라고 생각했던 걸까? 결혼식장에서 도망가고 싶다는 생각을 한 적은 결코 없었다.

"태진 씨가 도망가고 싶었던 건 아니에요?"

태진이 픽 웃었다.

"대답 안 하니까 더 수상한데."

하지만 태진은 끝까지 대답을 하지 않았다. 설마 정말 그가 결혼을 후회하는 건 아닐까?

"어젠 잠을 잘 못 잤어."

문형의 얼굴에서 웃음기가 가셨다. 불면증을 심하게 앓고 있는 태진은 어느 순간부터 깊이 잠들기 시작했다.

"무슨 일 있어요?"

이상하다. 헛기침을 하는 태진의 귓가가 살짝 붉어진 거 같기도 했다.

"서문형이 곁에 없으면 잠들기가 힘들어졌어."

문형의 얼굴도 같이 붉어졌다.

✠　　　　✤　　　　✠

그대로 엎드린 채 달빛에 의존해 깊게 잠들어 있는 태진의 얼굴을 보았다. 태진은 잠을 잘 때면 반듯하게 누워 두 손을 가슴에 올렸다. 규칙적으로 가슴이 오르내리는 것을 보면 잘 자고 있다는 것을 알 수 있었다.

별장에 도착하자마자 정신없이 밀어붙이는 통에 잘 도착했다는 연락을 돌릴 틈도 없었다. 아주 조심스레 침대에서 내려와 바닥에 흐트러진 옷을 살폈다. 도무지 입지 못할 정도로 엉망인 상태라는 것을 알고 밖으로 나왔다.

소파 위에 걸쳐진 샤워 가운을 입고 허리띠를 여민 뒤 던져두었던 태진의 가방을 찾아 들었다. 아침에 정신이 없어 따로 가방을 들고 오지 못한 문형의 간단한 소지품들은 태진의 것에 들어 있었다.

산 안쪽에 위치한 별장은 바로 앞으로 계곡이 흘렀다. 테라스로 나오자 계곡물이 흐르는 소리가 들렸다. 흔들의자에 앉으며 가방에서 휴대폰을 찾는데 태진의 것도 같이 나왔다. 태진의 휴대폰을 옆에 내려 두고 자신의 것을 켜 살폈다.

다행히 유리나 문호에게서 부재중 전화와 메시지가 온 것이 전부였다. 벌써 12시가 넘어가는 시간이었다. 지금이면 문호는 이미 잠들어 있을게 분명해 유리에게 전화를 걸었다.

—아이고, 신혼 재미가 좋으신가 봐요.

걸리자마자 전화를 받은 유리가 놀림이 가득한 목소리로 그녀를 놀려 댔다.

"태진 씨가 어제 잠을 잘 못 잤대서 도착하자마자 잠드느라."

—정말 잠만 잤을까요?

하여간 못 말리겠다. 휴대폰 너머로 유리의 경쾌한 웃음소리가 들리자 문형 역시 따라 웃을 수밖에 없었다.

―안 자? 왜 이 시간에 전화야?

"자다가 깼어. 난 어제 푹 잤잖아."

―시댁엔 연락 드렸어?

"어? 응."

태진은 별장 앞에 차가 도착하자마자 인숙에게 전화를 해 도착했다는 간단한 말만 남기고 빠르게 끊었다. 분명 인숙이 전화 좀 바꿔 달라고 한 목소리를 들었지만 급히 입술을 덮쳐 오는 통에 문형은 말 한마디도 하지 못했다. 어쨌거나 연락을 한 건 사실이었다.

―우리 엄마, 아빠 우시는 거 봤지? 나 보낼 때도 그렇겐 안 우실 걸?

두 사람 모두 어려서부터 친구였고 가족끼리도 친하게 지냈다. 그리고 문형의 집엔 딱히 친인척이 없어 정말 친척처럼 지내 왔다.

부모님들도 서로 각자에게 좋지 않은 일이 생기면 자식들을 부탁한다고 할 정도로 절친한 사이였다. 그러니 유리의 부모님들도 문형이 갑작스레 결혼을 결정하는 것을 보고 내심 많은 걱정을 했을 것이다. 거기에 문형의 부모님의 생사까지 확인되지 않았으니 더 걱정이 컸으리라.

태진은 유리의 집에도 정말 처가댁에 하는 것처럼 성의를 다했다. 그리고 두 사람은 신혼여행 일정이 끝나면 으레 처가댁에 가듯 유리의 집에서 하룻밤을 묵기로 했다.

"감사하다고 전해 드려 줘."

―좋은 사위 얻었다고 우리 엄마, 아빠 입 완전 찢어지셨어.

나 교감이나 진 교장은 그녀도 똑같이 딸처럼 대해 주었다. 그리고 태진 역시 두 사람을 장인, 장모 대하듯 최선을 다했다.

유리는 친척들이 예단 선물을 받고 모두 입이 찢어졌다며 그때부터 흉을 보기 시작했다.

특히나 고모들이 배 아파서 난리였다며. 태진이 유리의 부모님께 보낸 자동차 값을 넘어가는 시계와 가방을 보며 생각보다 별거 아니라고 후렸쳤다는 이야기를 늘어놓았다. 유리는 '고모들은 이런 거나 받고 말해요'라고 말해 한 방 먹였다며 웃었다.

그 말을 들으며 문형도 웃는데 태진의 가방 끄트머리에 있는 종이를 보았다. 뭔가 싶어 꺼내드니 그건 두 사람의 결혼 계약서였다.

계약서를 보자 새삼 그날이 떠올랐다. 그녀가 건네주었던 안전이별 청구권은 태진이 잘 보관하고 있을까? 사실상 태진은 평생을 자신의 곁에 있어 달라고 말했다. 하지만 계약서에 적힌 5년이라는 기간을 보니 마음이 싱숭생숭했다.

—근데 이태진 씨, 너 정말 좋아하는 거 맞지?

"그런 거 같아?"

—야, 원래 사랑은 절대 못 숨겨. 고백 안 받았어?

"비슷하게 받긴 했어."

—뭐? 뭐라고 했는데?

"그냥 자기 혼자 두지 말라고."

—세상에 그 이태진이 애원을 한단 말이야?

"애원까지는……."

—야, 그게 애원이지. 대박, 우리 서문형 꿈 이뤘네.

꿈을 이뤘다라. 태진의 다정함이 당연히 모두 연기라고 생각했
었기 때문에 그 고백은 정말 당혹스러웠다. 하지만 제 마음도 다
르지 않았기에 이제 태진에게 자신의 감정을 제대로 이야기해 줄
때였다.

—참, 이거 말을 해야 하나…….

"뭔데?"

답지않게 유리가 우물쭈물하고 있었다.

"나유리답게 그냥 말해."

—정 교수 있잖아.

"정윤우 교수님?"

—학교에 사직서 냈대.

마음이 쓸쓸한 건 어쩔 수 없다. 태진은 윤우에게 아무것도 하
지 않을 것이라고 다시 한번 말했다. 그럼에도 불구하고 윤우가
그 지키려던 자리에서 내려온 건 마지막 남은 양심 때문이었을
까? 아니면 언제까지고 그런 불안을 안고 살아갈 자신이 없어서?
어쩌면 사람들이 보이는 자존감은 망상 혹은 환상일지도 모른다
는 생각이 들었다.

정윤우는 누구보다 고고하고 자신감이 흘러넘쳤던 사람이다.
하지만 그 진실과 끝을 알게 되니 모든 것이 만들어진 허상이었
다.

"쓸쓸한 건 어쩔 수 없네."

—난 그래도 좀 비겁하다고 생각했어.

"비겁?"

—도둑질한 거잖아. 그런데 그것에 대한 사과는 일절 없이 그

냥 버려두고 떠나면 끝이니? 이태진 씨에게 사과는 했어?

윤우는 끝까지 태진에게 사과를 하지 않았다. 태진 역시 윤우에게서 딱히 사과 같은 것을 받을 생각하지 않았다.

"태진 씨는 굳이 사과를 받을 생각이 없는 것 같았어."

—이걸 대인배라고 해야 하는 거니, 속도 좋다고 해야 하는 거니. 나 같으면 절대 못 넘어가.

아마 문형도 이런 문제가 있다면 그냥 넘어가진 못할 것 같았다. 태진은 자신의 그림에 대해 붙인 제목이 순수라고 했었다. 순백 시리즈의 정윤우는 결국 태진의 모든 아이덴티티를 훔쳐 가 만든 모방이었다.

의자에서 일어난 문형이 계곡 앞으로 걸어갔다. 달빛이 반사되는 계곡물은 투명할 정도로 맑았다.

한참 동안 화를 내던 유리가 숨을 몇 번이나 고르고 진정한 듯 보였다. 태진은 아마 따로 생각이 있을 것이다. 아마 태진이라면 언제 들킬지 몰라 전전긍긍하는 시간을 윤우에게 벌로 주었을지도 모르겠다는 생각이 들었다.

"태진 씬 벌로 견딜 수 없는 시간을 준 것 같기도 해."

—견딜 수 없는 시간?

"언제 들킬지 몰라 전전긍긍하면서 살아오지 않았을까? 어딘지 예민한 기질이 있었던 것도 예술가이기도 했지만 그 이유도 있었을 거라고 봐."

—부부가 쌍으로 대인배시네.

말은 그렇게 하고 있었지만 유리도 어느 정도 수긍하는 듯했다.

—너무 오래 나와 있는 거 아니야? 들어가서 옆에 누워 있어.

깨서 또 너 찾으면 어떡해.

"그래, 들어가 봐야겠다."

―바로 우리 집으로 올 거지? 나 들을 거 무지무지 많은 거 알지?

"알았어."

전화를 끊은 문형이 걸치고 있던 샤워 가운의 주머니에 휴대폰을 넣고 팔짱을 낀 채 돌아섰다.

아무리 6월이 여름이라고 해도 밤의 산속은 추웠다. 빨리 들어가서 태진의 옆자리에 누워야겠다고 생각하는 순간이었는데 누군가가 서 있는 인영이 놀라 소리를 지를 뻔했다.

"인기척 좀 내지 그랬어요."

오늘은 다행히도 날이 무척이나 밝다. 태진임을 확인하고 안도의 한숨을 뱉었다. 태진이 웃으며 다가와 그녀의 앞에 멈춰 섰다. 태진 역시 가운을 입은 채로 팔짱을 끼고 있는 상태였다.

"도망친 줄 알고 잡으러 왔는데."

"내가 도망을 왜 가요."

"한 번씩 불안할 때가 있거든."

"불안해요?"

"내가 불안하게 하는 건 아닌지."

그렇게 말하면서도 태진의 입엔 웃음이 걸려 있었다. 어리둥절한 표정을 짓고 있는 문형을 보던 그가 허리만 살짝 숙여 입술에 쪽 소리가 나게 입을 맞췄다. 너무 익숙해진 탓에 이젠 이 정도론 놀라지도 않았다.

감정의 거리가 이토록 가까워질 수 있다는 것에 놀랐다. 아마

428

태진도 마찬가지 아닐까?

"어떻게 알았어?"

"뭘요?"

"내가 주는 벌."

"왠지 내가 이태진이라면 그럴 것 같았거든요."

태진은 생각보다 훨씬 큰 이해심을 가진 사람이었다. 겉으론 차가워 보일지 몰라도 기본적으로 사람을 어떻게 대해야 할지 알고 있는 사람이었다. 그런 진중한 모습이 좋았다. 팔을 뻗어 그를 껴안았다. 태진도 그녀를 안아 주었다.

문형은 그의 가슴에 턱을 대고 고개를 젖혔다. 그런 그녀를 내려 보는 태진의 눈매가 부드럽게 휘어져있다.

"태진 씨."

"말해."

"우리 계약서 왜 가지고 왔어요?"

"찢어 버릴까 하다가."

"찢는 게 취미예요?"

태진이 픽 웃으며 다시 고개를 더 깊이 숙여 그녀의 이마에 입을 맞추었다.

"중요한 말을 안 한 것 같아서."

"중요한 말이 뭔데요?"

"서문형도 내게 말 안 해 줬고."

다시 몸을 똑바로 일으켜 세운 문형이 고개를 왼쪽으로 기울였다. 자신이 태진에게 무엇을 말해 주지 않았을까.

"사랑해."

낮은 태진의 목소리에 문형의 팔이 툭 떨어졌다. 이제껏 행복하면서도 불안했던 이유는 직접적으로 마음을 듣지 못했기 때문이 아닐까? 태진 역시 계속 웃으면서도 불안해하는 모습을 보인 이유가 그것일지도 몰랐다.

이미 태진은 그녀의 마음을 알고 있는지도 모른다. 단지 말할 타이밍을 찾지 못했고, 왠지 모르게 쑥스러웠다. 그리고 만에 하나 태진이 자신의 고백을 듣고 가볍게 웃어넘기거나, 얼굴이 굳는다면 다신 그를 볼 자신도 없었고.

말을 하고 싶은데 입술이 떨어지지 않았다. 문형은 그저 고개만 계속 하릴없이 끄덕였다. 그런 문형을 보며 태진이 다시 팔을 뻗어와 그녀를 끌어안았다.

"서문형도 나 좋아한다는 뜻이지?"

다시 한번 고개를 끄덕였다.

"날 사랑한다는 뜻?"

문형은 또 고개를 끄덕였다.

"말로 해 봐."

이럴 때 보면 짓궂은 사람이다. 가까스로 떨리는 입술을 떼어 냈을 때였다. 태진이 입술을 맞춰 오는 통에 그녀는 결국 또 한 번 말하지 못했다.

달빛 아래, 그리고 계곡이 흐르는 소리를 들으며 나눈 사랑이 이런 충만감을 줄 거라고는 생각하지 못했다.

결국 늦잠을 잔 두 사람은 일어나 먼저 전화를 하는 것으로 하루를 시작했다.

태진은 핫케이크를 만들어 과일과 함께 근사한 상을 차렸다. 신혼여행을 가서 왜 사람들이 얼굴만 보다 오게 되는 것인지를 이해하게 되었다.

식사를 마친 두 사람은 흔들의자에 앉아 풍경을 구경했다. 태진은 반동을 이용해 의자를 천천히 흔들리게 만들었다. 그리고 어제 못다 한 이야기를 꺼냈다.

"나는 계약서를 없애 버리고 싶은데 서문형은 아닐지도 모른다는 생각이 들어서."

"왜 그렇게 생각했어요?"

"가만 보면 속마음 숨기는 건 서문형이 더 잘한다니까."

그러면서도 태진은 그녀의 손을 잡고 매만지는 것을 멈추지 않았다. 어깨에 기대고 있던 고개를 들어 올리려고 했지만 태진이 그녀의 머리를 눌러 일어나지 못하게 만들었다.

"그거야 태진 씨가 너무 단호하게 말하니까……."

"뭘?"

"호감이 시작되더라도 감정을 보이지 말라면서요. 당장이라도 쫓아낼 얼굴을 하고선."

"그때는 서문형이 나 싫어한다고 생각했거든."

거기에 대해선 딱히 할 말을 찾지 못했다. 사실 태진에 대한 감정이 대체 어디서 어떻게 시작된 건진 문형 스스로도 몰랐다. 그땐 이렇게까지 태진을 사랑하게 될 거라고 생각하지 못했다.

"그럼 태진 씨는 그때 날 좋아했어요?"

"아마, 처음부터?"

"거짓말."

저거야 말로 완전한 거짓말이다. 얼마나 그녀에게 퉁명스럽게 굴었었는데.

"진짜야."

"그런 말 안 믿거든요?"

"내가 못 놓을까 봐 그런 조항 넣었던 거라고 보면 돼."

장난을 하는 건지 진심을 말하는 건지 쉽게 구분이 가지 않았다.

"좋아하는데 좋아한다는 감정을 몰라서 불퉁거렸던 거야. 괜히 보고 있으면 건들고 싶고, 묘하게 신경질이 나는 것 같기도 하고. 서문형이 정말 잘해 주면 큰일 나겠구나 싶어서 그랬던 거야."

쉽게 이해가 가지 않았다. 태진이 딱히 이성에게 관심이 없었다고 하더라도 누군가를 좋아하는 감정을 모를 수가 있을까? 혜린과도 사귀었고 그녀가 죽은 뒤로는 상처가 깊어 누군가를 만나지 않았다고 들었다. 그건 문형도 충분히 이해할 수 있는 일이었다.

"혜린 씨하고 사귀어 놓고 어떻게 그런 감정을 몰라요?"

"혜린이가 날 오래 쫓아다녔다는 건 들었지? 규원 형이 울면서 부탁했거든. 재발했는데 오래 살지 못할 거라고. 죽기 전에 좋은 기억만 갖고 살아가게 해 주면 안 되냐고."

태진은 이 말을 다른 사람에게도 한 적이 있을까? 아마도 없을 거라고 생각했다. 그게 떠나 버린 사람에 대한 예의라 생각했을 것이다. 지금 이 말을 자신에게 하는 이유는 신뢰를 하고 사랑하고 있기 때문에 가능한 일이었다.

그렇게 말을 하면서도 태진은 왠지 모르게 미안한 표정을 짓고 있었다. 그 표정이 혜린에 대한 미안함이라는 것을 알 수 있었다.

"다들 내 첫사랑 때문에 고생하면서 끙끙 앓았지."

"네?"

"다른 사람도 아니고 서문형을 짝사랑하고 있다는 걸 규원 형한테 들켰거든. 결혼을 제안한 것도 형이야."

규원은 처음 만나는 순간부터 문형을 못마땅해 했다. 분명 그녀가 느끼기엔 그랬다. 그런데 그런 규원이 태진에게 제안을 했다는 게 놀라웠다.

"차 부장님, 나 싫어하는 줄 알았는데."

"내게 접근했던 여자들 때문에 형이 좀 고생을 많이 했었거든."

"그래서 인기가 많으셨다?"

"계약서를 좀 태울까?"

괜히 화제를 돌리며 태진이 바로 앞에 있는 화로대 안의 나무 안쪽으로 계약서를 넣고 불을 붙였다. 두 사람이 작성했던 계약서가 이내 붉은빛을 내며 타들어 가 버렸다.

"안전 이별 청구권은 어디에 있어요?"

"아, 그것도 가져와야지."

"숨겨 놨어요?"

"예전에. 고구마 구워 먹는 건 어때? 채워 놨다고 하던데."

"좋아요."

태진이 가볍게 고개를 끄덕이며 별장 안으로 들어가는 순간 가방 위에 있던 태진의 휴대폰이 울렸다.

"태진 씨, 차 부장님이에요."

"받아 줘."

이대로 태진의 전화를 받아도 되나 싶었지만 휴대폰을 들었다.

"여……."

—문서형 교수님, 현재 한국대 병원으로 옮기는 중입니다. 들어가서 다시 보고 드리겠습니다.

문형의 손이 툭 떨어졌다.

두 손이 부들부들 떨렸다. 규원이 지금 무슨 말을 하는 걸까. 자신이 제대로 들은 게 맞다면 지금 엄마를 찾았고, 한국으로 이송했다는 이야기였다.

배신감에 몸에 제대로 힘이 들어가지 않았다. 휘청이며 자리에서 일어났을 때 태진이 그녀의 모습을 보고 빠르게 다가왔다.

짝.

태어나 누군가를 때려 보는 건 처음이었다. 얼마나 힘을 실었는지 태진의 고개가 돌아갈 정도였다.

곧바로 바뀐 분위기를 감지한 듯 태진은 말없이 허리를 숙여 자신의 휴대폰을 들었다. 통화 목록을 확인하는 그를 두고 건물 안으로 들어가 차 키만 쥐고 나와 걷기 시작했다.

통화를 하고 있는 태진의 목소리가 들려왔지만 차에 올라타 시동을 걸자마자 거칠게 페달을 밟았다. 방금 전까지만 해도 제대로 주먹조차 쥘 수가 없었다. 하지만 지금은 어떻게 해서라도 서울로 가야 했다.

"하."

대체 태진은 왜 이 사실을 숨긴 것일까. 정말 그녀가 결혼을 뒤엎기라도 할까 봐? 그래서 계속 불안한 모습을 보였던 걸까? 그녀는 단지 자신의 감정을 말하지 않아 태진이 그런 모습을 보이는 것이라고 생각했다.

너무 순진했다. 그런 식으로 태진을 믿는 게 아니었는데. 믿음에 대한 배신이 이렇게 크게 다가올 거라고 상상도 하지 못했다.

세 시간을 쉬지도 않고 운전해 서울로 왔다. 병원 앞에 도착해 차도 버려두고 안으로 뛰어 들어갔다. 오로지 차 키만 들고나온 뒤라 어떻게 누구에게 연락을 해야 할지 알 수도 없었다.

접수 데스크로 뛰어가는데 멀리서 급히 뛰어오는 규원이 보였다. 다급하게 다가온 규원은 얼굴이 하얗게 질려 있었다.

짝, 날카로운 소리가 로비를 울렸다. 그 시끄럽고 큰 공간이 순간 조용해졌다.

"죄송합니다."

"어떻게 이런 식으로 사람을 속여요! 우리 엄마 어디 있어요. 빨리 앞장서요."

규원은 맞은 것에 대한 변명도 하지 않고 서둘러 걷기 시작했다. 너무 황당하고 어이가 없어 눈물조차 나오지 않았다. 자꾸만 입에서 헛웃음이 나오려고만 했다.

뭐라 해명을 할 법한데도 엘리베이터 올라탄 규원은 아무 말도 하지 않았다. 맞을 때 입술이 찢어진 것인지 입가에 피가 맺혀 있었지만 손도 대고 있지 않았다.

엘리베이터 문이 열리자마자 복도로 뛰어 나가 고개를 두리번거렸다. 본능적으로 저번 태진이 입원했던 병실에 문 교수가 있을 거라는 걸 알 수 있었다.

걸음을 재촉해 병실 앞에 섰다. 하지만 손이 떨려 문을 열 수조

차 없었다. 자꾸만 손가락이 손잡이에서 미끄러졌다. 그때 다가온 규원이 조심스레 문을 열었다.

"엄마!"

안으로 뛰어 들어가자 수척한 모습으로 침대에 누워 있는 문 교수의 모습이 보였다. 침대 앞에 선 문형이 무릎을 꿇고 문 교수의 손을 잡았다.

"감사합니다. 감사합니다."

평소 믿지도 않는 신에게 감사를 빌었다. 제대로 숨을 쉬고 있는 문 교수를 보자 이제야 눈물이 왈칵 쏟아졌다.

"방금 안정제 맞고 잠드셨습니다."

물어야 할 게 너무 많은데 앞이 흐려 말이 나오지 않았다.

"으음……."

"엄마! 엄마, 정신 들어?"

몇 번이나 느리게 눈을 깜빡이는 문 교수를 보고 문형이 서둘러 눈가의 눈물을 닦아 내었다.

"문형이니?"

느리지만 나긋한 목소리는 문 교수가 틀림없었다. 문형은 그대로 문 교수를 끌어안고 울고 말았다. 문 교수 역시 흐느끼며 문형의 머리를 계속 쓰다듬었다. 다시는 이런 손길을 받지 못할 줄 알았다.

"엄마가 죽은 줄 알았단 말이야."

"미안해, 우리 딸. 엄마가 미안해."

"어디 아픈 데는 없어? 괜찮아?"

몸을 일으킨 문형이 문 교수의 머리카락을 몇 번이나 뒤로 넘겨 주었다. 그리고 몸 여기저기를 만져 보며 마치 살아 있는 것을 확인이라도 하듯 계속 말을 걸었다.

"문호는?"

"수술 잘 끝났어. 건강해. 지금 오라고 해야겠다."

"제가 모셔 오겠습니다."

뒤에서 들리는 규원의 목소리에 순간 손가락 끝이 떨렸다. 당장이라도 화를 내고 싶지만 수척한 모습으로 애써 웃고 있는 문 교수의 앞에선 그럴 수 없어 몇 번이나 참아 냈다.

"엄마, 잠깐 이야기 좀 하고 올게. 괜찮지?"

"괜찮아. 천천히 하고 와."

고개를 끄덕인 문형이 먼저 병실에서 나왔다. 곧 이어 나온 규원이 조심스레 문을 닫았다. 그런 규원을 향해 당장이라도 욕설을 내뱉고 다시금 뺨이라도 때리고 싶었지만 갖은 이성을 동원해 참았다.

"병원까지 이송되는 거였다면 언제 찾아낸 거예요?"

"보름쯤 됐습니다."

피가 거꾸로 솟는다는 게 이런 것일까? 지난 보름 동안 규원이나 태진은 자신에게 왜 한마디 말도 하지 않은 걸까. 정말 그녀가 그 결혼을 모두 망쳐 버릴 것 같아서?

"사장님은 모르셨습니다."

그랬으면 했다. 제발 태진이 정말 몰랐길 바라며 병원으로 왔다. 하지만 규원과 바로 전화를 하면서도 그녀를 붙잡지 않았고 그대로 보내 주었다. 정말 태진이 몰랐다면 어떻게든 그녀를 잡아 세웠을 것이다.

"왜 말 안 했어요?"

"결혼에 차질이 생길까 미……."

짝.

태어나 누군가를 때려 보는 일은 평생 없을 줄 알았는데 오늘만 해도 세 번째다. 손바닥이 이젠 아려 올 지경이었다. 기어이 규원의 입술이 터져 피가 흘러나왔다.

"죄송합니다."

"차 부장님한텐 이태진 씨만 중요했겠죠. 나 같은 사람이 어떤 생각을 갖고 있든, 어떻게 되든 상관없이."

규원은 변명도 하지 않았다. 정말 규원에겐 태진을 위하는 것밖에 없었을 테니까. 그래도 그렇지 어떻게 부모를 잃었다고 생각하는 사람을 그렇게 속일 수 있었던 것일까.

"아버진요."

"죄송합니다."

"돌아……가셨어요?"

규원이 눈을 감으며 고개를 끄덕였다.

"어, 엄마도 그 사실을 알아요?"

"알고 계십니다."

어느 정도 예상은 했었다. 한 분이라도 살아 계신 걸로 어디냐 스스로 납득을 시켜 보려고 해도 막상 현실이 되고 보니 마음은 널을 뛴다.

"부탁 좀 드릴게요. 문호 좀 데리고 와 줘요. 심장이 약한 애니까 최소한 충격 받지 않게요."

"알겠습니다."

규원을 뒤로 하고 다시 병실로 돌아왔다.

"엄마, 왜 앉아 있어. 힘들지 않아?"

"우리 문형이 고생 많이 했나 보네. 얼굴 살이 쪽 빠졌어."

"엄만 가죽밖에 안 남았거든?"

"머리카락은 왜 잘랐어."

"그냥."

눈물을 참아 보려고 해도 자꾸만 흘러넘쳤다. 문 교수의 눈에도 눈물이 그렁그렁 맺혀 있어 문형은 손가락으로 조심히 얼굴을 만지며 눈물을 닦아 주었다.

"언제 정신 차린 거야? 왜 연락 안 했어."

"엄마가 정신이 없었어. 기억상실이 왔었거든. 문형아, 아빠……."

"괜찮아. 들었어, 말 안 해도 돼."

문 교수가 입술을 꾹 깨문 채 몇 번이나 고개를 끄덕였다.

문호는 병실에 도착하자마자 바닥에 쓰러져 대성통곡을 했다. 누구보다 굳건히 잘 이겨 냈다고 생각했었는데 문호 역시 쓸데없는 희망을 가지고 싶지 않아 애써 외면했던 모양이었다. 결국 침대에서 일어난 문 교수가 문호를 껴안아 주었다.

한참 동안 울고 난 세 모녀가 서로의 얼굴을 정리하며 울었다. 모두 눈이 퉁퉁 부은 채 서로를 외면하기 바빴다.

"어머니!"

문호에게 소식을 들었는지 유리가 엉엉 울면서 달려와 문 교수를 껴안았다. 문 교수가 웃으며 유리의 등을 몇 번이나 두드려 주었다.

"언니, 진정 좀 해."

"이게 진정이 될 일이야? 나 오늘 죽다가 살아난 기분이란 말이야."

유리는 늘 감정에 솔직했고 문 교수는 늘 그 모습을 예뻐했다.

"어디 예쁜 우리 유리 얼굴 좀 보자."

"어머니 많이 보세요. 저 더 예뻐졌죠."

유리가 계속 울면서 그 와중에도 손바닥으로 꽃받침을 하며 문 교수를 향했다. 그런 유리의 넉살에 병실의 분위기가 많이 풀어졌다.

"뭐야, 그러고 보니 제부는 어디 갔어?"

"그러네. 형부가 안 보이네?"

어떻게 설명을 해야 할까. 그 남자가 결혼을 망치기 싫어서 문 교수의 생사를 속였다고? 그런데도 여전히 믿고 싶어서 마음이 갈팡질팡한다고?

모두의 시선이 그녀를 향해 돌아왔다. 그때 문이 벌컥 열렸다.

"문 교수님!"

"태진아."

얼굴이 허옇게 질린 태진이 숨을 몰아쉬며 걸어 들어왔다. 태진의 왼쪽 볼이 심하게 부어 있는 게 보였다. 입술 역시 터져 있었고 누가 보더라도 누군가에게 맞은 모습이 분명했다. 그런 태진의 모습을 본 모두가 놀란 얼굴이었다.

"괜찮으세요? 어디 불편한 곳은 없으세요?"

"괜찮아, 괜찮아. 그나저나 우리 미남 얼굴이 왜 이렇게 됐어."

"별거 아닙니다."

늘 단정했던 머리는 헝클어져 있고, 여전히 숨을 몰아쉬는 것을 보니 급하게 뛰어온 듯했다.

태진 역시 처음 문형이 이 병실에 들어서 문 교수를 발견하고 했던 행동과 별다를 게 없었다. 그렇다면 정말 규원 혼자서 숨기고 진행을 했다는 말인가?

문형은 갈피를 잡지 못하는 얼굴로 태진을 바라보고 있었다. 시선을 느낀 건지 태진이 문형을 돌아보았다. 차마 그의 얼굴을 볼 수 없어 고개를 돌렸다.

"태진아, 무슨 일 있는 거 아니지?"

"아닙니다."

"그런데 얼굴이 왜 이래?"

"정말 괜찮습니다. 의사 좀 만나고 올 테니 좀 쉬고 계세요."

태진이 돌아서려고 했지만 문 교수가 그의 소매를 잡았다.

"고마워."

"아닙니다."

"우리 애들, 잘 지켜 줘서 정말 고마워. 애들 아빠도 그렇게 생각할 거야."

"범인들 윤곽 거의 드러났으니 조금만 기다려 주십시오."

문 교수의 손을 꼭 잡았다 놓으며 돌아선 태진과 다시 시선이 마주쳤다. 애써 미소를 지으며 씁쓸한 얼굴로 돌아서는 그를 보고 자신의 실수에 입술을 질끈 깨물었다.

어떻게 해야 할까. 태진을 따라 나가야 하는 건지, 문 교수에게 상황을 설명해야 하는 건지 갈피를 잡지 못했다.

"문형아."

"어?"

"따라 나가 봐."

"엄마……."

"규원 씨에게 이야기 들었어."

의외로 문 교수는 크게 놀라지도 않는 것 같았다. 오히려 반가워하는 얼굴이었다.

"너희 아빠 좋아하시겠다."

"무슨 소리야?"

"딸들 절대 결혼 안 시킬 거라고 하던 사람이 사위 얻는다면 태진이는 괜찮다고 몇 번 말하곤 했거든. 너희 아빠 그런 말 전혀 안 하던 사람이잖니. 나이 차가 있어서 안 될 거라고 얼마나 아까워하던지."

서 사장은 좋은 남편이었고 아빠였다. 아내를 존중하고 사랑하는 만큼 딸들에게도 그랬다. 서 사장은 태진의 무엇을 보고 사위로 들이고 싶다고 했던 걸까.

"싸운 건 아니지?"

"아니야. 잠깐 나갔다 올게."

갑자기 일들이 겹쳐 혼란스럽다. 태진에게 사과를 하고 자초지정을 설명 들어야 했다. 하지만 태진도 그녀만큼 놀란 얼굴로 뛰어 들어왔다. 물론 그는 계속해서 부모님의 소식과 사건 경위를 알기 위해 계속 노력했었다.

정말 몰랐던 걸까? 아니. 그런 얼굴을 보고도 계속 의심을 한다는 건 말도 안 됐다.

병실을 나오자 규원이 의자에서 벌떡 일어났다. 규원의 얼굴에 미안함이 가득해 보였다. 퉁퉁 부어 있는 규원의 뺨을 보자 손가락이 아려 왔다.

"죄송해요, 그렇게 해선 안 됐는데."

"아닙니다. 제가 잘못했습니다."

잘잘못을 떠나서 열 살 가까이 어린 사람에게 뺨을 두 대나 맞고도 정중히 행동할 수 있는 사람이 몇이나 될까. 새삼 태진의 옆에 있는 사람들이 좋은 사람들이라는 걸 다시 한번 실감했다.

"아래층으로 가시면 됩니다."

문형이 향하는 곳이 어딘지 먼저 눈치를 챈 규원이 말했다. 고개를 끄덕이고 계단을 향해 걸었다.

태진의 얼굴을 보면 일단 사과를 해야 한다고 생각했다. 그런데 막 계단을 올라서고 있는 태진의 얼굴을 보자 말문이 턱 막혔다.

"담당 교수님이 급히 수술 들어갔다고 하셔서."

잠시 망설이는 사이 그가 먼저 말을 걸었다. 그리고 애써 입가에 미소를 짓더니 그녀를 스쳐 지나가려고 했다. 입술이 딱 달라붙은 것처럼 떨어지지 않아 결국 팔을 뻗어 태진의 손을 잡았다.

"잠시 이야기 좀 할까?"

결국 이번에도 먼저 손을 내밀어 준 사람은 태진이었다.

바로 아래층에 옥외 정원이 있었다. 태진은 자판기에서 시원한 음료수를 뽑아 와 뚜껑을 열어 그녀에게 건네주었다. 차라리 마주 앉으면 좋을 것 같았다.

하지만 바로 앞에 마주 보는 벤치가 있음에도 태진은 그녀의 왼쪽으로 거리를 두고 앉았다. 꼭 이 거리가 현재 두 사람의 관계같이 느껴졌다. 예전처럼 멀어진.

태진이 음료수를 마시다 저도 모르게 윽, 소리를 내며 손등으로 입술을 눌렀다. 그녀에게 맞아 찢어진 입술이 아픈 모양이었다. 저도 모르게 문형의 몸이 살짝 들렸다. 태진은 괜찮다는 듯 그녀를 향해 손을 들어 보였다.

"미안해요."

가까스로 말을 뱉었다. 태진의 얼굴엔 큰 감정 변화가 없었다.

"정말 몰랐지만, 그렇다고 아니라고도 말 못 해."

태진의 말을 순간 잘 이해하지 못했다.

"차 부장이 무엇인가를 망설이고 있다는 걸 알았거든. 직감으로 알면서도 무시했겠지. 그 순간 난 나부터 생각했거든. 서문형의 감정이 아니라."

비겁한 사람이 아니라는 걸 알고 있다. 그리고 규원은 이제껏 태진을 한 번도 실망시키거나 배신했던 적도 없었을 것이다.

"그러니까 서문형이 그렇게 내게 미안해할 필요 없다는 뜻이야."

다시 어색한 사이로 돌아간 것 같았다. 그녀뿐만 아니라 태진도 그렇게 행동하고 있었다. 이제 어떻게 되는 걸까.

"일어나자, 기다리고 계실 거야."

태진이 먼저 자리에서 일어났지만 문형은 그럴 수가 없었다. 낮은 한숨을 내쉰 태진이 한쪽 무릎을 꿇고 그녀의 앞으로 앉아 고개를 들어 보았다. 늘 올려 보던 남자가 지금은 자세를 낮추고 그녀를 보고 있었다. 태진의 눈빛은 여전히 다정했다.

"원래 한 번 깨진 신뢰를 다시 이어 가는 건 힘들어. 서문형에게 시간을 주겠다는 소리야. 결과가 어떻든 난 무엇이든 받아들일 거니까 걱정할 필요 없어."

문형이 눈을 질끈 감고 말았다.

8. 너에게

거의 반년 만에 다시 돌아온 집을 보며 놀라움을 금치 못했다. 정원은 늘 손질된 것처럼 정돈되어 있었고, 집 안은 먼지가 쌓이지 않게 늘 청소를 한 듯 깨끗했다. 그녀는 분명히 이 집도 빚을 갚기 위해 팔았었다.

태진은 왜 이 집을 다시 사들인 것일까? 언제, 왜 그녀에겐 단 한마디도 하지 않고? 손가락은 당장이라도 태진에게 전화를 걸고 싶어 안달이었다. 저도 모르는 사이 전화를 걸까 요즘은 휴대폰도 되도록 멀리했다.

정리가 필요한 사람은 문형보다 태진인 듯 보였다. 그래서 서 사장의 유해가 도착해 장례를 치르고 납골당에 안치하는 동안도 그에게 말을 걸지 않았다. 그 와중에도 태진은 맏사위로서 할 수 있는 일에 대해 최선을 다했다.

문 교수가 완전히 퇴원을 하고 이제 살아야 할 집을 구해야겠다고 생각할 겨를도 없이 규원이 직접 이곳으로 데려왔다. 규원은 짐들을 모두 들여놓고 고개를 숙였다. 문형이 재빨리 규원의 뒤를 따라 뛰어나갔다.

"차 부장님."

막 대문을 열기 위해 팔을 뻗던 규원이 멈칫하며 뒤로 물러섰다. 여전히 규원의 눈엔 미안함이 가득했다. 이제 규원의 얼굴엔 그녀에게 맞았던 상처는 보이지 않았다. 그럼에도 불구하고 여전히 손이 아파 오는 건 여러 가지 뒤섞인 감정 중에서도 미안함이 제일 컸기 때문이었다. 규원에겐 당연히 태진이 1순위가 될 수밖에 없었을 것이다.

"오랜만에 온 집이실 텐데 쉬십시오."

"이 집…… 어떻게 된 거예요?"

"사장님이 다시 사들이셨습니다. 문형 씨가 그렇게 급히 팔 거라고 예상하지 못하셨던 모양이에요."

이 집을 욕심내던 사람들이 꽤 많이 있어서 빠른 거래가 이루어졌다. 그 사람들이 이 집을 바로 포기했었을까?

"그때 이 집을 샀던 사람들이 시간을 끌어 구입 시기가 좀 늦어졌습니다. 좀 더 일찍 보여 드리고 싶었지만 원래대로 되돌려 놓는 데 시간도 좀 걸렸고요."

"되돌려요?"

"인테리어 공사가 몇 군데 진행되어서 그전과 최대한 비슷하게 다시 고쳐 놓았습니다."

그렇게 세심하게 태진이 신경을 쓰고 있을 거라고 생각하지 못

했다. 태진은 부모님을 좋은 사업 거래자라고 했었다. 그 이외의 말은 딱히 하지 않았다. 하지만 문 교수는 태진을 친근하게 불렀고, 태진 역시 그러했다.

"저희 부모님하고 태진 씨, 많이 친했어요?"

"오래된 인연이었습니다. 10년이 넘었으니까요."

"전혀 몰랐어요."

"그러셨을 겁니다."

"태진 씨는 날 알고 있었나요?"

규원은 잠시 생각을 하듯 눈꺼풀을 깔았다.

"사장님께 직접 들으시는 편이 나을 것 같습니다. 그럼 이만 가보겠습니다."

당사자의 문제는 원래 당사자들끼리 푸는 게 맞다. 규원이 살짝 고개를 숙이자 문형도 인사를 했다. 그 사람들이 쉽게 이 집을 팔았을 것 같진 않다. 태진은 웃돈이라도 얹어 설마 매매를 했을까?

서둘러 집 안으로 들어갔다. 규원의 말처럼 집은 변한 게 하나도 없었다. 하지만 두 사람이 자라날 때마다 서 사장이 원목에 조각으로 파 놓았던 자국은 없어졌다. 최대한 예전과 비슷하게 되돌리려고 했지만 차마 그것까진 알 수 없었을 것이다.

계단을 올라 방으로 들어가자 그녀의 캐리어 세 개가 방구석에 놓여 있었다. 태진은 그녀가 어떤 결과를 내놓든 받아들인다고 했었다. 그런데 귀신처럼 그녀가 쓰던 물건들은 빠짐없이 세 개의 캐리어에 담겨 있었다.

분명 인숙이 짐을 정리했을 것이다. 인숙은 무슨 생각을 하며 짐을 쌌을까. 태진은 그녀가 집으로 오지 않는 이유를 뭐라고 댔

을까. 을복은 덕만을 찾지 않을까? 아니다. 괜한 생각이다. 아침
엔 다시 얼굴을 익히느라 5분 이상은 실랑이를 해야 했다.

옷을 갈아입고 계단을 내려오자 짐을 정리하고 있던 문 교수와
문호가 그녀를 보았다. 궁금한 게 잔뜩 묻어 있는 얼굴을 보니 역
시 그 대상은 태진이겠구나 싶었다.

"잠깐 나갔다 올게."

"형……."

찰싹.

문 교수가 문호의 팔을 소리가 나게 때렸다.

"늦게 오니?"

"유리도 만나고 그러려면 좀 늦을 것 같아. 더 늦어질 것 같으
면 전화할게. 아니면 유리 집에서 잘 수도 있고."

"그래, 조심히 다녀와."

문 교수는 2학기부터 다시 학교에 복귀하기로 했다. 바다에 빠
진 차에서 다리가 끼인 문 교수를 서 사장이 어떻게든 끌어내어
위로 올렸다고 했다. 하지만 힘이 다 빠진 것인지 서 사장은 결국
빠져나오지 못했다. 남편이 목숨을 바쳐 살려 냈으니 문 교수는
그 몫까지 더 열심히 살겠다고 약속했다.

대문을 닫고 나오자 20년이 넘도록 봐 온 익숙한 풍경인데도
낯설게 느껴졌다. 고작 몇 개월을 떠나 있던 것뿐이었는데. 그동
안 성북동에서 지낸 몇 개월의 시간에 이제 익숙해진 탓인 걸까.

순식간에 지난 시간이 사실은 소중한 것이었다는 것을 이제야
깨달았다. 눈물이 왈칵 쏟아져 몇 번이나 닦아 내려고 했지만 앞
이 더 일그러져 보이지 않았다. 내리쬐는 태양이 그녀를 찌르는

것만 같았다. 결국 문형은 어린아이처럼 그 자리에 주저앉아 발을 동동 굴리며 울고 말았다.

✛　　✜　　✛

조금은 부드러워졌다고 생각했던 인상이 다시 예전처럼 돌아왔다. 아니, 그전보다 훨씬 딱딱하게 보일 정도였다. 잠도 제대로 자지 못해 눈엔 핏발이 곤두서 있었고 눈매는 날카로웠다. 앞에서 손발이 묶여 발발 떨고 있는 남자는 그저 바라보고 있는 눈빛만으로도 겁에 질린 것인지 소변까지 지릴 정도였다.

"오해는 마십시오, 강 보좌관님. 소문처럼 발에 돌 매달아 바다에 빠트리는 그런 양아치 짓은 안 하니까."

뒤가 구린 정치계 사람들과는 상종도 하지 않는다던 태진이 서 의원과 거래를 하면서부터 여기저기서 손을 뻗어 왔다. 어차피 사업을 하려면 잡아야 할 손이었으니 그나마 투명한 서 의원을 고른 것뿐이었는데. 그런 서 의원의 보좌관을 통해 NS통신의 박대호 회장이 그런 짓을 저질렀을 거라고는 생각도 하지 못했다.

박 회장이 용의 눈동자에 유독 관심을 보인 건 사실이었다. 하지만 그 누구보다 빠르게 정보를 입수한 태진이 먼저 낚아채는 것에 성공했다. 아마 그렇게 중히 여긴다는 막내딸을 그에게 보낸 것도 다 어느 정도의 계산이 있었을 것이다. 용의 눈동자는 수안 유통의 이태진이 눈독을 들이고 있다는 소문이 3년 내내 파다했으니까.

소문으로 끝나지 않고 경매에서 바로 낙찰받았으며 태진은 '용의 눈동자'를 서 사장 내외에게 넘겼다. 바로 한국으로 들어갈 수 없어 부탁한 것이었다. 그것을 알고 있는 사람은 얼마 되지 않았다. 서 사장 내외와 태진, 그리고 차 부장을 뺀다면 바로 앞에 있는 강 보좌관뿐이었다.

은밀하게 서 사장 내외를 만나 이야기를 나누고 물건을 건네고 오는 동안 강 보좌관이 그것을 보고 유추한 것이었다.

"주, 주, 죽일 생각은 없었습니다. 현지 사람들 이용해서 겁만 주고 용의 눈동자를 가져오려고 했습니다."

"결과는 이미 알고 계신 대로 아닙니까."

"그, 그건 사고였고……."

"강 보좌관님, 지켜야 할 딸이 있다는 거 잘 알고 있습니다."

"그 아인 안 됩니다. 제발 이 사장님."

"골수 이식이 필요했다면 차라리 절 찾아오셨음 더 빨랐을 텐데요."

엘리트인 사람들은 일명 돈놀이를 하는 사람들을 깔고 본다. 이 세상에 돈보다 우위에 있는 건 권력이라는 것을 과시하듯이. 그래서 강 보좌관도 차마 자존심을 굽혀 가며 태진을 찾아올 생각을 하지 못했을 것이다.

"박대호 회장님께서 그 물건만 가져오면 다 해결해 준다고 하셔서……. 하지만 정말 사고로 이어질 줄은 몰랐습니다."

"사람이 빠졌는데 구하러 내려가지도 않으셨잖습니까."

"낭떠러지였고 또…… 사람이 살아 있었을 거라고 생각도 못 했습니다."

"끝까지 변명뿐이시네요."

"전 어떻게 되든 상관없습니다. 저희 딸만, 지수만 제발……."

강 보좌관의 눈에서 떨어지는 눈물이 땅을 적셨다. 물론 차가 추락한 것은 물론 사고였을 것이다.

"약속해 주십시오. 이대로 경찰서에 가서 제대로 진술하겠다고. 모든 사실을 밝히겠다고. 그렇게 하면 따님, 수술 지원 약속드립니다."

가까스로 얻은 딸을 살리기 위해 여기저기 돈을 빌리다 그게 박대호 회장의 귀까지 들어간 모양이었다. 서 의원이 무척이나 믿고 아끼는 강 보좌관을 이용하면 무슨 건수든 얻을 수 있을 거라 생각한 듯했다.

"이미 박 회장이 저희 아이를 볼모로 잡고 있습니다."

"손을 써서 이미 병원은 옮겼으니 그 점에 대해선 염려 마십시오."

태진이 고개를 끄덕이자 규원이 다가와 동영상을 강 보좌관에게 보여 주었다. 까르르 웃는 아이의 목소리가 텅 빈 공간에 퍼졌다. 아버지의 얼굴을 하고 있는 강 보좌관을 보니 서 사장이 절로 떠올랐다.

겨우 열여덟 살인 태진의 그림을 우연히 보고 화가로 크게 성공할 거라며 후원을 하고 싶다고 했었다. 사람의 눈이 참 크고 맑아서 이런 사람이라면 제 그림을 넘겨도 좋을 거라고 생각했었다. 그리고 그의 첫 해바라기 그림을 서 사장이 가지게 되었다. 강 보좌관은 그때의 서 사장과 참 많이 닮았다.

"그렇게 하겠습니다. 지금 당장 사실을 말하겠습니다."

안경이 흘러 떨어질 정도로 고개를 끄덕이는 강 보좌관을 보며 태진이 자리에서 일어나 건물을 빠져나왔다.

이제 모든 건 강 보좌관에게 달려 있었다.

어렵게 서 사장 내외가 움직인 루트에 있던 중국 내의 CCTV를 확인할 수 있었다. 거기서 우연찮게 걸린 사람이 강 보좌관이었고, 그것을 시작으로 여기까지 달려왔다.

여름의 열기는 사람을 잠식시킬 것 같다. 답답하게 목을 죄고 있던 넥타이를 벗어 던져 버리며 차에 올라탔다. 차는 자연스레 움직이기 시작했다.

골목 어귀에 차를 댄 태진이 혹시나 하는 기대를 품었다. 일이 끝나고 나면 늘 오는 곳이었다. 하지만 한 달이 넘도록 우연히라도 문형을 본 적이 없었다. 그때 대문을 열고 나오는 문형을 보았다.

반가움에 울컥, 무엇인가가 솟아오르는 것 같았다. 턱에 닿던 고운 머리카락이 이제는 목덜미를 덮을 정도로 길어 있었다. 화장기 하나 없는 말간 얼굴이 딱 스물다섯의 아가씨처럼 보인다.

흰 반팔 셔츠에 청바지, 에코백을 메고 귀엔 이어폰을 꽂은 채 가벼운 발걸음으로 걷고 있었다. 이내 문형이 태진의 차를 스쳐 지나갔다. 차에서 내린 태진은 어느 정도 거리를 두고 천천히 문형의 뒤를 따라 걷기 시작했다.

오랜만에 지하철을 타게 되었다. 애매한 시간대라 사람들이 많지는 않았지만 바로 옆 사람과 스치는 정도였다. 어떤 음악을 듣는 것인지 고개를 끄덕이며 박자를 빠르게 맞추고 있다. 사람들 틈에 숨어 문형을 보는 느낌은 또 새로웠다.

아침엔 을복이 덕만을 찾으며 운다. 인숙은 그런 을복을 달래고 또 달랜다. 요즘 을복은 방에서 자지 않는다. 마치 문형을 기다리듯 거실에서 자고 있었다. 시집을 가도 자주 올 거라고 했던 덕만은 그 뒤로 오지 않았다고 했다. 그런데도 덕만을 기다리고 있는 모양이었다.

집 곳곳에선 문형이 없다는 것을 그런 식으로 확인하게 되었다. 문형이 쓰던 방에서는 이미 그녀의 향이 사라졌다.

어떤 선택을 내리든 그건 문형의 뜻이니 받아들이겠다고 했다. 하지만 기다림은 점점 초조해진다.

잠시 생각에 빠져 있다 정신을 차리니 그녀가 보이지 않았다. 창밖을 보자 이미 문형이 내려 앞을 향해 걷고 있었다. 가까스로 문이 닫히기 전에 내린 태진은 어떤 남자와 마주 보며 웃고 있는 문형을 보았다. 비슷한 또래로 보이는 남자와 한쪽 이어폰을 빼고 이야기를 나누는 문형의 모습은 무척이나 싱그러워 보였다.

거리가 멀어 들리지 않았지만 무엇인가를 거절하듯 고개를 저으며 다시 이어폰을 꽂고 걷는 문형의 모습을 보았다.

안타까움인지, 미련 때문인지 자못 아쉬운 얼굴로 문형을 바라보고 있는 남자의 얼굴도 보였다. 아마도 문형에게 연락처를 물어봤다 거절당한 모양이었다.

"왜? 거절당했어? 네가?"

이제 보니 남자는 키도 크고 배우같이 훤칠하게 생겼다.

"결혼했대."

"뭐? 완전 거짓말 아니냐?"

"결혼반지라면서 다이아몬드까지 보여 주더라고."

"야, 여잔 또 있어."

"이상형이었는데."

문형이 아직 결혼반지를 끼고 있을 거라고는 생각하지 못했다. 심장이 조금씩 빠르게 뛰기 시작하는 건 희망 때문이었다. 아직은 문형을 포기하지 않아도 된다는 그 어떠한 것이나 다름없었다.

다시 거리를 두고 문형을 따라가기 시작했다. 갑자기 사람들이 많아져 조금은 더 거리를 좁혀가며 걸어갈 때 주머니에 있는 휴대폰 진동이 울렸다.

"여보세요."

시선은 계속 문형에게 두며 전화를 받았다.

—차 부장입니다.

"말해."

—박 회장에게 살인 교사까지 추가될 것 같습니다.

"살인 교사?"

—죽여서라도 물건을 가져오라고 자백했답니다. 하지만 강 보좌관은 미리 손을 써서 겁만 주려고 했다고 합니다.

"박 회장은?"

—마침 그 자리에 신입 검사가 있었는데 박 회장에게 무슨 원한이라도 있는 것인지 바로 검찰로 수사가 넘어간다고 합니다. 지금쯤이면 박 회장에게도 연락이 갔을 겁니다. 오늘 밤중으로 구속 수사 여부가 나올 것 같습니다.

"결과 나오면 연락 줘."

—알겠습니다. 사장님.

"말해."

―좀 주무십시오. 벌써 나흘쨉니다.

"끊어."

분명 운전을 해 문형의 집으로 가는 동안은 초점이 제대로 맞지 않았다. 하지만 지금은 아니었다. 금방이라도 자고 일어난 듯 개운한 상태였다.

"어……."

다시 문형의 위치를 확인했다. 건물에 들어서려던 그녀는 금방이라도 다가오는 유모차와 부딪칠 것 같았는데 용케 피했다. 그리고 웃으며 유모차를 몰고 있는 사람이 먼저 들어갈 수 있게 문을 잡아 주었다.

싱그럽게 잘 웃는 여자였다. 그런데 자신의 곁에 있으면서는 저렇게 웃는 것을 잘 보지 못했다.

때론 아버지 같다고, 때론 어머니 같다고 생각했던 서 사장 내외가 아끼는 딸이었다. 그런 딸을 제대로 보려고 하지도 않고 힘들게 만들었다. 자신의 감정도 제대로 읽지 못하는 어린애. 유치한 이태진은 결국 이런 식으로 벌을 받고 있다.

서점은 굉장히 오랜만이었다. 읽는 책들을 모두 인터넷으로 구매한 지 몇 년이 되었다. 책장 사이로 사라지는 문형을 보며 그 건너편 책장으로 따라 걸어 들어갔다. 책 틈 사이로 문형의 눈이 보인다.

맑고 깨끗한 눈이 부지런하게 움직이고 있다. 그 순간 시선이 부딪쳤다. 문형의 그 큰 눈에 순식간에 눈물이 고이고 말았다.

반사적으로 나온 눈물이라고 생각했다. 이 세상에 비슷하게 생긴 사람은 많다는 것을 알고 있다. 하지만 책장 너머에 있는 사람은 오로지 태진만이 가질 수 있는 눈빛이었다.

우연이라고 생각하고 싶어도 우연일 리가 없다. 태진이 이 시간에 이런 커다란 서점에서 한가히 책을 볼 사람은 아니었다. 그런 시간도 없이 바쁜 사람이었다. 말 그대로 그는 시간을 초 단위로 나눠서 쓰는 사람 같았으니까.

이러고 있을 때가 아니라는 것을 깨달은 문형이 옆으로 빠르게 걸었다. 태진을 바라보며 걷다 누군가와 부딪쳤다.

"아, 죄송합니다."

"아뇨, 괜찮아요."

서둘러 고개를 숙여 인사를 하고 태진이 서 있던 자리를 보았지만 잠깐 사이에 태진이 사라졌다. 환영 같은 것이었을까? 그리워하던 눈이 제멋대로 보고 싶어 했던 형상을 만든 건 아닐까.

천천히 그 자리로 걸어갔다. 후각은 예민한 감각 중의 하나였다. 짙은 우드 향의 향수는 늘 태진에게서 나던 것이다. 아니면 이 향도 후각이 착각을 하여 나는 것일까?

어린애 같다. 무서워 태진을 만나러 가지도 못하고 있다. 왜 태진을 다시 만나게 되는 게 무서운 걸까. 답이 쉽게 나오지 않는다.

문 교수 역시 두 사람이 결혼을 했다는 사실을 알고 있다. 그리고 태진이 사위가 된 것을 고마워했다. 태진은 문 교수에게 따로 언질이라도 준 것일까? 벌써 한 달 가까이가 되어 가도록 그녀가 돌아가지도 않고, 태진이 오지도 않는 것을 이상하게 여기지도 않는다. 다시 일상생활로 돌아가기 위해 바쁜 문 교수였지만 얼마든 물을 수도 있었다.

문호는 캐나다 생활을 정리하기로 했다. 가족과 함께 지내는 시간이 얼마나 귀한 것인지 다시 한번 깨닫게 되었다며 캐나다로 출국해 현재는 주변을 정리 중이었다. 문호 역시 태진에 대한 것을 묻지 않았다.

왜 이제껏 모르고 있었을까. 주변에 있는 그 어떤 사람들도 태진에 대한 말을 꺼내지 않았다. 모두가 그녀를 배려해 주고 있었는데 그걸 왜 몰랐던 걸까.

들고 있던 책을 다시 제자리에 넣어 두고 지하를 벗어났다. 버스를 기다리며 차림새를 살폈다. 여유가 있는 티에 청바지, 로퍼. 그야말로 평범하기 그지없다. 바짝 마른 머리카락을 확인하고 묶은 다음 도착한 버스에 올라타 자리를 잡고 앉았다.

시원한 에어컨의 바람을 맞으며 차창 밖의 풍경을 보던 문형이 주머니에서 휴대폰을 꺼내 들었다. 신호가 얼마 가지 않아 전화를 받는 소리가 들렸다.

—여보세요.

"저예요, 문형이."

—어머, 문형아. 오랜만이야. 그동안 잘 지냈어?

"별일 없으시죠?"

—어휴, 그럼. 문형이는?

"저도요. 할머님은요?"

—잘 드시고, 잘 주무시고. 똑같아.

인숙의 목소리는 무척이나 밝았다. 그녀의 목소리를 듣고 오히려 더 밝게 목소리를 내려 하는 건 아닌지 염려스러웠다.

"저 지금 가도 되나요?"

—어휴, 그럼. 여기가 문형이 집인데. 언제든 와도 되고말고.

"그럼 이따 뵐게요."

—그래, 날도 더운데 조심히 와. 뭐 먹고 싶은 건 없고?

"지금은 생각이 잘 안 나요."

—그래, 일단 와. 와서 보자.

"네."

전화를 끊고 다시 휴대폰을 주머니로 넣은 뒤 창밖으로 고개를 돌렸다. 터널로 들어가자 어두워진 창가에 얼굴이 비쳤다. 겁이 나서 정작 전화를 하고 싶어 하는 사람에겐 하지도 못하는 어린애의 모습이 보였다.

휴대폰이 들어 있는 주머니를 몇 번이나 매만지다 정신을 차리고서는 내려야 할 정류장이 가까워진 것을 알고 벨을 눌렀다. 버스에서 내려 잠시 편의점에 들려 을복이 좋아하는 딸기 맛 사탕과 인숙이 좋아하는 포도 맛 젤리를 가득 샀다.

익숙한 골목이 나오자 저도 모르게 발걸음이 빨라졌다. 사실 여기까지 오게 되면 몸이 마음대로 망설이지 않을까 생각했다. 하지만 발은 멋대로 움직여 대문 앞으로 다가가 손을 뻗자 지문이 인식되어 저절로 열렸다.

안으로 들어가려던 문형이 잠시 멈칫했다. 벨이라도 눌러야 하지 않을까? 하지만 이 시간이면 을복이 낮잠을 자는 시간이었으니 차라리 이대로 들어가는 게 좋을 것 같았다.

넓은 정원도, 을복이 취미로 가꾸었다던 작은 텃밭도 모두 그대로였다. 그리고 그녀의 방에서 보던 분수대도 여전히 시원한 물줄기를 뿜어내고 있었다. 고개를 들어 자신의 방을 올려보았다. 태진의 말처럼 이곳에선 그녀의 방이 보인다.

그는 창틀에 걸터앉아 있는 그녀를 보고 무슨 생각을 했을까? 문득 궁금해졌다.

서둘러 집 안으로 조심히 들어가자 꽃을 꽃병에 옮겨 담고 있던 인숙과 눈이 마주쳤다.

"어머, 문형아."

"할머님 주무실 시간 같아서 그냥 조용히 들어왔어요."

서 사장의 장례식 이후로 인숙 역시 한 달 만에 보는 것이었다. 인숙은 여전히 변함이 없이 따뜻하게 그녀를 맞아 주었다.

"왜 이렇게 살이 빠졌어."

"그래요? 엄마가 해 주시는 거 잘 먹었는데."

"볼살이 하나도 없어. 배고프진 않아? 조청 만들었는데 떡에 찍어 먹자. 맛이 좋아."

"그러고 보니 배고파요."

집을 나오기 전 문 교수가 만들어 놓은 밥을 가득 먹고 나왔지만 선의의 거짓말을 했다. 기뻐하는 인숙을 실망시키고 싶지 않았기 때문이었다. 인숙이 서둘러 부엌으로 들어가자 욕실로 들어가 먼저 손을 씻고 나와 조심스레 을복의 방문을 열었다.

낡은 토끼 인형 두 마리가 여전히 을복의 머리맡에 놓여 있었다. 가까이 다가가 을복의 손을 잡았다. 한번 잠이 들면 을복은 누가 업어 가도 모를 정도로 깊이 잠들었다.

"할머니, 저 왔어요."

언젠가 을복을 편하게 할머니라 부르고 싶었다. 진작 불러 보았으면 좋았을 텐데. 웃으며 을복의 손을 놓고 자리에서 일어나 방에서 나오자 인숙이 부엌에서 나오고 있었다.

"회장님 보고 나왔어?"

"네."

"준비 다 됐어."

식당으로 들어가자 잘 구운 가래떡이 보였다. 그리고 집에서 직접 만든 게 분명한 짙은 갈색의 조청도 함께 보였다.

"만들기 힘드셨을 텐데 고생하셨네요."

"쉬엄쉬엄하는 거지. 원래 회장님이 잘 만드셨던 건데."

"그래요?"

"나도 오랜만에 만들어 보는 거라 맛이 있을지 모르겠네."

인숙이 포크에 꽂은 가래떡에 조청을 가득 찍어 그녀의 손에 쥐여 주었다. 그때나 지금이나 인숙은 엄마같이 느껴졌다. 부모님이 모두 돌아가셨다고 생각했을 때 인숙을 그렇게 참 많이 의지했다. 그렇게 자신을 의지하는 것을 알았는지 인숙도 그녀를 막냇동생처럼 편하게 대해 주었다.

"맛있어요."

"그래? 체하니까 천천히 씹어 먹어."

고개를 끄덕이며 두꺼운 가래떡을 순식간에 두 개나 해치우고 인숙이 잘 갈아 놓은 청포도 주스까지 마셨다. 배가 잔뜩 불러 더는 무엇인가를 입으로 넣을 수도 없었다.

"태진 씨가 무슨 말 안 해요?"

"무슨 말?"

"아니에요."

"문형아."

"네."

"부모를 잃는다는 게 어떤 건지 잘 알아. 그냥 편해지면 그때 돌아와도 돼."

고개를 끄덕였다. 태진은 그녀가 서 사장을 잃고 생사를 모르던 문 교수가 살아 돌아와 잠시 가 있다고 말한 모양이었다. 어떻게 끝까지 자신만을 위해 행동할 수가 있을까.

"잠깐 올라가 봐도 될까요?"

"어휴, 무슨 소리야. 문형이 집인데 마음대로 해."

"죄송해요, 할머님 혼자 모시게 해 드려서."

"죄송은 무슨. 새로 오는 도우미가 얼마나 싹싹하고 재밌는지 몰라. 회장님도 좋아하시거든."

"아……."

인숙을 위해 당연히 도와야 할 사람이 있어야 하는 건 알고 있었다. 그런데 왜 막상 자신의 자리를 빼앗긴 느낌이 드는 걸까. 스스로가 생각해도 이기적이었다.

이런 생각을 하지 않으려 서둘러 자리에서 일어나 천천히 계단을 올랐다. 그리고 왼편에 있는 서재의 문을 천천히 열고 들어갔다. 여전히 태진의 서재는 먼지 하나 없이 깔끔하다. 변함이 없어 오히려 서운할 정도였다.

책상 앞으로가 의자에 앉자 모니터 바로 옆에 있는 작은 액자로 절로 눈길이 갔다. 그건 두 사람이 결혼을 하던 날 찍은 사진이었다. 태진은 무슨 생각으로 결혼사진을 여기에 두었을까. 어쩌면 인숙이 인화된 사진을 가져다 놓은 것일지도 몰랐다.

사진 속의 두 사람은 마주 보며 행복하게 웃고 있었다. 그 행복함이 사진에서 그대로 묻어 날 정도였다.

액자 속의 태진의 얼굴을 매만지다 자리에서 일어난 문형은 잠시 망설였다. 태진의 방으로 들어가야 할지, 자신이 쓰던 방으로 들어가야 할지. 원래 신혼여행에서 돌아오면 태진의 방을 신혼 방으로 쓸 예정이었다. 그때 인숙은 신혼부부에게 맞는 침구를 산다고 무척이나 행복해했었다.

천천히 태진의 방문을 열었다. 깔끔하고 화사한 톤의 시트가 침대를 덮고 있었다. 예전 태진의 침대는 짙은 그레이 색으로 창문에 걸린 블라인드와 커튼 역시 그러했다. 하지만 지금은 커튼과 블라인드마저 밝은 베이지색이었다.

이 방에서 태진은 혼자 지내는 것일까? 하지만 태진은 이곳에서 잠을 자는 것 같은 느낌은 없었다. 따뜻한 느낌과는 다르게 삭막했다.

태진의 방에서 나와 자신이 쓰던 방문을 열었다. 왜일까. 자신이 오지 않아 쓰이지 않았음이 분명했을 텐데 꼭 누군가가 쓰던 느낌이었다.

창가로 걸어가 창틀에 올라가 앉았다. 여기에서 연못과 분수를 보는 것을 좋아했다. 그때 분수대 앞에 서 있는 사람과 눈이 마주쳤다. 이번엔 환상이 아니다.

멍하니 위를 올려보던 태진이 픽 웃으며 고개를 저었다. 그리고 다시 고개를 돌리더니 이상함을 느끼고 아예 몸을 돌려세웠다. 그 모습을 보며 문형은 저도 모르게 웃고 말았다. 태진의 눈이 그 정도로 커진 건 처음인 것 같다. 그게 멀리에서도 보였다. 평소 표정 변화가 크지 않은 사람이라는 것을 알기 때문인지도 모르겠다.

늘 단정하던 사람이라는 게 믿어지지 않을 정도였다. 바지에 두 손을 꽂고 넥타이도 없는 데다 단추도 풀려 있다. 깔끔하게 올리던 머리카락도 오늘은 막 씻고 나왔을 때처럼 이마를 가리고 있었다.

창문을 열자 에어컨의 바람이 뒤로 밀려나며 뜨거운 공기가 훅 밀려왔다. 태진은 여전히 굳은 얼굴로 그녀를 보고 있었다.

"안 더워요?"

깔끔하게 올렸던 머리카락도 더위에 땀을 흘리며 흐트러진 모양이었다. 땀 한 방울 흘리지 않을 것처럼 서늘하게 생긴 남자였다.

"서문형."

"왜요? 꿈인 거 같아요?"

이내 태진이 픽 웃으며 갑자기 구두를 벗고 연못의 난간에 앉아 발을 담갔다. 대체 뭘 하는 걸까.

"이거 수영장이야."

분수까지 있는데 수영장이라니? 그리고 보니 연못임에도 불구하고 바닥이 늘 수영장의 색처럼 푸르다고 생각하긴 했었다.

"내려올래?"

마치 어린애처럼 발로 물살을 가르며 태진이 말했다.

"너무 더운데."

"그래서 하는 말이야."

"수영이라도 하자는 말이에요?"

"아쉽게도 수심이 1m도 안 돼."

웃고 있었지만 어쩐지 태진의 얼굴엔 초조함이 가득해 보였다. 그녀가 잠깐이라도 거절의 말을 한다면 태진은 크게 실망할 것이다.

창문을 닫고 자리에서 일어났다. 청바지를 갈아입을까 잠시 고민을 하다 태진이 초조하게 기다리고 있을 생각을 하니 시간을 지체할 수가 없었다.

재빠르게 1층으로 내려와 밖으로 나가자 태진은 여전히 걸터앉아 발을 움직이고 있었다. 그렇게 넓은 어깨가 오늘따라 왜 이렇게 좁아 보이는 것일까.

태진의 신발 옆에 나란히 로퍼를 벗고서는 그의 옆에 나란히 앉았다. 차가운 물이 발에 닿자 순간 느꼈던 더위가 발밑으로 빠져나가는 것 같았다.

"할머님 보고 나왔어요?"

"아니."

"빨리 보고 나와요."

"절에 가셨어."

"네?"

"조금 전에."

몰랐다. 인숙도 말을 해 주지 않았고. 그러고 보니 인숙이 외출복을 입고 있었던 건 김 기사를 기다리고 있었던 모양이었다. 언제든 오라고 했던 것 역시 태진을 만나게 해 주고 싶었던 게 아닐까?

"주무시다 절에 간다는 말에 바로 일어나시던데."

"할머니가 덕만이 매일 찾으신다더니 거짓말이었나 보다."

"정말 찾으셔. 아침이면 시집간 덕만이가 올 거라고. 요즘 거의 거실에서 주무셨거든."

뭐랄까. 다시 태진을 만나면 눈물이 앞을 가려 말을 제대로 하지 못할 것 같았다. 하지만 두 사람은 오랜만에 만난 근황을 이야기하는 사람들처럼 편안한 대화를 이어 갔다.

"할머니 뵈러 온 거였는데. 그럼 이만 가 봐야겠다."

장난처럼 몸을 일으키려고 다리를 올리는 시늉을 했는데 태진이 그녀의 손을 잡으며 일어나지 못하게 만들었다.

"가지 마."

내려오고 처음으로 태진이 그녀를 제대로 보았다. 마치 눈을 보는 것을 피하듯 보지 않던 태진이었다.

예전 태진이 고열에 쓰러졌을 때 그녀의 손을 잡고 가지 말라고 붙잡았었다. 그땐 태진이 꿈에서 누굴 보았던 걸까.

"10분만이라도 좋아. 그냥 이대로 있어 줘."

다시 다리를 내리고 몸을 똑바로 하고 앉자 태진의 머리가 툭, 어깨 위로 떨어졌다. 이 자리는 커다란 나무가 그늘을 만들어 주고 있어 내리쬐는 햇빛은 피할 수 있어 다행이었다.

태진의 목소리가 거칠었다. 금방이라도 잠길 것처럼. 하지만 태진의 눈에 핏발이 곤두서 있는 것을 보고 잠을 제대로 자지 못했다는 것을 알 수 있었다.

"어릴 때도 할머닌 늘 바빴거든."

아주 낮은 목소리로 말을 뱉은 태진이 그녀의 왼손을 자신의 허벅지 위에 올린 채 반지를 매만지고 있었다.

"늦봄, 내가 늘 고열을 앓을 때 아홉 살짜리 애가 집 안에만 있는 게 안타까우셨던지 이 수영장을 만들어 주셨지. 다정하진 않지만 정감이 많으신 분이었어."

그때 을복은 어떤 심정으로 이곳에 수영장을 만들라 지시했던 것일까. 그리고 태진은 만들어진 수영장을 좋아했을까?

"수영장이 만들어지고 좋아했어요?"

"봄이 오기 전이었을 거야. 할머니와 이탈리아에 간 적이 있었는데 거기 분수를 보고 내가 수영을 하고 싶다고 했었대."

예전에도 느꼈지만 여전히 태진에게 어린 시절이 있었다는 게 쉽게 믿기지 않았다. 마치 태어났을 때부터 어른인 사람인 것만 같았다.

"그래서 만들어지자마자 수영했어요?"

"봄이라 추워서 못 했어."

"네?"

"못 먹는 떡이었던 셈이지."

태진이 픽 웃으며 말했다.

"할머닌 나름대로 철칙이 있는 분이셨거든. 7월 중순까진 그냥 바라봐야 한다고 하셨어. 하지만 내 생일날 온 친구들이 수영장이라는 말을 듣자마자 모두 뛰어들었지."

뜨거운 여름에 태어나서 그런지 그는 크게 더위를 느끼지 않는다고 했었다. 그러고 보니 태진의 생일을 그냥 지나치고 말았다.

그리고 그녀의 가방엔 늘 태진에게 줄 선물이 들어 있었다. 언젠간 건네주어야지 생각하며 산 선물이었다. 이미 가질 수 있는 건 뭐든 가지고 있는 그에겐 선물을 준비하는 것도 조심스러웠다.

"태진 씨는요?"

"생각보다 내가 더 모범생이었거든."

태진이 학창 시절 공부도 잘하고 한 번도 엇나가지 않았다는 건 주변 사람들에게 들어 잘 알고 있었다.

"안 들어갔어. 친구들은 실컷 물놀이를 하고 내 옷으로 갈아입고 집으로 돌아갔는데 그날 할머니가 이모님께 속이 상한지 한탄을 하시더라고."

"어떤 한탄이요?"

"내 새끼를 위해 만들어 준 수영장인데 엄한 놈들이 먼저 들어갔다고. 그 와중에 내 새끼는 말도 잘 들어서 들어가고 싶은 걸 참았을 거라고."

을복의 속상함이 고스란히 드러났다.

"태진 씬 정말 들어가고 싶지 않았어요?"

"정말 들어가고 싶었다면 들어가지 않았을까?"

보통의 어린아이들은 친구들을 따라 행동하곤 했다. 역시 태진이 보통의 아이들과 다른 건 아니었을까?

"그땐 할머니 말이 마치 법인 것처럼 행동하던 때이긴 했지. 말을 잘 듣지 않으면 부모님처럼 날 버리지 않을까, 걱정했을지도 모르고."

어른들의 이기심으로 어린아이가 그렇게 큰 아픔을 겪어야 했다. 부모의 자격이 없는 사람들은 아이를 낳으면 안 됐다. 하지만 그렇게 태진이 태어나지 않았더라면 만나지 못했을 것이다.

"애어른."

"쭉 그런 별명을 듣고 살아와서."

태진이 웃으며 말하고 있었지만 짓고 있는 표정을 보고 싶었다.

"태진 씬 정말 어린이였던 적이 있긴 해요?"

그 말에 태진이 고개를 들어 올렸다. 묵직하게 누르고 있던 어깨가 가벼워지자 이상하게 그것도 마음에 들지 않아 다시 태진의 머리를 기대게 하고 싶었다.

"무슨 알이라도 깨고 나온 사람 취급이야."

"보통 애들은 누구나 들어가고 싶어 해요. 특히나 날 위해 만들어진 건데."

태진의 손을 놓고 그대로 수영장으로 발을 디뎠다.

"헙!"

물이 순간 목 가까이 차올라 놀라 그대로 미끄러지고 말았다. 풍덩 소리와 함께 태진이 들어와 아직 물속에 있는 문형을 끌어올렸다.

"서문형, 괜찮아?"

"1m도 안 된다면서요!"

순간 놀라서 물을 먹는 바람에 코가 맵고 따가웠다. 몇 번이나 헛기침을 하고 있는데 태진이 그녀의 머리카락을 뒤로 넘겨 주었다. 그러나 분수에서 튀기는 물줄기 때문에 여전히 눈을 뜨기가 힘들었다.

"안 되는 줄 알았어."

"태진 씨 수영장이거든요? 1m 50cm도 족히 넘겠는데."

저도 모르게 투덜거리며 말하자 태진의 입가에 미소가 고였다. 상체만 떨어진 채 닿아 있는 몸이 차가운 물속인데도 불구하고 뜨겁게 느껴졌다. 태진도 그것을 알아챘는지 뒤로 급히 물러났다.

슈트 그대로 들어와 잔뜩 젖은 태진이 이상하게 눈길을 이끈다.

"왜 물러나요?"

"불편해할 것 같아서."

"내가 왜? 태진 씨가 불편한 거 아니에요?"

문형의 시선이 물속의 태진의 하체로 떨어졌다. 태진도 픽 웃으며 고개를 저었다.

"나가서 어기적거리며 걸을지도 모르지."

"태진 씨."

"말해."

"내가 멋대로 오해하고 힘들게 했는데 그 감정이 여전해요?"

태진이 가볍게 고개를 끄덕였다.

"몸만 반응하는 거 아니고?"

태진의 얼굴에서 웃음기가 사라졌다. 그리고 다시 그녀의 앞으로 다가와 가볍게 허리를 끌어안았다.

"서문형은."

"나도 여전해요."

"내 부탁만 아니었다면 사장님도 그렇게 돌아가시지 않았어."

"그건 우리 부모님의 선택이었잖아요. 무슨 일이 일어날지 어떻게 알았겠어요. 그러니까 태진 씨도 그렇게 죄책감 느낄 필요 없어요."

이렇게까지 말을 했는데도 불구하고 태진은 어쩐지 망설이는 태도를 보였다. 늘 거칠 게 없고, 앞만 향해 나아갔던 사람이 이런 반응을 보이는 것도 아주 조금은 재미있었지만 지금은 그런 걸 원하는 게 아니었다.

"지나간 일을 신경을 쓰는 타입은 아니었는데. 서문형을 알고 나선 자꾸 그렇게 돼."

문형은 아무 말 없이 태진을 올려만 보았다.

"내가 그런 부탁을 하지 않았더라면, 내 그림을 서 사장님이 보

지 않았더라면. 그럼에도 불구하고 이렇게라도 서문형을 만나게
되고, 알게 되고, 사랑하게 되어 다행이라는 생각도 해. 이기적이
지."

"그렇게 생각하는 건 나도 마찬가지예요."

태진의 눈이 살짝 감겼다.

"그러니 이제 그만 안아 줘요."

끔뻑이던 눈을 가까스로 뜨자 모로 누운 채 자신을 바라보고 있
는 태진이 보였다. 그녀의 등 뒤에 있는 스탠드가 켜져 있는 모양
이었다. 그것만으로도 방 안의 모든 것들이 은은하지만 뚜렷하게
잘 보였다.

손을 뻗자 태진이 눈을 살짝 감았다. 다행히 태진의 눈에 곤두
서 있던 핏발들이 많이 사라져 있었다. 손가락 끝으로 길고 숱이
많은 속눈썹을 한번 훑고는 손을 뗐다.

"언제부터 일어나 있었어요?"

"30분 전쯤?"

"배고프다."

"먹을 것 좀 가져올까?"

고개를 끄덕이자 태진이 자리에서 일어나며 알몸 상태로 드레
스룸으로 들어갔다. 옆을 보니 젖어서 엉망진창으로 벗어 놓았던
옷들이 보였다. 바지를 걸치고 나온 태진이 셔츠 두 개를 가져와
하나는 침대에 내려두고 하나를 걸쳐 입었다.

"쉬고 있어."

부드러운 음성으로 이마에 입을 맞춘 태진이 곧 문을 열고 방에서 나갔다. 자신의 방으로 가면 입을 옷들이 많이 있을 것이다. 하지만 태진의 성의를 무시할 수가 없어 내려 두었던 셔츠를 입어 단추를 채웠다. 긴 소매를 두어 번 접고 자리에서 일어나 태진의 드레스룸을 뒤졌다. 그 흔한 반바지도 없어 대충 손에 잡히는 트레이닝복을 걸쳐 입고 허리를 꽉 조였다. 역시 속옷을 입지 않아서 어색했다.

태진의 침실엔 그녀를 위한 화장대가 놓여 있었다. 침대와 리클라이너 하나만 있어 삭막했던 모습을 찾아볼 수가 없었다. 넓은 공간에 화장대와 리클라이너가 하나가 더 들어왔을 뿐인데 무엇인가 꽉 찬 느낌이 들었다.

"뭘 그렇게 보고 있어?"

트레이를 들고 온 태진이 우두커니 서 있는 문형을 보며 말했다.

"어린 시절의 이태진을 좀 보고 싶은데. 어디서 봐야 할지 알수 없어서요."

"이쪽으로 와."

태진이 드레스룸 안쪽의 문을 열었다. 이대로 안으로 들어가도되는 건지 조심스러웠지만 이런 기회를 놓칠 수는 없었다.

공간이 생각보다 넓었다. 한 명이 누워도 될 만큼 커다란 소파가있었고 소파 앞의 테이블엔 이런저런 책들이 어지럽게 놓여 있었다. 태진은 방에서보다 이곳에서 생활하는 시간이 더 많은 듯했다.

책들을 대충 팔로 쓸어내리다시피 한 태진이 트레이를 그 위로 놓았다. 문형은 벽에 걸린 A4 크기의 액자들을 보았다. 막 태어났을 때의 사진이 보였다. 설마 이 새빨갛고 작은 아이가 태진인 걸까? 그리고 그 바로 옆엔 '백일기념(百日紀念)'이라고 직인이 찍힌 사진이 있었다.

크고 동그란 눈을 하고 있는 아이인데도 불구하고 태진의 지금 얼굴을 절로 떠올리게 했다. 백일임에도 불구하고 태진의 머리숱은 무척이나 많아서 거의 커트 머리를 한 수준이었다.

그 옆으로는 돌 사진이 있다. 백일에 비해 정말 많이 컸으며 머리카락은 단발로 자라 있었다. 다른 사람들이 이때 태진을 보았으면 여자아이로 착각했을지도 모른다.

어느새 그녀의 뒤로 서서 가볍게 어깨를 끌어안은 태진이 몸을 가볍게 좌우로 흔들었다.

"여자애라고 사람들이 착각하지 않았어요?"

"할머니와 이모님이 유모차에 태워 나가면 사람들이 다 여자앤 줄 알았다던데."

"맞아요, 저번에 이모님이 말씀해 주셨어요. 근데 왜 머리카락을 안 자른 거예요?"

"키우지 못했던 딸아이 때문이었는지 할머닌 내가 유치원에 들어가기 전까지 그대로 두셨어."

빨간 나비넥타이를 하고 찍은 사진은 분명 유치원 졸업 사진이었다. 고집스레 입을 꾹 다물고 앉아 있는 태진은 젖살이 가득한 모습이었다. 머리카락은 커트도 단발도 아닌 어정쩡한 길이였다. 사진작가가 착각을 했을까? 그 옆엔 블라우스를 입고 찍은 사진도 있었다. 같은 날 찍은 게 분명했다.

"이건 사진 찍던 아저씨가 잠깐 선생님이 없어졌을 때 착각해서 블라우스 입고 찍은 거야. 할머니가 부탁하셔서 결국 두 개 다 나온 거고."

"이때도 착각할 정도로 예뻤다는 소리구나."

지금 보아도 태진은 얼굴형이 매끈했다. 아마 날카로운 눈매와 높은 콧대가 아니었다면 성별을 오해할 수도 있을 것 같았다. 특히나 이목구비가 완전히 자라나지 않았을 나이엔 구별을 하는 게 더더욱 어렵다.

"초등학교 졸업?"

"맞아."

이제 막 초등학교를 졸업해야 할 사람인데 어른스러운 느낌이 날 수 있는 걸까. 그녀의 초등학교 시절이나 중학교 사진을 보면 무척이나 아이 같았다. 하지만 초등학교 때부터 고등학교 졸업 사진까지의 태진은 지금과 거의 흡사했다. 특히 고등학교 졸업 사진은 바로 어제 찍은 거라고 해도 믿을 수 있을 정도였다.

"어릴 때 나이 들어 보이면 커서 똑같다더니."

"비슷한가?"

"어제 찍은 거라고 해도 믿겠어요."

"잘 모르겠는데. 배고프다며."

태진이 팔을 풀고 그녀의 손을 잡아 소파로 이끌었다.

"딸기? 버터?"

"딸기요."

노릇하게 구워진 토스트에 딸기잼을 바른 태진이 그녀의 손에 들려 주고 주스를 먼저 마시게 했다. 과즙이 씹히는 오렌지 주스를 한 모금 마시고 토스트를 크게 물었다. 태진은 커피를 들어 한 모금 마시고 내려놓았다.

"태진 씬 안 먹어요?"

"먹여 줘."

"애도 아니고."

"이태진 어린이 구경하고 싶다며."

"그건……."

하여간 말로는 이길 수 없는 상대다. 문형이 자신이 한입 베어 물었던 토스트를 앞으로 내밀자 태진이 크게 한입 물었다.

"손가락도 씹어 먹겠어요."

"가끔씩 한입에 확 삼키고 싶을 때가 있거든."

"오늘은 더 안 돼요."

"그런 뜻으로 말한 거 아닌데. 한 번씩 서문형은 굉장히 밝히는 것 같더라."

누가 할 말을. 하지만 괜히 말해 봤자 또 괜한 분위기가 형성될까 싶어 문형은 애꿎은 토스트만 크게 입으로 물었다.

태진은 테이블 아래에서 앨범을 꺼내 문형의 허벅지 위로 올려주었다. 구기듯 토스트를 입안으로 가득 넣고 씹으며 손을 탈탈 털고 앨범을 펼쳤다.

앨범 속 사진들은 찍는 이의 사랑이 고스란히 느껴졌다. 을복이 같이 보이는 건 인숙이 찍은 듯했고, 인숙이 보이는 사진은 을복이 찍은 것 같았다.

울고 있는 얼굴, 찡그린 모습, 빠진 이를 드러낸 채 웃고 있는 모습을 보고 저도 모르게 따라 웃고 말았다. 입안에 든 토스트를 우물거리며 보고 있는데 시선이 느껴졌다.

"뭘 그렇게 보고 있어요."

"재밌나 봐."

"당연하죠. 내가 모르는 태진 씨를 보는 건데. 어? 차 부장님 아니에요?"

태진의 시선이 그녀의 얼굴에서 앨범으로 돌아갔다.

"맞아."

"와, 차 부장님도 어린 시절이 다 있었구나."

신기한 듯 눈을 반짝이며 웃는 문형을 보고 태진도 웃었다. 저렇게 반짝이며 빛나는 얼굴을 계속 보고 싶었던 것 같다. 같이 침대에 누워 잠이 들고서도 꿈인지 아닌지 모를 정도로 자다가도 몇 번이나 깨서 옆자리를 확인했을 정도였다.

피곤한지 색색 숨을 뱉는 문형의 그 숨까지 먹고 싶을 정도로 옆에 있던 그 모든 게 그리웠다. 몇 번이나 끌어안고 싶은 것을 곤하게 자고 있는 문형을 깨우고 싶지 않아 그저 바라보는 것으로 만족해야 했다.

"이렇게 보니 태진 씨 엄청 작았네요?"

"나이 차이가 있잖아."

"아닌데, 또래보다도 작은 것 같은데."

"어릴 때 작아서 지금 큰 거야."

어릴 때 작았던 게 콤플렉스였을까? 태진이 살짝 정색을 하며 말하자 왠지 모르게 웃음이 나올 것 같았다.

"고등학교 때?"

붓을 들고 살짝 미소를 짓고 있는 태진의 모습이 보였다. 뒤엔 자신의 키보다 더 큰 캔버스가 있었고 반쯤 완성된 그림도 있었다. 그건 태진의 아파트에서 보았던 해바라기와 비슷한 색감이었다. 완성되지 않은 그림임에도 불구하고 태진의 그림을 처음 접했을 때의 감동이 고스란히 몰려오는 것 같았다. 그리고 그 뒤로 그림에 열중하고 있는 윤우의 모습도 보였다.

"정윤우 교수님, 학교 그만두고 떠나셨어요."

"음."

태진도 알고 있는 모양이었다.

"연락 왔어요?"

"떠나기 전에 얼굴 봤어."

"이야기했어요?"

"그냥. 좋은 역량과 재능 아까우니까 포기하지 말라고."

타고난 그릇이 정말 큰 사람일까? 어떻게 자신의 것을 도둑질하고 그것으로 명성을 쌓았던 사람에게 그렇게 말을 할 수 있을까? 생각을 하면 할수록 태진은 타고난 성품이 큰 것 같았다.

"그러시겠대요?"

"말은 안 했어. 계속 그림을 그릴지, 아닐지는 알 수 없지만. 그래도 감각이 꽤 좋거든. 작가로서 정윤우는."

그림을 정말 좋아하는 사람이라는 것을 알 수 있었다. 태진의 눈가가 부드럽게 풀려 있었기에. 왜 윤우가 태진을 시기하고 부러워했는지 알 수도 있을 것 같았다.

"사람들은 교수님의 그림을 보면 따뜻하다고 했어요. 그런데 이상하게 내 눈엔 이상한 공허함이 느껴지는 거예요. 그걸 말씀드렸더니 교수님이 정말 깜짝 놀란 얼굴을 했었는데. 지금은 교수님이 왜 놀란 건지 알 수 있을 것 같기도 해요."

아무리 흉내를 내고 자신의 것인 양 발표를 하고 있었지만 결국은 완전하게 자신만의 그림을 수 없었던 작품에 대한 공허함이었을 것이다. 그 그림을 괴로워하며 그렸다는 것을 알 수 있다. 어떻게 그리고 어떻게 변형을 해도 결국 태진의 그림자 속에 속해 있다는 것을 그 누구보다도 스스로가 잘 알았을 것이다.

다시 다음 장으로 넘기려 할 때 태진이 잠시 그녀의 손을 잡았다. 그리고 왼손에 끼고 있던 핑크 다이아 반지를 빼냈다.

"이거 잊고 갔었어."

태진이 주머니에서 결혼반지를 빼 그녀의 손가락에 다시 끼워 주었다. 둘 다 고가의 물건임은 분명했지만 차마 결혼반지를 가져 갈 수 없어 빼 두었던 것이었다.

"그리고 다음 장으로 넘기면 서문형 울 수도 있어."

울 수도 있다고? 문형이 픽 웃으며 다음 장으로 넘겼을 때 태진의 말처럼 울고 말았다. 꽃다발을 들고 웃고 있는 태진의 어깨에 팔을 두르고 있는 사람은 다름 아닌 서 사장이었다.

✠   ✠   ✠

태진의 첫 작품을 서 사장이 샀다는 것을 몰랐다. 당시의 태진은 큰돈을 쥐여 주면서까지 너무 싸게 사서 미안하다고 말하는 서 사장을 보고 자선 사업을 하는 사람인 줄 알았다고 했다.

부모님은 딱히 태진에 대한 이야기를 하지 않았다. 그도 그렇게 한 번씩 거래를 하는 상대일 뿐이라고 생각했기 때문에 어쩌면 문형도 귀담아듣지 않았을지도 모른다.

집으로 간다는 말에 문 교수는 씨암탉이라도 잡아 주어야 하는데 그렇게 하지 못하니 밖에서 만나자고 이야기했다. 태진은 거울 앞에서 몇 번이나 자신의 모습을 확인하고 있었다.

"뭘 그렇게 보고 있어요."

"원래 첫인상이 중요하잖아."

"다 아는 사이잖아요."

"사위로서는 처음 보여 드리는 모습이라서."

그렇게 말하면서도 스스로 웃긴지 태진이 입꼬리를 올렸다. 뒤로 돈 태진은 문형의 모습을 위아래로 훑었다.

"내가 사 준 게 그렇게 짧은 치마밖에 없었나?"

고작 무릎 바로 위로 올라오는 길이었다.

"이거 보고 짧다고 하면 욕먹어요."

"마음에 안 들어."

대체적으로 치마들이 모두 타이트해서 걸을 때마다 신경을 쓰긴 해야 했다. 이런 것들을 준비해 주었던 강 실장은 아마도 그녀가 비서라고 생각해 대체적으로 이런 류의 옷들만 가져다주었었다.

"차라리 바지를 입을까요?"

"그게 낫겠어."

어지간히 마음에 들지 않는 모양이었다. 다시 안으로 들어간 문형은 활동성이 편한 슬랙스를 입고 나왔다. 루즈핏에 실루엣이 드러나지 않아 태진은 이게 훨씬 마음에 든 모양이었다. 어느 순간부터는 치마를 자주 입는 편이라 바지가 어색할 때가 있었다.

"괜찮아요?"

"훨씬. 늦겠어, 서두르자."

어쩐지 태진은 오늘따라 평소보다 허둥대는 것 같은 느낌이 들었다. 평소에 워낙 침착하고 행동이 정갈한 사람이라 더 그렇게 보이는 것인지도 모른다. 역시 오늘 문 교수를 사업상 파트너가 아닌 장모님으로 보아야 한다는 것에 긴장을 하고 있는 모양이었다.

약속 장소에 도착해 안으로 들어가기 전 태진이 낮게 숨을 뱉었다. 그런 태진을 보고 문형이 웃고 말았다.

"웃음이 나와?"

"그렇게 긴장하는 모습 처음 보는 것 같아서요."

"나도 인간이야."

그렇게 말하고 재킷의 단추를 채운 태진은 다시 평소의 모습으로 돌아가 있었다. 언제 긴장을 했었냐는 듯이.

문이 열리자 커다란 창 뒤로는 소나무가 울창한 정원이 보였다. 이 한정식집은 서 사장이 살아생전 무척이나 좋아했던 곳이었다. 하지만 가격이 가격이거니와 예약도 쉽지 않아 특별한 날 즉, 문 교수의 생일에만 올 수 있는 곳이었다.

"어서 와, 이 서방."

"그간 잘 계셨습니까."

깍듯하게 허리를 숙여 인사를 하는 태진이 놀라운 게 아니라 문 교수의 말이 더 놀라웠다. 자연스럽게 태진을 보고 이 서방이라고 할 줄은 몰랐다.

"문형인 왜 그렇게 서 있어. 빨리 앉자, 배고플 텐데."

세 사람이 자리를 잡고 앉자 순식간에 상이 차려지기 시작했다. 태진을 바라보는 문 교수의 눈엔 따뜻함이 가득했다.

"이 서방 옆에 있을 아가씨가 우리 문형이라고는 상상도 못 했 었는데."

"저 역시 그렇습니다. 제멋대로 결혼 진행해서 죄송합니다."

"아냐, 우리 문형이 지키고 싶어서 그랬다는 거 다 아는데. 내 가 고맙지."

함정에 빠진 부모님에게 빌려주지도 않은 돈을 가지고 날랐다 며 차용증을 가지고 왔던 사람이 한둘이 아니었다. 하지만 그것도 재산을 정리하는 중 모두 정리가 되어 있었고, 결국 태진의 빚만 남게 되었다. 나중에서야 태진이 갖가지 증거를 들이밀고 협박했 던 사람들을 정리해 주었다는 것을 알게 되었다.

결혼을 진행한 것 역시 유성 전자의 유 회장이 계속해서 그녀를 넘보자 분명 서 사장 내외가 유 회장의 작품을 없애 버린 적이 없 다는 것을 알면서도 증거가 없어 서둘러 진행하게 되었다고 했다.

사업적으로 중요한 파트너인지라 유 회장도 태진의 약혼녀가 된 문형에게서 손을 떼었다는 것도 바로 어제 알게 되었다. 태진 은 정작 중요한 말은 한 번도 해 주지 않았었다. 그래서 문형 혼자 오해하고 있던 일들이 많았다.

"우리 남편이 이 서방 그림 참 좋아했는데."

"그래서 제 첫 그림 사 가셨죠."

"남편이 혼자만 보려고 몰래 숨겨 놨거든."

"장모님께도 공개하지 않으셨을 줄은 몰랐는데."

"남편이 혼자만 알던 작은 아파트가 있는데 나한테도 말 안 해 줬었거든. 은행에 맡겨 놓은 유서로 겨우 열어서 봤어."

서 사장이 그렇게까지 태진의 그림을 아꼈을 거라고는 생각하지 못했다. 문 교수 또한 서 사장이 아파트를 가지고 있었다는 것을 나중에 유리에게 들었다.

나 교감과 함께 돈을 모아 그의 명의로 빌려 아파트를 사 두었다는 것도. 유서가 공개되기 전까지는 절대 알려 주지 말 것을 부탁해서 말하지 못했다며 나 교감이 문형에게 무척이나 미안해했다.

"손 다쳐서 그림 더 못 그리게 됐다고 했을 때, 그 사람 남몰래 눈물까지 흘렸어."

"아빠가?"

"사장님이요?"

문형과 태진 모두가 놀라 물었다.

"식탁 밑에서 몰래 울고 있어서 큰일이라도 난 줄 알고 그 새벽에 얼마나 놀랐는데. 말도 마."

그날을 다시 생각해도 가슴이 철렁했는지 문 교수가 가슴을 쓸어내렸다. 하긴, 유부남이 한밤중에 몰래 그것도 식탁 밑에서 울고 있으면 무슨 큰일이 있는 건 아닌지 가슴을 졸였을 법도 했다.

"처음 만났을 때 태진이가 많이 놀랐다면서, 그 일을 장난처럼 말하곤 했었어."

"갑자기 학교에 들어온 아저씨가 그림 팔면 안 되냐고 하면서 수표를 꺼내니 놀랄 수밖에요."

"정 회장님 손자인 줄 알고 뒤늦게 남편은 더 놀랐고."

사람의 인연은 참 신기하다. 그때 이 사람들은 관계가 뒤섞이게 될 거라고 생각도 하지 못했을 것이다. 문형 역시 처음 태진을 보았을 때 돈만 밝히는 피도 눈물도 없는 놈이라고 생각하지 않았던가.

"요즘도 비 오기 전 팔 많이 아파?"

"아닙니다. 괜찮습니다."

그런 후유증이 있었을 거라고 생각도 하지 못한 문형이 고개를 숙여 태진의 손을 보았다. 긴 수술 흉터가 손목까지 보였다. 그렇게 몇 년간 재활을 할 정도로 사고 부위가 컸다면 후유증이 당연히 있었을 텐데. 태진은 자신의 아프거나 약한 모습을 누군가가 보는 것을 싫어하는 성격이었다.

식사 분위기는 화기애애했다. 문호가 있었으면 더 좋았을 거라는 문형의 말에 태진은 문호가 귀국을 하면 그때 다시 한번 근사한 곳에서 식사를 하자고 했다.

"회장님은 요즘 어떠셔?"

"문형이가 오고 많이 안정되셨습니다. 예전보다 식탐이나 떼를 부리는 것도 많이 줄었고요."

"나 할머님하고 사랑의 라이벌이잖아."

"라이벌?"

"태진 씨가 할아버님하고 꼭 닮아서 오라버니라고 부르시거든? 난 할머니 라이벌, 덕만이야."

문 교수가 웃으며 고개를 끄덕였다. 치매는 한 번 걸리면 돌이킬 수가 없다. 그래서 최대한 심해지지 않게 조절을 하려고 했지만 그것도 현대 의학으론 쉽지 않은 일이었다.

"태진아."

"네."

"고마워. 오늘 아침 NS통신 압수 수색이 들어갔다며. 박 회장에 겐 구속 영장 나왔고."

"기존에 밝혀진 것뿐만 아니라 살인 교사까지 죄목으로 인정되 면 쉽게 나오기 힘들 겁니다."

무거운 이야기를 문 교수가 먼저 꺼냈다. 오늘 아침 태진이 당 분간 뉴스가 시끄러울 거라며 넌지시 말해 준 이야기였다. 실추된 서 사장의 명예가 다시 회복되는 것만으로도 마음의 짐을 덜 수 있었다.

식사를 마친 문 교수는 학과 교수들과의 약속이 따로 잡혔다고 했다.

"집에 들러서 우리 문형이 짐 좀 다 챙겨가고. 문형이 소박맞고 쫓겨난 것 같아서 내가 말을 못 했거든."

"엄마."

"바로 가져가겠습니다."

"남편이 살아 있었으면 정말 좋아했을 텐데."

"저도 안타깝습니다."

"아들로 삼을 수 없다면 사위 삼고 싶다고 만나기만 하면 노래 를 불렀었지?"

"어느 순간부턴 그러지 않으셨어요."

"얼마나 부담 느끼겠냐고. 이제 다음에 우리 만나러 오지 않으 면 어쩌느냐고 했더니 그 뒤론 좀 줄었던 것 같네."

식당에서 나와 주차장으로 걸었다. 교통사고에 대한 트라우마로 운전을 하지 못할 것 같았는데 문 교수는 대범하게 다시 운전대를 잡았다. 엄마는 원래 강하다고 하면서.

"휴가 같이 보내시죠."

"너무 오래 쉬어서 강의 준비해야 할 게 많아. 논문도 써야 하고."

서 사장은 교수가 된 아내의 뒷바라지를 참 열심히 했다. 사람들은 어떻게 남자가 되어서 여자한테 기도 못 펴고 사냐며 은근히 후려치기도 했었다. 하지만 서 사장은 묵묵히 자신의 길을 포기하고 문 교수가 하고 싶어 하는, 오르고 싶어 하는 자리까지 갈 수 있게 만들어 주었다.

언젠가 학교로 돌아가 학생들을 가르치고, 은퇴를 하면 미술학원을 차리고 싶었다던 문 교수의 꿈을 이제 딸인 자신이 이루고 싶었다.

"태진아."

"네."

"한번 안아 보자."

문 교수가 팔을 뻗자 태진은 무릎을 굽히며 안겼다. 문 교수는 두 눈을 꾹 감은 채로 몇 번이나 고개를 끄덕였다. 너른 등을 두드리며 문 교수는 스스로 위로를 받는 듯했다. 포옹을 풀고서 문 교수는 태진의 팔을 잡고 말했다.

"용의 눈동자, 찾고 싶지 않아?"

"아닙니다. 제겐 필요 없는 물건이었는데 괜한 욕심이었던 거죠."

단 하나의 미련도 남지 않은 듯 보이는 태진을 보며 문 교수가 고개를 저었다.

"웅진 스님께 찾아가 봐."

"웅진…… 스님이요?"

"남편이 안 좋은 예감이 들었던 건지 아주 오래도 록 중국에서 알고 지냈던 친구에게 부탁을 했어."

태진은 잠시 망설이는 모습을 보였다. 웅진 스님에게 물건이 갔다면 먼저 연락이 왔을 것이다. 서 사장이 웅진 스님에게 메시지를 남기지 않았을 리가 없다.

"남편이 마지막으로 지키려던 물건이잖아. 그러니 태진이가 직접 가지러 갔으면 좋겠어."

마지못해 고개를 끄덕이는 태진을 본 문 교수가 문형도 가볍게 끌어안고 차에 올라탔다. 태진은 멀어지는 문 교수의 차가 완전히 사라질 때까지 보고 있었다.

"찾으러 가요."

문 교수에게 약속을 했음에도 태진은 여전히 탐탁잖은 듯했다. 아무래도 그 용의 눈동자 때문에 서 사장이 죽게 되었다는 죄책감을 여전히 계속 안고 있는 모양이었다.

"난 보고 싶은데."

"보고 싶다고?"

"아빠가 그렇게 소중하게 지켜서 한국까지 가지고 오고 싶었던 거잖아요. 친구에게 몰래 맡기기까지 하면서."

"내겐 그렇게까지 필요한 물건도 아니었어. 그냥 희귀한 것이고 사람들 사이에서 전설처럼 여겨지는 물건이라서. 가지고 있으면 값이 폭등할 거니까. 단지 그것뿐이었는데. 사장님이 돌아가실 줄 알았더라면……."

"이미 일어난 일이고 돌이킬 수 없잖아요. 그렇게 사람들이 탐내는 물건이니까 태진 씨가 가지고 있으면 더 안전할 수 있지 않을까요?"

괴로운 얼굴을 하고 있는, 죄책감을 느끼며 미안해하는 태진의 얼굴을 더는 보고 싶지 않았다. 이태진은 누구보다도 당당하고 오만한 표정을 짓는 모습이 잘 어울리는 남자였다.

✛ ✤ ✛

설레는 건 역시 태진과 함께이기 때문일 것이다. 바로 물건을 찾으러 가자는 말에도 태진은 내일 아침 일찍 출발하자며 문형을 만류했다. 그래서 결국 자고 갈 수밖에 없었는데 5시에 동이 트자마자 문형이 태진을 거의 닦달한 것이나 다름없었다.

한동안 다시 불면증으로 고생하다 문형이 돌아오고 나서 푹 자고 나니 태진의 얼굴에 있던 피곤함이 모두 가셨다. 며칠 만에 얼굴이 좋아지는 것을 보니, 그동안 자신이 용기가 없어 힘들게 한 것 같아 참 미안했다.

눈을 뜬 태진은 어차피 바로 출발하지 못한다며 살펴야 할 서류가 있다고 말했다. 당연히 사무실에 들렀다 내려갈 줄 알았는데 얼마 지나지 않아 차 부장이 찾아왔다. 왠지 차 부장을 보는 게 미안하기도 하고 민망했다.

"얼굴 좋아 보십니다."

태진의 얼굴만 좋아졌다고 생각했다. 문 교수가 돌아온 뒤 잘 챙겨 먹고, 잘 잔다고 생각했는데 마음은 그게 아니었던 모양이었다. 그 마음고생이 고스란히 얼굴로 드러났던 것일까? 문 교수도 딱히 말을 하지 않아 몰랐었다. 아마 문형이 더욱 마음 아파할 것 같아 묻지 않았던 게 틀림없었다.

"얼굴 다 나으셨네요."

"맷집이 꽤 좋습니다."

한 번씩 규원이 농담을 할 때면 웃겨서 참기가 힘들었다. 본인은 전혀 아무렇지도 않은 얼굴로 말하는데 왜 남들이 웃는지 모르는 모습이 더 재미있었다.

"사장님도 잘 주무시고 일어나신 것 같습니다."

"그만 비꼬지."

서재에 들렀던 태진이 계단을 내려오면서 말했다. 그리고 규원에게 서류를 건네주었다.

"꼭 좀비처럼 다녔잖아."

"형, 가서 형수나 챙겨. 주말인데 여기서 뭘 하는지. 그냥 사무실에 들른다니까. 입덧 심하다며."

"나은 언니 임신했어요?"

"이제 안정기 들어섰습니다."

"축하해요."

문형이 규원을 덥석 안았다. 그토록 오래 기다리던 아이가 찾아온 덕분인지 규원의 얼굴도 왠지 환해 보였다. 그때 태진이 문형의 팔을 잡고 규원에게서 떼어 냈다.

"빨리 가. 우리도 내려가야 돼."

"질투할 걸 해라, 이태진."

"질투는 누가 했다고."

이렇게 보니 태진도 그저 형에게 투정을 부리는 그 또래로 보였다. 요즘 들어 자꾸 의외의 모습을 보는 것 같았다. 그리고 그런 모습들이 더할 나위 없이 좋았다.

집 앞에서 규원과 헤어지고 차에 올라타 순식간에 서울을 벗어났다. 날은 더웠지만 새하얀 뭉게구름이 탐스러워 보였고 새파란 하늘이 싱그러워 보였다.

"태진 씨, 우리 매화 봤을 때 생각나요?"

태진이 가볍게 고개를 끄덕였다. 절까지 올라오는 길이 좋다며 억지로 인숙이 등을 떠밀었을 때가 꼭 어제 있었던 일인 듯했다.

"지금 생각하면 그때 가슴이 좀 들떴던 것도 같은데."

말도 안 된다는 얼굴로 태진이 슬쩍 문형을 보았다. 문형은 그저 어깨를 으쓱하며 콧노래를 불렀다. 기가 막힌 건지, 재미있는 건지 그가 낮은 웃음을 뱉었다.

"왜 웃어요?"

"딱 떨어지는 교복을 입고 쌩 지나쳤던 학생이 언제 이렇게 컸을까 신기해서."

"태진 씨는 한 번씩 날 엄청 어리게 보는 것 같을 때가 있어요."

"교복 입은 모습을 처음 봐서 그랬나?"

"그런데 그런 어린애를 좋아하게 됐어요?"

"나도 그게 신기하긴 해."

태진은 바로 제 감정을 인정했다. 어쩌면 사귀게 된다고 해도 태진은 다소 무뚝뚝하고 딱히 보통 남자들처럼 애정 표현을 하지 않을 줄 알았다.

492

하지만 태진은 보통 사람들보다도 더 다정하고 애정 표현도 서슴지 않았다. 원래 스킨십을 좋아했던 사람처럼 그녀를 안거나, 손을 잡는 것에도 거리낌이 없었다.

"고속도로에선 위험해서 손잡는 거 안 된다니까요."

문형이 은근히 손을 떼려고 하면 태진은 반사적으로 손을 잡아 왔다. 위험하니 손을 떼라고는 했지만 다시금 잡아 주는 게 좋았다.

"태진 씨의 다정함은 누구 닮았지. 이모님인가?"

"아마도?"

아무리 을복이 사랑을 쏟는다고 하더라도 사업을 하던 몸이라 실질적으로 시간을 오래 보낸 건 인숙이라고 했었다. 그래서 어릴 땐 인숙을 엄마라고 부르며 따랐다고 했다. 나중엔 그 엄마라는 대상이 을복으로 옮겨 갔고. 두 사람은 엄마라는 말을 듣는 것이 참 행복했다고 인숙이 말했었다.

"그리고 김 기사님 보고 많이 배운 거지."

김 기사는 인숙에게 사랑한다는 표현을 아끼지 않았다. 무엇이든 최우선은 인숙을 향해 돌아간다고 했었다. 그래서 은근히 딸인 윤서가 눈을 흘기곤 한다며 인숙이 웃었다. 문형의 가족도 인숙처럼 늘 화목했었다.

서 사장은 그 어떤 방해와 멸시에도 자신의 꿈을 포기하면서까지 문 교수가 꿈을 이룰 수 있게 도왔고 좋은 남편이 되어 주었다. 그리고 자식들에게도 좋은 아빠였다. 문호의 심장 때문에 바쁘게 외국으로 오간 것도 서 사장이었다.

"서문형도 다정해."

"그래요?"

"처음엔 완전히 온실 속의 화초, 공주님이라고 생각했는데."

"네?"

"서 서장님이 우리 공주님, 우리 공주님. 노래를 부르셨거든."

서 사장은 문형과 문호를 늘 우리 공주님이라고 불렀다. 그게 너무도 당연해 세상의 모든 아빠들이 딸을 그렇게 대하는 줄 알았다. 그만큼 아낌없는 사랑을 받고 컸다.

"어릴 땐 아빠 같은 사람 만나서 결혼하는 게 꿈이었어요."

"그랬을 것 같아."

태진이 고개를 끄덕이며 충분히 알 수 있을 것 같다는 반응을 보였다.

"좋은 아버지처럼 보였거든. 내게도 그런 아버지가 있었다면 참 많은 게 달라졌을 수 있겠다 싶을 정도로."

"아빠와 자주 만났었어요?"

"바빠서. 그래도 한 달에 한 번 정도는."

"만날 때마다 가족 자랑했겠네. 아빠가 눈치가 좀 없어요."

"그게 좋았어. 마음이 편해졌거든. 남들은 모두 날 돈 때문에 만나는데 서 사장님은 아니었으니까."

어쩌면 서 사장은 태진에게 있어 한 번씩 숨통을 트여 주는 그런 사람은 아니었을까? 그런 서 사장을 자신 때문에 잃어 이곳까지 오는데 계속 망설였던 것을 알 수 있었다.

"어? 여기 별장 가는 길 아니에요?"

바로 절로 갈 줄 알았는데 태진은 별장으로 향하고 있었다. 얼마 지나지 않아 바다가 펼쳐진 별장의 모습이 드러났다.

태진이 차를 세우자 문형이 먼저 내렸다. 바다를 보는 건 여전히 즐거웠다. 될 수 있으면 자주 오고 싶을 정도로. 왜 사람이 없냐는 말에 태진은 이곳이 사유지라고 했었다. 한참 동안이나 바다를 보고 있는데도 불구하고 그가 오지 않았다.

"태진 씨, 뭐 해요?"

트렁크를 연 태진이 어떤 상자 하나를 가지고 오고 있었다. 작은 상자는 꼭 반지 케이스처럼 생겼다.

"난 이미 결혼반지 다시 받았는데?"

태진에게 네 번째 손가락을 보여 주며 말했다. 사실 약혼반지까지 끼고 나갈 생각은 없었다. 하지만 손에서 빼 버린 자리가 너무 허전해 그 정도는 괜찮을 것이라고 생각했다. 다시 태진이 결혼반지로 바꾸어 주었을 때 또 한 번 눈물을 왈칵 흘리고 말았다.

"꽤 마음이 아픈 선물?"

태진이 상자를 문형의 손바닥 위에 올려 주었다. 조심스레 뚜껑을 열자 그 안엔 동전 크기의 새파란 보석이 들어 있었다. 본능적으로 이게 바로 그 용의 눈동자라는 것을 알 수 있었다. 이 보석 하나 때문에 서 사장은 죽음을 맞이했다. 왠지 모르게 가슴이 아릿했다.

"청동 조각에 박혀 있었는데 너무 오랜 세월 제대로 관리가 되지 않아 결국 보석만 남았다더라고. 스님은 중요한 물건인지 모르고 택배로 사무실에 보내셨어."

왠지 스님다운 결정이란 생각에 저도 모르게 웃고 말았다.

"언젠가 우리 사이에 아이가 생기면 난 아버님 같은 아버지가 되어 주고 싶어."

"난 우리 아빠 같은 엄마가 될 자신이 없는데."

"장모님이 들으면 섭섭해하시겠는데?"

"사실이란 말이에요."

"아이가 태어나고 자라면 꼭 이곳으로 오자."

문형이 고개를 끄덕였다. 저도 모르게 납작한 배를 한 번 쓰다듬었다. 언젠간 이 안에 태진과 자신의 아이가 생기면 좋겠다.

"그때 보물 찾을래?"

그 말에 다시 한번 크게 고개를 끄덕였다. 태진은 상자 안에 있는 용의 눈동자를 집어 바다를 향해 힘껏 던졌다.

햇빛을 받아 반짝이던 보석이 포물선을 그리며 바다에 잠들었다.

— end